Nossos Destinos Eternos

LAURA STEVEN

Tradução
Marcela Filizola

1ª edição

— Galera —
RIO DE JANEIRO

PREPARAÇÃO
Nikita Sigrist

REVISÃO
Beatriz Seilhe
Luciana Aché

ILUSTRAÇÃO DE CAPA
Kelly Chong

TÍTULO ORIGINAL
Our Infinite Fates

CIP-BRASIL. CATALOGAÇÃO NA PUBLICAÇÃO
SINDICATO NACIONAL DOS EDITORES DE LIVROS, RJ

S866n   Steven, Laura
　　　　　Nossos destinos eternos / Laura Steven ; tradução Marcela Filizola. - 1. ed. - Rio de Janeiro : Galera Record, 2025.

　　　　　Tradução de: Our infinite fates
　　　　　ISBN 978-65-5981-588-3

　　　　　1. Ficção inglesa. I. Filizola, Marcela. II. Título.

25-97375.0　　　　　　　CDD: 823
　　　　　　　　　　　　CDU: 82-3(410.1)

Meri Gleice Rodrigues de Souza - Bibliotecária - CRB-7/6439

Copyright © Laura Steven, 2025

Todos os direitos reservados.
Proibida a reprodução, no todo ou em parte, através de quaisquer meios.
Os direitos morais da autora foram assegurados.

Texto revisado segundo o Acordo Ortográfico da Língua Portuguesa de 1990.

Direitos exclusivos de publicação em língua portuguesa somente para o Brasil adquiridos pela
EDITORA GALERA RECORD LTDA.
Rua Argentina, 120 – Rio de Janeiro, RJ - 20921-380 - Tel.: (21) 2585-2000,
que se reserva a propriedade literária desta tradução.

Impresso no Brasil

ISBN 978-65-5981-588-3

Seja um leitor preferencial Record.
Cadastre-se no site www.record.com.br
e receba informações sobre nossos
lançamentos e nossas promoções.

Atendimento e venda direta ao leitor:
sac@record.com.br

Para Blair, a luz da minha vida

PRÓLOGO

Centenas de anos atrás

A FITA QUE PRENDIA OS PULSOS deles era vermelha como uma ferida.

Era o fim do Sólmánuður, e um belo dia para um casamento. Nuvens escassas passavam pelo céu pálido. O mar atingia os calhaus espalhados pela praia, e o sol da tarde salpicava a sua superfície com fragmentos de luz dourada. As rochas surgiam em meio à espuma rasa, envoltas em sal e nos resquícios de cantos de sereias — para aqueles que acreditavam em tais coisas, o que não era o caso da noiva.

Mas ela acreditava no amor, e no homem que estava diante dela.

O longo cabelo castanho do noivo estava adornado com fios de cobre. A barba, impressionantemente espessa para um homem que ainda não completara dezoito anos, havia sido trançada com anéis de metal e contas de porcelana, e perfumada com a essência de pinheiro e sálvia de seu melhor óleo. Ele vestia uma elegante túnica de cor escura que combinava com a calça, usava um bracelete de ouro e um cinto de couro amarrado na cintura, do qual pendia uma gloriosa espada com punho cravejado de rubis. Uma herança de família.

Um sorriso largo se abria no rosto do noivo, enquanto seus olhos brilhavam de alegria. Ele conhecia a noiva desde o dia em que nascera e sonhava com aquele momento havia mais de uma década. Ela era uma espécie de cordel dourado que atravessava a vida dele, amarrando o passado e o futuro em um laço harmonioso.

A noiva era uma figura alta e esbelta. Trajava um longo vestido de linho creme claro com detalhes prateados. Estava, no entanto, muito tensa.

Cada fibra retesada de seu corpo estava à espreita.

Meio caça, meio caçadora.

O noivo mal percebeu. Estava muito envolvido no momento, concentrado no grasnar das gaivotas e nas palavras tocantes da anciã que conduzia a cerimônia.

Enquanto trocavam as formalidades, suas mãos permaneciam atadas. A fita vermelha havia sido tecida a partir da túnica da falecida mãe do noivo, para que ela pudesse desempenhar um papel na cerimônia. De fato, o noivo sentia a presença da mãe ali, como um espectro ao mesmo tempo fugidio e sólido, reconfortante pelo contato com o pulso. Ele sentia o coração cheio, tão cheio que pressionava dolorosamente as costelas.

Por uma insistência curiosa da noiva, eles trocaram armas em vez de anéis. Sendo assim, duas facas foram forjadas pelo irmão dela, cada lâmina curva de prata gravada com o Valknut. Odin era o deus favorito do noivo; ele se via inexplicavelmente atraído pelo entrelaçamento de passado, presente e futuro, pelo nó perpétuo entre vida, morte e renascimento.

A sábia anciã sinalizou para que o noivo proferisse os seus votos.

— Pela luz do sol e pelo poder dos deuses — declarou o noivo, sentindo a garganta oclusa pela emoção —, prometo sempre amá-la e honrá-la.

Ele sacou a espada e tocou o punho cravejado no ombro da noiva.

A anciã assentiu mais uma vez, solene, quase fúnebre.

— Acredito que a noiva tenha escrito os próprios votos.

Algo estranho perpassou o rosto envelhecido da anciã. Escárnio?

A noiva sentiu um arrepio. Estava com frio desde que fora às fontes termais para se purificar e se despedir de sua castidade no dia anterior, e a apatia da anciã era perturbadora.

Uma brisa soprou, e o mar formava picos afiados que batiam como chicotadas na enseada.

A voz da noiva saiu baixa, porém cristalina, ao se dirigir ao noivo.

— Como o balanço do mar e a força das marés, o amor é, ao mesmo tempo, movimento e constância, eternidade. Não tenhamos medo da subida e da descida, da ascensão e da queda, da calmaria e da ressaca. Cada vez que as nossas almas se encontrarem, vamos mergulhar no frio azul e deixar que as ondas nos renovem. — Uma lágrima escorreu pela bochecha dela. — Eu te amo, e eu te amei, e eu te amarei.

O noivo pressionou sua testa acalorada na dela.

— Eu te amo, e eu te amei, e eu te amarei.

Eles esperaram por um momento, aguardando a bênção da união concedida pela anciã. Uma onda quebrou e ecoou seu chiado, e uma coluna de fumaça subiu do fogo recém-aceso onde a carne seria assada para o banquete.

O silêncio se estendeu além do esperado, e um murmúrio percorreu a multidão.

O rosto avermelhado do noivo estampava certa perturbação, mas o corpo da noiva, antes mesmo de sua mente, já havia percebido que algo terrível acontecia, com um alerta soando em seu peito.

E então vieram as palavras cruas e cortantes, que poderiam perfurar até o gelo.

— Vocês realmente acharam que eu não os encontraria?

O noivo e a noiva ergueram os olhos simultaneamente e, horrorizados, se depararam com o olhar da anciã aceso como metal derretido, incandescente. O rosto enrugado se esticava, e as unhas se alongavam, grossas e pretas.

O noivo cambaleou para trás. Sem hesitar, a noiva passou a lâmina conjugal pela garganta dele, abrindo uma fenda parecida com uma boca, por onde ele gorgolejou e expeliu sangue.

Ele tentou respirar, mas não conseguiu.

O choque passou brevemente pelo rosto dele antes que desabasse sobre os calhaus.

A noiva caiu um segundo depois, sem ar, embora a própria garganta permanecesse intacta. A lâmina ensanguentada caiu de sua mão, com o Valknut reluzindo.

A última coisa que viram antes que o mundo sumisse atrás de suas pálpebras foi a fita vermelha do destino, que ainda unia seus pulsos.

El Salvador
2004

A MESA DE JANTAR ESTAVA POSTA para um banquete, mas as facas grandes e afiadas haviam sido escondidas. A última coisa de que precisávamos era de um oligarca esfaqueado enquanto a carne assada era servida.

Doze de nós nos sentávamos ao redor do banquete, a família Sola de um lado e a Quiñónez do outro. Os empregados corriam por todo lado, colocando à nossa frente pratos azuis cheios de pupusas e mandioca frita. O fogo das velas em candelabros de prata tremeluzia, e os passos ecoavam sob o teto abobadado. O ar cheirava a defumado e coentro.

— Como está a produção de Pacamara? — perguntou papai, tentando disfarçar a tensão na voz. Os nossos convidados eram proprietários de uma grande plantação de café em Chalatenango. — Um ano ruim para o crescimento, não? Quase nenhuma estação chuvosa.

O sr. Quiñónez mudou de posição na cadeira de madeira.

— Rafael tem experimentado novas técnicas de processamento e a qualidade se mostrou excepcional. — Ele fitou meu pai com um olhar desafiador. — Vamos nos encontrar com um grande comprador europeu na semana que vem.

— Fico feliz em ouvir isso — comentou papai, com certa tensão nos lábios. Era visível que nunca tinha estado menos feliz em ouvir algo em toda a sua vida.

Ele era conhecido por ser uma pessoa irascível, pelos xingamentos intermináveis e por seu temperamento explosivo, mas eu sabia que havia ternura lá no fundo. Seu gosto por rock, amor pela arquitetura e senso de humor ácido o denunciavam, além da adoração genuína que tinha pelos filhos, o que era evidenciado não por meio de elogios piegas ou histórias de ninar, e sim pela maneira como se esforçava ao máximo para nos dar uma vida boa.

Eu sentia falta dele antes mesmo de partir; um tipo de tristeza antecipada, à qual eu havia me acostumado nos últimos séculos. Em uma tentativa falida de autopreservação, minha mente ensaiava a dor da perda antes que a morte chegasse, como se praticar fosse amenizar o golpe. Nunca amenizou.

O meu aniversário de dezoito anos seria dentro de alguns dias.

O que significava que em breve eu estaria morta.

E, na próxima vida, papai seria apenas um estranho.

Sem pensar de forma consciente, estudei com olhar cuidadoso nossos convidados, depois os empregados circulando em volta da mesa, procurando aquela *centelha*, aquela *sensação*, aquela... *coisa*.

NOSSOS DESTINOS ETERNOS

Entretanto, minha atenção não se fixou em nada... em ninguém... suspeito.

Examinar rostos era um tique tão natural para mim quanto respirar. A hipervigilância nunca havia me salvado antes, mas era um comportamento arraigado demais para ser revertido.

— *Buen provecho* — anunciou mamãe, gesticulando para que os nossos convidados comessem. Ela era a anfitriã perfeita em seu vestido branco de mangas bufantes e batom vermelho forte, embora houvesse uma preocupação estampada nos olhos.

— Vai ficar tudo bem, mamãe — sussurrara para ela na cozinha antes da chegada dos convidados. — Vocês todos querem o melhor para os seus filhos. Isso é tudo o que importa.

Ela apertara minha mão, suspirando.

— Você sempre pensa o melhor das pessoas. Das situações. Não sei de onde você veio, *mi rayo de sol*, mas espero que nunca mude.

A família Sola e a família Quiñónez eram velhas amigas que se tornaram inimigas ferrenhas. Os nossos interesses se alinharam principalmente ao longo do século XX, quando nossas plantações eram vizinhas, até que ambas as fazendas foram destruídas por um maldito incendiário no início da Guerra Civil. As famílias acusaram uma à outra pelo incêndio, retorquindo que a tentativa de sabotar a concorrência havia sido um tiro pela culatra.

Uma trégua temporária, enfim, tinha sido convocada, porque o coração tolo de Silvia, minha irmã, se apaixonara pelo filho mais velho dos Quiñónez, e nossos pais preferiam que qualquer derramamento de sangue ocorresse *antes* do casamento.

— Então — começou o sr. Quiñónez, sinalizando que a conversa fiada chegara ao fim. Ele fincou o garfo em um pedaço de carne com bordas escurecidas e parou a meio caminho da boca.

Papai fechou a cara.

— Então.

13

O sr. Quiñónez estreitou os olhos, e nenhum dos dois disse mais nada.

— Podemos pular a encenação estilo Montecchio-Capuleto, não? — perguntei de modo animado, enchendo a boca de mandioca frita. — Pelas crianças?

Um pouco imprudente, talvez, mas, em minha defesa, eu era um ser imortal prestes a morrer a qualquer momento.

Isso sempre acontecia quando a data de minha morte se aproximava: a língua ficava mais solta, os segredos saíam e eu falava as coisas que precisavam ser ditas e que nunca eram.

Mamãe me lançou um olhar de pessoa traída enquanto Rafael Quiñónez, o filho do meio da outra família, abafou uma risada do lado oposto da mesa. Seu cabelo castanho escuro caía em ondas ao redor do rosto, e seus lábios se curvaram em um sorriso reprimido.

— *No seas tan dunda* — sibilou minha avó, que em geral se mantinha em silêncio; no entanto, estava sempre me pedindo para não ser tão idiota.

Dei de ombros.

— Deveríamos estar comemorando. Afinal, o amor está no ar. *Love is in the air...*

Cantei essa última parte com entusiasmo desafinado, e Rafael não conseguiu suprimir o riso.

Papai olhou para mim em advertência.

— Adella, você precisa...

— Tomar um pouco de ar? — Sorri docemente, me levantando, enquanto minha irmã ficava boquiaberta. — Concordo.

Sem olhar para trás, empurrei as portas duplas de mogno que davam no pátio central da casa. A última coisa que ouvi foi meu pai se desculpando pela filha palhaça; o sr. Quiñónez retrucou rispidamente que eu havia herdado o talento de papai para cantar.

Gelo quebrado.

NOSSOS DESTINOS ETERNOS

De nada, Silvia.

Eu não temia as consequências; meu pai não seria capaz de me matar.

Somente uma coisa... somente uma pessoa... *seria capaz*.

Do lado de fora, o ar da noite estava quente e estagnado. Os ipês estavam lindamente floridos, as flores cor-de-rosa caindo sedutoramente como dançarinas em saias rodadas. Todas as venezianas azul-cobalto estavam abertas.

Caminhei pelos ladrilhos terracota até a pequena piscina em formato de rim no canto mais distante. Ficava na sombra parcial de uma laranjeira, e havia algas verdes se juntando nos cantos turvos. Tirando as minhas alpargatas e levantando minha saia fluida, azul-celeste, bordada com rosas vermelhas e douradas, me sentei na borda e coloquei os pés na água fria. Através de uma janela gradeada que dava para o interior da casa, ouvi um empregado deixar cair alguma coisa e praguejar com um *"¡Puchica!"*.

As portas duplas se abriram e fecharam outra vez, deixando escapar uma erupção de vozes acaloradas e, por um instante, achei que minha mãe tinha vindo me dar um sermão sobre falar demais.

Não era mamãe.

Era Rafael.

Nós estudávamos na mesma escola particular e frequentávamos as mesmas boates enfumaçadas. No entanto, andávamos em círculos diferentes. Havia uma espécie de ódio que precisávamos encenar entre nós, embora não significasse tanto quanto nossos pais esperavam. Na realidade, eu só não ligava muito para ele.

Ao vê-lo se aproximando, porém, minha respiração parou.

Será...?

Não. Eu nunca havia sentido o menor lampejo de suspeita na presença dele.

— *¿Qué onda?* — perguntou ele, com passos leves nos ladrilhos.

15

Eu não disse nada, apenas estreitei os olhos.

— Você foi engraçada lá dentro. — Havia um sorriso que se revelava em sua voz, quase um flerte. — Como se não se importasse com o que pode acontecer com você.

Dei de ombros, tentando conter as batidas irregulares do meu coração.

— É tudo tão...

Antes que eu pudesse terminar a frase, havia uma faca encostada na minha garganta.

Uma descarga de adrenalina; um vazio no meu estômago. A lâmina quente porque estivera guardada no bolso dele.

Soltei um longo suspiro de sofrimento e deixei meus olhos se fecharem.

— Porra, Arden.

O meu tom estava carregado de um tédio sarcástico, mas o meu peito retumbava. Não importava quantas vezes eu fosse assassinada, nunca ficava menos doloroso.

E, na verdade, eu não tinha suspeitado de Rafael nem por um momento.

Arden estava se aprimorando cada vez mais nisso.

Como eu não tinha percebido? Como não tinha sentido aquele entrelace de almas dilacerante, aquele magnetismo íntimo? Como eu poderia me proteger, sobreviver, se não visse a ameaça chegando?

— É uma pena, Evelyn — murmurou ele, com a respiração acariciando minha orelha como um lenço de seda. Ele estava atrás de mim, apoiado em um joelho, como se estivesse me pedindo em casamento. — Adella Sola foi uma versão que combinou com você.

Engoli em seco, a faca beliscando a minha pele.

— Normalmente você faz eu me apaixonar por você primeiro.

— Quis dar uma mudada nas coisas.

— Mentira.

Lancei a cabeça para trás o mais forte que pude para acertar o rosto dele, esmagando seu nariz com o impulso. Ele grunhiu e caiu para trás, liberando minha garganta.

— Aquela vez na Sibéria machucou você tanto quanto me machucou. — Tirando as pernas da piscina, rolei para longe dele, ralando meus joelhos nos ladrilhos ásperos. — Foi por isso que você manteve distância dessa vez?

— Acredite no que quiser.

Ele avançou, apontando o que então identifiquei como um canivete para o meu peito.

Consegui desviar no último segundo. Usando aquele segundo contra ele, agarrei seus cabelos e bati a sua cabeça no chão. O impacto reverberou pelo meu braço, como quando pulamos de um galho de árvore muito alto e sentimos o tranco nos joelhos.

O canivete escapou de suas mãos enquanto ele lutava para recobrar os sentidos.

Com o sangue circulando rápido pelo meu corpo, agarrei o cabo de madeira do canivete e rolei o corpo dele para ficar de barriga para cima. Ele soltou um gemido de dor quando montei em seu tronco, apertando os joelhos de cada lado de sua cintura, e alguma parte traidora de mim latejou ao sentir o seu corpo sob o meu.

Foco.

Desta vez eu queria olhá-lo nos olhos enquanto o matava.

Diferente de Nauru.

Pressionei a ponta da lâmina sob o seu queixo.

— E ainda assim você não me diz por que me caça em todas as vidas.

— É um insulto que você não lembre.

Os quadris de Arden se sacudiam bruscamente enquanto ele tentava me tirar de cima dele, e então, com um forte impulso repentino, conseguiu.

LAURA STEVEN

A lâmina cortou sua garganta bem quando nós dois caímos na piscina.

Com o corpo se debatendo, ele se engasgou com a água e o próprio sangue. A água estava morna e densa, e o canivete escorregou da minha mão já enfraquecida. Minha boca e meu nariz se encheram de cloro enquanto eu ofegava, tentando respirar, com as mãos se debatendo para longe dele, ou talvez indo na sua direção, em uma confusão de azulejos turquesa e um lampejo metálico e escarlate rodopiando na água.

Então, como se as nossas linhas vitais estivessem fatalmente entrelaçadas, o meu pulso diminuiu.

Um sol caindo abaixo do horizonte, uma orquestra lenta desaparecendo.

Sangue antigo escorrendo por uma ferida temporária.

Esta breve vida voou diante de meus olhos. O canto horrível do meu pai, a testa franzida da minha irmã ao pintar as suas aquarelas, as agulhas de tricô da minha avó batendo umas nas outras, as tardes escaldantes com a minha mãe no empoeirado centro da cidade, os cheiros de argila, café e calor, tudo isso condenado ao fim desde o início.

A tristeza se retorcia dentro de mim, pesada e intensa; a perda nunca se tornava mais fácil, o apagamento de cada história vivida, nunca menos desorientador.

Momentos após o último suspiro afogado de Rafael, a escuridão que aos poucos tomava minha visão finalmente me engoliu por inteiro. Flutuando em uma poça de carmesim, os nossos corações pararam de bater como um.

Toda vez a *mesma merda*.

País de Gales
2022

T**RAGÉDIAS POUCO SUTIS ATINGIAM A** família Blythe com frequência, como um rio que inunda as mesmas casas ribeirinhas e miseráveis ano após ano. E não importava o quanto tentássemos nos prevenir, não havia como enganar a natureza — ou o tal deus, ou o próprio diabo. É um devaneio humano, ou simplesmente soberba, pensar que podemos superar forças indomáveis como as estações do ano e o tempo; pensar que é possível construir algum tipo de represa que proteja a vida da morte. Sabemos disso, mas não deixamos de tentar.

LAURA STEVEN

Quando eu tinha oito anos, meu pai foi morto na véspera de Natal por um motorista bêbado enquanto caminhava do pub para casa. Preso contra uma parede de pedra, esmagado até que sangue escorresse pelos olhos, até que tudo nele se rompesse e explodisse. Uma tragédia, embora não a primeira e com certeza não a última.

Poucos meses depois, enterramos os pais dele, os nossos amados vovô e vovó. Eles morreram um seguido do outro — ataque cardíaco e derrame —, duas peças de dominó devastadas demais para permanecerem de pé por mais tempo.

Para piorar as coisas, oito anos geralmente era a idade em que eu começava a me lembrar do meu destino final. A percepção vinha devagar, a princípio, como a sensação de uma tempestade se aproximando no horizonte, ou talvez uma bomba atômica, mas sem entender de verdade *o que*, *quem* ou *por quê*. Em seguida, imagens começavam a tomar forma: uma faca no peito, um garrote em volta do pescoço, um veneno escorrendo pelo canto da boca. E então eu me *lembrava*. A partir desse ponto, passava os seis, oito ou dez anos seguintes me perguntando como e quando Arden atacaria de novo.

Como e quando eu morreria pelas mãos dele.

Ter que lidar com a minha morte iminente era uma coisa, mas fazer isso ao mesmo tempo que perdia metade da minha família era outra bem diferente. Depois de tantas vidas, depois de tanta crueldade, o fardo insuportável de ser humana estava começando a me cansar. O ciclo constante de amor e perda, tão inevitável e natural quanto as estações do ano.

Ainda assim eu tentava construir a represa que me salvaria.

Duas semanas antes do meu aniversário de dezoito anos, eu estava sentada no hospital onde os meus avós morreram, assistindo a minha irmã careca tocar violino.

A última nota soou suave como veludo. A madeira bem polida do instrumento escondia-se sob o seu queixo pontudo e pálido, a concentração no seu rosto relaxando conforme ela olhava para cima com expectativa.

— Meninas, me deem licença. — Nossa mãe assoou o nariz e enxugou os olhos com um lenço de papel. Ela se levantou rapidamente e saiu do quarto, o cachecol estampado esvoaçando atrás dela. Sem a presença de seu perfume de alfazema, o quarto tinha cheiro de ar parado de hospital.

Gracie revirou os olhos castanhos, repousando o violino no colo.

— Talvez eu devesse ter escolhido um instrumento menos melancólico. Bateria, quem sabe. Ou ukulele. A gente realmente acha que as enfermeiras podem me decapitar se eu começar a tocar banjo? — Reconheci meu próprio sarcasmo na voz dela; uma criança copiando a bravata da irmã mais velha.

— Mamãe só está assustada — eu disse. — Você é o bebê dela.

— Eu tenho catorze anos — retrucou Gracie, como se isso colocasse um ponto-final na discussão.

Gracie tinha sido diagnosticada com leucemia havia cerca de um ano, quando finalmente teve os seus infinitos hematomas examinados. Tinha aguentado firme, na maior parte do tempo, embora eu tivesse a nítida sensação de que era para combater a tristeza exageradamente sentimental da minha mãe. Eu a entendia, sem dúvida, mas às vezes me via irritada por ela não conseguir reunir forças para demonstrar coragem e firmeza, pelo bem de Gracie.

Na verdade, pensar em qualquer coisa ruim acontecendo com a minha irmã era profundamente doloroso para mim também, mesmo que não fosse provável que eu ainda estivesse viva para ver. Eu tinha amado muitos irmãos em muitas vidas, mas Gracie era com certeza a favorita. Perspicaz, estranha, brilhante de uma forma única. Tão *viva*. A imagem de seu corpo vazio dentro de um túmulo frio e úmido era tão incongruente que o meu corpo se curvava sobre si sempre que eu pensava nisso.

E a ideia de que minha mãe ficaria sozinha naquela grande casa de fazenda, uma casa que havia sido ocupada por uma família que ela adorava, me partia ao meio.

Porém, a coisa toda não chegaria a isso. Eu *não* deixaria.

Gracie indicou o curativo bege no meu braço.

— Como foi a injeção de hoje?

Os médicos estavam preparando o meu corpo para doar células-tronco.

— Nada comparado à quimio.

— De acordo com a sua grande experiência com quimio.

Enrolei o cabelo em um coque.

— Dizem por aí que é um tanto quanto horrível.

E, ainda assim, era um verdadeiro milagre. Eu tinha vivido tempo suficiente para me lembrar das serras de metal atravessando ossos, dentes mordendo desesperadamente trapos encharcados, tudo tão brutal e tão inútil. A medicina moderna era uma maravilha.

Gracie olhou para o meu cabelo com inveja. Ela costumava ter os mesmos fios acobreados e macios.

— Estou um pouco careca, de fato. Mas, como sempre fui excêntrica, talvez a cabeça pontuda à mostra se encaixe com a minha personalidade. Posso começar a carregar uma foice para realmente assustar as pessoas.

Uma imagem repentina e nítida veio a mim: uma foice apoiada contra uma parede de pedra escura.

Pareceu algo visceralmente importante, mas não havia contexto ligado a ela.

Os flashes de vidas passadas eram como pequenos fragmentos estilhaçados de um mosaico gigantesco, cuja imagem completa sempre estava fora do meu alcance. Era como um caleidoscópio, reorganizando o padrão das formas e cores toda vez que eu tentava entendê-lo.

NOSSOS DESTINOS ETERNOS

Eu me lembrava das últimas cinco ou seis vidas em detalhes vívidos: as visões, os cheiros e as emoções, os grupos de entes queridos que eu havia deixado para trás, cada traço de cada novo rosto de Arden. Entretanto, as vidas anteriores a isso se tornavam gradualmente menos distintas, até que tudo se tornava um borrão.

De vez em quando, um novo detalhe me vinha à mente, nítido e inconfundível, mas eu não conseguia lembrar como ele se encaixava no quadro geral da minha curiosa existência. Já havia vislumbrado imagens como uma fileira de piras sombrias perto de um porto agitado, um olival na ensolarada Andaluzia, um navio mercante nas turbulências agitadas do oceano Índico... mas as conexões entre tudo isso se perderam no tempo, ou na minha limitada memória.

E, por baixo de tudo isso, soterrado em várias camadas de amor, medo, confusão, mágoa, tristeza e raiva... havia um *porquê*.

Um *porquê* que havia me escapado por séculos.

Ao longo de cem vidas, busquei compreender esse *porquê* de todos os ângulos possíveis: do humano e mundano (um rancor, uma rivalidade, uma aposta) ao sobrenatural e misterioso (uma maldição antiga, um acordo com o diabo, uma criatura mística particularmente malévola e vingativa). Em alguns momentos, lampejos da verdade se manifestavam, como quando Arden deixou escapar, na sombria Sibéria, que um acordo feito tempos antes tinha selado o nosso destino. Contudo, nada sólido o suficiente se apresentara para tornar esse *porquê* uma estrutura robusta.

E, por razões que só algum deus sabia, Arden nunca compartilhava de bom grado a nossa história de origem.

Eu estava tão perdida nos meus pensamentos, absorta na imagem de uma foice afiada apoiada contra uma parede de pedra escura, que não percebi que Gracie estava falando.

Ou melhor, performando.

— "... e pensei em como é segurar você, cada estação sua" — proclamou ela, segurando nas mãos pálidas um livro de poesia encadernado em couro. — "Nosso amor reflorescendo, ano após ano, século após século, novas flores de antigas raízes, uma semente eterna da qual a vida sempre florescerá."

Uma estranha sensação de familiaridade me percorreu.

— O que é isso?

Amor florescendo, renovado, século após século?

Não era uma frase tão comum.

Gracie deu de ombros, jogando o livro na cama ao lado de suas pernas cobertas.

— É um livro qualquer de poesia que Becca trouxe para mim na última visita. — Becca era a melhor amiga igualmente macabra de Gracie, que só se vestia de preto e falava em uma voz baixa para disfarçar seu jeito alegre. — Ela organizou uma espécie de caixa de cuidados para mim. Foi um pouco dramático.

— Sim, mas qual é o livro? — Eu me inclinei para dar uma olhada melhor na capa.

Mil anos de você.

Meu coração parou de bater por um momento.

— É o livro viral do momento — disse Gracie de modo sarcástico. Ela evitava, por princípio, tudo que fosse popular demais. — Honestamente, o que Becca estava pensando? Tenho câncer, não mau gosto. Falando nisso, estou honrada que você ainda esteja usando o colar.

Gracie apontou para a fita preta em volta do meu pescoço.

Minha mão foi para a "joia" feia que ela havia confeccionado para mim algumas semanas antes. O pingente era um osso da sorte de frango que tinha sido descartado, e ainda cheirava vagamente a tomilho assado. Era completamente nojento, mas, pelo olhar triunfante no rosto dela quando me entregou o "presente", eu sabia que era um desafio. Eu teria que fingir que gostava daquilo e usá-lo o tempo todo, mesmo que fosse literalmente um pedaço de carcaça. E se eu o tirasse, Gracie me faria sentir culpada por meses.

Mordi o lábio, tentando esquecer o livro de poesia estranhamente adequado à minha situação.

— Sim. É lindo.

Ela pressionou os lábios, tentando não rir.

Um barulho metálico repentino ecoou do corredor, como se um carrinho de suprimentos tivesse virado, e eu dei um pulo onde estava sentada. Os meus nervos nunca mais foram os mesmos desde a Primeira Guerra Mundial — como se ser caçada como um animal por toda existência não fosse desgastante o suficiente.

Observei a porta por um tempinho, em parte esperando que Arden surgisse, mas nenhuma silhueta assassina se materializou.

— Qual é a primeira coisa que vai fazer quando sair daqui? — perguntei à minha irmã, com a voz um pouco trêmula, como barras frágeis e frouxas de uma gaiola. — Porque, é óbvio, você *vai* sair daqui, Gracie. Eu prometo.

O mais absurdo era que eu realmente acreditava nisso.

— Por que essa obsessão com coisas que talvez façamos no futuro? — Gracie sorriu. — Você é tão sonhadora.

— Você fala como se isso fosse uma doença fatal.

Ela me lançou um olhar penetrante.

— Eu encontrei a sua lista trágica. As coisas que você vai fazer quando for adulta, como se a vida adulta fosse um estado mítico.

Minhas bochechas ficaram quentes. Eu tinha feito uma lista daquela em todas as vidas que podia me lembrar, cheia de coisas que eu faria quando quebrasse a maldição e finalmente *vivesse*. Se você consegue imaginar um futuro, então com toda certeza ele deve ser real, deve ser possível.

— Sou otimista, ok? Então, o que *você* vai fazer quando estiver livre de tudo isso?

Gracie refletiu sobre a pergunta, brincando distraidamente com as cordas do violino.

— Ir para o cemitério.

— Por quê?

Eu esperava que o motivo fosse algo profundo, como visitar os túmulos da nossa família ou prestar homenagem aos amigos do hospital que haviam partido.

Gracie coçou o queixo.

— Um dos meus antigos professores morreu. Uma vez, ele me chamou de "perturbada". Eu gostaria muito de depredar a lápide dele.

Assim que minhas gargalhadas chocadas diminuíram, verifiquei meu pequeno relógio dourado e dei um pulo ao ver as horas.

— Merda, vou me atrasar para o trabalho.

Peguei a mochila do chão de linóleo desbotado e me levantei, relutante. Minha visão ficou turva. Agulhas me davam tontura, só que isso parecia uma coisa patética sobre a qual reclamar, dado o que Gracie estava passando. Também fazia muito pouco sentido: certa vez, meu tronco foi explodido por uma granada, mas, obviamente, um profissional da saúde treinado me espetar para um exame de sangue passava de todos os limites.

Virando a partitura no suporte ao lado da cama, Gracie ajustou o fino cobertor azul, pegou o violino e disse:

— Tchau, cara de pudim.

Embora eu intrinsecamente me considerasse Evelyn, aquele apelido carinhoso era uma das muitas razões pelas quais me sentia tão em casa como Branwen Blythe.

Jogando a mochila por cima do ombro, dei um beijo na testa de Gracie.

— Também te amo, Cara de Mingau.

— Você não pode sacanear a cara de um paciente com leucemia! — gritou ela. — Sua filha da mãe insensível!

Olhei para ela brevemente antes de ir, sentindo meus pulmões inflarem como um balão, preenchidos pelo amor que sentia.

Gracie tinha sido a única coisa que mantivera nossa mãe e eu sãs depois da morte de nosso pai. Ela era nova demais para entender a gravidade da situação, então passou os meses seguintes contando piadas horríveis e interpretando solilóquios dramáticos usando uma máscara veneziana, dançando foxtrote pela sala de estar nos saltos mais altos da minha mãe enquanto chorávamos perto da lareira. Ela era ao mesmo tempo um raio de luz do sol e uma sombra gótica. Uma das primeiras frases completas que aprendeu a falar foi "As sombras estão muito quietas hoje".

Houve um período de seis meses em que ela vestia roupas listradas e fingia que era mímica de manhã, à tarde e à noite. Os professores da escola queriam ficar bravos com aquilo, mas era impossível não rir com as expressões faciais de desenho animado e as apresentações cuidadosamente coreografadas que ela fazia.

Uma artista nata. Uma estranheza única.

Parecia tão injusto que alguém tão cheia de vida pudesse ser apagada por uma doença brutal. No entanto, ainda que eu tivesse perdido muitas pessoas em muitas vidas, poderia *salvá-la*.

Um poder raro. Um presente em uma eternidade de maldições.

Só tinha que sobreviver o suficiente para isso.

Eu faria dezoito anos em exatamente duas semanas. O procedimento com células-tronco estava programado para dali a quatro dias, após a injeção final de reforço celular. Eu era a única parente cujo tecido correspondia ao de Gracie; sem mim, ela teria que entrar em um cadastro nacional com uma lista de espera tão longa quanto o rio Wye.

Se Arden me encontrasse antes do procedimento, minha irmã morreria também.

País de Gales
2022

Andar em público fazia eu me sentir nervosa e exposta, como se tivesse levantado de uma mesa de cirurgia no meio de um transplante de coração com o peito aberto.

Seguindo meu treinamento rigoroso, caminhei em alerta máximo, examinando cada rosto, familiar ou não, em busca daquela sensação de reconhecimento, daquela sensação de puxão das amarras que nos uniam, daquele estalo de medo inato.

Não que isso tivesse me salvado em El Salvador; meu olhar tinha passado direto por Rafael Quiñónez.

Arden poderia estar em qualquer lugar. Poderia ser qualquer pessoa. E só precisava de um lapso momentâneo de concentração para atacar. Uma faca nas costas, uma bala na cabeça. Não importava o quão descarado fosse. Ele não precisava escapar impune, porque morreria também. Nossas linhas vitais, entrelaçadas fatalmente.

Mais quatro dias. Eu só precisava evitar meu assassinato por mais quatro dias.

Todos os instintos me diziam para passar aqueles quatro dias escondida, mas precisavam de mim no hospital para as injeções. E eu já tinha aprendido por outras experiências amargas que ficar parada em um só lugar me tornava um alvo fácil. Já que eu era mesmo um alvo, era melhor ser um alvo em movimento.

Na saída do refeitório, no andar térreo, passei por minha mãe, que trazia um copo de café para viagem em cada mão e um pacote de amêndoas debaixo do braço. Seu nariz estava rosado pelo constante fluxo de lenços para assoar. Ela me estendeu um dos copos e gesticulou para o pacote de amêndoas.

— O médico disse que Gracie precisa comer de forma saudável, e deus sabe que ela prefere se esfolar viva do que comer um vegetal.

Soltei um suspiro.

— Não acho que o câncer consiga diferenciar amêndoas de balas de gelatina azedinhas.

Ela balançou a cabeça com um sorriso estreito.

— Minha nossa. Vocês duas são tão... Fazem a coisa toda parecer engraçada. Tanta brincadeira e sarcasmo. Talvez seja uma coisa geracional.

Se ao menos pudesse dizer que a minha geração original havia nascido mais de mil anos antes da dela. A maioria dos adultos e figuras de autoridade agia como se tivesse vivido mais tempo do que eu e, portanto, compreendesse melhor a vida. Embora nunca tivesse vivido além dos dezoito anos e o meu lobo frontal nunca tivesse se formado por completo, eu tinha visto *muita* coisa.

— Se quer meu conselho... — comecei —, acho que Gracie agradeceria se você tentasse fazer o mesmo. Tire um pouco dessa tensão toda. Lembra como ela nos fez sorrir depois que o papai morreu? A gente deve isso a ela, tentar fazer o mesmo. Então, quem sabe, sorria de vez em quando. Tire sarro da cara dela. Chame a Gracie de ovo podre, ou, no mínimo, aprenda a dançar foxtrote.

Minha mãe sorriu, mas foi um sorriso que não alcançou seus olhos.

— Vou tentar.

Quando saí do hospital, passei por Dylan, o ajudante que estava trabalhando na fazenda da minha mãe nos últimos dois anos. Acenamos um para o outro de lados opostos das portas giratórias. Os bolsos de seu casaco xadrez de lenhador estavam cheios de doces e uma revista sobre cinema, o antídoto perfeito para amêndoas e sinceridade devastadora. Ele tinha vinte e poucos anos e amava Gracie como uma irmã mais nova. Nossa família era como uma colcha de retalhos de relações que não deveriam funcionar, mas funcionavam. Empregadas que viravam madrinhas, carteiros que viravam babás; todo almoço de domingo trazia uma mistura eclética de pessoas que nos faziam sorrir.

O céu sobre Abergavenny era de um azul claro e romântico; o inverno perdia força. Estava quente para meados de março, e um florescer com aroma de mel flutuava na brisa. A rua principal era ladeada por prédios baixos em tons pastel, e as colinas dramáticas se elevavam ao fundo em grandes arcos de floresta e pastagem. Havia um café antigo com cadeiras de vime na calçada, uma confeitaria que cheirava a torta de morango e uma barbearia zumbindo com o som das máquinas de cortar cabelo.

Eu sustentava um olhar ao mesmo tempo amplo e focado, afiado, atento a quaisquer movimentos repentinos, qualquer coisa que parecesse ligeiramente diferente do que no dia anterior, qual-

NOSSOS DESTINOS ETERNOS

quer coisa que *fisgasse* a minha atenção. Era exaustivo viver nesse estado intenso de alerta, sob essa necessidade constante de vigilância, mas, se isso me mantivesse viva por tempo suficiente para salvar Gracie, valeria cada segundo.

Do lado de fora da floricultura, havia um rosto não familiar, e o meu coração deu um salto.

Um garoto estava perto dos baldes prateados com flores, examinando os buquês. Alto e loiro, com olhos muito próximos e um corpo esbelto. Seu olhar distraído encontrou o meu, e senti um súbito arrepio ardente.

Acelerei o passo. Conhecia praticamente todas as pessoas da minha idade na cidade, e aquele loiro desconhecido não era uma delas.

Entretanto, ele já tinha desviado o olhar outra vez, conferindo o preço de um buquê de dálias vermelhas. Exalei longa e lentamente, tentando acalmar meus batimentos cardíacos.

Cheguei à livraria quatro minutos depois do horário do meu turno começar. Eu trabalhava na Beacon Books, uma livraria independente no meio da cidade; abandonei a escola no minuto em que se tornou mais ou menos aceitável fazer isso. Depois de séculos de diferentes tipos de educação, eu tinha perdido o interesse por completo. Os currículos estavam se tornando cada vez menos imaginativos com o passar das décadas; álgebra comutativa e orações substantivas, estrutura celular vegetal e tabelas periódicas, o brilho multicolorido da vida reduzido a porcas e parafusos e equações quadráticas.

O mesmo não poderia ser dito de Arden. Ele amava palavras, ideias, poesia e peças. Amava aprender, expressar, tecer pensamentos longos e sinuosos sobre a condição humana. Sempre carregava um caderninho em cada vida, anotando pensamentos, ideias e poemas, e, embora eu nunca tivesse tido permissão para lê-los, eu achava aquilo encantador. Era totalmente contraditório com o assassino implacável que eu sabia que ele era, mas talvez por isso eu o achasse tão atraente: aquelas pequenas peculiaridades e fraquezas que o tornavam a mesma pessoa, não importava quem fôssemos ou onde estivéssemos.

Seja lá o que significa "alma", só sei que ela pode ser guardada em um caderno.

Por isso importunei sr. Oyinlola, o dono da livraria, por meses, até que ele finalmente me contratou para trabalhar ao lado de sua filha.

Em todas as vidas, Arden era atraído pela literatura como uma abelha pelo néctar.

Então, se eu fosse encontrá-lo em algum lugar, onde melhor do que ali?

Dessa vez, eu queria encontrá-lo primeiro. Queria a vantagem, não ser pega de surpresa como fui em El Salvador, nem implorar pela minha vida como havia feito na Sibéria. Não faria tanta diferença, afinal a destruição mútua sempre seria o nosso final, porém era uma questão de orgulho.

No jogo da nossa existência, eu não queria perder.

Depois de um sermão sem entusiasmo do sr. Oyinlola sobre o atraso, comecei a trabalhar reabastecendo a seção de não ficção. Sempre ficava de olho na capa para ver se algum novo título poderia se aprofundar no estranho fenômeno da reencarnação consciente, mas, além de um livro sobre experiências de quase morte, nada era potencialmente útil. Eu vinha tentando entender essa maldição cruel, só que nem mesmo os cantos mais sombrios da internet tinham algum insight sobre o assunto.

Toda vez que o sininho da porta de entrada tocava, meu olhar disparava naquela direção, esperando ver um estranho com expressão afiada, exatamente da minha idade, entrar pela porta.

O meu assassino. A maioria da clientela dali, porém, consistia em aposentados à procura de livros sobre vida selvagem e pais estressados carregando crianças rebeldes em direção aos livros ilustrados.

Conforme o sol se alastrava no horizonte como uma gema amarela brilhante, ajudei Nia a fechar o caixa. Nia era uma garota negra, tímida e séria que usava óculos redondos e o cabelo preto quase raspado. Tinha a coleção mais impecável de cardigãs de tricô grosso que eu já tinha visto, e nunca olhava ninguém nos olhos.

Nia tinha muito conhecimento sobre interesses diversos, como xadrez, observação de aves e guerra nuclear, e tratava quase todos os outros tópicos de conversa como se nunca nada tivesse sido tão chato. Eu gostava muito dela e tinha aprimorado o meu conhecimento sobre Oppenheimer para tentar conversar à altura, mas Nia se mantinha distante. Eu não levava para o lado pessoal, afinal, ela se encolhia até mesmo com os afetuosos apertos de ombro do pai.

Nesse dia, no entanto, ela iniciou a conversa enquanto eu contava as notas de dez libras.

— Finalmente conseguimos estoque disto — comentou Nia, a voz gentil e doce como uma flauta com um tremor sutil. Ela procurou algo debaixo do balcão e tirou de lá um livro familiar, com capa preta lisa e letras douradas. — Separei uma cópia para você.

Quando ela me entregou o livro, passei o dedo sobre o título.

Mil anos de você.

Autor desconhecido.

O mesmo livro de poesia que Gracie estava lendo no hospital.

Um sentimento aterrador me invadiu, e eu não conseguia entender o porquê. Uma pontada de alerta para o perigo se anunciou em minha mente.

— Você ficou sabendo? Viralizou.

LAURA STEVEN

Balancei a cabeça, entorpecida.

— Não tenho redes sociais.

Não apenas por um vago senso de preservação, mas por princípio. Ao longo da vida anterior, vi a maneira como as redes corroem a democracia e incentivam conflitos, a maneira como fragmentam a capacidade de atenção e polarizam opiniões a extremos perigosos, a maneira como desvalorizam a arte e alimentam as sanguessugas chamadas de "inteligência artificial", a maneira como aumentam a adrenalina, manipulam a dopamina e reduzem o interesse humano a um objeto luminoso na palma das mãos.

— Ah. — Nia piscou quatro ou cinco vezes, os olhos castanho-escuros fixos em um ponto logo acima do meu ombro. — Bem, um jornalista de viagens encontrou na Sibéria um manuscrito de poesias sobre reencarnação. Aparentemente tem décadas, e ninguém tem ideia de quem o escreveu, mas publicaram o original em russo e agora está sendo muito comentado. Foi traduzido mundo afora, para vários idiomas. Da melhor forma que conseguiram, de qualquer modo. A poesia é linda, triste e estranha, e, além disso, tem o mistério de ninguém saber quem escreveu o original. Li uma teoria de que foi enviado à Terra por algum tipo de ser celestial.

Acenei em agradecimento, quase sem conseguir acreditar no que ela dizia.

Sibéria.

Por séculos eu havia implorado para ler os escritos dele, sem sucesso.

E agora as forças do destino e da sincronia tinham me entregado isso de bandeja.

Eram os poemas de Arden. Só podiam ser.

34

Rússia
1986

MIKHA JÁ CAVAVA AQUELA COVA por várias horas, mas a neve não dava trégua.

Ele trabalhava metodicamente, aquecendo brasas no fogo e depois espalhando-as sobre o pergelissolo. Assim que o gelo derretia um pouco, ele retirava as brasas, cavava o mais fundo que podia e repetia o processo. O vapor de sua respiração girava em torno do chapéu de pele como fumaça de charuto.

Nós vivíamos em um dos lugares mais frios da Terra, mais frio até que Marte. Cada vez que inspirávamos o ar gélido, era como se prata líquida invadisse os pulmões.

Sob o céu estrelado da Sibéria, estendiam-se quilômetros de taiga, florestas de coníferas escuras encobertas por mantos brancos. A aurora boreal brilhava com seu tom verde de ficção científica acima de nós. Estávamos finalmente saindo da excruciante estação do inverno (período em que a luz do dia desaparecia por dois meses seguidos), mas o frio ainda era o suficiente para fazer os ossos doerem.

— Quanto tempo acha que ela tem? — perguntei, tomando um gole de licor de cereja caseiro do cantil de Mikha. Aquela queimação doce desceu rasgando minha garganta. Ao meu lado, a fogueira crepitava, aquecendo a pele exposta do meu rosto o bastante para descongelar os cílios.

— Alguns dias, no máximo. — Ele terminou de colocar carvão na neve e voltou para se sentar a meu lado em um pedaço de tronco de árvore. Nossos enormes casacos de pele se tocaram, e mesmo através das camadas de visom grosso, meu sangue borbulhou com o toque.

Arranhei o gelo com a sola de minha bota de pele de rena.

— Quer falar sobre isso?

— *Nyet*.

Eu supunha que ele tinha perdido inúmeras mães. Ele simplesmente não conseguia admitir.

Segurei seu queixo com uma das minhas mãos enluvadas, meus lábios pressionados com uma pergunta não dita. Ele virou o rosto para mim com um sorriso lento e também segurou meu queixo. Eu amava o rosto dele nesta vida: olhos pretos estreitos e sobrancelhas escuras e grossas, o nariz largo e achatado e a pele lisa de um tom de amarelo quente.

Nós viramos nossos corpos, e, quando os seus lábios roçaram os meus, estremeci.

Estavam congelando.

NOSSOS DESTINOS ETERNOS

Embora tudo em mim quisesse continuar beijando-o, deixar o momento rolar, o ímpeto avassalador de protegê-lo fez eu me afastar.

— Você está gelado. Deveríamos ir para casa. Terminar amanhã. Um teste sutil.

No dia seguinte seria meu aniversário de dezoito anos, e eu tinha minhas suspeitas sobre aquele túmulo.

No entanto, nenhum de nós havia admitido conhecer a verdadeira identidade um do outro.

Ali, não éramos Arden e Evelyn. Éramos Mikha e Nadezhda, dois siberianos simples que se apaixonaram aos catorze anos, quando nossos pais nos levaram para pescar no gelo. Ainda me lembrava da descarga de adrenalina que senti quando vi Mikha pela primeira vez; a consciência visceral de que já nos conhecíamos. O magnetismo bruto que havia nos aproximado, como se eu fosse um planeta ao redor do qual ele sempre orbitaria.

— Estou bem. — Havia certa raiva nas palavras dele que eu não entendi bem.

— Mikha. — Coloquei a mão sobre a dele no tronco áspero da árvore. — Depois do que aconteceu com os seus dedos, eu...

— Disse que estou bem, ok? — Ele moveu a mão para longe da minha; a mão que havia sucumbido a uma queimadura de gelo no inverno passado. Mikha estava resgatando meu pai, que tinha se ferido enquanto caçava, e perdeu a noção da dor congelante no próprio corpo. O hospital mais próximo ficava a dois dias de distância, então o irmão dele cortou fora o mindinho e a maior parte do dedo anelar daquela mão, utilizando nada além de uma garrafa de vodca para anestesiar.

Tomei outro gole do licor de cereja, saboreando a doçura ardente.

— Sério, eu te conheço melhor do que isso. Está assim por causa de sua *mamushka*? — Sempre gostei da palavra russa para "mãe"; o jeito como passava pela língua como uma dança.

37

— Não. Nós nunca nos demos bem.

Ofereci a ele o cantil, e ele balançou a cabeça. Provavelmente a primeira vez na vida que disse não a um gole.

Dando de ombros, fechei a tampa outra vez.

— Ainda assim ela é a sua *mamushka*. A loja da aldeia não vai ser a mesma sem ela.

— Ah, sim. Sem ela, quem vai fazer cara feia para as pessoas que vão comprar leite de rena? — Ele riu com amargura. — Nunca me acostumei com a forma como os sorrisos aqui precisam ser conquistados, e não são dados.

Nós dois paralisamos. Aquele foi um pequeno deslize.

Se ele conhecesse só a Sibéria, não haveria nada com que se acostumar.

Meu coração começou a bater forte. Um clímax inevitável se formava, e eu não estava pronta. Nunca estive, na verdade, mas tinha me apegado àquela vida. Ordenhar as renas com minha mãe enquanto o sol em tons cor-de-rosa e alaranjados nascia sobre a taiga. Visitar o meu avô desdentado e ouvir suas histórias sobre a construção da ferrovia. Me enrolar na cama ao lado de Mikha, com a cabeça em seu peito, ouvindo seus batimentos cardíacos, nenhuma palavra dita, apenas uma corrente invisível pulsando entre nós.

O licor de cereja deixou tudo um pouco embaçado, porém uma coisa ficou nítida: tudo aconteceria naquela noite.

— Você sabe que é para nós, não sabe? — falou Mikha com seriedade, olhando para as brasas acinzentadas na fogueira. — O túmulo. Sabe quem realmente sou.

Com o coração aos trancos como um trenó, engoli a onda de emoção desesperada que me invadia.

— Sempre soube. Só achei que talvez dessa vez eu pudesse fazer você mudar de ideia.

Ele soltou uma bufada, metade do rosto na sombra contra o brilho alaranjado das chamas.

— Então você nunca me amou de verdade. Foi tudo uma manobra para salvar a sua pele.

— Você não acredita nisso nem por um segundo.

A fonte termal, a alma da nossa aldeia, murmurava tristemente ali perto.

— Só quero saber o porquê — sussurrei, tentando manter o tom de súplica longe da minha voz. — Não pode fazer isso por mim, pelo menos?

Ele olhou para o céu, como se procurasse consolo na luz verde brilhante.

— Saber vai causar mais dor.

— Eu... machuquei você de alguma maneira? Em uma dessas vidas antigas das quais não consigo me lembrar, mas você consegue? Tudo isso é uma vingança?

— Saber vai causar mais dor — repetiu ele com rigidez.

Minha visão nadava em meio ao licor e ao medo.

Com certeza ele não faria aquilo. Não dessa vez.

— Eu queria conseguir lembrar, Arden. Você acha que não passo todos os dias de cada vida vasculhando mentalmente os últimos mil anos? É só que... as vidas mais antigas... é como tentar lembrar de memórias de quando eu era um bebê. Às vezes, consigo identificar um som, uma visão ou um sentimento, mas desaparecem antes que eu possa resgatar por completo. Não sei onde a minha alma começou. Onde *nós* começamos.

O silêncio se instalou ao redor, deixando o ar pesado. Ao cavar o gelo para fazer uma cova, era preciso ter cuidado para não atingir um bolsão de metano, o que causaria uma explosão grave o suficiente para criar crateras no solo. Aquela conversa me deu a mesma sensação; a devastação silenciosa de cavar uma cova, infinitamente pior pela ameaça de detonação.

Arden enfiou a mão no bolso interno do casaco, tirando um caderno de couro marrom no qual passava longas noites escrevendo com ardor. Ele o segurou firme contra o peito, como se o conteúdo pudesse aquecê-lo.

— Não quero fazer isso, Evelyn. — Sua voz falhou ao mencionar meu nome, e meu coração se partiu.

Agarrei-o pelos ombros, forçando-o a olhar para mim. Seus olhos eram como as bocas dos vulcões: profundos e escuros, com algo eterno e letal agitando-se ao fundo.

— Então não faça. O que acontece se você simplesmente... não fizer? — Balancei a cabeça com força, mechas de cabelo com neve se soltando do chapéu de pele. — O que acontece se você não me matar, e eu não te matar, e pudermos ficar juntos?

Eu podia vislumbrar aquilo com tanta nitidez, a vida que poderíamos levar. Um casamento pequeno e simples perto do lago congelado. Ensinar nossos filhos a ordenhar as renas e a pôr iscas em varas de pescar. Uma casa nossa, com a porta da frente pintada de vermelho, a apenas alguns metros de todas as pessoas que amávamos. Eu queria tanto um futuro.

As minhas unhas teriam cravado marcas nos ombros dele se não houvesse vários centímetros de pele animal protegendo-os.

— Por que não podemos simplesmente... ser?

O arrependimento passou como um filme mudo em seu lindo rosto. Será que ele também conseguia vislumbrar? O futuro se desdobrando diante de nós, se ele fizesse uma escolha diferente? Ou estava tão determinado a repetir o ciclo que não se permitia nem *imaginar*?

Com uma expressão de dor, Arden gesticulou para o cantil.

— É tarde demais.

Toda a minha esperança tola evaporou.

O licor de cereja, misturado com um veneno sonolento.

NOSSOS DESTINOS ETERNOS

— Eu sabia que a minha determinação vacilaria no último minuto — sussurrou ele, cada palavra me perfurando. — Faremos dezoito anos amanhã. Tinha que ser agora.

— Por quê? — A pergunta saiu flutuando em uma nuvem de respiração. — Não o *grande* porquê. Mas... por que aos dezoito?

— Não podemos viver até... Não podemos. Seria nossa ruína.

Eu o soltei; meus membros ficavam dormentes.

— Já vivi até os dezoito antes?

Um aceno de cabeça breve.

— Duas vezes.

— E? O que aconteceu?

Mais silêncio. Deslizei do tronco de árvore para o chão gelado, apoiando a cabeça na madeira. A adolescente apaixonada que habitava em mim queria jogar os braços em volta das panturrilhas dele, para passar os últimos minutos daquela vida em contato com seu corpo, antes de sermos separados mais uma vez.

Em vez disso, eu falei:

— Você está me deixando com raiva, sabia?

Ele riu com amargura novamente.

— Eu também te amo.

Não era a primeira vez que ele dizia isso naquela vida, mas podia ser a última.

— Mesmo depois de eu te atingir com aquela besta no Monte Fuji?

— Mesmo depois de me atingir com a besta no Monte Fuji. Bem no olho. Você não conseguiria fazer isso de novo nem se tentasse.

— Você tem uma besta à mão?

Era uma piada, porém seu rosto se fechou em uma expressão de dor. Arden ficou de pé em um salto, ágil como um leopardo-das-neves, as mãos cruzadas sobre a cabeça.

— Porra, não quero fazer isso. Eu te amo. Eu te *amo*. O que estou fazendo?

— Também queria saber. — Eu ri, mas nada nunca pareceu menos engraçado. Era apenas *triste*. Mais triste do que qualquer outra coisa.

Ele começou a andar de um lado para o outro diante de mim, chutando raspas de gelo com as botas.

— Não. Não, não, não. Preciso desfazer isso. Não. Não vou deixar você morrer dessa vez. Nós vamos... nós vamos simplesmente dar um jeito no resto depois.

Meu coração deu um salto descontrolado. Nós nos apaixonamos em diversas vidas, mas era a primeira vez que ele mudava de ideia sobre me matar. A primeira vez que mudava de ideia, ponto-final. Teimoso como mula, tão obstinado em todos os sentidos, tão relutante em alterar o curso das coisas.

Infelizmente, era tarde demais. Saber disso era como uma garra de urso se fechando nas minhas costelas.

— Tem antídoto? — As minhas entranhas se agitaram, medo e veneno se fundindo.

Ele parou de andar e se virou para mim, desesperado.

— Consegue vomitar? Eu seguro o seu cabelo para trás.

— Que cavalheiro. — A noite flutuou acima de mim, minha visão espiralando em um mergulho, o contorno dele ficando embaçado. A náusea subiu pela minha garganta. — Mas acho que é tarde demais. Está tudo... está tudo...

Ele sufocou um soluço.

— Sinto muito. Sinto muito mesmo.

— Por que dessa vez? Por que dessa vez você mudou de ideia?

Se eu soubesse o porquê, talvez pudesse detê-lo na próxima vida.

— Ontem à noite, quando estávamos na cama... Não consigo explicar. Nenhuma língua que eu já tenha falado pode expressar o que temos que passar de novo e de novo. — Ele se ajoelhou diante de mim, apoiando a testa no meu joelho. — Tudo o que sei é que eu faria qualquer coisa para estar deitado naquela cama com você, por uma vez que fosse, sem pensar em como teria que te matar em breve. É tudo o que eu quero. Você. Viva. Comigo. — Ele olhou para o céu como se implorasse a alguma divindade sádica. — A ideia de ter que esperar mais dezesseis ou dezessete anos para ver você de novo é demais para suportar. — Sua voz era fraca e rouca. — E estou tão cansado disso. Estou tão *cansado*, Evelyn.

A raiva latejava nas minhas têmporas.

Como ele tinha coragem de agir como uma vítima enquanto era escolha dele repetir o ciclo?

— Estou cansada também, inclusive pelo fato de você ter acabado de me envenenar — retruquei, em vez de dizer o que eu realmente queria, que era que eu o amava também, apesar de tudo. Então, baixinho, pedi suavemente: — Deita comigo?

Ao tentar me erguer, todo o sangue foi para a minha cabeça, enquanto meu pulso ficava mais fraco. Ele me segurou firme, com braços fortes em volta da minha cintura ao entrarmos na cova.

Afinal, Arden também estava prestes a morrer. Seja lá o que fosse que unia nossas almas, não permitia que uma sobrevivesse sem a outra.

Mikha me deitou na terra congelada, e vi as estrelas e a aurora girando no céu. Eu me virei para o seu rosto quando ele se deitou ao meu lado, e ali estava a dor existencial gravada em cada contorno da sua face. Tirei a luva da mão com a queimadura de gelo, depois a minha, e entrelacei os dedos nos dele. Minha pele gritava por conta do ar terrivelmente frio, e ele me apertou com mais força.

— Eu te amo, e eu te amei, e eu te amarei — sussurrou ele, rouco, torturado.

Minha garganta doía.

— Eu te amo, e eu te amei, e eu te amarei.

Então, muito sério, ele acrescentou:

— Espero que a gente não tenha que comer rena congelada na próxima vida.

O céu parecia longe e próximo ao mesmo tempo. Eu queria afundar nos sons da fonte termal murmurante, engolir grandes goles de prata líquida enquanto ainda podia.

— Almas comuns não se lembram de onde estiveram anteriormente — sussurrei, observando os nossos redemoinhos de respiração flutuarem na noite. Olhei para ele, absorvendo o seu contorno uma última vez. — Elas não têm expectativas sobre para onde irão em seguida. Por que somos assim?

Ele fechou os olhos com força e lágrimas rolaram, congelando como contas de vidro logo abaixo das maçãs do rosto.

— Por causa de um acordo feito há muito tempo.

— O que você...?

Disse, o que você disse?

Implorei mentalmente para que minha boca terminasse a pergunta, que ficasse acordada tempo suficiente para ouvir o resto daquela resposta, mas senti que estava escorregando,

escorregando,

escorregando,

e, ali,

em uma cova mais fria que Marte,

ao lado da alma que eu tinha amado por cem vidas e perdido em todas as cem,

demos o nosso último suspiro sob as estrelas indiferentes.

NOSSOS DESTINOS ETERNOS

ao olhar para o primeiro espinheiro,
pensei em como o mundo se reinventa
ano após ano,
século após século,
o verão sempre a se esticar até o outono,
o inverno sempre a iluminar até a primavera,
novas flores a crescer de antigas raízes,
e pensei em como é segurar você,
cada estação sua,
nosso amor reflorescendo,
ano após ano,
século após século,
novas flores de antigas raízes,
uma semente eterna da qual a vida sempre
florescerá

— autor desconhecido

País de Gales
2022

Eu estava segurando a alma de Arden nas mãos. Disso tinha certeza.

Deitada na cama, tomando café com leite e açúcar, li *Mil anos de você* de ponta a ponta, cada linha, cada estrofe deixando marcas no meu peito. Era como se Mikha tivesse voltado dos mortos; aquela versão de Arden da qual tantas vezes eu sentia falta. Uma pessoa completamente diferente do carrasco de coração frio de El Salvador.

Um dos poemas descrevia o coração de Arden como uma casa mal-assombrada, cercada por um fosso cavado por ele próprio. Era uma perspectiva sobre o seu estoicismo, e me fez pensar que talvez

NOSSOS DESTINOS ETERNOS

ele odiasse o que havia se tornado, tão fechado e insensível, mas que isso era menos doloroso do que a alternativa: deixar-se amar, sabendo que tudo só poderia terminar de um jeito.

Pensei no meu sofrimento por antecipação, no modo como eu ensaiava obstinadamente a perda, como se fosse possível me proteger da dor inevitável, e pensei que talvez Arden tivesse razão. Quase todo mundo que eu tinha amado estava morto, e a dor nunca ia embora; eu apenas aprendi a existir com ela.

No entanto, para o bem ou para o mal, eu sempre me permitia sentir amor.

Chame de coragem, chame de insanidade; ambos estariam corretos.

Na verdade, uma parte de mim acreditava que todos que eu já tinha amado voltariam em outra vida, em outra forma. Não necessariamente *saberíamos* que havíamos nos conhecido antes, mas uma energia ainda vibraria entre nós, um amor revivido, um vínculo que supera o tempo.

Poucos anos antes da Primeira Guerra, uma médium itinerante chamada Ana Lamunière visitou nossa pequena vila na fronteira francesa, e escapei para vê-la contra a vontade dos meus pais, que acreditavam que os espiritualistas desafiavam os ensinamentos bíblicos. Em um pequeno café com janelas embaçadas, Ana ajustou o lenço de cabeça floral e me disse, em uma voz baixa e conspiratória, que as almas perdidas eram atraídas pelo amor que os vivos ainda sentiam por elas. Isso significava que, com frequência, pais renasciam como filhos de seus filhos, e irmãos que morriam juntos renasciam como gêmeos, e várias outras dinâmicas que eu achava confusas, mas que estranhamente faziam sentido.

Eu não tinha certeza se acreditava nas teorias de Ana, mas tinha algo de convincente em suas crenças. Sempre que pensava na colcha de retalhos amorosa que parecia cobrir a família Blythe, perguntava-me se aquelas pessoas aparentemente díspares (carteiros, ajudantes da fazenda, enfermeiros, professores e colegas de classe) eram atraídas até nós por alguma força antiga que perdurava. Em algum momento, aquelas almas tinham significado mais para mim, minha mãe, minha irmã e meu falecido pai do que supúnhamos.

Na ausência de quaisquer convicções religiosas duradouras, essa era a única fé desmedida que conservava: o amor é uma força física que nunca se perde. Uma vez que fosse colocada no universo, ecoaria em nós para sempre.

Quando contei isso a Arden, na época das trincheiras, e perguntei se ele também acreditava, seus olhos se fecharam conforme ele inclinou a cabeça para trás contra a parede do abrigo e disse:

— Não, acho que não.

— Acredita que o amor morre com o corpo? — murmurei, incrédula. — Então como explica o que acontece com *a gente*?

Ele não tinha uma boa resposta.

Enquanto eu lia o último poema de Arden, uma nova suspeita surgiu em mim, ainda um tanto indistinguível.

Poderia Nia ser a nova versão de meu assassino de longa data?

Ela agiu de maneira tão desajeitada, tão tímida, ao me entregar o livro.

Nenhum contato visual. Envergonhada, quase.

Ela *sempre* tinha sido fechada perto de mim. Porra, perto de todo mundo.

Não fazia muito sentido do ponto de vista dos números. Ela estava matriculada com um ano de atraso em relação a mim na escola, embora fosse possível que tivesse sido reprovada. E eu havia trabalhado ao lado dela o ano todo sem suspeitar de nada. Nenhuma descarga elétrica se manifestou em meu corpo quando nossos dedos se roçaram durante a contagem de moedas do caixa, nem olhares de cumplicidade.

Por outro lado, não senti eletricidade alguma em El Salvador. Nia era obcecada por xadrez, pássaros e guerra nuclear.

Tinha algo a ver com Arden? Tive uma visão fugaz de um tabuleiro de xadrez no deserto, décadas atrás, ou talvez séculos; a imagem nítida e viva, depois turva e indecifrável. Era assim que as memórias de vidas passadas chegavam a mim: pequenas explosões vibrantes, como borboletas que eu nunca conseguia capturar. O caleidoscópio em constante mudança, distorcido por uma força invisível.

Então, Arden e eu já tínhamos jogado xadrez antes, e o amor pela natureza sempre fora algo característico dele, o que explicaria os pássaros. Será que ele havia passado a se interessar por guerra nuclear durante a Guerra Fria? Eu não conseguia lembrar. Tantos detalhes de Arden foram esquecidos por mim, como conchas sendo levadas por uma maré errante, deixando para trás apenas uma planície vazia de areia e espuma.

De qualquer forma, se Nia era Arden, por que ainda não tinha me matado? Será que estava esperando a publicação do livro? Ela queria que eu finalmente lesse mil anos de poemas de amor sobre mim antes da minha inevitável morte?

No entanto, Arden havia protegido os seus escritos por séculos. Por que me oferecer isso de bandeja? Nesta vida, onde mal trocávamos palavras? Era para compensar a brutalidade fria de El Salvador? Para me lembrar de que, apesar de tudo, ele ainda me amava?

Tudo em mim se arrepiou com o pensamento de que Nia poderia ser Arden.

Outra rodada do jogo perverso, que eu perderia para o meu caçador.

No dia seguinte, a caminho do trabalho, vi o loiro desconhecido de novo.

Estava sentado do lado de fora do café ao lado da livraria, tomando um café preto e lendo jornal. Era algo estranho, um adolescente dos dias atuais lendo um jornal impresso, mas eu não conseguia entender exatamente *por que* a minha atenção continuava se voltando para ele.

Era a falta de familiaridade? A maneira como ele parecia espreitar às margens da minha vida?

Ele olhou para mim quando passei, e um lampejo de *alguma coisa* disparou pelas suas feições delineadas.

Meus instintos se contraíram como pernas de uma aranha que acaba de sofrer um golpe fatal.

Quem era ele? De onde tinha vindo? Eu deveria me preocupar?

Talvez. Primeiro, eu tinha que descartar a possibilidade de que Nia era minha assassina.

Quando passei pelo café, o meu olhar se deslocou para o imóvel comercial que estava vago ao lado. Tinha sido muitas coisas nos últimos anos: uma loja de cartões comemorativos, uma delicatéssen, uma loja de ferragens. Às vezes, eu gostava de fantasiar sobre abrir uma butique vintage ali.

Poucas coisas me davam mais prazer do que roupas bonitas. Com frequência eu pensava na ideia de reunir peças antigas e raras de várias partes do mundo. Seria como reviver as minhas vidas passadas, de uma forma discreta, ao colecionar vestidos de melindrosa, fraques, calças em estilo barroco e culotte, e então adaptar as peças para o guarda-roupa contemporâneo. Novos botões, bordados atualizados, cortes mais definidos e uma decoração de vitrine atrativa.

No entanto, a máquina de costura no meu quarto estava acumulando poeira havia quase um ano.

NOSSOS DESTINOS ETERNOS

Não é que eu tivesse parado de acreditar que tal sonho era possível. Mesmo depois de todo esse tempo, ainda havia uma chance de quebrar o ciclo, principalmente porque Arden havia mudado de ideia na Sibéria. O problema era que eu havia dedicado toda a minha energia aos cuidados com minha irmã doente e à necessidade de mantê-la viva e, por extensão, me manter viva também. Uma vez que isso fosse resolvido, e eu *iria* resolver, nenhuma sensação seria melhor do que o primeiro deslizar de uma tesoura de costura por um rolo de tecido novo, a maneira como a máquina tremeria sob as palmas das minhas mãos, o café com leite esfriando ao meu lado.

O primeiro item da minha lista de coisas que eu faria ao sobreviver: fazer e vender roupas bonitas.

Queria tanto que já podia sentir o gosto, e eu ainda acreditava que se tornaria realidade.

Tanto poder nessas três simples palavras.

Eu ainda acredito.

A Beacon Books cheirava a tinta, papel, poeira do estoque, biscoitos amanteigados velhos e café passado no pequeno escritório dos fundos. O espaço era pequeno e arrumadinho, apenas alguns milhares de livros nas prateleiras, mas todos cuidadosamente selecionados pelo sr. Oyinlola e sua filha. Alguns objetos antigos e estranhos estavam espalhados pelas mesas: globos terrestres em tons sépia com dobradiças rangentes, penas e tinteiros, mariposas de asas largas preservadas em âmbar.

A livraria estava surpreendentemente movimentada naquela manhã, e Nia, de forma determinada, não fez contato visual comigo enquanto atendia os clientes junto ao caixa. Vaguei pelo lugar, oferecendo recomendações a qualquer um que precisasse e verificando o estoque em busca de livros que eu sabia perfeitamente que não tínhamos. À medida que as horas passaram, pensei que não teria a chance de falar com ela, mas enfim a multidão se dispersou e ficamos apenas nós duas. Eu estava perto do caixa, reorganizando os calendários sem muita atenção.

— Li o livro — comecei, mantendo o tom o mais neutro possível.

— É? — A mão dela, enfeitada com uma mistura eclética de anéis de ouro, prata e jade, parou. — O que você achou?

O seu nervosismo estava *me* deixando nervosa.

— Lindo — respondi com cautela. — Ainda que um pouco exagerado em alguns momentos.

Um teste sutil, criticar levemente o trabalho. Ela não mordeu a isca.

— Quem você acha que escreveu? — provoquei. Depois de séculos de experiência em manter a compostura quando, no fundo, eu queria *fugir*, consegui perguntar com tom levemente curioso, em vez de totalmente acusatório.

Ela colocou um monte de cartões de fidelidade em uma pequena pilha organizada.

— Alguém que encontrou sua alma gêmea e que acreditava que eles já se conheciam de antes. E que isso terminaria em uma tragédia inenarrável.

Ela apresentou a teoria de forma simples, mas não me escapou à vista o movimento de sua garganta engolindo em seco.

Havia emoção ali.

— Significa algo para você. Este livro.

Ela assentiu e não disse mais nada.

— Por quê?

Nia deu de ombros.

— Eu só...

Ela não terminou a frase. Estava profundamente desconfortável, e eu, preocupada de ter forçado a barra. Eu precisava saber. Tinha que haver uma forma de trazer a verdade à tona.

— Você acha que já *me* conheceu antes? — perguntei, por fim.

NOSSOS DESTINOS ETERNOS

— Não — respondeu ela, então deu uma risadinha curiosa. — Acho que sou nova em folha, não vim de outras eras.

E então Nia desapareceu, voltando para o estoque, evitando meu olhar.

A conversa me deixou mais confusa do que antes. Ela estava certa; *parecia* ter uma alma nova em folha. Incerta, do mundo e de si mesma. Nia não tinha o ar desgastado de uma assassina com séculos nas costas. E eu nunca havia sentido nenhum tipo de atração na direção dela, nenhum tipo de sentimento incompreensível me puxando para ela.

No entanto, Rafael... Convivemos com certa proximidade por anos sem que eu sequer imaginasse que era Arden.

O quanto ele desenvolvera a habilidade de se esconder?

Passei o resto da tarde em um estado de inquietação nervosa, estudando Nia em busca de vislumbres de Arden. No entanto, não dissemos mais nada uma para a outra, e não havia nada suspeito na maneira rígida como ela reabastecia as prateleiras ou reorganizava as sacolas.

Cerca de uma hora antes do fim do meu turno, trabalhei na rearrumação da vitrine com alguns novos lançamentos de fantasia para os mais jovens. Quando eu estava empoleirando um dragão de papel machê sobre uma caixa de papelão virada, olhei para a rua e vi o loiro desconhecido.

O loiro desconhecido, parado, mais uma vez, do lado de fora da floricultura.

O loiro desconhecido, segurando uma rosa cor de pêssego, levando-a até o rosto como um perfumista.

O loiro desconhecido, olhando diretamente para mim.

Observando.

E ele sorriu, devagar, com arrogância, e então eu soube.

53

Ele havia aparecido na cidade do nada e, desde então, nunca tinha saído da minha órbita.

Não era Nia. Era *ele*.

Medo e desespero se misturaram.

Eu sabia que não deveria confrontá-lo; ainda não, pelo menos. A minha mão foi para o osso da sorte horroroso pendurado em meu pescoço. Eu tinha que salvar a minha irmãzinha primeiro. Ela precisava das minhas células-tronco. Ela era parte essencial da colcha de retalhos que manteria minha mãe aquecida quando eu morresse.

Mas o orgulho não permitiria que eu me escondesse.

Eu não podia perder esse jogo de novo.

Inundada de adrenalina intensa, saí deselegantemente da vitrine e fui correndo para a rua, mal olhando para os carros enquanto cruzava a pista estreita. Meu coração batia acelerado e as fachadas das lojas em tons pastel se borravam ao redor, buzinas gritavam, grupos de pedestres murmuravam com preocupação sem que eu notasse. As colinas se erguiam ao fundo de tudo, tão vastas e indiferentes quanto deuses adormecidos.

Enfiei a mão no bolso do meu vestido rodado feito à mão (em vermelho, minha cor favorita) e fechei os dedos em volta do canivete suíço que eu havia comprado alguns meses antes. Era de fabricação barata, e as peças eram duras e relutantes. Passei horas todas as noites abrindo e fechando a lâmina, desgastando a dobradiça até que ela se soltasse com mais facilidade.

Não o retirei do bolso, só precisava saber que estava lá.

O loiro desconhecido observou eu me aproximar com uma confiança preguiçosa, e meu sangue pulsou com aversão. Ele estava brincando não apenas com a minha vida, ou a vida dele, mas com a da minha irmã caçula. E isso eu não toleraria.

A sua boca se abriu quando cheguei a alguns centímetros de distância, mas, antes que ele pudesse falar, coloquei minhas mãos em cada um dos seus ombros e o empurrei com toda a força.

A surpresa daquele movimento o fez perder o equilíbrio, tropeçando para trás em um balde de cravos laranja e amarelos, espalhando tudo pela rua.

As pessoas que transitavam pela calçada pacata se sobressaltaram. O balde rolou para a rua, e os freios dos carros guincharam.

— Não desta vez, Arden — disparei ao me colocar sobre ele, bloqueando o sol do seu rosto.

Ele piscou para mim e depois para sua mão sangrando. Devia ter agarrado o caule espinhoso da rosa ao cair. A ponta fincou na pele.

— Que merda é essa?

— Me deixe em paz, está bem? — Eu ainda ouvia o sangue ruidoso, um desespero animalesco entorpecendo meus membros. — A minha irmã caçula está doente. Ela precisa de mim. Então, *por favor*, Arden, me deixe em paz por mais alguns dias até...

— Quem é Arden? — Ele se arrastou para trás como um besouro, derrubando um regador de aço escovado, e então levantou as mãos como se estivesse sendo autuado pela polícia. O sangue escorria contrastando com seu pulso branco. — Olha, me desculpe por sorrir para você, provavelmente foi um pouco sinistro, mas não sou bom nessa coisa de flertar e essa sua reação... isso é um pouco demais, beleza?

Um lampejo de dúvida cruzou minha mente. Ele parecia genuinamente confuso e um tanto assustado.

Contudo, não seria a primeira vez que Arden tentava me enganar para que eu baixasse a guarda. E, embora o loiro desconhecido não parecesse estar armado, poderia estar escondendo uma arma até ter o alvo livre. Não adiantaria apenas me machucar, principalmente se ele acabasse em uma cela de prisão sem conseguir terminar o serviço.

Melhor prevenir do que remediar.

Engoli em seco.

— Me mostre sua identidade.

O nome não significaria nada, mas a data de nascimento diria tudo o que eu precisava saber. Se tivesse nascido no mesmo dia, no final de março, aquele à minha frente era o meu inimigo imortal.

Olhando para mim como se eu fosse um lobo raivoso, ele enfiou a mão no bolso de trás, pegou uma carteira de couro preta e me entregou um documento, sua carteira de motorista provisória turquesa, que estava enfiada entre um bando de recibos amassados e passagens de ônibus. Forcei a vista para ler contra a luz do dia.

Ceri Hughes, nascido no dia seis de outubro.

Ele tinha feito dezoito anos vários meses antes.

O sangue subiu para as minhas bochechas com a quentura da vergonha, mas não tive tempo de me atrapalhar com uma explicação, porque a florista apareceu na porta com um regador em miniatura em uma das mãos e um par de tesouras de poda na outra.

Angharad Morgan. A amiga de minha mãe das aulas de galês.

— Bran? — A voz de Angharad tremeu quando ela olhou para mim. O cabelo castanho ondulado dela estava preso para trás, afastado do rosto de meia-idade com uma faixa estampada com narcisos. — O que está acontecendo? — Então ela lançou um olhar mordaz para Ceri. — Você está incomodando essa menina?

— Só um mal-entendido — respondi rápido, lançando um olhar para Ceri que comunicasse *"entre no jogo ou vou te decapitar aqui e agora"*.

Ele assentiu vagamente, sem tirar os olhos dos meus.

— Só um mal-entendido — repetiu ele, as palavras atravessadas por uma espécie de tom de brincadeira, como se aquela cena fosse apenas uma piada interna e caprichosa que estávamos compartilhando.

As profundezas azul-claras dos seus olhos exibiram um brilho cuja causa eu não conseguia identificar.

Fascínio? Entretenimento? Ou apenas confusão?

Por que ele mentiria de bom grado por mim se não fosse Arden?

— Bem, se você tem certeza... — As feições de Angharad demonstraram consternação quando ela examinou a destruição que havíamos causado. — Mas vai me pagar pelas flores estragadas, não vai, Bran?

— Sem dúvida — murmurei, com o calor da culpa subindo pelas bochechas. — Desculpe.

Ela sorriu de forma calorosa.

— Está tudo bem. Agora, saiam daqui. Todo esse alvoroço é ruim para os negócios.

Ao caminhar envergonhada de volta para a livraria, não olhei para Ceri, mas meu coração disparou como um tambor.

Será que eu tinha acabado de colocar minhas mãos sobre o peito de Arden?

Será que tínhamos acabado de trocar as primeiras palavras em quase dezoito anos?

Ou será que eu só tinha acabado de fazer um grande papel de boba?

O loiro desconhecido parecia genuinamente confuso com a emboscada, e a sua data de nascimento sugeria que ele não era o meu perpétuo caçador. Mas a expressão confusa podia ser fingida, a carteira de motorista podia ser falsificada e, depois de ser pega de forma tão desprevenida em El Salvador, eu me sentia mais insegura do que nunca com relação aos meus instintos.

Como eu poderia descobrir se esse desconhecido estava dizendo a verdade?

E se ele fosse Arden, como eu poderia sobreviver aos três dias seguintes enquanto ele estava bem ali, em Abergavenny?

Nauru
1968

No convés de um pequeno barco de pesca, próximo à costa de Nauru, o corpo de Elenoa se debatia como o de um peixe fisgado.

Ela *nunca* me deixava vê-la dormir. Agora eu sabia por quê.

O sol estava se pondo no horizonte, manchando o céu com a cor do interior de uma toranja. Eu estava deitada de barriga para cima, olhando para um ponto fixo no estabilizador da embarcação, sentindo a madeira quente e áspera de sal do convés sob as minhas pernas nuas.

Nós duas tínhamos nascido meninas nesta vida, e eu adorava a suavidade, a maciez da língua e do corpo.

NOSSOS DESTINOS ETERNOS

Amar alguém do mesmo gênero não era algo isento de desafios, óbvio; ao longo da história, havíamos enfrentado a ameaça constante de surras e ofensas, de castração e até mesmo execução, mas nas vidas anteriores a sensação que tive era de que o mundo estava se movimentando na direção certa quanto a esses preconceitos. Algumas culturas estavam abrindo os braços para todos os tipos de amor, para as diferentes cores e texturas com as quais ele poderia ser tecido. Garotas amarem garotas ainda era ilegal naquela ilhota conservadora, porém isso não nos impedia de trocar beijos sob as estrelas, de entrelaçar nossos dedos à vista de todos.

Havia sido uma semana boa na embarcação, um pequeno barco vermelho passado adiante pelo tio de Elenoa. Tínhamos pescado trutas e garoupas, lagostas e mariscos gigantes. Tínhamos nos sentado na proa com as pernas balançando na borda, comendo mangas e mamões, com o suco escorrendo pelo queixo. Tínhamos assistido a cada pôr do sol, nos revezando para bebericar a garrafa com vinho azedo feito de flores de coco fermentadas.

Apoiei-me nos cotovelos e olhei para a ilha, banhada de luz quente. Era linda, de uma forma apocalíptica. Quase um terço dela tinha sido esgotado pela mineração de fosfato, que deixara para trás um planalto irregular de calcário e corais brancos pontudos. Era ainda mais distópica quando pisávamos em terra firme, com seus trilhos de bonde abandonados e latas de querosene enferrujadas poluindo a paisagem antes exuberante.

Humanos são uma praga.

Havíamos conquistado a independência dos britânicos no início daquele ano, e os nauruanos mais otimistas achavam que viveríamos uma nova era brilhante. Eu, por minha vez, vivi períodos pós-coloniais suficientes para saber que as coisas raramente eram tão simples, especialmente quando as fortunas de um lugar eram literalmente construídas com cocô de pássaro.

A ilha era cercada por fragmentos de coral, tornando impossível a construção de um porto; por outro lado, ficávamos protegidos contra piratas.

Elenoa e eu estávamos deitadas no convés do barco logo além do recife saliente, observando o pôr do sol, com a carga lotada de atum recém-pescado. Ou pelo menos era o que estaríamos fazendo se ela não tivesse adormecido.

— Não, por favor... não... arghhhh — gemeu ela, a cabeça batendo repetidas vezes nas tábuas ocas de madeira. Seus membros, de pele macia e marrom, estremeceram violentamente, e ela começou a berrar como se estivesse sendo torturada.

Um pesadelo.

Isso já tinha acontecido antes, eu me lembrava, no hospital psiquiátrico em Vermont, e até antes disso, embora memórias anteriores fossem mais nebulosas, como o fundo desbotado de uma paisagem em aquarela.

Passei o polegar sobre o pedaço de coral em forma de adaga na palma da minha mão. Eu podia terminar com tudo naquele instante. Podia matá-la ali, enquanto dormia, e poupar as duas da dor de dizer adeus mais uma vez.

Ou eu podia tentar, mais uma vez, e pressioná-la por respostas.

Convencê-la a nos deixar *ficar*.

O meu ridículo coração otimista sempre acreditava que as coisas poderiam ser diferentes.

Escondi o coral em um amontoado de rede dobrada e coloquei a mão sobre a dela. Os meus calos, forjados por anos trabalhando com as linhas de pesca, se encaixaram entre os nós dos dedos dela, como se nossas mãos fossem peças de quebra-cabeça sempre destinadas a se encaixar.

Uma imagem veio até mim, bruta como a carne viva de uma ferida e tão profunda quanto um poço: nossas mãos atadas com uma fita vermelha. Tal imagem desapareceu assim que surgiu, deixando para trás o vazio. Uma terra sem cultivo.

O corpo curvado de Elenoa se retorceu para longe de mim em outro espasmo violento, seus gritos angustiados ecoando pelo barco. Eu a abracei de lado, enterrando o rosto nos cabelos escuros e grossos ao redor do seu pescoço, envolvendo-a pela cintura com um braço.

Uma sensação de calor se espalhou por mim, algo entre o prazer e a dor. Nunca tínhamos transado em nenhuma de nossas vidas, o que era uma questão de princípio para Arden, por conta do assassinato inevitável e muitas vezes iminente, mas aquele arrepio e aquele peso abaixo do estômago estavam se tornando mais difíceis de ignorar.

— Elenoa. — Me aninhei em suas costas. — Elenoa, calma. Está tudo bem. Você está sonhando.

Quando senti que ela despertara, a contorção diminuiu e os gemidos pararam, mas seu corpo permaneceu rígido como uma tábua. Mesmo sem ver o rosto dela, eu sabia que estava envergonhada.

— Com o que você estava sonhando?

— Só pesadelos — respondeu ela, rouca.

— Com o quê? — Nunca fui de deixá-la escapar facilmente.

— Não importa, Heilani.

— Parecia que você estava sendo torturada.

— Deixa para lá.

Balançando a cabeça, suspirei junto às suas costas.

— Você é a pessoa mais teimosa que já conheci. Teimosa, orgulhosa e irritante.

A mão dela encontrou a minha e a apertou.

— Você ainda está aqui, não está?

— Às vezes sinto que não tenho escolha — admiti. — Não de um jeito ruim. De um jeito tipo "as nossas almas estão destinadas a se encontrar".

O barco balançava suavemente, e meus olhos ardiam por causa de mais um dia de sol escaldante no Pacífico Sul. Eu até gostaria de adormecer, mas havia muitas perguntas e pouco tempo.

Nunca havia tempo suficiente.

— Como você sempre me encontra? — sussurrei, com a testa ainda pressionada contra suas costas e os braços apertando sua cintura como se ela fosse uma boia e eu não soubesse nadar.

Depois de um longo momento de contemplação, Elenoa murmurou:

— Existe uma coisa tipo... uma amarra, ou algo assim. Ela vibra entre nós. Me atrai até você, como um ímã. E enquanto eu não te encontro... é como estar sempre com fome. E me corrói. — Seu peito subiu e desceu conforme ela engolia em seco. — Você não sente isso?

Mordi o interior da bochecha.

— Sinto, mas não me aponta para você como uma bússola. É mais como um desejo intenso. Só que não diminui quando estamos juntas. Se intensifica.

Era assim que todos os humanos sentiam o amor? Eu nunca saberia com certeza.

— *Saudade* — sussurrou Elenoa, e a palavra acendeu uma centelha de reconhecimento de uma vida passada.

Antes que eu pudesse traduzi-la, Elenoa se virou para mim. A luz quente do pôr do sol fez a sua pele assumir um tom reluzente. Havia sal branco empoeirando suas têmporas, impregnado pelo calor do dia.

Ela me observou de forma penetrante com seus olhos escuros e intensos.

— Quer mesmo ficar comigo?

— *Sim.* — Era verdade. — E isso... isso remonta até onde as minhas memórias alcançam. Além até, se isso for possível. Você consegue se lembrar do nosso começo?

— Sim — sussurrou ela, baixinho, como se a palavra em si fosse uma facada no coração.

— Não estou pronta para te deixar de novo. — Um desespero familiar começou a arranhar a minha garganta. — Quero ficar com você muito mais tempo depois de completarmos dezoito anos. Quero que sejamos velhinhas que se sentam para jogar xadrez juntas. Que discutem se vai ou não chover. — Lágrimas ardiam em meus olhos. — E nunca vou entender por que isso não pode acontecer.

As respostas dela já tinham se esgotado, e ela apenas olhou para mim em um silêncio doloroso.

Segurei o queixo de Elenoa com minha mão áspera.

— Se não quisesse ficar com você, me esconderia em uma caverna na montanha e esperaria sozinha. Até eu atingir a maioridade e você sair do meu pé.

O canto de sua boca se curvou em um meio sorriso.

— Como se isso tivesse dado muito certo para você em Portugal.

Portugal. Foi lá que ouvi a palavra *saudade* antes. Não era facilmente traduzível. Uma espécie de anseio, uma nostalgia, uma sensação de incompletude, não apenas romântica, mas existencial, enraizada na própria estrutura do nosso povo. Fazia sentido com Arden. Português é a língua dos sonhadores melancólicos, dos poetas solitários.

— Sabe essa forma como estamos ligadas? — refleti. — Se você não conseguisse me encontrar em uma vida, por qualquer motivo... acha que se você se matasse, eu morreria também?

Algo passou pelo rosto dela, mas desapareceu antes que eu pudesse entender.

— Talvez sim. Talvez não. Nunca pareceu valer a pena arriscar.

A frustração tomou conta de mim tão de repente que quase perdi o fôlego.

— Mas o que você está *arriscando*?

A pergunta preencheu o silêncio, e então murchou ao permanecer sem resposta.

Colocando-se de pé, ela cruzou para estibordo e olhou para o horizonte. O sol estava quase se pondo, e os raios finais brilhavam vermelhos como uma fênix.

— O meu amor por você poderia encher um oceano, Evelyn. — Havia uma resignação terrível no seu tom. — Mas não pode parar a maré do tempo.

Soube naquele momento que ela ia agir, então resolvi agir primeiro.

O barco balançava bem na frente de uma ponta particularmente traiçoeira de recife, que emergia da água como uma espada.

Dei um último suspiro com gosto de sal e peixe fresco, tomei coragem diante da onda de culpa que tentava me afogar e empurrei Elenoa para frente com todas as forças. Um arrepio percorreu meu corpo quando o peito dela foi empalado no coral.

Morremos bem quando o sol se pôs na borda do mundo.

País de Gales
2022

No dia seguinte, o loiro desconhecido que ataquei do lado de fora da floricultura entrou na Beacon Books enquanto Nia estava no intervalo do almoço.

O ambiente estava deserto, e eu estava empoleirada em um banco velho atrás do balcão, folheando uma das últimas cópias que restavam de *Mil anos de você* em busca de alguma pista que poderia ter me escapado. Não que isso fosse me ajudar naquele momento; os poemas tinham sido escritos décadas antes. Mesmo assim, eu ainda ansiava por um *porquê*, um *como*. Por que isso estava acontecendo conosco? Como eu poderia me libertar? Talvez o simples ato de colocar tinta no papel tivesse desbloqueado alguma resposta que minhas perguntas incessantes nunca conseguiram.

Ao ver Ceri, empurrei o livro para o lado do caixa, me levantando por nenhuma boa razão. Uma vaga necessidade de estar pronta para a batalha, talvez.

Seu cabelo loiro estava bonito e arrumado, e ele vestia um moletom verde, um tanto desgastado, e jeans preto largo no corpo magro. Havia uma saliência sutil para a esquerda no seu nariz, como se tivesse sido quebrado em uma partida de rúgbi e nunca cicatrizado direito, e algumas sardas na pele branca.

Ao se aproximar do balcão, seus lábios se curvaram em um sorriso tímido, como se todo o fiasco do dia anterior tivesse me tornado mais intrigante.

— Bem, você sem dúvida tornou o meu segundo dia em Abergavenny interessante.

Senti náusea quando me lembrei do cheiro forte de cloro na piscina da família Sola, do redemoinho metálico de sangue na água turquesa.

Será que eu estava prestes a encontrar a morte mais uma vez?

Quanto iria doer?

No entanto, não sentia aquela atração intensa, aquele magnetismo bruto. Eu não sentia aquele amor tácito e avassalador.

Será que aquela poderia realmente ser a alma que me segurara nas trincheiras da Primeira Guerra?

A paranoia despertou como uma fera saindo do período de hibernação, e tentei me concentrar nos fatos. Ele tinha aparecido em Abergavenny do nada, e de imediato havia fixado sua atenção em mim, a menos de duas semanas do meu aniversário de dezoito anos. Tinha ficado do lado de fora da floricultura dois dias seguidos sem comprar nada, apenas *olhando*.

Com certeza isso significava alguma coisa.

NOSSOS DESTINOS ETERNOS

— Afinal, o que foi aquilo? — Ele ajeitou a alça da mochila no ombro. Havia interesse em seus olhos semicerrados, e ele não parecia se importar com o fato de ser estranho encarar outra pessoa tão descaradamente. — Você me confundiu com alguém?

Dei de ombros demonstrando indiferença, mas me senti tão tensa quanto uma flecha repuxada em um arco, prestes a ser lançada.

— Acho que sim.

Ele riu, embora aquilo não tenha sido particularmente engraçado.

— Então espero que a gente passe a se conhecer melhor.

Ele estava... *flertando*?

Ou apenas zombando da minha cara?

Com certeza não estaria interessado em mim se *não* fosse Arden, depois do que aconteceu. Ninguém em sã consciência iria atrás de uma garota que o atacou aleatoriamente do lado de fora de uma floricultura.

É Arden, é Arden, tem que ser Arden.

— Qual é a sua história, afinal? — Minha garganta estava seca como areia, e minhas mãos tremiam. Agarrei o balcão para me apoiar. — Você disse que era apenas o seu segundo dia em Abergavenny.

Deixe algo escapar. Vai. Para que eu possa ter certeza.

— Acabei de me mudar da roça. — Nitidamente, sua voz tinha um sotaque do interior. — Fugi de um pai alcoólatra e do pesadelo que é uma mãe controladora. No fim das contas, percebi que estou melhor sozinho — ironizou, de modo autodepreciativo. — Foi mal, acho que me abri demais.

— Está tudo bem.

Só que nada parecia bem.

Estou melhor sozinho.

O coração dele era uma casa mal-assombrada, cercada por um fosso que ele próprio tinha cavado.

67

A suspeita fez o meu sangue gelar. Tudo apontava para uma direção, e essa direção levava à minha morte iminente.

Ainda assim, não consegui me convencer a fazer uma pergunta direta. Eu não queria provocar um confronto antes de salvar Gracie. Pensei nela desfilando pela sala de estar como uma dançarina de salão, pequena, engraçada e inocente, e o instinto de proteção cresceu no meu peito. Tantas pessoas passaram pelas minhas vidas sem que eu pudesse salvá-las: da fome, da seca, das pragas, das armas. Mas Gracie... eu podia *salvá-la*.

— Estou precisando muito arrumar um emprego. — Ceri suspirou, mas havia um ar de atuação nisso; um exagero sutil. — Aluguei o apartamento em cima do posto de gasolina por ora. — Ele gesticulou para a garagem no fim da rua. — Mas o dinheiro já está acabando. Sabe se por acaso estão contratando aqui?

Fiz uma nota mental de onde ele morava. Só por precaução.

Balancei a cabeça.

— Desculpa. Levei seis meses importunando o dono até ele enfim ceder e me contratar. Na verdade, não acho que eu seja realmente necessária para o funcionamento.

— Justo. — Ele sorriu de maneira humilde. — Ei, desculpe ser ridiculamente direto, mas por acaso você quer sair para tomar um café comigo algum dia?

Sem dúvida ninguém além de Arden me convidaria para sair em uma situação assim.

Sem dúvida.

Fazia quase dezoito anos desde a última vez que havíamos nos falado, e, por mais que eu temesse a agonia aguda da morte, uma pequena e ridícula parte de mim estava empolgada com a possibilidade de reencontrar Arden.

Nós nos amávamos havia muito tempo, um amor que sobrevivera aos momentos mais sombrios da história, a circunstâncias impossí-

NOSSOS DESTINOS ETERNOS

veis, a destinos terríveis e a uma tristeza imensurável. A alegria e a dor que compartilhávamos nos amarrara permanentemente.

Ninguém me conhecia melhor. Ninguém mais *entendia* o que vivíamos. Havia uma familiaridade entre nós, o nosso segredo compartilhado era uma fortaleza que nunca poderia ser violada. Sem Arden, eu me sentia completamente sozinha no mundo.

Pensei nos beijos doces trocados em uma trincheira suja. Nos nossos corpos enroscados em um barco de pesca cheio de sal. Na cama com cobertores grossos de pele animal na sombria Sibéria, minha cabeça apoiada em um peito largo, os beijos na testa e os dedos entrelaçados, e na sensação de ser lenta e fatalmente envenenada.

O amor, seguido da morte. Era assim, até El Salvador.

Uma mudança tão repentina, tão gritante, que eu ainda não tinha entendido.

Analisei Ceri com atenção, percebendo que não sentia nada por aquele estranho.

Entretanto, depois do ocorrido na piscina da família Sola, isso não queria dizer que não era Arden.

A minha mente deu voltas; um anzol de pesca sem fisgar nada.

— Por que você iria *querer* sair comigo? — perguntei com firmeza, a mente cheia de emoções conflitantes. — Eu ataquei você.

Ele deu de ombros.

— Gosto de garotas interessantes.

Uma resposta nada Arden da parte dele. Não era poética ou profunda. Não pulsava com algum significado não dito.

— Sem pressa. Só pense a respeito. — Ele estendeu a mão de dedos longos, pálidos e finos. — Tem uma caneta? Vou te dar o meu número.

Entreguei a caneta esferográfica a ele e um impulso repentino tomou conta de mim. Passei a caneta por cima do meu exemplar de *Mil anos de você*, estudando-o com atenção para ver se desencadearia alguma reação.

O olhar dele se fixou no título, mas a expressão em seu rosto não revelou muito.

— Era isso que você estava lendo quando entrei?

— Era. — Meu pulso estava acelerado como os ratos correndo em nossa casa na fazenda.

— "Autor desconhecido". — Ele mudou o peso do corpo de um pé para o outro, e eu não conseguia interpretá-lo, e odiava não conseguir. — Do que se trata?

Minhas mãos tremiam tanto que as segurei, o punho esquerdo fechado na palma direita.

— Um livro de poesia que encontraram em um local remoto da Sibéria. É sobre amor, reencarnação e almas gêmeas.

Um lampejo de algo atravessou o rosto de Ceri, mas foi passageiro, como as memórias vívidas e repentinas que eu tanto lutava para segurar.

— O que está achando?

Aquela era uma pergunta de um adolescente desajeitado puxando conversa? Ou de um escritor com alma imortal que enfim havia compartilhado inadvertidamente seu trabalho com o mundo?

— É lindo — admiti, sentindo um calor tímido se espalhar pelas minhas bochechas. Afinal de contas, o livro era sobre mim. E se Ceri realmente fosse Arden, eu queria que ele soubesse o quanto era significativo ler aquilo. — Estou feliz por enfim ter sido publicado.

Ele parou por um momento, olhando fixamente para a capa, então assentiu como se de repente decidisse alguma coisa.

— Quero levar.

Meu sangue se agitou nas veias quando passei o livro no caixa e o entreguei a ele. Estaria Ceri comprando algo de uma versão

NOSSOS DESTINOS ETERNOS

passada de si mesmo? Ou eu estava imaginando o tom melancólico da conversa?

Ele escreveu seu número de telefone no recibo e o devolveu para mim.

Quando Ceri saiu da loja, eu não consegui relaxar, não consegui soltar a respiração que estivera prendendo desde o segundo em que ele havia entrado.

Porque mesmo que eu estivesse segura por enquanto, não estaria segura por muito tempo.

Pensei na nossa interação pelo resto do meu turno, repetindo-a várias vezes em minha mente, buscando evidências incontestáveis, revirando cada palavra como se estivesse verificando pérolas preciosas em busca de imperfeições. Não encontrei nenhuma.

Ainda assim, aquele sentimento de desconforto se solidificou, virando uma certeza, conforme as horas passaram. A aparição repentina, a gravitação imediata ao meu redor, o interesse pelo livro de poesia...

Checando meu telefone no final do turno, vi que Gracie tinha me mandado uma mensagem:

> mamãe me chamou de ovo podre ontem à noite

> ela quase morreu de incômodo

> por que sinto que isso foi obra sua?

Enquanto eu mandava uma resposta, meu estômago ainda estava contraído de ansiedade.

Havia apenas mais duas injeções de reforço antes do transplante.

Mais dois dias que eu tinha que permanecer viva.

País de Gales
2022

Q UANDO BATI NA PORTA DO apartamento em cima do posto de gasolina, ninguém atendeu.

O plano era apenas falar com Ceri. Para descobrir se ele realmente era Arden. E, se fosse, contar tudo sobre Gracie e a minha situação na esperança de que ele concordasse em adiar o massacre até que as minhas células-tronco estivessem seguras no corpo dela. Certamente ele ainda tinha amor suficiente por mim para me dar mais dois dias.

Toquei a faca no bolso para ter certeza de que ela não tinha caído, toquei a campainha duas vezes, esperando ouvir o som de

NOSSOS DESTINOS ETERNOS

passos descendo as escadas até a porta branca. E então esperei um pouco mais, sem saber o que fazer em seguida.

Eu poderia simplesmente ter mandado uma mensagem para ele. Partir do princípio de que ele era mesmo Arden e ter contado a respeito do transplante, implorado pela sua misericórdia, na esperança de que o nosso tempo na Sibéria tivesse tanto significado para ele quanto o livro de poesia sugeria. Mas eu queria avaliar a sua reação, observá-lo à procura de pontos sensíveis, pressioná-los como hematomas. Não queria que ele conseguisse se esquivar da conversa. Precisava que ele entendesse o quanto isso era importante para mim.

E talvez, só talvez, eu *quisesse* vê-lo de novo.

A noite havia caído, a porta estava iluminada pelo neon dos letreiros chamativos do posto de gasolina, e me peguei sentindo falta do brilho sutil dos lampiões a gás. O século XXI era tão *sem graça*. Às vezes eu me maravilhava com a evolução do mundo, com a beleza da medicina moderna e como ela dava à minha irmã uma chance de lutar —, mas, outras vezes, pensava em smartphones, prédios de aço e oceanos cheios de plástico e ansiava por um tempo que já havia chegado ao fim. Testemunhar as mudanças constantes dos últimos séculos significara assistir à pixelização gradual da Capela Sistina, à compactação da intensa genialidade de da Vinci em 16 bits, ou a grandes orquestras reduzidas a um único teclado sintético. Muito embora, é preciso dizer, os sistemas de esgoto modernos fossem mesmo muito bons. Eu não sentia falta dos rios infinitos de merda correndo pelas ruas de Roma.

Puxei meus pensamentos errantes de volta para Abergavenny.

Havia apenas um carro nas bombas de gasolina, e seu dono idoso estava na loja de conveniência comprando cigarros no balcão. A entrada do apartamento ficava do outro lado do prédio, dando para a estrada, então eu estava perfeitamente escondida na soleira.

LAURA STEVEN

Quando ninguém atendeu à terceira batida, outra ideia me ocorreu.

Eu tinha aprendido a arrombar fechaduras no tempo em que roubava diamantes dos membros da realeza durante a ocupação do Quênia, e mesmo que não conseguisse me lembrar de detalhes daquela vida, minhas mãos ainda se lembravam do que fazer. Memória muscular, ou algo parecido. Era uma habilidade muito útil, independente de quem você fosse ou onde estivesse, então sempre me certificava de ter um kit de ferramentas simples com pelo menos uma chave mestra, palheta e gancho de precisão e uma minúscula chave de tensão. Carregava-os escondidos no compartimento traseiro de uma bolsa vermelha de pele de cobra que Gracie havia me dado de Natal.

Se pudesse entrar e revistar o apartamento de Ceri, talvez encontrasse alguma prova. Na verdade, tinha certeza de que encontraria. Os humanos são assim: deixamos rastros de nossas almas em todos os lugares, tão únicos e identificáveis quanto impressões digitais.

Antes que eu me convencesse do contrário, peguei o kit, examinei o posto de gasolina uma última vez e comecei a trabalhar.

A porta do apartamento tinha uma velha fechadura de aço, arranhada infinitamente por um fluxo interminável de inquilinos. No começo, meus dedos se atrapalharam, incertos pela falta de prática, as ferramentas brigando entre si.

Mas, por fim, senti o clique gratificante de algo cedendo, e me permiti dar um sorrisinho de satisfação.

Não arrisquei acender um interruptor de luz, pois não queria que Ceri chegasse em casa e visse o brilho através das janelas. Em vez disso, liguei a lanterna do meu celular e subi a escada acarpetada. Havia correspondência indesejada espalhada pelo chão, propagandas e cardápios de restaurantes, o que me pareceu estranho. Se ele tivesse se mudado apenas dois dias antes, como tantas correspondências poderiam ter se acumulado? Por mais relapsos que os proprietários fossem, duvido que deixariam o lugar em um estado como aquele para um novo inquilino.

Será que aquela era a primeira mentira? Será que, na verdade, ele estava em Abergavenny havia um tempo, esperando até que surgisse a oportunidade certa de me assassinar?

O apartamento em si estava quase desprovido de pertences pessoais. Nas paredes, pendiam pinturas de paisagens genéricas, que poderiam pertencer a Arden, eu supunha, mas pareciam escolhas de um corretor imobiliário qualquer para deixar o lugar com mais cara de casa. O chão contava com um carpete creme encardido e havia um sofá cinza de aparência barata com almofadas amarelas, uma mesinha de centro baixa com algumas canecas de chá manchadas espalhadas sobre ela e um único par de tênis off-white largados perto do móvel preto da televisão.

A cozinha tinha azulejos amarelo mostarda sujos, o rejunte manchado de um cinza-amarronzado opaco. Uma olhada dentro da geladeira e dos armários não me deu noção de nada. Havia apenas uma lata de café instantâneo, um saco de açúcar e um pacote fechado de biscoito. Eu não sabia se isso indicava a presença de Arden. Ele tomava café puro, e não havia leite na geladeira, mas o saco de açúcar era inconsistente com esse fato. A menos que já estivesse lá no momento em que ele se mudou — dois dias antes ou sabe-se lá quando.

Depois de verificar o banheiro, que tinha apenas sabonete para as mãos, escova e pasta de dentes, xampu e uma única toalha de banho preta pendurada, entrei no quarto.

A cama de casal estava arrumada com um conjunto de edredom xadrez azul, e havia mais pinturas de paisagens genéricas penduradas acima dela. A primeira gaveta da cômoda estava aberta, revelando vários pares de meias pretas com diferentes cores no calcanhar. As outras gavetas continham basicamente jeans e moletons, e apenas duas camisas amassadas estavam penduradas no guarda-roupa com dobradiças soltas.

O livro de poesia jazia em cima da mesa de cabeceira de pinho, com uma passagem de ônibus sendo usada como marcador de páginas. Ele tinha lido menos de dez páginas. Não configurava a leitura frenética esperada de um autor que havia descoberto seu trabalho de uma vida passada.

Eu estava prestes a desistir e decretar a missão como inconclusiva quando o meu olhar se fixou em um grande objeto preto no parapeito da janela.

Quando percebi o que era, meu coração deu um pulo.

Uma máquina de escrever.

Velha, muito velha, e não usada recentemente, pelo visto. Não havia nenhuma pilha de papel ao lado, nem carretéis de fita dentro. As teclas estavam um pouco empoeiradas, como se a máquina tivesse sido retirada de um depósito.

Era isso. O sinal que eu estava procurando.

Por que outra razão alguém como Ceri teria aquela coisa? Por que, ao passo que tinha tão poucos outros pertences, se daria ao trabalho de trazer aquela máquina de escrever da casa de sua família? Ou comprá-la em alguma loja de antiguidades tendo tão pouco dinheiro, mal dando conta do aluguel?

A única peça de decoração que ele havia escolhido para a casa solitária e mal-assombrada. A escrita, sua eterna companheira, sua única confidente. A imagem dele sentado com um café preto e um jornal... Eu deveria ter percebido naquele momento.

Uma alma antiga.

Novas flores de antigas raízes, uma semente eterna da qual a vida sempre florescerá.

NOSSOS DESTINOS ETERNOS

Minha mão tremeu quando a estendi para tocar a máquina, para encurtar a distância emocional entre nós, como se ali estivesse a parte de sua alma que ele mantinha tão escondida, mas puxei os dedos de volta bem a tempo. As teclas estavam empoeiradas. Ele notaria se tivessem sido tocadas.

Dando um passo atrás e tentando silenciar meu coração que rugia, vasculhei a mente para encontrar o curso certo de ação.

Eu deveria sair naquele instante, antes que ele me pegasse, e tentar ficar fora do caminho dele até depois do transplante? Ou deveria esperar e confrontá-lo quando ele voltasse para casa? Embora esse fosse o plano original, pareceu muito arriscado. Uma luta poderia facilmente dar errado, e eu não queria dar a ele motivo para me matar antes que salvasse Gracie.

Era pular fora. Sair dali. Recalcular meus passos.

Entretanto, ao sair pela porta da frente, um carro velho e ferrado chegou e estacionou ao lado do posto de gasolina. Uma figura masculina saiu, colocando um capuz sobre a cabeça loira.

Ceri.

Não.

Arden.

Com o coração batendo forte, me esgueirei contornando o prédio em direção às sombras. Atrás do posto de gasolina havia um pequeno bosque de árvores, e andei pé ante pé até elas o mais silenciosamente que pude, me escondendo atrás de um tronco estreito para vê-lo entrar no apartamento.

Eu não tinha trancado a porta. Ele notaria?

Como era de se esperar, quando colocou a chave na fechadura, Ceri parou. Franziu a testa. Mexeu a maçaneta.

E então olhou ao redor, como se soubesse que um intruso estava em algum lugar próximo.

Bem onde eu estava me escondendo.

Fiquei perfeitamente imóvel, esperando que a escuridão me acobertasse. Meu pulso era um rufar de tambores.

Depois de vários instantes agonizantes, ele desviou o olhar outra vez e entrou.

A tensão deixou os meus membros, e eu deslizei até o chão cheio de lascas de madeira, a casca da árvore áspera arranhando meu casaco.

Meus músculos estavam fracos, minhas entranhas pareciam soltas, e deixei escapar uma lamúria involuntária.

Arden estava ali.

Ele tinha me encontrado. E, muito em breve, iria me matar.

Então por que eu queria tanto correr para os seus braços?

Argélia
1932

Dois dias depois de meu pai ser baleado na praia, tive que trabalhar.

Eu era garçom no Chez Anouilh desde que havia deixado a escola no verão anterior, servindo café preto em copos baixos para os expatriados franceses que tomavam conta da cidade. O dono do estabelecimento, um parisiense insensível, insistiu para que eu fosse direto para o meu turno depois do funeral do meu pai; ainda estava com as bochechas salgadas pelas lágrimas, e o cheiro de gerânios e terra molhada me seguiam como um fantasma.

LAURA STEVEN

O café ficava a algumas ruas da praia, entre uma tabacaria e uma padaria. Era um boulevard bonito, ladeado por figueiras e carros, com o cheiro de pão fresco se misturando ao odor forte de gasolina. Quando as pessoas naturais dali se abrigavam do sol durante o pico da tarde, as calçadas ficavam cheias de gatos. Naquele dia, o tabaqueiro estava sentado do lado de fora da loja, em uma cadeira dobrável, fumando e observando a vida passar.

O céu estava carregado, e o ar úmido ameaçava chuva.

Coloquei um café expresso na frente de Farid, um homem alto e magro que passava o dia todo, todos os dias, na mesma mesa ao ar livre, lendo jornais enquanto fumava como uma chaminé. Nós havíamos nos tornado próximos nos meses anteriores, uma espécie de relação de tio-sobrinho, fazendo piadas e trocando histórias. Ao lhe trazer o seu último café do dia, antes de ele trocar para uma garrafa de vinho, minhas mãos tremeram tanto que o sachê de açúcar mascavo caiu no chão. Tentei pegá-lo, mas Farid foi mais rápido.

Endireitando-se e rasgando a parte superior do sachê, ele disse:

— Fiquei muito triste em saber de sua perda, *habibi*. O seu pai era um homem bom.

— Obrigado. — Lágrimas invadiram meus olhos, e a vergonha me consumiu como uma chama. Meninos não deveriam chorar, pelo menos não em público. Olhei para o céu carregado para acalmar a emoção.

— Que tragédia sem sentido. — Farid balançou a cabeça enquanto misturava o açúcar no expresso. A mesa inteira balançou quando ele fez isso, apesar do cinzeiro servindo de calço sob uma das pernas tortas. O líquido marrom escuro espirrou na toalha plástica vermelha.

— Sim. — Foi tudo o que consegui dizer.

— Ele vive em você. Lembre-se disso.

NOSSOS DESTINOS ETERNOS

Assenti, pisquei e desviei o olhar.

Uma família francesa branca com sotaque acentuado chegou, meninos gêmeos em trajes de marinheiro combinando, visivelmente *pieds-noirs* — europeus que habitavam terras africanas colonizadas —, embora eu não cultivasse a mesma aversão intrínseca por eles como outros nativos. Arden e eu tínhamos sido franceses em vidas anteriores, morrendo pelo nosso país nas trincheiras encharcadas de sangue da Frente Ocidental. E então, ali estava eu, vivendo com o povo de uma costa que, justificadamente, detestava a terra pela qual eu havia me sacrificado. Quem quer que fosse o dono da mão divina responsável pelas nossas reencarnações, nitidamente tinha senso de humor.

Quando eu estava prestes a anotar o pedido da família francesa, um garoto baixo, bonito e bem-vestido, mais ou menos da minha idade, parou do lado de fora do café.

Ele olhou nos meus olhos e fez um aceno familiar, pesado.

Pela segunda vez em tantas vidas, não senti medo, e sim alívio.

Um caminhão passou sacolejando pelos paralelepípedos irregulares atrás dele, levantando uma nuvem de poeira. Ofereci-lhe um sorriso fraco, acenando em direção ao interior vazio do café. Ele me seguiu silenciosamente para dentro.

— Então você me achou. — Coloquei a bandeja e o bloco de notas no balcão e me ocupei trocando o filtro de café. Os nervos estavam à flor da pele conforme eu olhava ao redor do estabelecimento, pintado de um vermelho desbotado e descascado. — Um destino melhor do que as trincheiras, tenho certeza de que concordará.

Ele examinou algumas das fotos emolduradas nas paredes. Havia vários provérbios ilustrados que os proprietários haviam traduzido do árabe para o francês. Do jeito que conseguiram.

Arden gesticulou para uma frase que deveria ter sido *"inda al botoun da'at al 'okoul"*, que se traduziria como "No estômago, a mente está perdida". Só que eles erraram e traduziram *mente* como *ouvidos*.

— Está errado — murmurou Arden, visivelmente horrorizado. — Deveria ser algo como *"Dans les ventres, les espirits se perdent"*. Ou talvez outro tempo verbal? Talvez...

— Que pedante.

— Tradução em um estado colonizado é um ato de violência, e... — Ele parou quando finalmente fixou o olhar em mim. — *Oi*.

Estranho, quanta emoção podia ser transmitida em uma única sílaba.

Observei sua nova aparência. Ele tinha pele marrom e um nariz comprido e torto. O cabelo escuro estava penteado para trás, e ele vestia uma camisa de botão, um paletó justo e uma gravata vermelha. Nitidamente vinha de uma família rica. Eu me senti mal-apresentado com meus pelos faciais irregulares, o avental desbotado e manchado e minhas mãos cheias de cicatrizes de queimaduras que se atrapalhavam com o laço nas costas. Ao puxar o nó para desfazê-lo, apertei ainda mais, e a frustração que aquilo causou finalmente soltou a tristeza dentro do meu peito.

Apoiando os cotovelos no balcão, pressionei as palmas das mãos nas órbitas dos olhos e sucumbi aos soluços angustiantes.

— Evelyn — disse Arden com a voz rouca. — O que foi? — Ele não estendeu a mão para me tocar, e meu coração traidor desejou que ele tivesse feito isso.

— Meu pai... m-morreu. Ele foi morto, na verdade. — Explosões de cores dançavam atrás dos meus olhos enquanto eu os pressionava com mais força contra as palmas das mãos. — Um ato aleatório de maldade. Sem motivo, nem nada. Não consigo entender. E não quero viver sem ele. Então, acabe logo com isso. Agora. Por favor.

NOSSOS DESTINOS ETERNOS

Estiquei o braço sob o balcão onde os pratos estavam secando em um escorredor e dali puxei uma faca, que eu usava para cortar baguetes, e lhe entreguei. A lâmina era serrilhada. Doeria para cacete, mas não seria pior do que a sensação de perder meu pai. A lembrança de sua barriga grande, seus abraços calorosos, o amor pela observação de pássaros, os conselhos sábios sobre como se tornar um homem enquanto fazíamos passeios noturnos ao longo das docas...

Nunca mais o veria.

Como é possível suportar o peso do *nunca mais*?

Supus que os *nuncas* de outras pessoas não eram tão extensos quanto os meus.

Arden olhou para a faca e depois de novo para mim.

— Evelyn...

— Sei que ainda falta um ano para eu completar dezoito anos, mas isso é demais para suportar. — As lágrimas pararam de fluir, e o meu tom se tornou áspero e grave. — Você estará me fazendo um favor.

Ele balançou a cabeça devagar.

— Você não é assim. Você não se esconde da dor.

Limpei as bochechas encharcadas com a parte inferior do avental enfarinhado.

— Como assim?

— A Evelyn que conheço... ela ama de novo e de novo, mesmo que o amor esteja fadado a terminar em tragédia. Mesmo que ela tenha perdido todos a quem já amou, e sinta falta deles na próxima vida, e na próxima, e na próxima. Ela nunca criou limites rígidos, como eu. Nunca tentou se proteger dessa dor. Ela ama suave e ferozmente ao mesmo tempo, de modo aberto, e é a coisa mais corajosa que já testemunhei. A coisa mais humana que já testemunhei.

Ele tinha expressado um sentimento semelhante na Frente Ocidental, mas era diferente ouvir aquilo dezessete anos depois, entre as paredes vermelhas silenciosas do café.

A perda de meu pai pareceu ser a gota d'água; sua morte deixara meu coração totalmente vulnerável. Tentar manter as pessoas que eu amava vivas era como tentar segurar a chuva nas palmas das mãos — cada gota sendo tão preciosa, frágil e importante —, e vê-las caírem, inevitavelmente, de volta à terra. Me agarrei ao que Ana Lamunière havia me dito vinte anos antes, tentei imaginar o que o meu pai poderia ter sido para mim no meu passado, tentei imaginar o que eu seria para ele no futuro, tentei imaginar o novo amor que floresceria das nossas cinzas.

— Todos nós nascemos assim. — Arden agarrou a minha mão com tanta força que quase doeu. — Todas as crianças são assim. Elas não têm medo de sentir, de amar. A vida endurece a maioria delas, mas você... você viveu por quase mil anos e ainda...

— Por favor — sussurrei. — Estou implorando. Me mate.

— Nunca conheci alguém tão compassiva quanto você — continuou Arden, como se não tivesse me ouvido.

Franzi a testa.

— Você quer dizer passiva?

Ele balançou a cabeça com veemência.

— Compassiva. Significa compaixão infinita, uma profunda empatia pelos outros. — Seu maxilar estava tenso e o olhar era urgente. — Espero que você nunca perca essa capacidade eterna de amar. Espero que se agarre ao que torna você humana.

Encarei o seu olhar intenso, sentindo, como já havia sentido mil vezes antes, que aqueles olhos poderiam me engolir, me envolver por inteiro.

Com a voz fraca, em um mero sussurro, eu disse:

— Desta vez dói demais.

NOSSOS DESTINOS ETERNOS

Eu ansiava pelos anos protegidos em que seria apenas um bebê na minha vida seguinte, antes que a minha mente se desenvolvesse o suficiente para lembrar de tudo o que tinha acontecido comigo. Tudo, e todos, que eu tinha perdido.

Trocando o peso entre meus pés doloridos, meu cotovelo empurrou uma garrafa meio vazia da borda do balcão, que caiu no chão de ladrilhos, quebrando-se em pedacinhos.

— Aaaaaaaaarghhh! — gritei, tão alto e repentinamente, que Arden recuou.

Com alguma coisa hedionda e agonizante solta em mim, peguei outra garrafa e a atirei na parede do fundo. Ela bateu em um recorte de jornal emoldurado que trazia a imagem de um cliente famoso, que também foi parar no chão.

Joguei outra, e outra, e outra, ofegante com o esforço, os olhos turvos com lágrimas, até que finalmente desabei no balcão, soluçando sobre meu antebraço.

Por um momento, houve silêncio; e então, veio aquela voz tão suave e terna que quase me despedaçou outra vez.

— Venha aqui, *habibi* — sussurrou Arden.

Olhei para cima. Vários rostos estavam espiando pela janela do café, mas nenhum tinha entrado para verificar do que se tratava o furor.

Arden deu a volta ao balcão, batendo o quadril no canto pontudo sem se interromper, e ergueu meu queixo com um polegar gentil. Quando me levantei, ele me abraçou. A sensação do seu corpo contra o meu depois de dezessete longos anos trouxe um desejo familiar, um puxão insistente vindo detrás das minhas costelas e abaixo da barriga. Respirei, enterrada em seu ombro, deixando o calor do seu peito e a batida constante do coração serem meu porto seguro uma vez mais.

85

LAURA STEVEN

é assim que as abelhas fazem mel:
elas sugam cuidadosamente o néctar das flores abertas
e levam a recompensa de volta para a colmeia,
onde beijam o néctar de boca em boca
até que fique espesso e doce.
todos os pais que já amamos caminharam por esta terra gloriosa
coletando néctar das flores das suas vidas,
beijando-o dentro da boca dos filhos,
e agora o mel é nosso.

— autor desconhecido

País de Gales
2022

Depois de invadir o apartamento de Ceri, não o vi de novo por alguns dias. Nem do lado de fora da floricultura, nem no café lendo um jornal, nem na seção de poesia da livraria.

Minhas entranhas pareciam uma colmeia, se contorcendo e zumbindo de antecipação, embora eu não conseguisse determinar se queria vê-lo ou não. É verdade que um confronto podia ser desastroso, mas, no fim das contas, era *Arden*.

Arden, a menos de um quilômetro de distância, depois de tanto tempo separados. Um doce néctar ao qual nunca consegui resistir.

LAURA STEVEN

Sempre que eu ouvia colegas adolescentes explicarem que gostavam de alguém porque a pessoa era *engraçada*, *inteligente* ou *gentil*, parecia tão pouco, tão unidimensional. Óbvio, poderia atribuir tais descrições sem graça a Arden: ele era poético, criativo, teimoso, reservado e sábio. Era gentil com a natureza, conectado ao mundo de um modo primordial. Filosófico, profundo, embora muitas vezes melancólico. A personificação da *saudade*.

Mas o que eu sentia por Arden transcendia a compreensão de amor da maioria das pessoas. A sua personalidade não era tão simples quanto uma lista de atributos e traços definitivos, e ele não tinha um corpo fixo que pudesse entrar para o índice de qualidades. O que me fascinava, o que me compelia tão profundamente, era que a dele era uma *alma* no sentido mais verdadeiro. Uma maneira de pensar, uma maneira de sentir, os seus contornos emocionais mudando conforme a cultura, a história e a experiência, mas nunca se corrompendo.

Arden era uma vasta tapeçaria que se tornava mais detalhada a cada encarnação. Talvez a matéria-prima tenha começado como um simples tecido de bondade, lealdade, criatividade e imaginação, porém, a cada vida que vivia, e a cada vida que tirava, mais uma porção de elaboradas contas era costurada na seda. Cada pedaço de conhecimento adquirido era uma joia agregada na borda, cada nova pessoa que ele encontrava era um intrincado remendo de bordado. Todas essas texturas o tornavam tão infinitamente interessante que me faziam querer passar os dedos por cada centímetro para explorá-las, entendê-las. Desvendá-las.

Como alguém que tinha vivido apenas uma vida poderia ser comparado a Arden?

Entretanto, embora nos amássemos por séculos, não nos *falávamos* havia quase quatro décadas. El Salvador tinha sido tão brutal, tão breviloquente. Eu precisava de mais, como um adicto

NOSSOS DESTINOS ETERNOS

que ansiava por seu vício. Eu desejava a presença dele, as conversas, os abraços, mesmo que isso resultasse na nossa morte.

Era um anseio tão complexo que desafiava toda a razão.

Deitada na cama todas as noites, eu segurava o telefone junto ao peito, tremendo com essa possibilidade.

Nunca antes na história tinha sido possível enviar uma mensagem instantânea para Arden. Nunca antes houve maneira de dizer a ele que o amava por um impulso descuidado, um voo da imaginação, o tipo de imprudência que mil anos de vida proporcionavam. A internet foi uma invenção problemática, mas não havia como negar ela tornou rápida a arte da conexão. Como tornou tão fácil demonstrar amor na modernidade: compartilhar um vídeo engraçado com um amigo, enviar dinheiro para vaquinhas virtuais, postar foto das flores que a sua avó colheu do jardim dela. A ternura cotidiana do "vi isso e pensei em você".

Arden e eu nunca teríamos esse tipo de relacionamento casual. Era mais um aspecto que me alienava do mundo ao meu redor. Mais uma falta de vínculo com o restante da humanidade.

Em vez disso, nosso relacionamento envolvia lâminas no pescoço. Livros de poesia encontrados congelados na taiga da Sibéria. Flechas atravessando o coração. Grandes monumentos incendiados até as cinzas. Uma sensação de permanência e impermanência. Transitória, efêmera, mas também, de alguma forma, duradoura.

Uma máquina de escrever antiga orgulhosamente posicionada no parapeito de uma janela, à espera.

Digitei e apaguei várias mensagens para Ceri sobre a doença de Gracie e sobre como gostaria muito que ele me deixasse em paz até que eu doasse as minhas células-tronco.

Ele entenderia, eu tinha certeza disso.

Lembrei de nossa passagem pela Argélia, depois que o meu pai foi baleado na praia, a forma como ele havia me confortado no café, com garrafas de vidro quebradas aos nossos pés, minha cabeça pressionada em seu peito, os contornos dos nossos corpos alinhados tão perfeitamente. Ele sabia o que família significava para mim. Sabia o quanto me destruía perder as pessoas que eu amava. Ele não me mataria gratuitamente antes que eu pudesse salvar minha irmã inocente.

No entanto, parte de mim não queria desvalorizar o nosso amor ao resumi-lo a um bando de pixels em uma tela ambivalente. Eu não queria reduzir a nossa sinfonia a uma nota só.

E eu sem dúvida não queria ter que implorar.

Se ele me confrontasse no dia seguinte, então eu lidaria com isso.

Estava apostando no seu amor por mim e confiando que ele não me deixaria morrer.

Pelo menos, não ainda.

Guardei o telefone e, no lugar, peguei *Mil anos de você*. Passei a ponta do dedo sobre a página onde Arden descrevia a tristeza como argila, uma argila que poderia ser usada para esculpir algo bonito, e comecei a soluçar.

O dia do transplante havia chegado, e Arden não, e eu mal conseguia acreditar na minha sorte.

Normalmente eu andava da livraria até o hospital, mas como a chuva caía pesada e o céu cor de chumbo ameaçava trovejar, Dylan, o ajudante de minha mãe na fazenda, se ofereceu uma carona na picape Jeep. Ele estava esperando no estacionamento mais próximo, usando um macacão manchado, com as janelas

NOSSOS DESTINOS ETERNOS

abertas apesar da chuva, batendo os dedos no volante ao som de uma música indie folk.

Dylan era um hippie de corpo e alma. Eu o flagrei falando com as árvores em mais de uma ocasião. Apesar das peculiaridades, ou talvez por causa delas, fiquei a fim dele desde o momento em que apareceu na porta da casa de minha mãe e perguntou se havia algum trabalho na fazenda. Ele havia acabado de terminar o ensino médio e queria economizar dinheiro para viajar. Eu tinha quinze ou dezesseis anos na época, estava estudando na mesa da cozinha para as minhas provas finais, e a atração tinha fluído agradavelmente por mim.

Dylan tinha um tipo de alegria natural que me parecia tão contrária à personalidade de Arden. Depois de séculos fugindo das sombras, a sua presença era uma luz repentina e ofuscante. Piadas cafonas, melodias assobiadas, risadas tão cheias e roucas que se espalhavam por todos os cômodos, abraços de urso, música animada no ar, bolas de rúgbi girando na ponta do dedo, pão fresco assado e uma janela aberta para deixar entrar um pouco de ar. Um golden retriever em forma humana.

Os nossos caminhos acabaram não se cruzando na escola, porque ele era alguns anos mais velho que eu, mas sempre o admirei de longe. No entanto, apesar de olhares ocasionais de flerte nos primeiros dias, ele me tratava com uma espécie de distância respeitosa.

Provavelmente era melhor assim. Quando me atraía por alguém, sempre tinha uma camada sufocante de culpa, como se eu estivesse traindo Arden de alguma forma. Eu não conseguia imaginá-lo aparecendo na minha vida e descobrindo que eu estava apaixonada por outra pessoa. Isso alteraria para sempre a dinâmica entre nós.

De todo modo, Dylan tinha realmente se tornado parte da família, um remendo amoroso na nossa colcha de retalhos emocional.

E embora já fizesse dois anos desde que chegara à fazenda, ele não demonstrava nenhum sinal de que viajaria para além de Bwlch. A julgar pelo brilho suave que ele exibia depois de um dia cuidando da terra, eu suspeitava que a natureza galesa o conquistara.

— Como você está se sentindo? — perguntou ele enquanto eu subia no banco do carona. Seu cabelo escuro na altura dos ombros estava preso em um coque baixo, acentuando as linhas definidas do maxilar quadrado.

— Bem — respondi, prendendo o cinto de segurança, que tinha sido mastigado por uma cabra e estava desgastado a um grau preocupante. — Animada para finalmente acabar com isso.

— Realmente admiro você. Sabia disso? — comentou Dylan, girando o volante e saindo do estacionamento. Seus antebraços eram marcados pelos músculos vigorosos, e ele tinha vários pedaços de tecido e corda amarrados nos pulsos. — Você levou tudo isso numa boa.

— É Gracie quem merece sua admiração. Ela é a única que de alguma forma se tornou mais ela mesma ao passar por uma doença grave e potencialmente fatal.

Pensei em minha irmã careca vandalizando o túmulo de seu desafeto com uma lata de tinta spray e segurei uma risada.

Eu adorava aquela garota.

— Posso admirar vocês duas, não posso? — Dylan olhou para mim de forma afetuosa, como se quisesse estender a mão e bagunçar o meu cabelo, mas tivesse decidido não fazer.

Pela milésima vez, me senti mais do que grata pelo fato de que, mesmo que o pior acontecesse comigo, ele ainda estaria ali para juntar os cacos. Ele poderia fazer chá atrás de chá para a minha mãe, e garantir que ela comesse, descansasse e se recuperasse.

— Obrigada — falei simplesmente.

NOSSOS DESTINOS ETERNOS

— Por quê? — perguntou ele, com aquele sorriso largo e contagiante. Eu não precisava responder. Dylan sabia.

Por um tempo eu tinha suspeitado que Dylan era Arden, mesmo que só um pouco. Ele estava dois anos acima de mim na escola, então não podíamos ter aniversários próximos, mas o formigamento nas pontas dos meus dedos, a vibração na barriga, o amor que ele tinha pela terra... eram coisas difíceis de considerar como desejo adolescente e simples coincidência.

Então eu lançava pequenas armadilhas em cada conversa, polvilhando-as com detalhes históricos de tempos que eu sabia que tínhamos vivido juntos, procurando no seu rosto o menor vislumbre de reconhecimento. Eu citava incorretamente versos dos poetas favoritos de Arden, como Keats, Byron e Coleridge, para ver se ele conseguia resistir a me corrigir. Usava palavras herméticas de línguas extintas, esperando que ele percebesse.

Até o *chamei* de Arden uma vez, para ver se sua cabeça se levantaria por instinto enquanto ele usava a pia da cozinha, mas não houve reação.

Gradualmente, a paranoia desapareceu, e algo como afinidade genuína tomou lugar.

Enquanto nos dirigíamos para o hospital, eu olhava para as colinas arqueadas, cujos picos desapareciam em uma neblina sinistra. Um pressentimento correu pela minha espinha. Eu não conseguia lutar contra a sensação de que algo terrível estava prestes a acontecer. Que Ceri estava prestes a pular de trás de uma árvore e me esfaquear antes que eu fosse capaz de explicar a situação de Gracie.

Chegar ao hospital foi como flutuar em uma nuvem e eu mal podia acreditar, mas aquela sensação de inquietude continuava me seguindo pelos corredores como uma sombra.

Bom demais para ser verdade, ronronou uma voz sedosa no fundo da minha cabeça, mas tentei ignorá-la. Eu tinha vivido tantas vidas e havia sido uma otimista incansável em quase todas elas. Por que mudar agora?

O último obstáculo era um exame de sangue para garantir que o meu sangue continha células-tronco suficientes para tornar o transplante viável. Uma enfermeira de ares matronais e cabelos grisalhos e curtos pegou os frascos em silêncio contido, com apenas um aviso de que viria uma "picada aguda" logo antes de a agulha perfurar a minha pele.

Conforme levavam a amostra para ser examinada, fiquei no quarto de Gracie com Dylan, comendo balas de gelatina azedinhas e assistindo a episódios da série sobre vampiras lésbicas pela qual ela era obcecada. Minha mãe cochilava em uma poltrona de encosto alto, com a parte de trás de sua cabeça deslizando a todo momento para o lado no tecido acolchoado, antes de dar um tranco de volta para cima. Ela dormira muito naquela poltrona nos últimos tempos. A situação toda a tinha envelhecido exponencialmente. Havia bolsas pronunciadas sob os seus olhos e novos fios de cabelo grisalho no topo acobreado da sua cabeça.

— Ela fez mais alguma piada? — sussurrei para Gracie, gesticulando em direção à nossa mãe.

Gracie assentiu com seriedade.

— Ela me entregou um boné de beisebol e chamou de "porta-ovos". Foi constrangedor para todos os envolvidos.

— Pelo menos ela está tentando. — Senti uma pontada de afeição pela nossa triste e adorável mãe.

— Pelo menos não vai mais faltar ovo na fazenda quando você voltar — disse Dylan, impassível.

Gracie soltou um som de tortura.

— O quê? — Dylan pareceu falsamente ofendido. — Realmente pensei que isso te faria rir.

— Eu te odeio — respondeu Gracie, o que era a sua maneira de insinuar exatamente o oposto.

— Por falar nisso, trouxe uma coisa para você — disse ele, pegando a mochila do chão. Abrindo-a com cuidado, tirou algo embrulhado em papel pardo, amarrado com um pedaço de barbante desfiado em um laço desajeitado. Havia uma marca de lama na frente que, estranhamente, se parecia muito com um casco de porco.

Franzindo a testa como se estivesse recebendo o próprio obituário, Gracie abriu o papel e olhou para o conteúdo. Eu conseguia ver a parte de trás de um grande porta-retratos, mas não o que havia dentro.

— Hm, obrigada — disse ela, devagar e sem convicção. — O que... o que é isso?

As bochechas de Dylan ficaram vermelhas, e de repente ele ficou muito interessado na etiqueta no canto do cobertor dela.

— Bem, não é mais permitido trazer flores para os hospitais hoje em dia, então toda vez que eu via uma na fazenda que me lembrava de você, eu levava a flor para casa, secava e prensava. E, bem, aí está.

Curiosa, espiei por cima do ombro de Gracie as flores prensadas. Dylan tinha organizado as pétalas (cor-de-rosa, azul, violeta e amarelas) no formato de um violino. Só que ele não era um artista particularmente talentoso, e o formato era meio desengonçado, com o arco muito pequeno e o corpo do instrumento muito largo.

E, ainda assim, foi talvez a coisa mais linda que já vi.

— Isso é incrivelmente trágico — comentou Gracie, enfiando o presente debaixo do travesseiro, mas foi perceptível quando limpou a garganta embargada logo depois. Não deixei de notar o jeito como olhou para a luz forte do teto, piscando intensamente. — Agora, se todos nós pudermos parar de agir como se eu já estivesse morta, seria ótimo.

— Longe disso — respondeu Dylan com um sorriso sincero. — Não conheço ninguém mais vivo. — Ele estendeu a mão, e então a retirou. — Eu ia bagunçar o seu cabelo, mas você não tem.

— Babaca — retrucou Gracie, rindo mais uma vez.

Enfim, dois médicos entraram no quarto. Uma era a dra. Onwuemezi, a especialista em oncologia que supervisionava o tratamento de Gracie, e o outro era um estudante de medicina com cabelos loiros esvoaçantes e uma aparência geral de ressaca. Enquanto ele se atrapalhava com o estetoscópio atrás da dra. Onwuemezi, a impaciência emanava dela em ondas tão fortes que eu estava genuinamente preocupada com a segurança dele.

Eles se posicionaram no pé da cama de Gracie, segurando pranchetas e com rostos sérios. A ansiedade envolveu o meu estômago como um laço. Ainda havia uma tira de gaze presa na dobra do meu cotovelo, o adesivo beliscando a pele.

— Vou direto ao assunto. — A dra. Onwuemezi empurrou os óculos de armação grossa para cima. — Apesar dos nossos melhores esforços com as injeções de reforço, o sangue de Branwen não contém células-tronco circulantes suficientes para fazer um transplante bem-sucedido. — O desespero pesou como uma pedra no meu estômago. — Isso não significa que não possa funcionar, mas significa que teremos que extrair medula óssea do quadril, se for algo que ela esteja disposta a consentir.

— Óbvio — respondi rápido, com o pulso acelerado. Ainda não tinha acabado. — Qualquer coisa. Vamos fazer isso agora mesmo.

Outra expressão pesada no rosto da dra. Onwuemezi.

— Infelizmente...

— Me deixe adivinhar. Estou com uma infecção — interrompeu Gracie, com um tom monótono e a testa úmida de um jeito que eu não tinha notado antes. — De novo.

— Sim. Felizmente, é pequena e está sob controle, mas isso significa que não poderemos prosseguir com o transplante en-

NOSSOS DESTINOS ETERNOS

quanto a infecção ainda estiver ativa. Então o nosso plano é tratar a infecção primeiro, passar por outra rodada de condicionamento quimioterápico e então prosseguir com a coleta e o transplante em duas semanas.

O meu mundo desabou.

Eu ia fazer dezoito anos em dez dias.

O que significava que eu provavelmente estaria morta em duas semanas.

— Mais quimio. — A voz de minha mãe carregava dor, tensão. — Isso é mesmo necessário? A Gracie se sente tão mal.

— É necessário para destruir as células existentes de medula óssea e abrir espaço para as novas, bem como para destruir quaisquer células cancerígenas existentes e para suprimir o sistema imunológico.

Dylan mordeu o lábio, preocupado.

— Por que suprimir o sistema imunológico? Você acabou de dizer que ela está pegando infecções.

— Porque se não fizermos isso — disse o estudante de medicina, olhando para sua mentora em busca de aprovação —, existe uma chance muito maior de o corpo dela rejeitar o transplante. — A dra. Onwuemezi assentiu de forma relutante.

Depois de responder a mais algumas perguntas da minha mãe, os médicos saíram do quarto.

Gracie, que estava sentada de pernas cruzadas no centro da cama, se jogou para trás contra a pilha de travesseiros.

— Lembra quando éramos pequenas e a mamãe costumava passar uma simples pomada em literalmente tudo? Em qualquer picada de inseto, irritação de pele, arranhão ou hematoma que tivéssemos? E ela dizia que era um creme mágico que podia consertar qualquer coisa? — Ela soltou o ar pelo nariz em um tom de escárnio, mas eu podia ver a dor por trás daquilo. — Que merda colossal.

— Sinto muito. — Minha mãe fungou. — Eu não deveria ter feito você acreditar...

— Ah, caralho, mãe, não é uma coisa para pedir desculpas. — Gracie puxou o zíper do moletom até o queixo. — Só uma coisa que lembrei.

— Não fale palavrão para mim, Gracie. — Minha mãe enxugou os olhos com a manga do cardigã.

Gracie riu com amargura. O seu violino de madeira estava na mesa de cabeceira ao lado de um cacho de uvas vermelhas e do livro de poesia.

— O que você vai fazer a respeito? O que você poderia fazer para me punir quando as coisas não têm como piorar mais?

Mas tinha como. Arden poderia me matar a qualquer momento, e a minha doce irmã de boca suja nunca faria o transplante.

Não. Eu não deixaria isso acontecer.

Tinha que fazer alguma coisa para resolver o problema.

Tinha que viver além dos dezoito anos, independente do que acontecesse.

Peguei meu telefone e finalmente digitei uma mensagem para Ceri:

vamos marcar aquele encontro bj

França
1915

Acima das trincheiras congeladas da Frente Ocidental, um pôr do sol laranja, cor-de-rosa e roxo se espalhava por uma tela dourada. Nunca deixava de me surpreender, mesmo depois de tantos séculos, que os elementos não se importassem com a dor humana. Que o céu e as suas estrelas não prestassem atenção aos cadáveres obliterados no solo. Que os pássaros ainda cantassem todas as manhãs, independentemente de quantos homens tivessem morrido na noite anterior.

Às vezes, essa sensação de insignificância era um conforto. Mas, ali, definhando em um labirinto podre esculpido na terra arruinada, eu não sentia nada além de desespero.

Quão simples e bela a vida poderia ter sido. Para quão longe disso a humanidade havia se desviado.

A existência àquela altura consistia em cercados de arame farpado, sacos de areia empilhados e cadáveres de amigos no meio do caminho. A lama fétida, os corpos sujos, o cheiro metálico de pólvora e sangue, a coceira causada pelos piolhos, a perpétua sensação de estar empapado, o barulho de ratos entre as quedas de granadas aleatórias que partiam o chão. E, quando o tempo estava ruim, a sensação de que estávamos em guerra com o próprio mundo: com a chuva, o vento e a terra deslizante com o céu estrondoso e o solo carmesim.

Eu nunca tinha conhecido medo, nem tédio, como aquele.

Para o horror dos meus pais, e apesar de minhas inclinações ao pacifismo, menti sobre a minha idade para me alistar. O meu raciocínio se enveredou por dois caminhos. Primeiro, eu não podia morrer por meio das balas dos inimigos, então eu devia ao meu país doar essa peculiaridade única da natureza para o bem maior. E segundo, uma parte de mim esperava que Arden não fosse me encontrar nas trincheiras. Mesmo se tivesse nascido em um corpo masculino, havia uma chance de ter sido gerado logo depois da fronteira alemã da pequena vila que eu chamava de lar, e se esse fosse o caso, estaríamos lutando em lados opostos. Chegar a uma frente inimiga sozinho seria quase impossível.

Não tive essa sorte; Arden era homem e francês, e havia me seguido até ali.

Henri tinha me encontrado na linha de frente alguns meses antes de completarmos dezoito anos, tendo vasculhado todos os túneis e trincheiras atrás de mim. Apesar de saber de imediato que era Arden, que estava ali para me matar, simplesmente *não* me importei. Eu precisava dele. Precisava dele de um modo que, francamente, me aterrorizava.

NOSSOS DESTINOS ETERNOS

A chegada dele foi como uma resposta a todas as cartas saudosas que eu enviara para casa. O que deveria ter sido uma ameaça pareceu um conforto, como chá açucarado em uma garrafa térmica quente, como minha mãe dando um beijo na minha testa quando eu era criança.

Arden apareceu ao dobrar uma esquina, e corri até ele, seguindo aquela amarra inegável que nos unia, afundando meu rosto áspero na curva de seu pescoço. Precisei de todo meu arsenal de força de vontade para evitar que as lágrimas caíssem no seu colarinho engomado.

— Quer ir agora? — sussurrara ele, gentilmente.

Quer que isso acabe? A morte seria um alívio?

Embora fosse tentador, balancei a cabeça em negação.

— Não. Só quero você. Pelo menos por um tempo.

E então, entre batalhas, nós conversávamos e nos abraçávamos, e era péssimo e terrível, mas menos insuportável por causa da presença dele. Ele me contou sobre a vida que havia deixado para trás em Lille, a marcenaria do pai, a culinária questionável da mãe, a morte prematura do irmão gêmeo. E contei a respeito de minha vida, meus pais fazendeiros e Ana Lamunière, de minhas três irmãs e a casa decrépita que chamávamos de lar. Eu sabia que nunca voltaria para lá, mas a conversa ajudava de qualquer maneira.

Algumas semanas depois, sob o pôr do sol despreocupado, Henri e eu nos sentamos lado a lado trajando nossos uniformes azul-horizonte, os pés calçados com botas esticados sobre tábuas de madeira, os dedos mindinhos entrelaçados. Nós havíamos aguentado vários dias de fogo inimigo severo. Perdas imensas e sofrimento maior ainda. Deveríamos ter retornado às trincheiras de apoio mais cedo naquela manhã, mas fomos mantidos no front por razões estratégicas sobre as quais não tínhamos conhecimento.

101

Os soldados ao nosso redor estavam dominados pela exaustão, pelo luto e por um turbilhão de outras coisas sombrias.

— Consegue encontrar algo poético para dizer sobre isso tudo? — murmurei, com o estômago embrulhado de fome e a pele enrugada de frio e umidade. Eu não conseguia parar de olhar para uma escultura grosseira de uma rosa feita a partir de bombas usadas, que tinha sido o projeto favorito do capitão Dupont. Ele tinha morrido alguns dias após a conclusão, em uma missão de reconhecimento infrutífera com quatro dos meus colegas mais próximos.

Henri, ou Arden, descansou a cabeça na base de madeira do degrau interno à trincheira, olhando para o céu em aquarela.

— Algumas coisas.

— Compartilhe.

— As metáforas estão imaturas ainda. Rascunhos a lápis, na melhor das hipóteses.

Tive que achincalhar.

— Estaremos mortos antes que esses rascunhos se tornem pinturas a óleo.

Os olhos dele se fecharam, os cílios escuros pressionados no formato de meia-lua.

— Essa porra de guerra é horrível. É tudo que consigo dizer.

Houve um tiro em algum lugar a meia distância, e estremeci instintivamente. Arden desenrolou o mindinho do meu e colocou a palma da mão sobre a minha, apertando com força.

Observei o comprimento das minhas calças sujas e curtas demais, desejando poder tirá-las. Para alguém que sempre encontrou grande prazer em roupas finas, na criatividade e na autoexpressão que a moda proporcionava, havia algo particularmente desumanizante em usar um uniforme militar.

Como se eu fosse apenas mais um entre muitos. Como se eu fosse totalmente dispensável.

NOSSOS DESTINOS ETERNOS

— Suas palavras sempre me trouxeram consolo, sabia? — sussurrei, para que os outros não ouvissem. — É uma das coisas que mais amo em você. Você tem alma de poeta.

O sofrimento invadiu o rosto dele como uma tempestade, e eu não conseguia entender por que ouvir aquilo o machucava.

— O que mais? — murmurou ele, rouco.

— Hm?

— O que mais você ama? Nunca fez muito sentido para mim.

— Nem para mim — admiti, e era a verdade. Havia uma atração existencial entre nós, sim, mas, para além disso, eu simplesmente *amava* Arden. De forma dolorosa, normal, humana. — Acho que... não é só a parte superficial. Você é engraçado de uma maneira sombria e extremamente brilhante. Você acredita ser um vilão, mas ainda cria pontos de bondade dentro das vidas que leva. E... não consigo explicar. É como se você tivesse uma profundidade que outras pessoas não têm. Talvez tenha a ver com quem você é, ou talvez tenha a ver com todo o tempo que já vivemos. Tem uma... textura? Uma riqueza? No seu coração. Isso me fascina. Quero descascar as camadas até encontrar o centro.

Engoli em seco, mas percebi que não conseguia parar uma vez que tinha começado.

— Você me enxerga por inteiro, até o meu âmago. Sei disso. Ninguém nunca me conheceu como você, nem conhecerá. É uma coisa muito íntima. Não é possível não se sentir atraído por alguém que entende cada palavra sua, cada passo seu, cada batimento cardíaco. E amo a conexão que você tem com a natureza. Suas raízes estão fincadas na terra. Quando vejo um galho de árvore retorcido ou um lago bonito, penso em você. Parece que você está ao meu redor, em cada folha, em cada borboleta e em cada arbusto.

Algo no rosto dele relaxou, como se as minhas palavras tivessem desfeito um nó nos seus músculos.

103

— "A poesia da terra nunca morre."

— Viu? Alma de poeta.

Ele franziu a testa com desdém.

— É um verso de Keats, ignorante.

Descansei a cabeça em seu ombro, resistindo à necessidade de afundar nele completamente.

— Às vezes, fantasio sobre envelhecermos juntos em uma pequena casa à beira-mar. Você poderia passar os dias cuidando do jardim, e eu poderia bordar mantas e tricotar cardigãs para nossos filhos, ou costurar ternos caros para figurões da alta sociedade, e nos reuniríamos com tigelas de sopa no colo, e você poderia compartilhar suas observações tocantes sobre o oceano.

O corpo de Arden ficou imóvel sob a minha bochecha.

— Você pensa sobre essas coisas?

— Você não?

— Não. Dói muito, porque nunca vai acontecer. — A voz dele estava rouca, baixa, embora ninguém estivesse nos ouvindo. — Mas, se tem algo que posso dizer, é que isso é o que amo em você. Não apenas a sua gentileza ou o fato de ser tão profunda e estupidamente corajosa. É a maneira como você ainda permite que o seu coração se encha de ternura. Como você nunca perde a fé na humanidade. — Ele passou o braço em volta dos meus ombros. — Sabe como isso é poderoso? Sabe como você é uma raridade, em um mundo onde chove fogo do céu?

— Não sei. — Fiz uma cara de nojo quando um rato correu pela trincheira, com sangue no bigode devido a algum cadáver que deve tê-lo empanturrado. — Neste momento a minha fé na humanidade está um pouco no limite.

— Qual é o seu segredo, Evelyn? Como a vela da esperança no seu peito nunca se apaga?

Olhando para o céu vermelho-fênix, procurei a resposta, como se estivesse passando os dedos sobre um mapa antigo.

— Acho que há muito tempo entendi que grandes e pequenas alegrias são a mesma coisa. Parece banal, mas é verdade. Ano passado, ganhei um grande torneio de tênis e levei para casa um prêmio considerável em dinheiro para a minha família. Eu estaria a caminho do campeonato nacional francês se não fosse pela guerra. Foi uma grande alegria. Bem, bem grande.

"Mas aquela vitória não foi diferente de me enroscar em uma poltrona velha com um cobertor desbotado e ler para a minha irmãzinha uma história de ninar. Não foi diferente de tomar uma xícara de café perfeita ou de comer um croissant quentinho e fresquinho da padaria. Então, mesmo quando não há uma grande alegria, mesmo quando parece que nunca sairemos vivos desta trincheira, ainda há pequenas alegrias. Um pôr do sol, uma garrafa térmica de chá. Sua mão na minha."

Arden refletiu sobre a ideia.

— Eu achava que era o poeta. — Soltou um suspiro, longo e baixo. — Embora, se não fosse por você, não *haveria* poesia. Eu enxergaria tudo apenas com as lentes críticas da minha visão de mundo. Eu não seria capaz de ver a beleza da vida, porque só a vejo através dos seus olhos. *Musa* é uma palavra simples demais para o que você é para mim.

A minha boca se torceu em um sorriso triste.

— E, ainda assim, vida após vida, você nos tira a possibilidade da casa à beira-mar.

O silêncio cresceu entre nós com a menção do nosso destino inevitável.

— Por favor, saiba que o que faço é por nós. — Ele falou com gentileza, como se pudesse me convencer. — Se eu não fizesse isso, o inferno que passaríamos... Por favor, confie em mim. Você confia em mim?

Uma pergunta complicada.

— Não, mas também sim. Não sei, Arden.

Os braços dele se apertaram ao meu redor.

— Você tem fé em toda a humanidade. Tem fé no amor. Por favor, tenha fé em *mim*. Faço isso para proteger você. Entende que eu me colocaria na frente de uma bala por você, guerra após guerra, vida após vida?

Assenti vagamente, atordoada pela manifestação repentina de sentimentos. Ele pressionou os lábios no topo da minha cabeça, sem se importar com quem visse. Em trincheiras como aquelas era uma visão menos incomum do que se poderia pensar. Brincadeiras de luta que duravam alguns momentos a mais. Mãos nos ombros e mãos nas mãos. Palavras de conforto que se transformavam em palavras de afeto. As emoções reprimidas, o *impulso* reprimido, o desespero, a proximidade e a vulnerabilidade eram uma fornalha onde o amor romântico era frequentemente forjado e, conforme a guerra avançava, muitos estavam perdendo a vergonha de demonstrar.

Quando Arden falou de novo, sua voz soou tão suavemente em meu ouvido que estremeci.

— Eu te amo, e eu te amei, e eu te amarei.

As palavras fizeram uma onda de familiaridade me atravessar, um fantasma de memória. A sensação de que o nosso amor era um palimpsesto, um pergaminho escrito repetidas vezes, de forma que eu não conseguia mais ler o original.

Levei uma mão suja de terra até o queixo dele, puxando sua boca em direção à minha. Os nossos lábios se roçaram, leves como uma brisa.

— Te amo. — Outro beijo, tão terno que pensei que iria me desmontar ali mesmo. — Te amei. — O terceiro beijo foi mais profundo, mais intenso, arrancando um suspiro de Arden. — E te amarei.

E então a artilharia explodiu o céu aquarelado.

O medo se estilhaçou pelas trincheiras enquanto os corpos voavam. Com a chegada do fogo inimigo, havia sempre um choque

NOSSOS DESTINOS ETERNOS

inicial de confusão e desorientação, de lembrar onde estávamos e o que tínhamos que fazer. De forçar o corpo enfraquecido a uma ação horrível. Preparando-se para matar ou ser morto.

Os olhos de Arden encontraram os meus em uma pergunta sem palavras: *Já é hora de ir?*

Balancei a cabeça em negativa, gesticulando para os homens que se tornaram meus irmãos. Pierre e o seu canto lamentoso, Antoine e os seus pesadelos cruéis. Yannick e a maneira como ele confortava Antoine nos abrigos úmidos que chamávamos de quartos. Eu não podia abandoná-los ainda, não podia aceitar uma morte covarde que os deixaria sem apoio.

Botas pisaram forte nos degraus internos de observação ao nosso lado. Homens de rosto sombrio (garotos, na verdade) carregaram os morteiros da trincheira, enchendo-os desordenadamente com projéteis, tudo desequilibrado, descoordenado, fora de sincronia.

Não éramos feito para aquilo.

Peguei o rifle e me levantei, mas quando me virei, vi uma figura feminina caminhando na nossa direção.

Camadas de cabelo branco caíam ao redor do rosto frio, e unhas pretas se curvavam para longe dos seus dedos como fósseis desgastados. Ela estava vestida com o mesmo uniforme azul-horizonte e tinha uma baioneta ensanguentada acomodada no ombro.

A princípio, pensei que fosse uma miragem. Não havia mulheres na linha de frente, e com certeza nenhuma tão casual e despreocupada quanto aquela figura.

Era um fantasma? Um anjo que veio nos salvar?

— Isso já durou tempo demais — ela disparou na nossa direção, os olhos fuzilando Arden e eu.

Uma centelha de entendimento se acendeu em minha mente, mas só por um instante, evasiva. Eu só sabia que tinha algo a ver com os nossos destinos cruéis. Meu corpo podia sentir.

107

LAURA STEVEN

E eu... eu *também* a conhecia.

Ela representava algo para mim, algo profundo, terrível e complexo.

Cada centímetro da minha pele se arrepiou.

— O que você quer dizer? — perguntei de forma distante, com os ouvidos zumbindo, de repente frenética com a necessidade de *entender*, de finalmente entender tudo que havia me escapado por tantos séculos. — Quem é você?

E por que quero correr até você?

Mas Arden havia puxado o pino de uma granada, golpeando o estopim na base antes de arremessá-la na mulher de cabelos brancos.

— Não! — gritei, correndo em direção à mulher, em direção à granada, não querendo perder aquela oportunidade de enfim *saber*.

— *Evelyn* — berrou Arden, e suas mãos agarraram minha cintura, tentando me puxar da explosão iminente.

A determinação estalou na minha mente como se acesa por pólvora. Eu o sacudi para me libertar e alcancei a mulher de rosto cruel, largando o meu rifle e sacudindo-a pelos ombros ossudos.

— Quem é você?

Os lábios dela se abriram em um sorriso perturbador.

A granada detonou e fui dilacerada.

Por um momento, houve apenas uma dor ofuscante e ensurdecedora.

O tipo de dor que me desvinculava do mundo, que me separava de todos os meus outros sentidos até que eu existisse apenas dentro dela.

Consumia tudo, era implacável. Uma dor como aquela não deveria ser possível.

Era maior do que eu, do que a guerra, do que o mundo.

A morte me encontrou bem na hora.

País de Gales
2022

Sonhei com as trincheiras outra vez. Sonhava com frequência.

O cheiro azedo de sangue e suor. A aspereza do uniforme úmido, a coceira que provocava. O som ensurdecedor do céu sendo partido ao meio como uma caixa torácica. A adrenalina fria arrancando a medula dos meus ossos.

E então, ela.

Cabelo branco, unhas pretas, baioneta apoiada no ombro.

Isso já durou tempo demais.

O quê? Eu acordava gritando. *O que durou tempo demais?*

O significado era óbvio.

Evelyn e Arden, o ciclo perpétuo, a cobra engolindo a própria cauda.

Ela sabia o *porquê*. Mas a granada havia me roubado a chance de enfim obter respostas. Eu tinha passado décadas tentando analisar quem, ou o que, ela era. Uma bruxa da floresta, um demônio do pântano, algum deus antigo que havíamos irritado muito tempo atrás. Alguém com quem fizemos um acordo terrível.

Na cova gélida na Sibéria, perguntei a Arden o porquê, mais uma vez. Não pela primeira vez, e sem dúvida não pela última. E Arden tinha fechado os olhos com força, suas lágrimas congelando como contas de vidro logo abaixo das maçãs do rosto.

— Por causa de um acordo feito há muito tempo.

A mulher de cabelos brancos e unhas pretas era sem dúvida o ser com quem o acordo fora feito.

Mas quais eram os termos? O que nos havia levado a um destino tão terrível?

E quando ela nos encontraria de novo?

Uma semana antes do meu aniversário de dezoito anos, Ceri combinou de vir me buscar em casa antes de sairmos para tomar um café.

Apesar de não ser um encontro de verdade, passei quase uma hora escolhendo o que vestir, puramente pelo prazer. Porque, dependendo de como as coisas se desenrolassem, aquelas poderiam ser as minhas últimas horas como Branwen Blythe, e eu estava determinada a extrair toda a alegria possível delas.

Eu tinha dois guarda-roupas enormes em estilo antigo no meu quarto, herdados da minha tia-avó quando ela partiu para viajar

NOSSOS DESTINOS ETERNOS

pelo mundo. Minha mãe e eu passamos um fim de semana inteiro pintando-os de azul grisáceo, substituindo as maçanetas de latão gastas por maçanetas de cerâmica floral em branco, turquesa e cor-de-rosa. Ambos os guarda-roupas estavam lotados de roupas de brechó, aquele cheiro inconfundível de guardado ainda permanecia em cada lapela e anágua manchada pelo tempo.

Escondida sob o transbordar de tecidos estava a velha máquina de costura vintage que pertencera à minha avó. Uma Singer original, em um tom de vermelho vivo e lustroso como o de uma caixa de correio tipicamente britânica, com o brilho ceroso de uma maçã do amor. Sempre fui obcecada por ela; aos dez ou onze anos, já descia a agulha e treinava padrões simples, imaginando a grife de alta-costura que eu teria um dia, com as iniciais "B.B." costuradas à mão em etiquetas acopladas a vestidos gloriosos.

Minhas primeiras peças eram *ruins*, todas com bainhas desajeitadas e recortes esquisitos, mas gradualmente me aprimorei até que as criações se tornassem usáveis. Vestidos rodados, coletes e saias plissadas, combinados com os cardigãs de tricô da minha mãe.

E então Gracie adoeceu. E então eu não podia me dar ao luxo de perder tempo com essas trivialidades quando tinha que dedicar cada gota de energia à arte da sobrevivência.

Toquei a lista de desejos no meu bolso; uma folha de papel pautado dobrada em um quadrado perfeito.

Por fim, escolhi um vestido vermelho papoula, que encontrei em uma loja vintage enquanto fazia compras com Gracie, botas de caubói brancas, um casaco de pele que eu tinha roubado das caixas empoeiradas do sótão da minha tia-avó e óculos de sol imensos que encontrara em liquidação em uma das lojas Claire. Uma mistura excêntrica de eras e estilos, de todas as diferentes Evelyns que eu tinha sido. E, sempre, vermelho. Minha cor favorita, embora tivesse esquecido o porquê.

111

Desci as escadas e descobri que era um dos raros dias em que minha mãe estava em casa, em vez de no hospital. Embora fosse bom vê-la empoleirada na ilha da cozinha com uma xícara de chá, como nos velhos tempos, era altamente inconveniente para o meu plano maluco.

— Não entendo as suas roupas, Bran — disse ela ao me ver, e senti uma pontada traiçoeira de saudade da mãe figurinista que tive em Viena, no século XIX. O calor caótico da ópera, o cheiro de tecido velho e brilhantinas perfumadas.

É de se imaginar que ter tantas mães em tantas vidas me tornaria alguém mais fria, mas o meu amor por elas nunca se enfraquecia. Na verdade, parecia um músculo, fortalecido por séculos de uso. Ou talvez fosse fácil amá-las porque cada nova mãe nascia de uma alma que eu já havia amado antes.

— Tudo bem — respondi, alegremente. — Você não precisa. Eu me visto para mim.

— E admiro isso. Quando tinha a sua idade, me importava demais com o que as pessoas pensavam de mim. Deixei que isso me impedisse de me vestir, dizer e fazer o que eu realmente queria. Mas você não é assim. Você é tão... *segura*.

É o que mil anos de existência nos dão de presente, pensei, mas respondi apenas com um sorriso caloroso e genuíno, dando uma olhadela para minha roupa maluca.

Um êxtase momentâneo antes de me lembrar que eu poderia morrer com aquela roupa.

— Escute, Bran, antes que eu esqueça... Acho que você deveria começar a visitar a dra. Chiang de novo.

A menção ao nome de minha antiga terapeuta me fez parar na porta.

— Por quê?

Minha mãe me encarou como se a pergunta fosse a coisa mais absurda que ela já tivesse ouvido.

NOSSOS DESTINOS ETERNOS

— Porque o seu pai teve uma morte trágica, e a sua irmã tem uma doença que pode matá-la, e para salvar a Gracie você vai ter que passar por uma baita dor física?

Ela até tinha razão, mas o meu animal interior resistia à ideia. Eu havia interrompido as minhas sessões com a dra. Chiang quando me vi quase contando os detalhes da minha curiosa maldição. Era incrivelmente difícil falar sobre trauma sem abordar a raiz de tudo.

Porém era verdade que a tristeza espreitava cada canto da minha vida. A cozinha, por exemplo, nunca deixaria de lembrar o meu pai. Embora já tivessem se passado dez anos desde que ele se fora, ainda conseguia visualizá-lo assobiando enquanto descascava vegetais na pia de cuba embutida, com o avental manchado de farinha.

Naquele mesmo momento, um sentimento de falta atravessava meu peito, com a aguda sensação de ser roubada de algo maravilhoso, caloroso e seguro. A imagem do sangue escorrendo dos olhos dele, de seus órgãos e ossos esmagados. Os gritos da minha mãe ao ouvir a notícia, com a música de Natal ainda tocando ao fundo. A injustiça absoluta do que nos havia sido tirado combinada com a violência absurda da maneira como havia acontecido.

Eu tinha perdido muitas pessoas em muitas vidas, mas aquela foi uma das piores perdas.

Até nos encontrarmos de novo, pensei, colocando a palma da mão sobre o meu coração. Talvez a minha mãe estivesse certa. Terapia não era uma ideia tão ruim.

— Vou pensar no assunto.

— Então, esse tal de Ceri. — Ela tomou um gole da caneca fumegante com chá Earl Grey. Estava vestindo um cardigã azul-marinho tricotado à mão sobre uma blusa florida, e seu cabelo ruivo na altura dos ombros estava preso para trás com uma presilha. Tão

113

maternal. Tão diferente do furacão vienense que fora minha mãe em outra vida e que compartilhava o meu amor por vestuário.

— Ele é de uma boa família?

— Acho que ele não fala com a família — respondi, de forma vaga.

Seguindo a mesma lógica de os meus sentimentos terem reencarnado cada vez mais fortes, eu me perguntava se os laços familiares de Arden tinham se enfraquecido, atrofiados e reprimidos sempre que possível.

Minha mãe franziu a testa.

— Por quê? Isso me deixa desconfiada.

— Algo sobre o pai dele ser alcoólatra e a mãe ser um pesadelo de tão controladora.

Ela tomou outro gole de chá, com os pequenos lábios franzidos como os de um hamster.

— Seu pai sempre gostou de uma bebida, gostava mesmo. Mas gosto de pensar que não sou muito controladora.

Eu ri, indo em direção ao pote de biscoitos perto da chaleira.

— Está de brincadeira? Você é o oposto. Quando pedi para ir a uma boate aos quinze anos, você só riu e me disse para ir em frente.

Um sorriso se espalhou pelo rosto dela.

— Bem, eu sabia que você não ia conseguir entrar. Melhor deixar o segurança ser o chato do que eu.

— Você foi nos buscar, lembra? — comentei, espalhando migalhas de biscoito por todo o piso de ardósia. — E você trouxe um pote de sopa de tomate para o caso de estarmos com frio ou fome.

Havia uma melancolia na sua expressão.

— Como se lembra disso?

Sorri para ela calorosamente.

— Sempre me lembro das pequenas coisas que você faz por nós.

Lágrimas se acumularam em seus olhos, e pela primeira vez não senti necessidade de repreendê-la por isso.

— Te amo, Bran.

Um nó se formou na minha garganta.

— Também te amo.

O meu telefone vibrou com uma mensagem de Gracie.

não acredito que você está transando enquanto estou morrendo

no hospital, como ousa sinceramente

Enquanto eu ria e respondia, minha mãe terminou o chá, colocou a caneca na pia e pegou a bolsa do balcão.

— Vou dar uma passada no Waitrose e pegar uma lasanha. Quer alguma coisa?

Graças a deus por isso. Ela não estaria lá quando Ceri chegasse. Um pequeno ato de misericórdia.

Neguei com a cabeça.

— Ok. Bem, boa sorte no seu encontro, então. Não dê para ele de cara. Ou, se der, use proteção. — Seus lábios se curvaram de forma maliciosa, e foi bom vê-la brincando ao menos uma vez.

Observei o seu contorno familiar, as linhas do sorriso emoldurando a sua boca, as curvas suaves dos quadris, o cheiro de alfazema e a sua voz cantarolando a música de *Frozen* muito tempo depois de Gracie e eu já termos ficado velhas demais para aquilo.

O segundo item da minha lista de desejos: levar Gracie e ela para a Lapônia na época do Natal.

As luzes piscariam, a neve cairia e nós beberíamos chocolate quente usando luvas, desajeitadas, e recapturaríamos a magia festiva da nossa infância, antes de meu pai morrer na véspera do Natal, antes de Gracie ficar doente, antes de pararmos de acreditar em renas voadoras e senhores barbudos descendo pela chaminé.

A imagem daquela possiblidade me fortaleceu conforme eu me preparava para o que estava prestes a fazer.

O que eu *tinha* que fazer.

País de Gales
2022

Q<small>UINZE MINUTOS DEPOIS, A CAMPAINHA</small> tocou. Ceri estava na varanda com um moletom vermelho de gola redonda e os jeans pretos largos. Seu cabelo curto estava arrumado com gel, e percebi que ele devia ter comprado o produto especialmente para aquela noite. Não estava no banheiro quando bisbilhotei.

Depois de todos os anos, décadas, séculos, Arden ainda fazia um esforço por mim. Sua bela e dolorosa poesia ecoava nas câmaras do meu coração.

Ele vai matar você, lembrei a mim mesma, *e, com isso, sua irmã*.

Ele pigarreou e gesticulou abrangendo a varanda.

— Que bonito.

A casa de fazenda da nossa família era robusta e bela. Feita de pedras cinza antigas e com molduras de janela verde sálvia, lindos vasos cheios de magnólias e cravos dos quais Dylan cuidava e regava. Espalhados pela propriedade, havia celeiros e outras dependências, e sempre havia o cheiro de esterco e combustível de trator no ar.

Eu gostava de morar em uma fazenda, da maneira como me fazia sentir conectada a algo maior do que eu. O curso da vida, os ciclos de semeadura e colheita, cada nascimento e morte tão cheios de propósito.

— Obrigada — respondi com um sorriso forçado. *Arden, Arden, é o Arden.* Eu mal conseguia pensar por causa do zumbido nos ouvidos. — Quer um tour?

— Com certeza. — Ele sorriu para mim, apertando o botão de trava na chave do carro com a mão levemente trêmula. Os faróis do velho Corsa piscaram.

Conforme íamos em direção ao celeiro onde as máquinas eram mantidas, o meu peito se agitava de medo. Havia tantas maneiras como aquilo poderia dar errado. Mas era tarde demais para desistir, e eu estava ficando sem opções.

— Gosta de viver aqui no campo? — perguntou ele, olhando para a minha roupa com um ar de divertimento. — Quer dizer, não me entenda mal, você está incrível. — Um leve rubor tomou suas bochechas. — Mas a maioria das filhas de fazendeiros usa galochas Hunter e jaquetas Barbour.

— Hum — refleti, distraída demais para pensar em algo que fosse remotamente charmoso.

— Viver na roça estava me enlouquecendo. Preciso de barulho. Pessoas.

NOSSOS DESTINOS ETERNOS

Ele estava tentando me despistar?

O Arden que eu conhecia podia viver em solidão por anos sem desejar uma conversa.

Eu o observei em busca de qualquer movimento repentino, qualquer gesto sutil que indicasse um ataque, mas apesar do leve brilho de suor no seu rosto e dos olhares que ele continuava lançando na minha direção, ainda não parecia estar conspirando para me matar.

Uma sombra de dúvida passou pela minha mente, mas logo foi interrompida.

Chegamos a uma antiga magnólia, com galhos cheios de flores branco-rosadas. Ceri ficou embaixo dela e olhou para cima, por entre os galhos emaranhados.

E então disse:

— "Ao olhar para o primeiro espinhal, pensei em como o mundo se reinventa ano após ano, século após século."

Meu coração parou.

O poema.

De *Mil anos de você*.

Citado perfeitamente.

Era ele.

Ele.

Eu estava falando com Arden. Caminhando ao lado dele, olhando para ele.

— Um lindo poema — comentei com rouquidão.

Ele apenas sorriu de forma melancólica e continuou andando.

Havia muito mais que eu queria perguntar, dizer. Eu queria explicar como era ler aquelas palavras depois de tanto tempo me perguntando o que ele escrevia sobre mim. Queria me sentar com ele, tomar um chá e discutir cada detalhe, cada sílaba, relacionando cada referência às nossas origens.

119

Mas eu não podia. Ainda não. Ele não podia saber que eu *sabia*, até o último segundo possível.

— Se você pudesse viver em qualquer lugar do mundo, onde viveria? — perguntei, com o coração pulando de forma desigual, como uma pedra rolando. Eu não sabia por que acabei pensando naquela pergunta, mas parecia uma porta de entrada adequada para a inevitável e terrível conversa.

— Hum — respondeu ele, sem qualquer traço de suspeita. — Acho que... Tóquio, talvez? Parece ser um lugar tão vivo.

Outra imagem nítida: uma construção, um templo em estilo pagode, vermelho, cercado por flores de cerejeira cor-de-rosa, o pico do monte Fuji se erguendo atrás. O céu em um tom lilás pálido, riscado com espirais índigo.

À medida que nos aproximávamos das dependências, o meu corpo inteiro parecia inflamado com um mau pressentimento. Certa vez testemunhei um pequeno tsunami nas Filipinas, assistindo com horror lento o mar subitamente se afastando da costa. Naquele momento, ali, com Arden, toda a minha existência parecia em suspensão, os segundos aterrorizantes antes do impacto esmagador da onda.

— E você? — perguntou ele. — Se pudesse viver em qualquer lugar.

— Bem aqui — respondi de imediato, em tom desafiador. — Nunca quero deixar esta vida.

E era verdade. Eu tinha vivido em muitos lugares incríveis, vivenciado muitas Eras de Ouro, e mesmo assim alguma coisa naquela vida tinha me *impactado*. Era por causa das pessoas, óbvio: a minha mãe sensível e brincalhona, a minha irmã extremamente hilária e afiada, a alegria de Dylan, a inteligência discreta de Nia e a lembrança permanente do meu pai querido. Mas também era pelo lugar em si. Os sorrisos alegres e a comunidade unida, as

NOSSOS DESTINOS ETERNOS

construções em tons pastel e as salas de chá exageradas, o cheiro da Beacon Books logo de manhã — páginas antigas, tinta fresca e grãos de café moídos.

Parecia tão leve, tão fácil. E depois de vidas inteiras de apreensão e finais terríveis, eu precisava de toda a leveza que conseguisse ter.

Sinceramente, eu podia ver um futuro para Arden e eu ali, se a situação fosse diferente. Ali... tudo aquilo... era o tipo de vida com que eu tinha sonhado, lá nas trincheiras.

Ele se sentiria tão vivo em meio aos rochedos e montes, aos pastos selvagens e montanhas escarpadas. Voltaria para casa todas as noites corado e feliz depois de um dia lavrando a terra, com sujeira sob as unhas e uma flor atrás da orelha. E eu poderia ter a minha boutique vintage na cidade, mantendo a loja aberta em qualquer horário irregular que me fosse conveniente. Viajaria pelo mundo todo buscando as peças de brechó mais diferenciadas que achasse e as personalizaria até que estivessem perfeitas. Eu me encontraria com Nia nos intervalos de almoço para reclamar dos clientes difíceis, e quando Arden e eu estivéssemos juntos, tomando uma taça de vinho perto da lareira crepitante da nossa casa, nós apenas... apreciaríamos um ao outro. Em todos os sentidos da palavra.

As coisas simples que poderíamos aproveitar, como discutir as opções de jantar. Um prazer tão comum que muitos não davam valor.

Tudo o que eu queria era uma vida com ele.

Tudo o que eu queria era uma *vida*.

Porém, ali estava eu, traiçoeiramente planejando uma forma de vencê-lo.

O cheiro de combustível era mais forte no celeiro, e havia um odor sutil de algo metálico. Pombos arrulhavam nas vigas altas. Embora Dylan tentasse manter tudo arrumado, havia alguns dejetos de ratos espalhados pelo chão de concreto, além de pequenas penas brancas e restos de feno.

A pá estava exatamente onde eu a havia deixado, apoiada na parede corrugada.

Ceri olhava ao redor para os vários tratores e colheitadeiras, enquanto as minhas mãos se fechavam em volta do cabo de madeira lisa.

Enquanto ele ainda estava virado para o outro lado, golpeei a sua cabeça. Não tão forte a ponto de matá-lo, mas o suficiente para que o lado plano da pá o derrubasse antes que ele percebesse o que estava acontecendo.

Pow.

Ele caiu direto no chão.

Pensei em soldados mortos e trincheiras encharcadas de sangue, capacetes descartados e olhares vazios, e, por um momento, achei que fosse vomitar.

Com a culpa latejando nas têmporas, larguei a pá e o agarrei pelos tornozelos. Eu tinha que trabalhar rápida e silenciosamente. Dylan ainda estava em algum lugar pela fazenda e poderia voltar a qualquer momento.

Colocando toda a força que eu possuía, arrastei o corpo inerte de Ceri de volta pelo lado aberto do celeiro e por uma passagem estreita, empurrando a porta de outra construção com o meu quadril.

Conforme eu trabalhava, algo me perturbava mentalmente. Alguma coisa na conversa recente estava me incomodando. Mas eu não conseguia identificar o que era exatamente, então tentei afastar a inquietação.

Os antigos estábulos não abrigavam mais os cavalos havia muito tempo, então Dylan nunca entrava neles. O que os tornava o lugar perfeito para prender Ceri até que eu completasse dezoito anos e salvasse Gracie.

Era um plano caótico e um pouco mal elaborado, mas era o melhor que eu podia fazer. Ceri morava sozinho em um apartamento

NOSSOS DESTINOS ETERNOS

típico de serial killer, e estava afastado da família, então, com sorte, ninguém denunciaria o seu desaparecimento tão cedo.

Arrastando-o para uma baia bem no meio da construção (eu não queria que ele conseguisse bater na parede de metal ondulado e chamasse atenção), amarrei os tornozelos dele usando uma corda que eu tinha deixado separada. O suor escorria pelas minhas costas, e eu estava arrependida de ter vestido um casaco de pele.

Apoiei Ceri contra um poste que sustentava as vigas, envolvendo os braços por trás dele e prendendo firmemente os seus punhos com outra corda.

Então, por alguns breves momentos, fiquei de cócoras e olhei horrorizada para o que tinha feito. A cabeça dele caía para frente, o queixo pressionado contra o peito, e apenas a leve subida e descida dos ombros indicava que ele ainda estava respirando. O sangue brotava como uma flor entre os fios de seu cabelo loiro claro.

O desespero tomou conta de mim, como se uma velha bruxa me sacudisse pelos ossos.

Será que um amor vivido em centenas de vidas realmente nos levara até ali?

Será que algum dia nos libertaríamos? Ou estávamos condenados a repetir esse ciclo terrível pelo resto dos tempos?

Eu queria mais do que isso. Eu queria muito mais.

Aflita, pensei no poema que ele havia citado para mim, nos versos finais: *nosso amor reflorescendo, ano após ano, século após século, novas flores de antigas raízes, uma semente eterna da qual a vida sempre florescerá.*

Como ele havia feito uma coisa tão horrível soar tão bonita?

Então finalmente me ocorreu. O detalhe impreciso que eu havia captado.

Ceri tinha dito: "Ao olhar para o primeiro espinhal..."

Mas não era assim que o poema começava.

123

Era *espinheiro*.

Não *espinhal*.

A dúvida surgiu em mim outra vez, mas tentei reprimi-la da melhor forma que pude. Fazia décadas desde que ele tinha escrito aquele verso. Talvez simplesmente tivesse se esquecido.

Bem quando eu estava me levantando, ouvi o som de alguma coisa arrastando atrás de mim.

Então um pigarro que fez todos os pelos do meu corpo se arrepiarem.

Eu me virei.

Dylan.

Apoiado na porta do estábulo com o seu macacão desgastado, observando cada movimento meu.

— Isso é um pouco demais, Evelyn. Até para você.

País de Gales
2022

Na Sibéria, as nevascas eram tão fortes que caíam horizontalmente. Se ficasse de costas para elas, parecia que estava sendo arremessado através de um túnel, mesmo estando parado. Era assim que eu me sentia naquele momento, desorientada e confusa, parada, mas sendo empurrada ao mesmo tempo.

— É você — sussurrei, rouca e subitamente fraca.

Dylan abaixou a cabeça, com uma mecha solta de cabelo escuro escapando do coque, sua mandíbula quadrada cerrada com força.

— Sinto muito.

Minha visão ficou turva.

— Não pode ser você. Você tem vinte anos. Sempre esteve dois anos à frente na escola.

Ele deu de ombros, mas estava longe de ser um sinal de indiferença. Estava rígido, arrependido, com autodesprezo.

— Pulei alguns anos no ensino fundamental. Teve algo a ver com meu conhecimento avançado em língua inglesa e o fato de eu me lembrar de como fazer uma divisão complexa aos seis anos.

— Foram tantas armadilhas — murmurei, com a voz distante até mesmo para os meus ouvidos. Me inclinei em direção à parede para me apoiar, sentindo a pedra fria e áspera contra o meu vestido. Um pombo arrulhou em algum lugar nas vigas. — A poesia, as referências a vidas passadas. Até *chamei* você de Arden.

O rosto dele se contorceu em um meio sorriso.

— Toda conversa parecia uma roleta-russa. Não relaxo há dois anos.

— Mas você é... você é... o Dylan é *alegre*. — Meu cérebro chocado estava procurando distanciamentos entre Arden e Dylan, como se fossem pessoas completamente diferentes. — Ele assobia ouvindo rádio. Ele conta *piadas*.

Arden apenas deu um sorriso contido, a fachada bem-humorada caíra como uma máscara.

Dylan.

Arden era *Dylan.*

Minha mente se esforçou para processar o que estava acontecendo. Sempre houve uma tensão entre nós. Paixão infantil da minha parte, um calor familiar da parte dele. A distância cuidadosa que ele mantinha não era por eu ser mais nova e filha de sua empregadora, mas porque eu era seu par predestinado — assim como sua presa predestinada.

Me assustava que Arden tivesse ficado tão bom em se esconder sob novas identidades. A maneira como era capaz de entrar na

NOSSOS DESTINOS ETERNOS

minha vida sem que eu percebesse, como havia criado uma nova persona para me despistar. Eu também não tinha ligado os pontos em El Salvador, mas desta vez... Arden tinha se entrelaçado tão perfeitamente com a minha família. Pensei nas pétalas de flores pressionadas no formato de um violino desengonçado, embrulhado em papel pardo e entregue à minha irmã com um sorriso fraternal.

— Não planejei me aproximar tanto — explicou ele, olhando para as vigas ecoantes como se estivesse lendo os meus pensamentos. — Eu queria manter uma distância cuidadosa, como fiz em El Salvador. Manter você à vista, mas sem mexer tanto comigo. E então, Gracie... — Arden parou de falar, a voz rouca com uma emoção que eu não conseguia distinguir. — Ela me conquistou com aquele humor absurdo. Me fez participar dos shows de cabaré que performava. E, antes que eu percebesse, passei a me *importar*.

Ele suspirou em meio a última palavra como se fosse uma doença terminal.

Passei as mãos pelo cabelo, sentindo-me ao mesmo tempo desesperada e fraca.

— Realmente se importa com ela?

— Sim. — A resposta foi rápida como um chicote.

— Por quê? Sei que você protege o seu coração contra a inconveniência de amar as pessoas.

— Gracie é diferente. — O rosto dele estava marcado por uma dor que eu não via desde a época da Sibéria. — Eu esperava que você fosse capaz de salvá-la antes...

Antes de você morrer.

Antes de eu te matar.

De repente, as minhas pernas não podiam aguentar mais o meu peso, e despenquei no chão como uma marionete sem as cordas. Ele se sentou também, com as costas contra a parede oposta, distante de mim. Isso deveria ter me deixado à vontade, mas o seu físico largo bloqueava a única saída, e eu sabia que nunca poderia vencê-lo.

Eu ia morrer.

Nunca mais sairia daquele celeiro.

Nunca mais inspiraria grandes golfadas do ar puro do campo, nunca mais veria o sol nascer sobre as montanhas de Brecon Beacons.

Mamãe está comprando uma lasanha!, a criança no meu coração queria gritar. Um pequeno detalhe ao qual o meu cérebro se agarrou. *Ela está comprando uma lasanha para o nosso jantar!*

Você não pode me matar. Não pode.

A lasanha.

Estranhas as coisas que nos torturam nos momentos finais.

Eu deveria odiá-lo. Deveria odiar a pessoa na minha frente. Deveria querer atravessar o celeiro e dar um soco na cara dele. Deveria querer pendurá-lo nas vigas com a mesma corda que usei para conter Ceri. Deveria querer devorar o mundo com a minha raiva.

Mas não queria nada disso. Eu *ansiava* por ele. Ansiava por ir até ele, sentir o seu coração bater contra o meu, pressionar o rosto no seu pescoço e apenas soluçar e soluçar.

As memórias surgiram, viscerais: uma cabeça recostada em meu ombro enquanto estávamos deitados sob uma barraca de pele de cabra no deserto; dois corpos vorazes pressionados juntos em um hamame fumegante; meu queixo segurado em mãos ásperas enquanto eu chorava ao lado de um grupo de baleias que dançavam pelas águas. Campos de batalha e hospitais psiquiátricos, olivais e caravelas, o mundo inteiro como pano de fundo para o nosso amor condenado, para os nossos destinos eternos.

Era como se eu passasse os primeiros dezesseis ou dezessete anos de cada vida guardando no meu peito a existência de Arden como uma pedra preciosa, dura, pesada e brilhante, apenas para ela explodir de repente quando nos encontrávamos de novo. Uma evisceração total. O sol explodindo e devorando a galáxia inteira.

Era *Arden*. Arden estava ali, comigo.

Estava ali havia anos.

Observando, cuidando.

Isso me fez sentir vulnerável, mas também confortada. Eu não tinha sofrido sozinha.

— Você vai me matar agora? — perguntei, com a voz embargada de emoção, o pavor ocluindo minha garganta.

— Acho que tenho que fazer isso — respondeu ele, um pouco trêmulo. Arden rolou as pulseiras para cima e para baixo nos pulsos, com as mãos tremendo. — Só falta uma semana.

— Mas Gracie... O transplante. — A raiva enfim ameaçou transbordar de mim, como havia acontecido na ópera vienense; eu sabia, contudo, que tinha que mantê-lo falando se quisesse ter alguma esperança de sair viva dali. Suavizei o meu tom. — Se você me matar agora...

— Eu sei. — Os olhos dele cerraram os cílios longos. — Porra, eu sei. Mas pelo menos não estaremos aqui para ver Gracie partir.

A pura crueldade fria daquela declaração roubou o ar dos meus pulmões, e a raiva se tornou impossível de moderar.

— Essa deve ser a pior coisa que você já disse — retruquei, balançando a cabeça em desgosto.

Pensei que ele fosse confrontar a minha raiva, mas, em vez disso, pareceu horrorizado consigo mesmo.

— Não quis dizer...

— A minha mãe, Arden. — Chutei um amontoado de feno, desejando que fosse uma de suas costelas. — Meu deus. Pensa na minha mãe. — Lágrimas brotaram dos meus olhos sem serem convidadas. Eu queria poder me agarrar a uma raiva justificada, mas já estava se transformando em profundo desespero. — Como ela vai lidar com a perda de todos nós de uma só vez?

LAURA STEVEN

O corpo de Arden paralisou, como se mover um único músculo pudesse trair alguma emoção secreta que ele estava tentando desesperadamente manter enterrada. Em algum lugar do meu peito, entendi que ele nem sempre tinha sido assim, que os muros altos ao redor do seu coração eram uma construção relativamente recente, mas eu não conseguia lembrar quando Arden havia começado a se distanciar.

Ele se inclinou para frente, apoiando os cotovelos nos joelhos dobrados.

— Gracie pode encontrar outro doador.

— E pode não encontrar — insisti. — Ela é apenas uma menina inocente. Como você pode condená-la à morte? Só para poder cumprir uma vingança distorcida que tem contra mim? Odeio você.

Ele levantou um punho e olhou para o chão, como se estivesse prestes a dar um soco.

— Não é só... Arghhhhh. — O som gutural foi profundo o suficiente para fazer a terra tremer. — Eu daria qualquer coisa no mundo para não ter que fazer isso. *Sabe* disso, Evelyn. Você me viu lidar com isso vida após vida, morte após morte. Lá nas trincheiras, você disse que confiava em mim. Confiava que eu tinha feito isso pelos motivos certos. Nada mudou.

Balancei a cabeça com tristeza.

— Não. *Você* mudou. Desde a Sibéria. O assassino frio de El Salvador... não era você. — Controlando a minha respiração à força, acrescentei apressadamente: — Olha, me dá só mais alguns dias. Ainda falta uma semana para completarmos dezoito anos. Talvez eu consiga encontrar uma maneira de fazer a minha parte do transplante antes. Eles podem armazenar a medula até que Gracie esteja bem o suficiente para usá-la.

O seu punho se abriu um pouco, e ele olhou para mim. A tristeza nos olhos azuis quase me desmontou, e de repente me dei conta de que não conseguia lembrar como aquele rosto bonito ficava quando sorria.

— Como vai fazer isso?

— Não sei — admiti. — Mas tenho que tentar.

Talvez fosse impossível. O serviço de saúde funcionava de maneiras misteriosas e rígidas. Por onde eu começaria? Como poderia justificar a minha necessidade urgente de extrair a medula esta semana? Talvez pudesse encontrar uma maneira por meio do sistema privado, mas, de novo, que desculpa um médico aceitaria para a pressa absurda?

Quando saísse do celeiro, conseguiria pensar em um plano.

Primeiro, eu tinha que fazer com que Arden concordasse. Ele tinha passado dois anos inteiros se entrelaçando com a minha família, se entrelaçando nas nossas tradições e nos nossos rituais, costurando risadas e abraços de urso nos nossos momentos mais íntimos. Isso tinha que valer de alguma coisa.

Encontrei uma fenda na armadura. Só precisava cravar a lança.

— Arden, você me viu viver o luto por centenas de familiares. Viu como isso me destruiu. Você me segurou quando chorei como criança por pais e mães e irmãos e irmãs. Você me viu vazia e fraca por causa de todas as perdas. — Engoli o nó na garganta. — Sei que você não se permite mais uma aproximação com as pessoas... por autopreservação, entendo. Mas não sou assim. Não consigo fazer isso. Caminharia até o fim do mundo para salvar Gracie. Então me ajude a fazer isso. Por todas as versões anteriores de nós dois. Por todas as vezes que você acariciou o meu cabelo e me disse que *entendia*.

Por um segundo, ele pareceu prestes a ceder; um aceno sutil, um leve alívio da tensão nos ombros. Então Arden balançou a cabeça quase freneticamente, como se tentasse afastar um pensamento intrusivo.

— Por que não? — insisti, o desespero me rasgando como as garras de um animal raivoso. — Você mesmo disse que adora Gracie! Por que não me deixa tentar salvá-la?

Um momento pesado, seguido de um sussurro dolorido:

— Porque você poderia fugir.

Cruzei os braços.

— Não vou fugir.

— Não seria a primeira vez.

Ele tinha razão. Pensei na vez da caverna, em uma montanha em Portugal. Tive certeza de que Arden não me encontraria. E, no fim, a amarra que nos une o havia levado até mim de qualquer jeito.

— Tem a minha palavra de que não vou fugir. — Meu pulso latejava nas têmporas. — Vou deixar você me matar quando chegar a hora.

Ele riu com amargura.

— Com nenhum respeito, não acredito em você.

— Então não saia do meu lado. Nunca. — Fui até ele, me arrastando sobre feno e concreto, resistindo à vontade de agarrar os tornozelos dele e implorar. — Fique na livraria enquanto eu trabalho. Passo os dias de folga na fazenda com você, exceto quando tiver que ir ao hospital, e aí pode vir comigo. Nunca vou sair do seu lado. Não terei chance de fugir.

Ele apoiou a cabeça na parede, com os músculos do maxilar tensos e cerrados.

— E à noite?

— A gente conta para a minha mãe que estamos saindo. Ela não é obcecada por controle, então vai me deixar ficar na sua casa com você. Me amarre na cama antes de dormir se for preciso.

Passando as mãos calejadas pelo trabalho sobre o rosto exausto, ele finalmente disse:

— Ok.

NOSSOS DESTINOS ETERNOS

— Ok? — repeti, incrédula.

Deixou cair as mãos e fixou o olhar em mim.

— Seis dias.

— E no sétimo, nós morremos. — Engoli em seco. Nunca ficava mais fácil, saber que a morte se aproximava. — Quer eu salve Gracie ou não.

Assentindo, ele sussurrou:

— É assim que tem que ser.

Era um acordo terrível, mas era o único que eu conseguiria fazer.

Áustria-Hungria
1898

A ÓPERA ESTAVA CHEGANDO AO ÁPICE, e eu não conseguia ouvir uma única nota.

Ainda assim, era suficiente estar lá, com a casa lotada, gente transbordando dos camarotes, a intensa eletricidade no ar, os corpos quentes nos seus melhores vestidos, o zumbido silencioso que emanava disso tudo.

Mamãe cutucou o meu ombro, e quando me virei para encará-la, ela murmurou:

— Com licença, Tobias, pode me deixar sair? Preciso ir ao banheiro. *Danke*.

NOSSOS DESTINOS ETERNOS

Sair do espetáculo durante um momento tão apoteótico teria sido um ato criminoso para qualquer outra pessoa, mas tínhamos frequentado o local todas as noites durante um mês; o meu pai era a estrela do espetáculo.

Assim que ela saiu da última fileira, um corpo desconhecido deslizou para o assento ao meu lado. Houve uma ondulação sutil na atmosfera, uma mudança no calor do ar, quando me virei na direção dele.

Seus olhos eram castanho-escuros, as feições finas e angulosas, e cachos loiros acinzentados caíam em ondas ao redor do rosto. Ele usava um casaco azul-marinho com um colete combinando, uma camisa branca de gola alta e uma cartola alta. Havia uma bengala de madeira ornamentada, com a ponta dourada, descansando ao lado dele no assento de veludo. O pé direito dobrava para dentro em um ângulo acentuado e os músculos da perna eram severamente atrofiados.

— Está gostando da música? — perguntou ele, sem muita pretensão. Ao ler os seus lábios, percebi que o alemão tinha sotaque; talvez ele fosse proveniente da Hungria ou da Boêmia. Eu tinha me tornado proficiente em leitura labial por conta do barulho das máquinas nas fábricas de algodão de Girangaon, e acabou sendo uma habilidade bastante útil.

— Não — respondi simplesmente, observando seu rosto. — Tenho surdez profunda. Mas as formas feitas pela boca dos cantores parecem adoráveis.

Um lampejo de desconforto passou pelo rosto dele.

— Ah.

— Está tudo bem. — Fiz um gesto para o meu smoking de corte preciso; usava camisa social com colarinho de asa e um lenço de bolso vermelho bem passado, o bordado cuidadoso de uma pomba

135

prateada que eu tinha costurado no bolso do peito. — Estou aqui pela moda.

Em todas as minhas encarnações, vivi mais na pobreza do que na riqueza. Nem preciso dizer que eu preferia a última opção, não só porque eu detestava passar frio, fome ou estar em situação de vulnerabilidade, mas também porque o dinheiro podia comprar *roupas*. Aquela versão de mim em Viena no fim do século era particularmente perfeita, porque minha mãe era uma figurinista estimada na cena da ópera, tendo se formado na Académie de l'Opéra National de Paris antes de se mudar para a Áustria-Hungria com meu pai. Ela se tornou uma pioneira reverenciada da revolução da moda feminina, evitando vestidos com cintura muito estreita e favorecendo cortes mais confortáveis, mas ainda assim bonitos.

Embora fosse considerado um fascínio peculiar para um menino, eu a seguia desde os doze anos, com alfinetes presos entre os dentes e suor escorrendo pela testa enquanto levantava saias pesadas para ajustes nos bastidores, amando cada momento como aprendiz. Mamãe sempre dizia que a atmosfera era puro caos, mas como o meu mundo era completamente silencioso, eu me perdia em meio aos acessórios e às crinolinas, aos tecidos luxuosos e bordados intrincados, às joias brilhantes e aos coletes dramáticos, à alfaiataria elegante e aos tecidos sedosos vindos da China.

— Como conseguiu ingressos? — perguntei ao garoto que presumi ser Arden. A produção de *Der Ring des Nibelungen* estava esgotada havia meses.

Ele fez uma careta.

— O meu pai. Ele é um hussardo condecorado do exército húngaro. E por *condecorado* quero dizer que ele cometeu atrocidades horríveis na Bósnia e Herzegovina, então seus companheiros o idolatram.

Um ímpeto de desespero pacifista disparou no meu peito.

NOSSOS DESTINOS ETERNOS

— A sede de sangue nunca deixa de ser celebrada, não é?

— *Stimmt.* Ele queria que eu seguisse seus passos, passei a vida convivendo com um pai amargurado por eu ser... — Ele gesticulou para a sua bengala e a perna com deficiência. — Parte de mim está feliz por não viver além dos dezoito anos. Não aguento mais o ressentimento dele.

— É simplesmente adorável que você esteja tão bem ajustado à morte e ao assassinato — retruquei, e uma mulher de sobrancelhas grossas em um vestido rosa claro olhou para mim do outro lado da fileira. Baixando o tom para um silvo de serpente, acrescentei: — Eu, por minha vez, sentirei falta desta vida. Do futuro que poderia ter tido nela.

— Realmente, combina com você. — Ele me olhou de cima a baixo, do sobretudo Maison Spitzer aos sapatos habilmente engraxados.

— *Vielen Dank* — murmurei, as palavras cheias de sarcasmo.

— Qual é o seu nome? O seu nome aqui, quero dizer.

— Tobias. O seu?

— Ferenc. — Me estudando atentamente, ele retorceu os lábios finos e arroxeados. — Qual versão de você é mais *você*?

A pergunta me pegou de surpresa.

— O que você quer dizer?

— Menina? Menino? — Havia uma acuidade no seu olhar, como se fosse de um falcão. — Tem um ativista alemão, Ulrichs, que fala de um terceiro gênero, embora pareça usar a noção puramente para explicar homens que amam homens.

Me recostei no assento. Era uma coisa em que eu tinha pensado muito ao longo dos séculos enquanto navegava por normas de gênero sempre mutáveis e perpetuamente confusas, mas eu não sabia bem como articular minhas impressões.

137

— Não me sinto como nenhum dos dois — respondi, devagar. — Não sinto, no meu coração, que sou um menino. Mas também não sinto que sou inerentemente uma menina. A minha alma não está enraizada em nenhum deles. Sou apenas eu. Nenhum corpo em particular parece mais "certo" do que o outro, nem mais errado. Eles são apenas recipientes. E você... não importa para mim a sua aparência, a forma que você assume. — Bati no topo da sua bengala. — Você é apenas você.

Era verdade. Mesmo que estivesse ali para me matar, meu coração ardia por ele. Eu queria aninhar o rosto em seu pescoço, respirar aquela pele macia. Queria falar, tocar, compartilhar. Deleitar-me com a única alma na terra que realmente me entendia. Eu queria tempo, o que era uma necessidade curiosa para uma alma imortal.

Nós tínhamos sido tão apaixonados na nossa vida anterior. Trabalháramos nas fábricas de algodão de Mumbai, sussurrando palavras doces em marata enquanto caminhávamos de volta para os nossos cortiços todas as noites. Foi uma vida em que crescemos próximos: Arden, uma garota de cabelos longos e temperamento explosivo; eu, um garoto magro, de membros fracos e pulmões ruins. Tínhamos compartilhado todos os momentos significativos daquela nossa vida, desde a infância até o sentimento de revolta da adolescência.

Na noite em que ela havia me matado, a raiva contra os abomináveis britânicos fervia em cada esquina de calçada rachada, em cada conversa murmurada sob o rugido das máquinas. Chaminés largas projetavam-se para o céu lilás, soltando uma fumaça espessa que manchava a noite empoeirada ao nosso redor. Todo o distrito fabril de Girangaon estava perfumado com o cheiro de pav bhaji. No dia anterior ao nosso aniversário de dezoito anos, as ruas estavam sendo preparadas para a celebração do Sharad Navratri, e um grupo de dançarinos itinerantes ensaiava uma apresentação de tamasha ao nosso lado.

Quando Arden retirou a faca inevitável, as últimas palavras dela foram:

— Nos vemos no próximo encontro, meu amor.

Mas ali, na ópera vienense, o reaparecimento de Arden não parecia amor. Parecia uma crueldade, uma farsa, um poço de frustração do qual eu ansiava por me libertar.

Arden visivelmente refletia sobre a ideia de que eu não sentia nenhuma conexão com um recipiente físico.

— Realmente não tem uma preferência?

— Não — repeti, seca. — Você tem?

Ele tirou a cartola e olhou para o fundo como se estivesse prestes a tirar dali um coelho branco.

— Acho que prefiro ser um menino, mas não sei dizer exatamente o porquê. Quase desafia a linguagem, do mesmo jeito que é impossível descrever o gosto exato de um morango. — Depois ele disse outra coisa com o rosto inclinado demais para que eu pudesse ler os lábios.

Levantando o olhar, notei minha mãe voltando do banheiro, seu vestido lavanda com contas de pérolas deslizando pelo piso de madeira. Senti um fio de tristeza, liberando um gêiser furioso de raiva. Raiva da situação, de Arden, raiva do que estava prestes a acontecer. O que *sempre* acontecia, não importando o que eu fizesse, não importando para quão longe e quão rápido eu corresse.

— Você está procrastinando — murmurei, com um pânico súbito. Não queria que minha mãe visse a cena.

Ele deu de ombros, recolocando a cartola sobre os cachos claros perfeitos.

— Não há nenhuma urgência particular no processo. Só faremos dezoito anos daqui três meses.

LAURA STEVEN

— Então você gostaria de passar esse tempo se apaixonando, apenas para me destruir de qualquer maneira? — perguntei, meu tom de voz esquentando. — Ou devemos acabar com isso agora?

— Evelyn...

— *Nein*. Você sequer se importa com o que tira de mim repetidas vezes? — Minha mãe estava quase chegando. Lancei um último olhar de amor a ela; um adeus, um agradecimento e um pedido de desculpas. O ar na casa de ópera ficou tenso com o desfecho, entoado pelo meu pai. — Sempre acreditei que as nossas almas davam um jeito de se encontrar, mas estava errada. Você não tem alma.

A mandíbula dele contraiu de emoção.

— Não sabe o que está dizendo...

— Ah, *verpiss dich*.

Puxei a pistola dourada escondida no bolso do peito e atirei com precisão na cabeça de Ferenc.

País de Gales
2022

Ainda nos estábulos onde Arden e eu tínhamos feito o nosso acordo, um gemido abafado se manifestou a alguns metros de distância, e minha atenção se voltou para o corpo caído no canto.

O corpo começou a se mover devagar.

O corpo inocente que eu tinha deixado inconsciente e arrastado para lá como um animal.

— Merda — murmurei, deixando a cabeça cair nas mãos. — Não era Ceri. O que eu fiz?

Arden se levantou, batendo a poeira das calças.

— Não foi o seu melhor momento.

— O que eu faço? — Passei os dedos pelo cabelo.

— O que planejava fazer?

Mordi o lábio.

— Deixá-lo amarrado aqui até que eu conseguisse salvar Gracie.

Arden assentiu com ar de sabedoria, inclinando-se de forma casual contra o batente da porta, como se não tivéssemos discutido há pouco os detalhes mais sutis da nossa destruição mutuamente assegurada.

— Um curso de ação muito sensato. É uma pena que as lobotomias feitas antigamente em Vermont não tenham dado certo — ironizou ele.

Ceri gemeu de novo, cílios loiros tremulando contra as bochechas.

— Então deixe o garoto amarrado aí mesmo — disse Arden. — Podemos libertá-lo antes de... você sabe.

— Morrermos. Sim. — Eu me levantei e comecei a andar de um lado para o outro pelo chão coberto de feno. — Não é exatamente ético, né?

— Acho que talvez essa linha já tenha sido cruzada. Acho que já estamos dançando sobre ela, inclusive. Um verdadeiro foxtrote sobre os limites da moralidade.

Era um desastre total.

— Acho que não posso soltá-lo. Ele vai contar à polícia e seremos presos.

— Seremos? — Arden pareceu ofendido. — Não toquei no chapa.

Chapa. Em um instante, me vi transportada de volta para Londres; os cavalos puxando carroças, eu implorando ao padeiro que me desse um emprego — pelo calor, pelo pão e para que a minha família não passasse fome. Eu adorava quando fragmentos de eras passadas apareciam nas falas de Arden. Ele colecionava palavras e

NOSSOS DESTINOS ETERNOS

gírias como conchas de praia, abandonadas por berbigões e caracóis marinhos, e as expunha quando eu menos esperava. Na época das trincheiras, ele me disse que daria qualquer coisa para *snerdle*, uma palavra do inglês antigo que significava se enrolar sob um cobertor aconchegante e passar o dia.

Arden franziu a testa, mastigando um pedaço endurecido de pele no canto da unha do polegar. Suas mãos haviam parado de tremer depois de negociarmos um pouco mais de tempo antes da morte.

— Você não poderia chantagear Ceri a não contar nada para a polícia? — sugeriu.

Repassei a ideia na cabeça, mas era como tentar alimentar uma máquina de tear girando rápido demais.

— Não o conheço tão bem para fazer isso. Só sei que os pais dele não sabem onde ele está... Mas ameaçar contar pode não ser o suficiente para mantê-lo em silêncio. Ou eles podem encontrá-lo de qualquer maneira, e a nossa vantagem acabaria.

— Confie em mim, meus pais não se importam o suficiente para me encontrar.

A voz veio do chão.

Ceri estava acordado.

Com cautela, me virei para encará-lo.

— Ceri. Ceri, sinto muito. Sinto muito por isso.

A cabeça dele balançou pesadamente no pescoço.

— Mas não sente o suficiente para *não* me chantagear. Essa frase fez sentido? Deus, estou tonto.

— Está machucado?

— Você me deu uma pancada na cabeça com uma pá. Óbvio que estou. — Tentou dar um sorriso fraco e torto. — Mas prometo não contar a ninguém se você me deixar ir. Por favor. Não quero fazer parte disso.

143

Uma espécie de risada errática subiu pela minha garganta. Me senti como uma assassina mantendo reféns, coisa de filme.

— Não tem como você não contar à polícia. — Abaixei a cabeça, demonstrando arrependimento. — Seria um caso de identidade trocada, a propósito.

Ceri assentiu, mas sem realmente concordar.

— Ouvi o bastante da conversa para deduzir isso, mas não posso dizer que fez sentido. — Ajustando-se no chão com uma carranca mal disfarçada, ele acrescentou: — Honestamente, eu não iria à polícia. Tem a minha palavra. Mas estou com muita dor e não consigo enxergar muito bem. Acho que preciso de cuidados médicos.

Minha certeza vacilou.

Arden viu a sutil expressão culpada no meu rosto e balançou a cabeça.

— Evelyn...

— Evelyn? — perguntou Ceri, confuso.

— Branwen — corrigiu Arden. — Não vale o risco. Tem que manter Ceri aqui.

Ceri olhou de mim para Arden e depois de volta para mim. Eu não conseguia analisar a sua expressão; era estranhamente vazia e sonhadora.

— Alguém vai me encontrar. Consigo gritar bem alto.

— Basicamente, você está pedindo para ser amordaçado — disse Arden.

Ceri se encolheu nas amarras. Ele olhou para mim fixamente.

— Por favor. Só quero esquecer que isso aconteceu. — Outro gemido. — Deus, minha *cabeça*.

Tentei pesar as opções, mas minha mente estava uma confusão, uma colmeia, um poço de cobras. Confrontar Arden havia me deixado esgotada e devastada, sem mencionar a ansiedade sobre

NOSSOS DESTINOS ETERNOS

como exatamente salvar Gracie. Não havia mais espaço no cérebro para lidar com prisioneiros acidentais.

Deixar Ceri ali parecia ser a solução mais fácil, mas um sentimento de vergonha passou por mim ao pensar isso.

E, ainda assim, Arden estava certo. Se Ceri fosse à polícia, eu não conseguiria salvar Gracie. Eu não conseguiria organizar um transplante precoce de medula óssea se estivesse trancada em uma cela.

Mas talvez não fosse preciso. Se fôssemos presos, Arden e eu seríamos separados. E aí ele não conseguiria me matar nos próximos sete dias. Eu viveria para além do meu aniversário e com certeza poderia fazer o transplante de medula óssea na prisão. Sem dúvida havia concessões que podiam ser feitas.

Mas será que o que eu havia feito tinha sido ruim o suficiente para justificar um encarceramento? Provavelmente não. Mesmo se eu fosse acusada, quase com certeza poderia pagar fiança. Não tinha garantia de estar protegida do alcance de Arden.

Em todo caso, libertar Ceri parecia o melhor a se fazer. Depois de tantas vidas conduzidas do lado errado da lei, a polícia não me assustava. Com cela ou sem cela, com fiança ou sem fiança, ainda haveria uma chance de salvar a vida da minha irmã sem deixar um garoto inocente amarrado e amordaçado em um estábulo frio como uma tumba.

Dei um passo à frente, com os olhos fixos nas amarras de Ceri, mas Arden deu um passo também.

— Não pode deixá-lo ir. — Sua voz era suave, mas firme. — Sinto muito. Se acabarmos presos e separados, não poderei chegar até você antes de completarmos dezoito anos. E não podemos completar dezoito anos. *Não podemos.*

O olhar de Ceri se moveu mais uma vez entre mim e o ajudante da fazenda que ele nunca tinha conhecido antes.

— Energia bem estranha essa de vocês.

Me agachei no chão, prestes a desamarrá-lo.

— É cruel deixá-lo aqui, sendo que é inocente.

Arden colocou a palma da mão no meu ombro, insistindo e me puxando levemente para trás. Eu sabia que ele poderia fazer aquilo com mais força. Se precisasse me impedir fisicamente, ele seria capaz.

Era em momentos como aquele que eu odiava reencarnar como menina. Sentia falta do meu corpo na França, da maneira como era capaz de proteger a mim e às minhas irmãs, mesmo que isso tivesse me levado a ser convocado para a guerra. Havia certa tranquilidade em um corpo masculino, uma segurança inata que eu valorizava quando reencarnava como rapaz.

— Você estava disposta a deixar Ceri aqui para salvar Gracie — argumentou Arden. — O que está em jogo não mudou.

Girei o meu corpo apoiada nos calcanhares.

— Então está dizendo que vai me matar agora se eu deixá-lo ir.

Embora se desprezasse por isso, Arden respondeu:

— Sinto muito. É assim que tem que ser.

Senti o frio se espalhar em meu peito como uma onda.

— Trouxe uma arma pelo menos?

Ele deu um tapinha em uma protuberância em forma de faca no bolso da frente da calça jeans.

Os olhos de Ceri se arregalaram.

— Então você está ameaçando *matá-la* agora mesmo?

O olhar de Arden se voltou para Ceri.

— Ah, não é uma ameaça. Vou matá-la.

Eu sabia que o tom forte de resposta na sua voz tinha a intenção de assustar Ceri, não a mim, mas ainda assim teve esse efeito.

Não era a morte em si que me assustava. A dor em si não era a raiz do medo profundo que revolvia em meu estômago. Era o peso surpreendente do *nunca*, tão devastadoramente absoluto, tão impenetravelmente perene. Eu nunca mais riria com Gracie, nunca mais tomaria uma xícara de chá com a minha doce mãe. Sim, eu poderia retornar para elas em uma vida futura, mas isso já tinha dado tão errado, em Vardø. Eu não seria a mesma que fui para elas em Bwlch.

Esse *nunca* estava vindo na minha direção como um trem.

Ceri olhou para mim com espanto, mas o seu olhar turvo estava desfocado.

— E você concorda com isso. É tipo... apenas um pequeno... acordo... divertido... que vocês têm. — Suas palavras saíram com esforço, ofegantes.

— Já o matei muitas vezes também — falei, com o pulso martelando nas minhas têmporas. — Isso nos deixa quites.

Deixando o queixo cair no peito, Ceri grunhiu.

— Tive uma concussão... não estou me sentindo bem.

A fala arrastada e sonolenta, a cabeça balançando como um pêndulo. O sangue no cabelo loiro havia secado e formado uma crosta marrom, mas me perguntava quanto dano eu havia causado internamente.

Será que o cérebro dele estava inchando contra o crânio enquanto conversávamos?

Apesar do afastamento da família, Ceri tinha pessoas que se importavam com ele. Era um filho, um neto, um irmão, um amigo. Óbvio, também tinha a si mesmo, mas mil anos neste mundo me ensinaram que só existimos verdadeiramente em relação àqueles que amamos.

Se eu não o levasse para ser atendido e o pior acontecesse, haveria pessoas que chorariam por ele muito depois que Arden e eu tivéssemos partido.

— Vou soltá-lo. — A decisão me atingiu brusca e repentina como uma facada.

Arden deu dois passos na minha direção.

— Não, Evelyn. Não deixe isso acabar assim. Vou te matar antes que você possa salvar a sua irmã. É mais importante salvar Gracie do que esse cara.

— Eu gostaria muito de salvar os dois, na verdade. — Minha voz estava carregada, e meu estômago apertado.

Desamarrei as cordas que prendiam Ceri.

Será que não comprar o blefe funcionaria? Ou eu estava prestes a sentir uma facada nas costas?

Sinto muito, murmurei interiormente para Gracie. *Sinto muito se isso não funcionar.*

A pele dos pulsos de Ceri estava pálida e macia sob os meus dedos, as veias verdes saltando contra o meu toque.

Eu praticamente podia ouvir a indecisão mental de Arden atrás de mim. Uma mudança do peso do corpo entre os pés, uma intensidade na respiração.

Mas nenhuma facada.

Nenhuma morte.

As cordas caíram no chão, mas Ceri não se mexeu de imediato. O medo atingiu o meu coração. Seria tarde demais? Depois de vários instantes agonizantes, ele enfim levou as mãos ao colo, com movimentos lentos e desajeitados.

— Obrigado — murmurou ele, os olhos se abrindo e fechando, como se a maré do sono o estivesse puxando para a escuridão.

— Escute, Ceri. — Segurei o rosto dele para que me encarasse. — Está escutando? — Ele assentiu, a barba por crescer roçando a minha mão, mas seus olhos não reabriram. — Podemos levá-lo ao hospital, mas você não pode ir à polícia. Porque Dylan vai me matar se você fizer isso. No segundo em que a gente ouvir sirenes, uma faca vai ser fincada no meu peito. Entendeu? O meu castigo vai chegar logo. De verdade. — Engoli em seco, com uma imagem

NOSSOS DESTINOS ETERNOS

rápida de minha mãe e Gracie no meu velório perpassando minha cabeça, tão devastadora que roubou o fôlego dos meus pulmões.

— Você me promete?

Ele assentiu de novo, com um movimento lento como o de um falcão indo em direção à presa.

Olhei para Arden. O rosto dele estava marcado pela raiva; uma espécie de autoaversão angustiada por não ter conseguido fazer o que havia ameaçado fazer.

— Vamos levá-lo para o hospital.

Enquanto colocávamos Ceri na parte de trás da caminhonete, meu sangue pulsava com a pequena vitória. Não comprei o blefe de Arden e tinha vencido aquela pequena disputa. Ele não tinha me matado no segundo em que afrouxei as cordas de Ceri. O que significava que tinha que haver esperança de que ele me deixasse viver até depois dos dezoito anos.

Ele já havia mudado de ideia uma vez antes, em meio ao frio da Sibéria.

Eu poderia fazê-lo mudar de ideia outra vez.

A minha mão foi até o papel quadrado dobrado no meu bolso.

Ainda acredito.

Estados Unidos
1862

𝓟ELA PEQUENA JANELA ALTA NA parede do hospital psiquiátrico, a visão de Vermont era um apenas quadrado.

Era um insulto, a beleza de tudo ali: as folhas outonais vermelhas, alaranjadas e marrons, os pintassilgos de barriga amarelo vivo no céu azul. Um selo postal de cor exagerada estava colado no papel de parede descascado, antes verde-claro calmante, mas há muito tempo desbotado e cinza. Os canos que serpenteavam pelo fundo estavam enferrujados e pingavam uma sujeira metálica no piso de azulejo.

Ainda assim, os pássaros cantavam.

NOSSOS DESTINOS ETERNOS

Como muitas instituições semelhantes, Allum havia começado de forma até admirável. Um lugar de cura, repouso e transformação. De filosofias em desenvolvimento e tratamentos moralmente sólidos. Ler, pintar, escrever, caminhar e rezar. Um grande edifício com torres, cercado por jardins paisagísticos e bosques extensos, com um núcleo central fechado e longas alas anexas, dando aos pacientes privacidade e conforto, luz solar e ar fresco.

Um projeto arquitetônico em camisa de força. A insanidade, domesticada.

As coisas pioraram drasticamente quando uma empresa farmacêutica abriu um laboratório na ala norte. Eles lançaram medicamentos experimentais como um padeiro jogando pães direto no forno, sem deixar descansar a massa, como se o fracasso da receita não significasse nada mais do que farinha desperdiçada. As vidas dos pacientes valiam ainda menos do que isso.

Assim que os fundadores de Allum perceberam o dinheiro que poderiam ganhar com o seu gado, o hospital rapidamente se tornou um matadouro. Contratavam cada vez menos funcionários qualificados e empregavam força bruta no lugar de verdadeira competência médica. A instituição se tornou vítima de superlotação crônica: pacientes nus e sujos abarrotando cada quarto, e os corredores logo receberam jaulas quando as alas não podiam receber mais corpos.

Em duas dessas jaulas, habitamos Arden e eu, lado a lado, separados por barras, no corredor com uma única janela.

Ali nós éramos duas garotas de dezessete anos: ela era Augusta e eu Harriet, pálidas e ossudas por causa da desnutrição e várias outras doenças.

Eu tinha sido internada por episódios de mania um ano antes, depois que um "médico" que estava de folga ouviu quando confrontei Augusta na rua. Aparentemente, lamentar sobre uma maldição sobrenatural, imortalidade e repetidos assassinatos e a quase convicção de que se é um fantasma não faz de você uma pessoa sã. Augusta, ao perceber que eu estava fora de seu alcance, se internou um mês depois por melancolia — uma doença comum entre poetas.

Mania e Melancolia rapidamente se tornaram os nossos apelidos mórbidos uma para a outra.

No entanto, não demorou muito para Augusta se arrepender da escolha de me seguir até ali.

No começo não era tão ruim. Estávamos em jaulas, sim, mas vestidas, não importava o quão sujas nossas roupas estivessem. Uma pequena preservação da nossa personalidade. Podíamos entrelaçar os dedos através das barras e conversar livremente noite adentro, pois todos já nos achavam loucas. Éramos alimentadas duas vezes por dia e nos ofereciam consultas com um médico jovem de cabelos grossos e espetados que não tinha conhecimento suficiente.

Contudo, as terapias alternativas logo começaram.

Os banhos de gelo dos quais era impossível voltar a se aquecer. A terapia rotacional, na qual você era amarrado a uma cadeira suspensa no teto e rodado mais de cem vezes em um único minuto. A fome, não por puro sadismo, mas por negligência e desorganização. Uma fome fria que se enterrava no fundo dos ossos.

Nada de leitura, pintura, escrita ou caminhada. Nenhuma privacidade ou qualquer conforto. Uma realidade que parecia estar além até mesmo da oração.

Não era de se admirar que Augusta tivesse decidido nos tirar da nossa situação miserável mais cedo.

Um dia, vários minutos depois de ser levada para o banho de gelo, ela correu nua de volta pelo corredor em direção à minha jaula. Seu cabelo escuro preso em uma trança emaranhada, saltando contra o peito oco, e as costelas eram visíveis na pele.

NOSSOS DESTINOS ETERNOS

Os pelos pubianos à mostra, as pernas arqueadas e angulares. Olhos lupinos e selvagens.

Com um instrumento médico afiado na mão estendida.

Quando os enfermeiros a alcançaram, ela estava a apenas alguns centímetros de enfiá-lo na minha garganta.

Lamentei que a tentativa tivesse falhado.

Ela foi enfiada em uma camisa de força branca engomada, e acorrentada em pé a uma das barras verticais da jaula, de modo que a sua coluna ficasse adjacente a ela. Augusta bateu a cabeça no aço até perder a consciência, só para não ter que me olhar nos olhos.

Poucos dias depois, o pesquisador do laboratório farmacêutico chamou o nome dela. Vi um assistente levá-la embora, se debatendo, como se estivesse sendo levada para a forca, todo o trajeto até a ala norte.

Ela voltou algumas horas depois, mas nunca *voltou* de verdade.

Eu não sabia o que era pior: vê-la lutar para escapar daquilo, ou o momento em que parou. Os olhos antes ferozes estavam vidrados e vazios devido a qualquer que fosse a droga experimental que injetaram nela.

Ela ainda estava lá? Se sim, por quanto tempo mais?

Por mais angustiante que fosse vê-la daquele jeito, o meu coração esperançoso começou a ver a situação como ela era.

Se eu pudesse escapar, não estaria livre apenas de Allum. Estaria livre de Arden.

O pensamento era um pintassilgo de barriga amarela em um céu azul.

Então estudei cada médico, enfermeiro e assistente por semanas, desenhando mentalmente o mapa de seus movimentos. Quem fazia o que, quando, onde e por quê? Como eu poderia escapar pelas brechas daquele padrão?

Roubar a chave da minha jaula não foi muito difícil. Apenas duas vidas antes, eu furtava carteiras nas ruas de Xangai, e os

LAURA STEVEN

meus dedos se lembravam da destreza manual, do toque suave, da arte da distração. Do fato de que a sedução era a arma mais poderosa do meu arsenal.

Um dos assistentes tinha a reputação de namorar pacientes. Algo naquela dinâmica de poder era atraente para ele. Não era um homem confiável, tinha passos muito leves, olhar penetrante, testa alta e queixo estreito. Porém ele tinha as chaves e todos os dias patrulhava os corredores por volta da meia-noite. A primeira brecha.

— Howard — sussurrei através das barras quando ele passou pela minha jaula uma noite, quando metade do hospital estava dormindo e a outra metade uivava como uma matilha de lobisomens.

Os olhos claros se voltaram para mim.

— Sim?

— Ouvi comentários sobre o que você fez com Minnie. — Sorri timidamente, tão melosa que achei que ele fosse perceber. — Me deixou com ciúmes.

Algo se acendeu no rosto dele, o que só o fez parecer mais sinistro. Como se tivesse uma vela diante do queixo formando sombras estranhas nas superfícies das suas feições.

As solas polidas dos sapatos pretos giraram nos ladrilhos, e ele deslizou suavemente até a minha jaula. Eu estava sentada no chão com as pernas dobradas contra o peito, olhando para ele. Howard se abaixou e apoiou um joelho no chão, com as articulações estalando, e murmurou:

— E por quê?

Passei a língua ao redor da parte interna da bochecha. Havia um buraco na minha gengiva superior direita, onde os médicos tinham recentemente extraído um dente podre, sem morfina, sem qualquer anestesia. Tentei escapar da cadeira no meio do procedimento, e um dos assistentes me deixou com um olho roxo.

NOSSOS DESTINOS ETERNOS

— Acho que você sabe por quê. — Minha voz era um ronronar, rouca e felina, inebriante como fumaça de incenso. Tentei ignorar o cheiro azedo da minha respiração.

Engatinhei até onde ele estava ajoelhado, brincando com o papel de prisioneira indefesa. Como era de se esperar, a ponta da língua dele roçou o canto dos lábios, e eu sabia que o tinha fisgado.

Meu estômago revirou quando estendi uma das mãos sujas e acariciei sua bochecha, traçando com a ponta do dedo o contorno pouco marcado de sua mandíbula. Ele estava tentando deixar a barba crescer, mas havia grandes espaços sem pelo. Tinha uma mancha marrom de ensopado no queixo dele.

Enquanto fazia aquela carícia repugnante, minha outra mão foi até a cintura dele, soltando as chaves do cinto. Ele não percebeu.

— Você me quer? — perguntou Howard, estendendo a mão através da jaula e segurando um dos meus seios. Ao seu toque, as minhas entranhas se contorceram de nojo, e me forcei a imaginar como seria correr alegremente por aquelas florestas de folhas outonais.

O aro com as chaves finalmente escapou do cinto dele e caiu silenciosamente na palma da minha mão.

Um cano pingava um líquido laranja enferrujado no chão atrás de mim.

— Amanhã — sussurrei, agarrando a sua virilha com força suficiente para machucar. Ele recuou, mas apenas um pouco. O restante do corpo se pressionou contra as barras. — Depois do meu banho. Venha me encontrar. Quero estar limpa para você.

— E se eu quiser você suja?

Deus, eu esperava que Arden estivesse letárgico demais para testemunhar aquilo.

— Amanhã — repeti, e então voltei para o canto da minha jaula.

Depois de um olhar longo e lascivo, Howard se levantou, ajustou a protuberância rígida nas calças e retomou a patrulha.

As chaves estavam quentes na palma da minha mão.

O perigo de presumir que uma pessoa é insana é que você também presume que ela não pode ser mais esperta que você.

A próxima brecha ocorria por volta das seis da manhã, quando Howard fazia a troca de turno com Bessie, que não ouvia bem o bastante para escutar o barulho de uma chave vindo de uma jaula trancada. Ela era uma mulher que andava se arrastando, não muito inteligente, mas com uma crueldade casual que estalava como um chicote sempre que estava de mau humor, o que acontecia com frequência.

Eu esperava que ela e Howard fossem punidos por me deixarem escapar.

Quando os uivos de lobisomem dos pacientes diminuíram ao amanhecer, comecei a agir. Foram necessárias algumas tentativas para encontrar a chave certa no molho pesado e cheio, mas quando o cadeado enfim se abriu, uma emoção aguda percorreu o meu corpo. Saí da jaula descalça, mal conseguindo acreditar na minha sorte.

Sem expressão, Clarence me observou da jaula do outro lado. Ele havia sido medicado com uma droga diferente de Augusta, cujo efeito, porém, era basicamente o mesmo. Menos baba, mas nada nos olhos. Senti uma pontada de culpa.

Eu era um monstro por deixá-los ali?

Eu consertaria tudo depois, prometi a mim mesma. Se vivesse a vida plena que sempre havia sonhado, eu a dedicaria a erradicar esses lugares horríveis de vez. Não tinha o dom de Arden para a palavra escrita, mas bateria na porta de todo jornalista que me ouvisse, até que um concordasse em expor aquele horror.

Em um último momento de vergonha, joguei o molho de chaves aos pés de Clarence. Ele olhou para elas com vago interesse, mas não se moveu para pegá-las. O desespero cresceu no meu peito. O

NOSSOS DESTINOS ETERNOS

que eu podia fazer? Não era possível forçar a vontade de escapar em alguém.

Passos se anunciaram perto do fim do corredor. Eu tinha que ir.

Não conseguia olhar para trás, para o corpo flácido da Augusta. A mancha de baba na camisa de força inútil. O vômito emaranhado no aglomerado de cabelo escuro.

Com um último olhar de desculpas para Clarence, virei na direção oposta e andei na ponta dos pés o mais silenciosamente que pude, saindo do corredor, passando pela enfermaria, por alguns dos quartos privados que foram construídos de forma otimista no início, na fase ensolarada de Allum.

A ala norte estava quase deserta. Os técnicos de laboratório iam para casa todas as noites, dormir em suas camas quentes, jantar comida caseira e conviver com suas famílias, que os amavam apesar de seus experimentos cruéis. Eu me enfiei em uma pequena alcova entre portas e esperei.

A brecha final: os movimentos previsíveis do zelador.

Ao ser levada e trazida dos meus "tratamentos", descobri que havia uma porta que dava para os jardins na intersecção entre as alas norte e oeste. Todas as manhãs, o zelador a destrancava, usando dois vasos de plantas para mantê-la aberta, de modo a renovar com ar fresco o ar parado, então ia para a sala dos funcionários para fazer café antes de começar as tarefas. Quando ele começava a trabalhar, o buraco no padrão desaparecia. Equipe médica, jardineiros, figurões farmacêuticos e faxineiros vagavam pelas alas e, assim, bloqueavam o acesso à porta aberta. Portanto, enquanto a água do café fervia, era o único momento possível para escapar.

Como era de se esperar, o zelador chegou por volta das sete, assobiando, vestido em seu macacão sujo. Era um homem de rosto alegre, corado, de olhos brilhantes e pelos grossos nos antebraços.

157

LAURA STEVEN

Nunca fazia contato visual com ninguém quando estava no interior do prédio, como se evitar olhar significasse evitar cumplicidade. *Se não posso ver a atrocidade, a atrocidade não pode me ver, e não tenho que fazer nada a respeito.*

A porta estava aberta. A chaleira começou a chiar em um fogão distante.

E corri.

A grama com orvalho provocou um choque nas solas imundas dos meus pés.

O ar era quase puro demais, intenso demais, e os meus pulmões se engasgaram com ele.

Enquanto eu corria com as pernas fracas e bambas, esperava um coro de gritos atrás de mim, uma série de assistentes prontos para me derrubar no chão.

Ninguém apareceu.

Cheguei à floresta, ofegante, e caí de joelhos. Exaustão, descrença.

Peguei grandes punhados de folhas carmesim, tracei com as pontas dos dedos as suas veias estriadas, segurei-as perto do meu rosto e respirei o cheiro terroso delas, como se fossem me limpar do toque de Howard. Olhei para o dossel do bosque, para as curvas abstratas do céu entre os galhos altos, esperando avistar um pintassilgo de barriga amarela.

Eu estava livre.

Não apenas do hospital, mas de Arden. De nosso destino cruel.

Eu tinha perdido a noção do tempo nos meses anteriores, talvez anos, mas tinha certeza de que os nossos aniversários de dezoito anos logo chegariam. No entanto, não havia como Augusta escapar daquela camisa de força, da jaula, do torpor medicamentoso, do matadouro grotesco.

Os seus olhos ferozes estavam vidrados e vazios.

158

NOSSOS DESTINOS ETERNOS

A liberdade se estendia diante de mim como um prado, e fiquei ali esperando a euforia chegar, o ar fresco e a luz forte me darem vida, mas tudo parecia errado.

Tenho que voltar por ela.

O pensamento veio a mim brilhando como um diamante, mas eu o afastei.

Não. Tinha esperado inúmeras vidas por uma oportunidade como aquela. Eu *voltaria* por Arden, mas depois que fizesse dezoito anos, depois que a maldição tivesse sido quebrada. Voltaria com a polícia, jornalistas e políticos, chutando os portões daquele mundo cruel.

Mas e se Augusta não sobrevivesse tanto tempo?

E se fosse tarde demais para salvá-la?

Pior, e se ela sobrevivesse, mas não voltasse a ser a mesma? Vazia? E se ela fosse reduzida a uma mancha de baba em uma gola triste de camisa, a roupa íntima suja e o olhar perdido?

Eu encontraria outro amor como o de Arden de novo? Ou passaria o resto dos dias com um buraco enorme no peito?

Como *seria* o resto dos meus dias? Eu não tinha família naquela vida, exceto pelo tio de rosto sombrio que havia me acolhido quando meus pais morreram de gripe. Os meus poucos amigos me rejeitaram quando fui internada em Allum. Eu não tinha dinheiro, educação, perspectivas. E sem Arden, a promessa de vida parecia vazia.

Eu não queria só um futuro. Eu queria um futuro com *ele*. Eu queria...

Uma visão veio a mim, tão drástica e crua que me atingiu no alto do estômago.

Um mundo de ossos e de cinzas caindo, de súplicas sem fim, tão animalescas que eu não conseguia dizer de onde vinham. De uma dor tão grande que tinha forma própria. Uma dor tão abso-

159

luta que era como o mais sombrio tom da noite, como um buraco negro no universo.

Arden, chorando, só que não era Arden; era uma mancha espectral, um contorno vago.

— Eu te disse — sussurrou ele, com a voz oca e soando como o interior de um sino de igreja. — Te disse que isso ia nos arruinar.

A compreensão daquilo se organizou brevemente no meu peito, como partículas de poeira formando uma imagem sólida, mas quando um pássaro cantou nas árvores acima de mim, a visão se dissipou, deixando apenas um pavor sem direção.

Volte, volte, implorei para a visão, porque, por mais horripilante que fosse, era a primeira revelação que eu tinha em décadas, séculos. Uma peça crucial do *porquê* da minha existência havia se esvaído, deixando apenas o cheiro persistente de fumaça no seu lugar. Enterrei as mãos no solo da floresta, sentindo a terra fria e úmida se enfiar sob as minhas unhas irregulares.

O que isso quer dizer, o que isso quer dizer, o que...

A luz do sol brilhava através da copa das árvores, e o meu coração disparava, batendo forte.

Assim que aquele mundo de branquidão e cinzas havia evaporado, aquela sensação de quase compreensão também desaparecera. Uma parte de mim sabia, no entanto, que mesmo que eu deixasse Arden em Allum, não haveria futuro. Haveria apenas...

Ruína. Era assim que a visão parecia. Como ruína total.

Arden estava fazendo isso por um motivo. E esse motivo era nos proteger.

Eu sabia disso bem no meu âmago. No meu sangue, nas minhas entranhas, na minha alma. Estava escrito na minha própria essência.

Com um último suspiro trêmulo, me virei e corri de volta para o hospital.

NOSSOS DESTINOS ETERNOS

meu coração é uma casa mal-assombrada,
cercada por um fosso que eu mesmo cavei,
mantida vazia, sem calor, para que dele eu não sinta falta
quando o inverno chegar.

fome de pele; a sensação de que, se não tocar
outro humano logo, a cabeça perderá.
dói, a ausência, mas menos quando tudo o que já sentiu foi frio.

e então, você entra.
abrindo as janelas, varrendo as cinzas da lareira
para que possa acender um fogo novo.

e a minha pele canta por você, os meus ossos doem por você,
mas os fantasmas espreitando os corredores me dizem
que não sairemos deste lugar vivos.

— autor desconhecido

País de Gales
2022

CERI ENCENOU O SEU PAPEL quando contamos aos médicos que ele tinha caído feio em cima de algum equipamento agrícola, embora talvez apenas porque permanecer consciente exigisse toda a sua energia. Depois que ele recebeu alta com alguns analgésicos fortes e instruções rigorosas para descansar, Arden e eu dirigimos de volta para a fazenda em silêncio forçado.

Eu estava ao lado de Arden naquele carro.

Para qualquer outra pessoa, um momento de plena normalidade. O zumbido escuro da estrada, copos de papel com café entre nós, música pop tocando no rádio. O casaco dele cobria os meus

NOSSOS DESTINOS ETERNOS

ombros porque a sala de espera do hospital estava muito fria. Uma estática discreta jazia entre nós, vibrando nos lugares em que a nossa pele poderia ter tocado e não tocou. O brilho dos faróis, o lento piscar das estrelas, os pequenos obstáculos da estrada sob os pneus.

Plena normalidade... mas com *Arden*.

Estávamos juntos de novo.

As coisas que eu podia dizer. As coisas que eu podia fazer. Podia estender a mão e tocar o corpo dele, traçar a ponte áspera dos nós de seus dedos. Podia dizer que ele era, em todos os sentidos significativos, o meu lar. Podia relembrar vidas e experiências que eu mantivera enterradas até agora: o cheiro de sal e fumaça das ruas argelinas, a beleza distópica de Nauru e os corais, o desespero existencial na Frente Ocidental. Todas as coisas que tínhamos compartilhado, sobrevivido. A grande tapeçaria do nosso amor, e o novo bordado que ela havia ganhado.

Mas não o fiz, porque alguma coisa havia mudado. Ali ele não era o garoto sensível em meio à neve da taiga congelada. Ele ainda era o assassino de rosto frio de El Salvador.

E eu não tinha ideia de como trazê-lo de volta. Trazer-*nos* de volta, de maneira rápida e avassaladora, o suficiente para fazê-lo querer me manter viva.

Por enquanto, tinha que bastar apenas coexistirmos, suspensos no âmbar, por uma breve paz, que eu desejava que durasse para sempre.

Seis dias. Independente do que acontecesse, tínhamos esses seis dias. Dificilmente uma infinidade, e, ainda assim infinitos, em possibilidade e em potencial.

Minha mãe estava aquecendo o forno para colocar uma lasanha quando voltei para a cozinha, deixando Arden parado no corredor.

— Oi, meu amor — disse ela. — Como foi o seu encontro?

163

— Ah, foi OK. Mas, hm... Na verdade, tenho uma coisa para te contar. — Inclinei-me na ilha, apoiando os cotovelos e juntando as mãos para impedi-las de tremer.

Ela parou por um instante, segurando um saco de folhas de salada.

— É?

— Realmente espero que você não fique chateada.

Eu ainda estava usando o casaco de lenhador forrado de lã, com um frasco de água com açúcar enfiado no bolso de cima, que Arden mantinha ali para o caso de precisar salvar alguma abelha ferida, mas mamãe não pareceu notar.

— Ótimo começo, Bran. — Os ombros dela caíram, em frustração. — Vá em frente, então. Onde você colocou um piercing? Espero que não tenha sido nos mamilos, porque, honestamente, se e quando você engravidar, eles vão...

— É o Dylan — interrompi, antes que me convencesse a não fazer isso. — Nós estamos saindo. Em segredo. E, hm, estamos apaixonados há um tempo. — Um eufemismo. — Na verdade, temos a mesma idade porque ele pulou alguns anos na escola, e...

— Bran! — Ela girou o corpo, com um sorriso se espalhando pelo rosto, e brandiu uma baguete de alho como se fosse uma espada. — Acho isso muito incrível.

Pisquei repetidas vezes, em descrença.

— Sério?

— Óbvio! — Ela jogou a baguete e o saco de salada no balcão. — Eu confio no Dylan, e confio em você. — Colocou as mãos em concha nas bochechas de repente rosadas. — Ah, que lindo! Você e Dylan!

— Estou tão feliz que você pense assim. — A culpa me atravessou. Eu não esperava tanta alegria desenfreada em cima de uma mentira, embora os fundamentos dela fossem verdadeiros o suficiente.

"Que lindo" nem começava a descrever o sentimento que eu tinha por Arden. Queria que fosse tão simples quanto ela acreditava ser.

— Precisava de boas notícias esta semana. — Ela suspirou feliz, recostando-se na borda branca da pia. — Isso realmente melhorou o meu ânimo. Onde ele está? Quero dar um abração nele.

— Está logo ali. — Indiquei com a cabeça as portas duplas. — Com a orelha pressionada contra o buraco da fechadura, sem dúvida.

— Dylan, seu bobão! — minha mãe o chamou, com tom aberto e expansivo. — Entre aqui.

Dylan... Arden... abriu a porta e, pelo olhar tímido no rosto, tinha ouvido tudo. A julgar pela maneira como não conseguia me olhar nos olhos, se sentia tão péssimo quanto eu pela mentira que estávamos contando à minha mãe.

Ela foi até Dylan e jogou os braços em volta do pescoço dele, apesar de ele ser uns bons 25 centímetros mais alto do que ela. Ele apoiou o queixo na cabeça dela de uma forma tão sutilmente afetuosa que fez o meu peito doer.

— Não parta o coração dela, certo? — disse ela, a voz abafada no suéter de lã dele.

— Nem sonharia com isso — respondeu ele, mil emoções pulsando sob as palavras.

Tudo em mim doía.

Se ao menos aquele cenário fosse real.

Quantas vezes ao longo dos séculos desejei que o nosso amor um pelo outro fosse tão simples assim? Tão simples quanto a aprovação carinhosa de uma mãe, como a luz do fogo nos nossos rostos enquanto nos beijávamos perto de uma lareira, como mil pequenos prazeres e gentilezas somando uma história de amor completamente comum?

Entretanto, a nossa história de amor não era assim. Era sangue, dor e morte, um ciclo terrível fadado a se repetir sempre.

Desesperada para reprimir a dor que se contorcia sob as minhas costelas, continuei.

— Já que você está toda feliz e tal... posso ficar no chalé com ele esta noite?

Afastando-se de Dylan outra vez, minha mãe se virou para mim e levantou uma sobrancelha, mas havia um toque de diversão no rosto dela. Então, ela deu de ombros.

— Acho que não faz sentido dizer não. Eu transava em estacionamentos na sua idade.

— Mãe! Jesus! — falei com a voz exasperada, mas não consegui evitar uma risada em surpresa. Depois de vê-la tão intimidada e assustada por tanto tempo, a brincadeira inesperada foi um bálsamo, o rubor nas bochechas, as covinhas emoldurando o sorriso, o brilho nos olhos. Era um lampejo da mãe que conheci antes do diagnóstico de Gracie, e me aqueceu como uma xícara de chá quente. E eu faria qualquer coisa para que durasse.

A determinação se solidificou dentro de mim como uma lâmina recém-forjada.

Eu tinha que convencer Arden.

O chalé da fazenda estava quente e limpo, caótico e desorganizado. Havia uma sala de estar apertada, com duas poltronas de tweed e seis estantes abarrotadas de livros, moletons espalhados e folhas de papel soltas sobre os móveis. Nas paredes da cozinha, molduras exibiam flores raras prensadas e esboços a lápis de espécies botânicas e ervas. Havia plantas domésticas em todas as superfícies disponíveis, folhagens e samambaias penduradas em cestos e caindo pelo chão. Volumes de poesia encadernados em couro entre

NOSSOS DESTINOS ETERNOS

vasos e potes terracota, canetas e cadernos empilhados em cima do micro-ondas, cada centímetro do espaço preenchido com os gostos cuidadosamente cultivados por Arden.

Agora entendia por que ele nunca havia me convidado para entrar. O espaço estava tão repleto de seu amor pelo mundo natural e pela palavra escrita que eu saberia de imediato que ali só podia ser a morada de Arden.

Não era tarde quando chegamos ao chalé, pouco depois das nove, mas o dia tinha sido longo e tenso, então fomos direto para o quarto. Meu coração batia forte a cada passo na escada, o ritmo tão intenso e rápido que eu tinha certeza de que ele ouviria. Mas Arden não disse nada enquanto eu o seguia, observando os músculos de suas costas se destacando conforme ele se movia. Se estava com frio sem o casaco, não demonstrou.

No quarto, uma cama de casal encostada na parede do fundo, uma escrivaninha gasta colocada à frente da janela que se projetava para fora, um guarda-roupa de carvalho com duas mesas de cabeceira combinando e um tapete persa sobre o carpete creme desbotado. Nas paredes havia mais flores emolduradas e esboços botânicos, além de várias cartas de poetas famosos, em papéis manchados de sépia.

O quarto não era nada espetacular, mas ali a *sensação* de Arden pairava no ar. Como entrar na sua alma e se aconchegar perto do fogo. Íntimo e familiar.

— É simpático — comentei, uma declaração ridiculamente mundana, e ainda assim foi tudo o que consegui pensar em dizer em meio ao silêncio. Coloquei a bolsa com mudas de roupa ao lado de um vaso com uma ficus-lira plantada.

Ele acendeu um abajur de cabeceira, cobrindo o quarto com uma luz amarela suave.

— Obrigado.

Havia uma cópia de *Mil anos de você* na mesa de cabeceira.

— Quando você ouviu falar sobre isso? — perguntei, gesticulando para o volume bastante manuseado.

— Ouvi um programa de notícias no rádio — explicou ele, as palavras saindo com aperto. — Não sei como isso é permitido. Como podem lucrar com algo escrito por um garoto morto, sem autorização?

— Os colonizadores saqueiam tudo que é dos outros para encher os seus museus há séculos. Por que parariam agora? — Ri de forma amarga. — Acho que estão apenas apostando que não há autor vivo para processá-los.

Ele assentiu, então desviou o olhar.

— Você... leu? Vi na vitrine da livraria. — Um aspecto infantil e inseguro passou pelo rosto dele, um garoto mostrando uma pintura para um amigo pela primeira vez.

Assenti e engoli em seco, sentindo imediatamente como se o tivesse traído, como se tivesse violado sua privacidade.

— É lindo.

Ele pressionou a mão no peito, respirou fundo, mas não disse nada. Me lembrei de Mikha, o caderno de couro marrom escondido em meio ao casaco de pele com pontas cobertas de neve. As lágrimas congelando nas maçãs do rosto dele conforme morríamos. Era como se uma picareta tivesse atravessado meu coração.

— Você escreve poesia nova em cada vida? — perguntei, sem querer bisbilhotar, mas ao mesmo tempo desesperada para saber mais sobre essa faceta que ele sempre protegeu tanto. — Ou transcreve todo o seu trabalho antigo de memória toda vez que renasce?

— É tudo novo — murmurou ele, rouco e de repente envergonhado.

Aquela declaração era rica em promessas. Dispersados por todo o mundo, espalhados pela história como confetes, estavam cadernos cheios do amor de Arden por mim. Quantos mais foram

NOSSOS DESTINOS ETERNOS

descobertos? Descartados, publicados, escondidos em museus mal iluminados? O nosso amor preservado atrás de um vidro, retirado e polido por mãos cuidadosamente enluvadas, posicionado entre a Bíblia de Gutenberg e o Sūtra do Diamante. A ideia me fez sentir imortal de uma forma totalmente nova, como se eu existisse fora de mim mesma.

— Nada de fotos da sua família — observei, apontando para as molduras na parede.

— É mais fácil desse jeito.

Ele era assim desde pelo menos a virada do século XX, a possível exceção sendo nosso período na Sibéria, mas eu sabia que nem sempre havia sido dessa forma. Ele costumava viver e respirar pela família. Eu só não conseguia dizer com certeza quando isso havia mudado, se sequer havia um ponto fixo, um eixo óbvio, ou se as paredes haviam sido construídas de forma lenta ao longo do tempo, tijolo após tijolo, pedra após pedra, até que um dia ele olhou para cima e elas eram impenetráveis.

Impenetráveis, exceto por Gracie. E isso significava alguma coisa.

— Você não me matou — falei, devagar. — Lá nos estábulos, quando libertei Ceri. Disse que me mataria, mas não matou. Ou não conseguiu matar.

Todo o corpo dele enrijeceu, mas ele não disse nada.

— Por quê? — ousei perguntar.

Segundos silenciosos passaram diante de nós como a fina areia dourada do deserto, o silêncio totalmente vivo.

Então, em um quase sussurro, ele começou:

— Porque eu...

Arden parou e não retomou a frase.

— Porque você o quê? — insisti.

Ele balançou a cabeça.

169

— Deixa para lá. — Antes que eu pudesse perguntar mais alguma coisa, ele gesticulou bruscamente em direção a uma porta. — O banheiro é por ali.

Recuei com a rejeição.

— Não tem medo de que eu pule pela janela?

— Não tem janela — respondeu ele, sem humor. Parecia exausto.

No banheiro minúsculo e limpo, tirei o casaco dele, escovei os dentes, passei um pente com estampas de tartaruga no cabelo e esfreguei o rosto até a pele ficar rosada e fresca. Coloquei um pijama vermelho de flanela e voltei para o quarto. As cortinas haviam sido fechadas.

Arden estava sentado na beirada da cama, com o rosto impassível. Ao lado dele, no cobertor de retalhos, havia um par de algemas de aço.

Olhei para ele incrédula.

— Você vai mesmo me algemar na cama?

Com os cotovelos nos joelhos, ele afundou a cabeça nas mãos, o silêncio era uma confirmação terrível.

— Isso parece totalmente desnecessário.

— Tenho que dormir em algum momento — retrucou ele, falando para as palmas das mãos. — E quando eu dormir, vai ficar muito fácil para você fugir. Ou me nocautear e me amarrar como fez com Ceri.

— Por que você tem algemas?

— Pelo mesmo motivo que você carrega uma faca. Só por precaução.

Sentei-me ao lado dele na cama, com a mente e a pulsação aceleradas. A tensão entre os nossos corpos era palpável; um estalo elétrico. Estendi o punho e ele colocou uma das argolas da algema. Então estendeu a mão sobre o meu colo e fixou a outra em volta de uma ripa da cabeceira, girando a pequena chave na fechadura com um clique metálico.

NOSSOS DESTINOS ETERNOS

O pânico subiu pela minha espinha, a sensação de estar presa, indefesa e pequena.

Por fim, ele foi até a escrivaninha e guardou a chave na gaveta de cima.

Tentei me acomodar, entrei debaixo das cobertas e descansei a cabeça no travesseiro, grunhindo enquanto a algema puxava desajeitadamente o meu braço. Um arrepio me sacudiu da cabeça aos pés. Em um segundo eu estava de volta àquele hospital horrível, contida como uma fera selvagem, sendo cutucada, desumanizada e humilhada, com frio, fome e dopada. Braços amarrados à cintura em camisas de força brancas engomadas, manchas de baba nas golas.

Nos meus momentos mais sombrios, me arrependi de voltar para salvar Arden em Allum. Será que eu teria vivido uma vida plena e normal se não o salvasse? Teria quebrado essa maldição para sempre?

Aquela visão desoladora e terrível podia ter sido apenas isso: uma visão. Uma obra da imaginação.

Mas por causa da aparição da mulher de cabelos brancos e unhas pretas nas trincheiras, eu sabia que era verdadeira.

Se fizéssemos dezoito anos, isso nos arruinaria.

Então talvez fosse esperar demais que Arden me mantivesse viva. Talvez fosse melhor eu procurar o *porquê*. Não apenas uma noção vaga, mas cada dimensão da verdade, cada canto e fenda do nosso destino. A história completa, não resumida.

Mas, Deus, eu queria. Queria *tanto*.

— Sinto muito mesmo — disse Arden, enfim se virando para olhar para mim. Havia um contorno rosado de cansaço em volta dos seus olhos.

— Sente? — disparei, mesmo que apenas para dar caminho às emoções desesperadas presas na minha garganta.

LAURA STEVEN

Ele pareceu magoado com a pergunta, não importando o quão retórica fosse.

— Realmente precisa perguntar isso?

Quando não respondi, ele se ajoelhou e puxou um cobertor bege grosso, que estava embaixo da cama. Desenrolou-o no chão e pegou um suéter de tricô do guarda-roupa para embrulhar e fazer de travesseiro. Por fim, apagou o abajur na mesa de cabeceira, e o quarto mergulhou na escuridão.

Ouvi o desabotoar da calça jeans, e depois o tilintar da fivela do cinto quando ambas caíram no chão. Outro roçar de tecido quando ele puxou o suéter de lã macia sobre a cabeça.

Depois de alguns segundos, os meus olhos começaram a se ajustar. Vi a silhueta de seu corpo, seus ombros largos, os quadris mais estreitos, os músculos das costas sobressaltados. Uma constituição semelhante à de Henri, na França. Minha respiração ficou presa na garganta. Ele se encolheu em cima do cobertor no chão, dobrando os joelhos perto do peito.

— Não está com frio? — perguntei, com a voz de alguma forma mais alta no escuro.

— Se você está desconfortável, eu também devo ficar.

A algema raspou contra a cabeceira enquanto eu ajustava a posição.

— E eu sou a mártir.

Ele não disse nada.

O silêncio era tenso e frágil. Eu quase podia ouvir as engrenagens do seu cérebro; quase podia sentir os músculos tensos do seu corpo. Uma rajada de vento chacoalhou a janela na moldura.

— Deixe-me entrar, Arden — sussurrei. — Duas cabeças pensam melhor do que uma. Talvez possamos encontrar uma maneira de sair disso juntos.

NOSSOS DESTINOS ETERNOS

Sabia que ele resistiria, mas eu tinha que tentar. Pensei na Sibéria.

Não. Não, não, não, não. Preciso desfazer isso. Não. Não vou deixar você morrer dessa vez. Nós vamos... nós vamos simplesmente dar um jeito no resto depois.

Sim, havia a mulher de cabelos brancos, a visão nítida de tudo arruinado, mas, se ele tinha cedido na Rússia, talvez houvesse *algo* que pudéssemos fazer.

Por um breve momento, ele se permitiu acreditar nisso.

Porém ali, no chalé gélido da fazenda, no sopé das montanhas de Brecon Beacons, ele apenas disse:

— Não tem saída. Boa noite, Evelyn.

País de Gales
2022

Depois de me revirar na cama pelo que pareceram horas, acabei dormindo aos trancos e barrancos até ser acordada por um grito de agonia. Sentei-me de um pulo, esquecendo que estava algemada à cabeceira da cama; estremeci quando meu punho foi repuxado em um ângulo estranho. Os meus olhos se esforçaram contra a escuridão.

Arden urrava em desespero, quase selvagem, como se a mão invisível de alguém estivesse arrancando a pele de seu peito. O som me agarrou pelas costelas, um fósforo aceso preso a cada terminação nervosa.

NOSSOS DESTINOS ETERNOS

— Arden! — falei com urgência. — Ei, *Arden*!

Ele ainda gritava.

— ARDEN! — berrei, puxando inutilmente as algemas, tão intensa era a vontade de ir até ele.

Ele acordou, o som morrendo de repente em sua garganta, e o seu corpo sacudindo e despertando.

Sua respiração era pesada, e ele ficou perfeitamente parado.

— O que foi isso? — perguntei, jogando-me de volta no travesseiro, com meu coração disparado.

Uma pausa breve, e então ele disse, baixinho:

— Só um pesadelo.

Eu já tinha visto aquilo antes, em nosso barco de pesca na costa de Nauru, banhado pelo pôr do sol, pouco antes de eu matar Elenoa em um recife pontudo. Mangas, mamões e vinho azedo, a luz avermelhada lavando o seu corpo macio e queimado pelo sol, meus olhos ardendo por causa da luz solar e do sal. Os tremores contra o convés de madeira. Meu corpo pressionado contra as suas costas, acalmando-a.

Revirei aquela informação na mente, sem saber como abordá-la. Se eu insistisse muito, Arden se fecharia. Mas parecia importante, de alguma forma. Como se pudesse ter alguma a coisa a ver com a nossa situação.

— Você tem muitos pesadelos — sussurrei na noite.

— Sim.

O corpo dele estava imóvel, com exceção do movimento de respiração em seu peito. Depois de meus olhos desembaçarem do sono, vi pelo seu contorno que ele estava de frente para mim. Um fragmento de luar prateado atravessava uma abertura nas cortinas, iluminando a linha marcada do seu maxilar. Um emaranhado de cabelo escuro se espalhava no travesseiro improvisado com um suéter creme.

175

Os gritos ainda ecoavam nas grutas da minha mente.

— É a mesma coisa toda vez? — perguntei, trepidante.

Um único aceno em afirmação.

— O hospital? As trincheiras? — Lutei contra um tremor. — Eles também me assombram.

Arrisquei mais uma batida, e então as portas dele se fecharam. Ele rolou para encarar a janela.

Nós dois ficamos acordados, embora em um silêncio tenso, até o sol nascer alaranjado sobre o vale. A luz cor de pêssego atravessou as cortinas, derramando-se sobre o corpo tenso de Arden. Ele estava todo arrepiado. As omoplatas se projetavam da pele de suas costas, onde notei uns arranhões vermelho-rosados. Eram recentes.

Ele estava se arranhando durante o pesadelo?

— Você quer café? — perguntou ele com rispidez, como se sentisse os meus olhos nele.

— Sim, obrigada.

Arden se sentou e vasculhou as gavetas, tirando uma camiseta branca lisa de uma delas. Ele a passou pela cabeça, então pegou os jeans amassados no chão e começou a vesti-los, passando-os pelos tornozelos.

Sacudi as algemas intencionalmente.

— Pode levar todo o tempo do mundo, por favor. Sem pressa.

— Merda. Desculpa. — Ele se levantou e foi desajeitadamente até a cama, com as calças ainda em volta dos joelhos.

Não olhe para a cueca dele, não olhe para a...

— Lembra do café no Império Otomano? — perguntei, em uma tentativa de me distrair.

Por algum motivo, essa também foi a coisa errada a se dizer. Uma nova tensão cresceu nos seus braços, e alguma coisa não identificada cintilou atrás dos seus olhos.

— Provavelmente não deveríamos falar sobre Constantinopla — disse ele, cada sílaba medida cuidadosamente.

— Por quê...?

Mas antes que eu pudesse terminar o raciocínio, me lembrei de repente de algo: nossos corpos nus e perfumados, corpos masculinos, a mão áspera de alguém na minha cintura no doce vapor do hamame, uma língua desesperada se movendo sobre a minha, o desejo tão puro e intenso que o meu corpo inteiro foi inundado de calor. Tentei agarrar a memória para que não desaparecesse, mas em um instante ela se foi, deixando apenas as minhas bochechas coradas para trás.

A algema afrouxou em volta do meu pulso, os seus dedos delicadamente roçaram a palma da minha mão, e fiquei dolorosamente ciente de quão perto ele estava de mim. Ciente de como poderia descansar a mão no ponto mais estreito da sua cintura, levar a outra até aquele maxilar cerrado e puxá-lo para baixo, na minha direção.

Mas ele se virou, deixando o ar ao meu redor frio.

Arden se lembrava de tudo, e eu não. Por um momento fugaz, entendi as paredes que ele havia construído. O quanto isso devia doer, que eu tivesse esquecido tantos detalhes íntimos das nossas vidas juntos.

E mais importante: por que eu tinha esquecido e ele não?

Por que o passado vinha até mim em fragmentos enquanto ele guardava a vasta e complexa paisagem da nossa existência em sua memória? Eu me lembrava de forma geral dos cerca de cem anos mais recentes. Da época do hospital em diante, as minhas memórias eram vagas, mas distintas, porém tudo anterior àquilo era turvo, irregular e borrado pelo tempo. Vidas inteiras engolidas por uma névoa.

Será que era um efeito natural de se viver por tanto tempo? Ou os experimentos brutais no hospital de Vermont destruíram a minha cabeça mais do que eu percebera? As memórias suprimidas eram uma resposta ao trauma?

Tantas perguntas sem resposta.

Por ora, eu tinha que me concentrar na única coisa que importava: salvar a vida de Gracie.

A dra. Onwuemezi olhou por cima dos óculos.

— Você quer fazer a extração da medula óssea esta semana?

Tantos destinos dependiam do que aconteceria em seguida.

Minha mãe, Arden e eu estávamos sentados ao lado da cama de Gracie. Minha irmã estava vestida, inexplicavelmente, com um terno de três peças, com um monóculo acomodado no bolso do peito. Não havia qualquer razão discernível para a sua vestimenta além de manter o astral um pouco elevado, e eu a amava ainda mais por isso. Mesmo ela tendo feito um longo discurso sobre ser eu quem deveria estar doente, porque eu tinha passado muito tempo no sol na infância enquanto ela sensatamente passara sua juventude jogando videogame com as cortinas fechadas.

— Você tem uma visão de mundo única, garota. — Arden riu ao vê-la. — Sabia? — O tom dele era uma mistura curiosa de melancolia e admiração.

Era estranho vê-lo interagir com Gracie, sabendo quem realmente estava ali. Deveria ter me deixado ansiosa, tensa, com medo pela segurança dela. Mas, em vez disso, foi tocante.

Enquanto falávamos com a médica especialista, tomávamos cappuccinos do refeitório do hospital. Eu sentia o calor na língua,

NOSSOS DESTINOS ETERNOS

mas não o gosto de nada. Não como o do café intenso e preto de Constantinopla, amargo, forte e delicioso. Tentei prender as lembranças de lá, tentei acessar as memórias que minha mente guardava em um cofre trancado, mas não conseguia agarrá-las, não conseguia tirar as camadas, como a casca de uma fruta madura, para expor o miolo.

Assenti em resposta à pergunta da dra. Onwuemezi.

— Estou nervosa com a agulha gigante e tal.

— Entendo — disse a médica, sem demonstrar emoção, e eu me transportei de volta para o quarto. O idiota do residente de medicina não estava com ela hoje. A dra. Onwuemezi colocou o prontuário de Gracie em cima de um armário de remédios e se recostou na parede, cruzando os braços sobre o jaleco branco. — A sua mãe me informou que você é alérgica a anestesia, então provavelmente faríamos o procedimento com você acordada.

Gracie deu uma enorme mordida na maçã.

— É a primeira vez na vida que respeito a minha irmã.

Dei uma risada, fraca e pouco convincente.

A médica manteve os olhos em mim.

— Isso é uma fonte de preocupação?

Na verdade, era. Eu havia descoberto que era alérgica a anestesia geral da maneira mais difícil. Aos seis anos, precisei remover meu apêndice rompido e acabei em choque anafilático. Os médicos quase não perceberam, e estive a um milímetro da morte. Sobrevivi graças a uma enfermeira atenta e a uma curiosa habilidade de permanecer viva em condições que outros não conseguiriam. Meus pais ficaram completamente traumatizados.

Não tínhamos certeza se a condição se estendia à anestesia local; a caminho do hospital, naquela manhã, minha mãe havia me convencido a fazer o procedimento sem anestesia, porque ela não podia arriscar perder nós duas. Eu tinha concordado, sentindo uma devastação silenciosa por saber que havia uma chance razoável de que aquela previsão acontecesse de qualquer maneira.

— Sim — murmurei em resposta à médica, envergonhada.

— Bem, não posso mentir para você. — A boca da dra. Onwuemezi se contraiu em uma careta. — Com certeza sentirá alguma dor.

A mão de Arden foi protetoramente para a minha, apertando-a quase imperceptivelmente, e eu odiei o quanto a sensação era boa. Tanto minha mãe quanto Gracie observaram o gesto com sorrisos disfarçados nos rostos.

— Você é uma menina corajosa — disse a médica. — Está óbvio que você ama muito a sua irmã.

Gracie revirou os olhos, mas as suas bochechas ficaram rosadas e ela olhou para baixo.

Mordi o interior da boca.

— Amo, mas estou preocupada. Com dificuldades para dormir também. Prefiro fazer isso logo, para que eu possa relaxar e estar presente para Gracie e a minha mãe.

Por favor, diga que sim. Por favor, diga que sim. Por favor, diga que sim.

— Bem, sem dúvida entendo esse instinto. — A dra. Onwuemezi esfregou a têmpora com a ponta do dedo indicador. — O armazenamento da medula não é um problema, em si; podemos facilmente preservá-la até que seja necessária. E, em um mundo ideal, o serviço de saúde seria capaz de acomodar essas coisas. Mas estamos com falta de profissionais, e não acho que haverá outra vaga para cirurgia disponível até depois da semana que vem, pelo menos. — Seu rosto pedia desculpas. — Gostaria que eu tentasse adiantar para segunda ou terça?

Melhor do que as duas semanas planejadas originalmente, mas ainda não era rápido o suficiente.

Eu faria dezoito anos no sábado.

NOSSOS DESTINOS ETERNOS

Engoli em seco e tirei a mão da de Arden. Era culpa dele que eu estivesse naquela situação horrível para começo de conversa. Tinha que me lembrar disso. Deixar o ressentimento se calcificar dentro de mim, para que eu tivesse forças para sobreviver.

— Tem alguma chance de alguém cancelar um agendamento antes disso? — perguntou Arden à médica, com a voz estranhamente áspera.

Ela deu um leve aceno de cabeça.

— Sim, embora seja incomum. Vou me certificar de que você seja a primeira pessoa que contataremos se isso acontecer, mas temo que seja o melhor que posso fazer.

Quando a médica saiu da sala, olhei para Arden. O seu rosto queimado de sol tinha adquirido uma palidez acinzentada, e ele estava olhando para Gracie como se força de vontade por si só pudesse curar o câncer naquele sangue inocente.

Arden queria salvá-la quase tanto quanto eu, mas, a menos que eu encontrasse uma maneira de doar a medula antes de sábado, ele não teria escolha a não ser me matar de qualquer jeito.

Índias Orientais Holandesas
1770

As docas da Batávia fervilhavam com a atividade comercial quando nosso barco atracou. Do castelo de proa, observei a terra se aproximando, minha pulsação acelerada e alta nos ouvidos.

Eu faria dezoito anos em alguns minutos.

Muitas vezes ao longo daquela vida, pensei que não chegaria tão longe.

A primeira foi quando contraí uma febre forte e penetrante na infância, logo após zarpar para Amsterdã em 1764. Eu tinha acabado de completar doze anos, e a realidade do meu fatídico enredo

NOSSOS DESTINOS ETERNOS

estava começando a ficar mais nítida. Não conseguia lembrar como ou por que, apenas que morreria pelas mãos de Arden dentro de meia dúzia de anos. Sempre demorava uma década ou mais para que essa terrível verdade fosse compreendida; que não se tratava de um pesadelo infantil ou um medo irracional, mas sim uma tragédia iminente muito real.

Repousando em um emaranhado de lençóis encharcados de suor, alucinando com imagens de piratas em minha cabine e tubarões na barriga, lembrava vagamente de me perguntar se a minha morte mataria Arden por consequência, onde quer que ele estivesse. Porém, pelo que consigo lembrar, nenhum de nós morreu prematuramente ao longo dos séculos, o que parecia improvável, beirando o milagre, levando em consideração as guerras, as pragas e as épocas de fome que havíamos vivido.

Portanto, como era de se esperar, apesar das garantias sinceras do médico de que eu não me recuperaria, minha febre cedeu.

A segunda vez que vi a morte de perto naquele período foi apenas alguns meses depois, quando uma tempestade violenta quase virou o nosso galeão em algum lugar perto do Cabo da Boa Esperança. A Rota Brouwer era notoriamente repleta de perigos, como tempestades, doenças e piratas, e nossa tripulação estava convicta de que chegara a hora de sermos vitimados por aquele trecho. Torres de água desabavam sobre nós, até que, como se por algum comando divino, as nuvens se dissiparam e o navio se endireitou no último momento possível.

Muitos morreram.

Como era de se esperar, não morri.

Naquela época, comecei a me perguntar se era uma curiosa condição da amarra que me prendia a Arden; talvez a única coisa que pudesse matar um fosse o outro.

183

LAURA STEVEN

Já a terceira vez foi dois anos depois, quando a pele do meu antebraço começou a ficar preta. No início era apenas uma pinta amarronzada, mas as bordas logo se espalharam como um império ganancioso reivindicando terras roubadas. Os ferimentos rosados e as bordas irregulares cresceram e foram empurrados para cima como uma cúpula sombria. Câncer, sem dúvida. As raízes fatais logo se enterraram nos meus ossos até que um dia acordei gritando de dor. Se a coisa evoluísse como havia sido para a minha mãe, logo estaria estapeando meu próprio tronco, como se tentasse arrancar os órgãos do meu corpo.

O meu pai e o médico chegaram à minha cabine com um bisturi e uma serra de osso, determinados a remover o braço. Mas, àquela altura, eu estava curioso sobre a minha imortalidade. O câncer se espalharia? Ou eu sobreviveria de alguma forma? Convencendo o meu pai de que eu tiraria a minha vida se ele me mutilasse, segui com o braço intacto.

Como era de se esperar, o câncer continuou se espalhando pela superfície da minha pele, mas nunca atingiu fígado, rins ou coração.

A quarta vez foi naquela manhã, quando acordei com um garrote na garganta.

Arden enfim me encontrara.

Dessa vez, era uma garota com metade do meu tamanho, de cabeça raspada e olhos selvagens.

Eu tinha adormecido encostado na parede atrás do meu beliche, lendo um livro de Giovanni Battista Morgagni sobre patologia moderna; a medicina tinha se tornado um grande interesse desde que o meu braço havia declarado guerra civil contra si mesmo. Acordei e dei de cara com Arden com as palmas das mãos plantadas na parede, uma de cada lado do meu pescoço, o garrote pressionando a minha pele com força.

— Ai — falei, sem muito a acrescentar.

NOSSOS DESTINOS ETERNOS

Talvez eu não tivesse sido tão casual se Sander Schoonhoven, o imediato de mais de dois metros de altura, não tivesse entrado no meu quarto no mesmo momento, a poucos instantes de levá-la dali.

Ela foi amarrada com cordas grossas no porão de carga, e eu estava prestes a completar dezoito anos. Já fazia várias horas que era a data do meu aniversário, mas como nasci por volta do meio-dia, faltava pouco para completar de fato aquele número fugidio.

Quatro minutos, para ser exato.

O barco balançava perto da lateral do cais, e o porto fechado era um labirinto de caixas empilhadas e cordas enroladas. Quatro criados estavam ao lado de um palanquim dourado, prontos para escoltar o governador-geral para dentro da cidade — o dignitário mais importante que havíamos transportado em mais de uma década. Os boatos a respeito da habilidade sobre-humana do meu pai de resistir a qualquer tempestade haviam se espalhado, e logo ele se tornara um capitão cobiçado pelas pessoas mais poderosas do império.

Vários marinheiros desceram para prender o galeão no porto, cumprimentando a fileira de mosqueteiros com calças até os joelhos. O ar cheirava a pimenta e cravo, noz-moscada e canela, baunilha, sal e peixe.

Sander Schoonhoven estava ao meu lado no castelo de proa, murmurando para o comissário sobre o lucro que seria obtido na próxima viagem de oito meses se as especiarias e sedas não estragassem ao longo do trajeto.

Três minutos.

Meu pai apareceu ao lado de Sander, com seu rosto alegre e marcado pelo tempo. Tínhamos sobrevivido a outra viagem. Ele não tinha ideia de que a sua sorte se devia a um talismã: um filho semi-imortal. O navio viraria no momento em que eu morresse? *Se* eu morresse.

LAURA STEVEN

Dois minutos.

Eu mal conseguia interpretar o que meu pai dizia, com o som do meu sangue acelerado. Aquele momento era o mais perto que eu chegara de sobreviver para além da juventude. E com Arden amarrada e amordaçada vários conveses abaixo, seria preciso nada menos que um milagre para ela me matar naquele momento.

Um minuto.

A antecipação batia no meu peito como asas.

Eu sentiria algum tipo de corrente se partindo quando me tornasse um homem? Aquele impulso existencial enfim extinto. O controle que Arden exercia sobre mim, cortado pela mão do tempo. Uma maldição de séculos enfim quebrada. A liberdade diante de mim como o mar aberto, sem qualquer nuvem de tempestade à vista.

Um sino soou em algum lugar nas profundezas da cidade.

Por uma fração de segundo, nada aconteceu.

E então fraquejei.

A amarra não foi cortada.

Em vez disso, ficou mil vezes mais forte.

Todo o ar foi sugado dos meus pulmões. Um laço invisível me apertou em volta da cintura. Havia uma queimação feroz na parte de trás do meu pescoço, como se um alguém tivesse me enganchado em uma corda e me puxado para trás.

Então um rugido atrás de mim, um corpo se chocando com o meu, um lampejo de cabeça raspada e olhos selvagens, uma rajada de vento eterno, uma quebra de barreiras,

e nós caímos

caímos

caímos

anter que a borda brutal do porto viesse ao encontro dos nossos crânios frágeis.

País de Gales
2022

Acordei ao som de Arden murmurando baixinho para si mesmo. Quando os meus olhos turvos entraram em foco, eu o vi curvado na escrivaninha, já vestido e debruçado sobre *Mil anos de você*.

— O que você está fazendo? — perguntei, alongando meu braço solto acima da cabeça com um movimento de torção.

— Não era para ter uma quebra de linha aqui. — Ele fez uma marca furiosa na página com uma caneta-tinteiro. — Foi só onde fiquei sem espaço no diário. Isso altera totalmente a cadência do texto. Estragaram o poema completamente. E olha, aqui. Acrescentaram uma vírgula. Ela não existia no original, tenho certeza.

Soltei uma bufada.

— Selvagens.

Era uma coisa tão pequena, mas aquelas reclamações pedantes me fizeram rir. Estávamos prestes a morrer por causa de uma maldição fatal que havia nos perseguido por mil anos, e ainda assim ele tinha a capacidade de ficar irritado com uma vírgula.

Só Arden.

A irritação aumentou conforme ele folheava as páginas, passando as mãos pelos cabelos escuros bagunçados.

— E esta tradução... é simplesmente lamentável. Aqui usei *toska*, e eles traduziram como *tédio*, mas é mais do que isso, não é? É... melancolia, anseio. Angústia espiritual. Nabokov descreveu como "uma dor silenciosa da alma, uma espera doentia, uma inquietação vaga, sofrimento mental, aflição". E, em casos particulares, "o desejo por alguém ou alguma coisa específica, nostalgia, estar perdido de amor". Nunca encontrei uma palavra assim antes, que resuma tão perfeitamente como me sinto sobre nós.

— Por quê...?

— Na realidade, isso não é verdade. Tem *yuánfèn*, do mandarim: um destino trágico entre duas pessoas. Ah, se eu conseguisse encontrar os poemas da Argélia. *Ya'aburnee* era uma das minhas palavras favoritas. Ela quer dizer "que você me enterre". É a ideia de que uma das partes do casal deseja morrer antes da outra, porque viver sem o outro seria doloroso demais. Escrevi sobre como nunca teremos que nos preocupar com isso. — Uma risada amarga. — O lado bom, acho. Talvez eu devesse reescrever. Quão bom é o meu árabe atualmente?

Suas palavras viraram um murmúrio frenético, como se ele estivesse falando com algum duende no fundo de sua mente e não comigo.

Deixei-o em paz.

Mais tarde naquele dia, me sentei no banco da frente do trator tremebundo, ao lado de Arden, e esfreguei meus olhos exaustos. O céu era de um cinza apático sobre a terra ondulada, e os campos eram uma colcha de retalhos em tons de marrom, dourado e verde. A meia distância, um riacho borbotava.

— O que vou fazer? — suspirei. — Não posso passar os próximos dias esperando que alguém decida não fazer um procedimento cirúrgico.

Arden conduziu o trator sobre uma vala com um solavanco. Depois de alimentarmos o gado e pulverizarmos as plantações, eu não tinha muita certeza do que estávamos fazendo além de dirigir sem rumo pelos campos de trigo.

— Primeiro de tudo, *nós*. O que *nós* vamos fazer. Vou ajudar você o máximo que puder.

— Meu herói. — As palavras estavam cheias de sarcasmo.

Eu tinha passado a manhã ligando para todos os consultórios particulares a cem quilômetros de Abergavenny, tentando desesperadamente organizar uma nova coleta de medula, mas os poucos que estavam aceitando novos pacientes não o fariam sem um seguro médico pré-existente, o que levava semanas para solicitar e processar. E, com essa porta fechada, eu estava sem opções.

O trator parou de repente. Arden tirou um pequeno caderno amassado do bolso da frente do casaco vermelho de lã com zíper e anotou alguns números relacionados à fazenda com uma caneta esferográfica azul.

— Imagino que a gente não possa encontrar uma lista de pacientes com procedimentos cirúrgicos marcados para antes do seu e amarrar um deles, como você fez com Ceri, né? Aí você ficaria com a vaga.

Fiquei olhando para Arden enquanto ele guardava o caderno outra vez.

— Não sei dizer se você está brincando.

— Por que não? — Ele deu de ombros. — Você já cruzou esse limite moral. Qual é a diferença de fazer isso mais uma vez?

— Não podemos — insisti, tentando de fato me convencer. — Não é certo. E se outra pessoa na lista de espera para transplante morrer porque sequestramos o doador dela?

— Tenho certeza de que poderão ocupar o seu lugar quando você...

— For brutalmente assassinada. Sim, eu sei. — Cruzei os braços sobre o peito, inclinando o corpo para longe dele. — Mas e se for tempo demais para o receptor? Não posso deixar mais ninguém morrer, Arden.

Ele emitiu um *pfft* ruidoso, como se as minhas preocupações morais fossem insignificantes e inconvenientes.

— Suborno?

— Para outro doador? — Estremeci com a brisa cortante que entrava pela janela aberta do trator. — Mesmo problema. Outra pessoa inocente pode morrer.

Ele se recostou no banco do motorista e apoiou os pés no painel. Lama seca se soltou das botas e caiu no piso.

— Que tal subornar a dra. Onwuemezi? Ou a pessoa na recepção, ou quem quer que seja o responsável pelos agendamentos?

Balancei a cabeça.

— É sempre o mesmo problema. A vaga tem que vir de algum lugar.

Ele pegou sua garrafa térmica azul-celeste de café do porta-copos e tomou um gole.

NOSSOS DESTINOS ETERNOS

— Então, resumindo, estamos ferrados. Gracie está ferrada. E você vai simplesmente deixar isso acontecer.

Aquela insinuação de que toda a situação era culpa minha me fez finalmente estourar.

— Eu adoraria sugestões que não envolvessem sequestro e possível homicídio culposo — retruquei, com a raiva subindo na voz. — E também adoraria se você parasse de me tratar como uma completa idiota por ter um coração.

Apesar do meu tom explosivo, ele me passou o café.

— Para ser sincero, eu sequestraria literalmente qualquer um para salvar aquela garota. Mas respeito que você não queira fazer isso.

Peguei a garrafa térmica, deixando o calor penetrar nas minhas mãos geladas.

— Tem certeza?

— Do quê?

— De que você me respeita. — Havia uma pressão insistente nas palavras, reforçada pela raiva, mas também por uma profunda insegurança.

Ele contraiu os lábios.

— Não seja ridícula.

— Não, estou falando sério. — Tomei um gole da garrafa. O café com leite estava doce, aquecendo minha garganta. Arden geralmente tomava café puro, mas tinha preparado do jeito que eu gostava. Eu estava mais uma vez usando o seu casaco xadrez de lenhador com o frasco de água com açúcar enfiado no bolso. — A minha moral rígida parece absurda para você?

Ele tamborilou os dedos no câmbio do trator.

— A minha é tão rígida quanto. Apenas de forma diferente.

— De que maneira?

Arden parou por um momento, como se aquela pergunta fosse uma equação matemática a ser resolvida.

191

— Se um herói é alguém que desiste do amor para salvar o mundo, então um vilão é o inverso. Alguém que desiste do mundo para salvar o amor.

— Então você é um vilão. Você admite.

Ele deu de ombros.

— Não existe um limite que eu não cruzaria para manter um ente querido seguro.

Ri, embora de modo amargo.

— Por essa razão, você não tem nenhum ente querido.

Houve uma pausa pesada, na qual temi ter ferido Arden profundamente. Ele então murmurou:

— Tenho você.

Estava lá, no fundo, em algum lugar. O Arden que eu tinha amado repetidas vezes. O garoto queimado pelo gelo na Sibéria. Aquele que havia mudado de ideia, aquele que havia decidido me deixar viver, só que tarde demais. E enquanto aquele Arden ainda estivesse lá, eu tinha esperança. Esperança idiota, desafiadora, ilógica e furiosa.

O vento no vale se intensificou, trazendo o cheiro de feno e esterco, de folhas frescas e rios cristalinos. Algumas gotas de chuva pontilharam o para-brisa antes de se interromperem, como se uma nuvem tivesse deixado escapar um vazamento e o consertado de imediato. A conversa parecia carregada, oportuna e urgente, como o céu antes de uma tempestade.

Virei para encará-lo. Seu cabelo estava preso em um coque baixo. Ele não se barbeava havia algumas manhãs, e a mandíbula definida estava sombreada pela barba por fazer. Havia uma estabilidade treinada em sua postura. Eu o conhecia havia tempo suficiente para saber que ele queria dizer, ou perguntar, alguma coisa.

Resistindo à vontade de apoiar a palma da mão no seu joelho, indaguei:

NOSSOS DESTINOS ETERNOS

— O que foi?

— Por que você voltou para me buscar? — disparou ele com rispidez, olhando diretamente para o revestimento de ferro corrugado do celeiro de cabras. — No hospital.

— Você sabia o que estava acontecendo? — Pensei que Augusta estava tão dopada à época que não tinha ideia do que se passava ao seu redor. O olhar vago, as costas rígidas, a mancha de baba na gola.

— Muito pouco. Mas o suficiente. Você escapou e depois voltou. Apoiei a têmpora no encosto de cabeça.

— Voltei.

— Por quê? Você tinha me derrotado.

— Naquele momento, não parecia um jogo. — Bebi o último gole do café doce e enfiei a garrafa no porta-luvas.

— Não faz sentido. — Ele apertou o volante com mais força, e tentei não pensar no quanto as suas mãos eram bonitas naquela vida: palmas largas, unhas curtas, pele queimada pelo sol esticada sobre os relevos dos nós dos dedos. Aquelas tiras e cordas amarradas nos seus pulsos. O meu olhar pousou em uma tira vermelha estreita, embora eu não soubesse o porquê. Só sei que provocou algo em algum lugar bem no fundo do meu peito.

— O amor raramente faz. — Sorri com tristeza. — E você teria feito o mesmo por mim.

— Aquela foi uma das piores mortes. — Seus olhos se fecharam, os semicírculos escuros dos seus cílios contrastando com a pele cansada. — Matar você depois do que você fez por mim...

— Ainda assim foi uma alternativa melhor do que aquelas *terapias*. — Os banhos de gelo, a fome, a rotação sem fim, as barras de aço frias, os eletrodos crepitantes, a brutalidade estéril, todos os dias totalmente brancos e cruéis.

193

Então, em meio às pesadas nuvens carregadas daquela conversa, houve um raio. Uma conclusão tão óbvia que pareceu um golpe físico.

— É isso! — exclamei, batendo a palma da mão no assento.

Finalmente os olhos de Arden se voltaram para mim, com um olhar de perplexidade absoluta no rosto.

— O quê?

— *Terapia*.

Um revirar de olhos.

— Ah, sim, agora tudo faz sentido.

Balancei a cabeça de maneira intensa.

— Quando Gracie foi diagnosticada pela primeira vez, minha mãe me arrumou uma terapeuta. Eu tinha muita merda para trabalhar dentro de mim, por causa disso e do meu pai ter sido esmagado até a morte. Não vejo a dra. Chiang faz meses... era cansativo ter que contornar a verdade do que estava acontecendo na minha cabeça, levando em consideração que eu dificilmente seria capaz de dizer a ela que estava sendo caçada por um assassino sobrenatural.

Ele cerrou os dentes.

— É o que você pensa de mim?

Balancei a mão impaciente.

— É apenas uma maneira concisa de descrever a situação, não é? De qualquer forma, ela é casada com uma cirurgiã que atende em um consultório particular. — Estava nervosa com aquela percepção, com o pouco de esperança. — Será que eu poderia convencê-la a me indicar para o procedimento em caráter emergencial?

Ele franziu a testa.

— Como você vai fazer isso?

— Vou pensar em algo.

Um sorriso se espalhou pelo meu rosto; sempre otimista, mesmo quando era completamente absurdo. Mesmo quando outra vida atingia o ápice do conflito.

País de Gales
2022

A dra. Chiang concordou em me ver na noite seguinte, fora do horário comercial.

Arden me levou para Abergavenny e ficou na sala de espera deserta enquanto eu conversava com a minha terapeuta. A consulta foi o tempo mais longo que passamos separados desde que ele havia concordado em me deixar viver, mas, se estava preocupado com a possibilidade de eu compartilhar os nossos segredos mais obscuros com terceiros, Arden não demonstrou, apenas me deu um sorriso estreito quando entrei no consultório sem ele.

O espaço era grande e organizado, rodeado de estantes de mogno e com as paredes pintadas de um tom de creme suave. A dra. Chiang era uma mulher baixa e gorda, por volta dos quarenta anos, que nutria um interesse especial por trens em miniatura (sua mesa era cheia deles). Ela usava vestidos florais e meias de lã, além de grandes óculos de aro dourado que a faziam parecer uma coruja. Era muito alérgica a poeira e espirrava quase constantemente. Ao vê-la, familiar e acolhedora, não consegui lembrar por que havia parado de ir lá. Ela contornou a mesa e veio na minha direção.

— Ah, Branwen — disse ela, com um sotaque suave de Bangor, e eu quase desmoronei sobre ela.

Nunca tive certeza se era certo abraçar a sua terapeuta. Embora a dra. Chiang nunca tomasse essa iniciativa, ela sempre retribuía. Ela esfregou o meu ombro suavemente com a palma da mão, e lutei contra a vontade de soluçar no ombro do seu cardigã de malha grossa.

Eu estava tão cansada. E estava tão triste. E estava com tanto medo.

E então, conforme todas as palavras morriam na minha garganta, lembrei por que parei de ir lá: a coisa que me causava mais angústia era o fato de que eu provavelmente morreria antes de ver Gracie se recuperar. Dar rodeios para não falar a verdade havia se tornado muito exaustivo.

Uma pequena parte de mim se perguntava o que poderia acontecer se eu contasse tudo à dra. Chiang naquela noite. Tudo, cada palavra, cada coisa que eu sabia sobre toda a minha existência. A ideia me encheu de alívio — ter meu fardo não apenas compartilhado, como também analisado. Na realidade, porém, eu sabia que ela provavelmente pensaria que a tristeza tinha me feito perder o juízo, e eu tinha quase certeza de que não deixariam uma paciente psiquiátrica internada consentir algo como uma coleta de medula óssea.

NOSSOS DESTINOS ETERNOS

Por outro lado... talvez eu pudesse pedir ajuda para ela. Eu poderia dizer que o garoto sentado na sala de espera vazia naquele momento era um abusador, que ele havia ameaçado a minha vida se eu saísse das vistas dele. Ela acreditaria em mim? Não tinha razão para não acreditar. Talvez chamasse a polícia, e, nesse caso, Arden seria levado para ser interrogado. Nunca seria acusado de nada, tendo em vista que eu não tinha prova alguma, mas eu poderia usar o meio-tempo para escapar.

Mas para onde eu iria, sabendo que a amarra o levaria direto até mim de qualquer maneira?

Eu precisava me concentrar. Era provável que Arden me matasse, não importava o que eu fizesse, então a prioridade precisava ser Gracie. Eu precisava usar a boa vontade da dra. Chiang para convencer sua esposa a fazer um trabalho *pro bono* nos dias que se seguiriam. Isso por si só não era um pedido pequeno.

Então tive que decidir entre a verdade e a omissão, compartilhando com ela apenas o suficiente para convencê-la a me encaminhar para uma pequena cirurgia.

Desfazendo nosso abraço, a dra. Chiang gesticulou para que eu me sentasse no divã de veludo azul-marinho disposto em frente à mesa. Afundei naquele conforto familiar, grata pela existência de consultórios como aquele. Uma das coisas que eu mais amava na modernidade era a maneira como o sofrimento não era mais simplesmente aceito como uma parte necessária da experiência humana. Era impossível escapar por completo, mas grandes esforços foram feitos na tentativa de preveni-lo, desmantelá-lo e questioná-lo.

— Obrigada por concordar em me ver tão de última hora — falei, sem saber por onde começar. Fiquei surpresa com o quão firme a minha voz soava, embora parecesse estar muito longe, como se eu estivesse no fim de um túnel distante.

197

— Sem problema. — Ela sorriu. Me senti como se estivesse diante de uma tia querida; talvez ela tivesse sido isso, em uma vida passada. — Penso em você há meses. Então, como está, Branwen? Por onde começar?

— Com medo — respondi, pensando que seria um bom começo.

— Isso é compreensível. O que acha que está causando esse medo?

Mordi o lábio.

— Não é só a possibilidade da morte de minha irmã, embora isso... mal consigo pensar nisso, para ser sincera. É muito doloroso.

— Entendo. E, sabe, às vezes é bom não agonizar antecipadamente por causa de uma perda. Tentar treinar o luto não traz qualquer benefício real para ninguém. Perder um ente querido não é uma coisa que pode ser ensaiada; pelo menos, não de modo saudável. É melhor aproveitar o tempo que você tem com ela.

As palavras ressoaram no meu peito. Era algo que eu fazia... tentar me preparar para a perda, como se isso fosse amenizar o golpe quando finalmente chegasse.

— Eu sei, e realmente quero poder só estar lá por ela, fazê-la rir, jogar os jogos idiotas de que gostávamos quando éramos crianças. Mas até mesmo isso está sendo difícil. Essa coleta de medula óssea... eu faria qualquer coisa por Gracie; você sabe que eu faria. Nunca nem foi uma questão. Mas ter que fazer isso sem anestesia geral...

Deus, eu não sabia como fazer aquilo. Como fazer a ponte entre a conversa e a ajuda da esposa da dra. Chiang.

Quando parei de falar, ela respondeu:

— Você é muito corajosa. Espero que saiba disso.

— Não sou corajosa. Estou apavorada.

— É impossível ter coragem sem medo. Coragem é pegar o medo e carregá-lo junto com você em vez de permitir que ele bloqueie o caminho.

NOSSOS DESTINOS ETERNOS

Uma das coisas que eu amava na dra. Chiang era a sua habilidade de inventar provérbios na hora, uma sabedoria que parecia antiga, e que, na verdade, era apenas a forma como ela pensava.

— Para ser sincera... não é só a dor. Essa não é a única razão de eu estar aqui.

A expressão dela permaneceu totalmente neutra.

— Ah, é?

Devagar, devagar, disse a mim mesma. *Não a faça pensar que você a está usando.*

— É o fato de que o procedimento ainda está muito longe. Fico preocupada que, se algo ruim acontecer comigo neste período, não sou só eu quem vai sofrer ou morrer. Vai ser a Gracie também.

A dra. Chiang empurrou os óculos para cima da ponte do nariz.

— As chances de algo ruim acontecer com você neste meio-tempo são muito pequenas. Mas entendo que a ansiedade pode fazer você se fixar no pior cenário possível.

— Você tem que admitir que o pior cenário possível é bem terrível.

Ela riu com sinceridade, uma risada calorosa que parecia uma xícara de chá e um abraço.

— É isso que o torna tão atraente para o cérebro. E quero que saiba que, embora os seus pensamentos pareçam desesperadamente emocionais, também são muito lógicos. O nosso cérebro naturalmente quer se antecipar e resolver problemas antes que eles ocorram. Não há nada de errado com você por se sentir assim.

Ela deixou a conversa aberta para que eu continuasse. Sempre fazia isso, me dava espaço para preencher o vazio se eu quisesse, e se eu não quisesse, ela nos conduzia por outro rumo de conversa. Hoje, porém, não pude deixá-la guiar. Eu precisava me concentrar naquele tópico em particular.

— Estou com medo de sair de casa — comentei, deixando a voz tremer levemente. Foi uma genuína expressão de emoção, não ape-

199

nas para o benefício daquela conversa, mas também um verdadeiro transbordar de medo.

— Dirigir até aqui já fez o meu coração subir para a boca o tempo todo. Não consigo dormir, com medo de não acordar de novo. Não quero nem comer, porque... e se eu engasgar?

— Parece que você está em uma situação difícil.

Assenti, olhando para as mãos cruzadas no meu colo.

— Continuo achando que se houvesse alguma maneira de fazer a minha parte do procedimento antes, eu poderia me livrar de todo esse medo e realmente aproveitar o meu tempo com Gracie, sabe?

A dra. Chiang não disse nada, apenas esperou que eu continuasse. Eu sabia que era altamente improvável que ela oferecesse os favores da esposa em um primeiro momento, mas uma parte desesperada de mim esperava que isso acontecesse de qualquer maneira.

— Ela teve uma infecção — sussurrei. — Gracie. Não sei a gravidade porque a médica não entrou em detalhes, mas foi o suficiente levar a mais quimioterapia e a adiar o transplante. Estou tão apavorada que a infecção possa piorar de repente, e esses dias com ela possam ser os últimos. Sempre que estou com ela, estou tão atormentada pela preocupação que não consigo... não consigo realmente estar com ela. Isso faz sentido?

— Perfeito sentido.

Inspiração profunda, expiração profunda.

— Comecei a ligar para clínicas particulares, esperando que uma delas pudesse fazer o procedimento mais cedo. Mas não tenho seguro, então eles nem me deixaram fazer o cadastro de paciente.

— Essas coisas podem ser muito complicadas.

A compostura imaculada dela me fez querer cair de joelhos, jogar os braços em volta dos seus tornozelos e implorar e implorar e implorar. Em vez disso, apenas murmurei:

NOSSOS DESTINOS ETERNOS

— Não sei o que fazer.

Ela refletiu por um momento.

— Acho que a única coisa que você pode fazer é se sentar com os seus sentimentos difíceis e processá-los da melhor maneira possível. E é por isso que estou aqui. Estou feliz que você tenha voltado, Branwen. Acho que este é um bom lugar para você estar em um momento assim.

Mordendo o interior da bochecha, continuei:

— Você sabe se cirurgiões sequer fazem trabalho *pro bono*?

— É bastante incomum. Não há necessidade real, graças ao sistema público de saúde. Mas suponho que não seja impossível.

— Em que circunstâncias alguém pode considerar fazer isso?

— Não estou muito familiarizada com os detalhes. — Eu podia ouvir o princípio de uma contestação na voz dela. — Você parece muito cansada, Branwen.

— Como eu disse, não consigo dormir. — Lágrimas brotaram dos meus olhos e deixei que rolassem. Precisava da catarse, tanto quanto precisava que trabalhassem ao meu favor para convencer a dra. Chiang. — E é um círculo vicioso, porque quanto menos eu durmo por medo de morrer, maiores as chances de morrer por privação de sono.

Olhei para cima e vi o seu rosto marcado pela preocupação.

— Se ajuda, não acho que seja possível morrer de privação de sono em um período de tempo tão curto. — Ela esfregou a têmpora com o dedo indicador, e a safira do seu anel de noivado brilhou na luz. — Levaria meses a fio. Você pode chegar a ter alucinações, sim, mas o seu corpo assumirá o controle em algum momento. Isso forçará você a dormir.

Estava na hora de ser um pouco mais dramática. Nunca fui uma grande atriz, porém torci para que a dra. Chang estivesse em um estado de espírito mais receptivo do que cínico.

201

— E se eu fizer algo perigoso enquanto tiver alucinações? — lamentei, deixando a cabeça cair nas minhas mãos. — Ai, Deus. Ai, Deus. Ai, Deus.

— Sinto muito — disse minha terapeuta, apressada. — Não era a minha intenção colocar outro pensamento perturbador na sua cabeça.

— Eu sei. — Funguei, limpando as bochechas com a manga do suéter. — Só estou muito cansada. E tão assustada. — E era verdade.

— Ah, Branwen. Você está passando por algo tão difícil.

— Conhece alguém que possa me ajudar? — perguntei, em tom de desespero, ciente de quão maníacos os meus olhos arregalados e injetados deviam parecer. — A sua esposa conhece alguém disposto a aceitar uma paciente *pro bono*?

Por um momento, a dra. Chiang não falou, mas não foi um convite para eu continuar. Foi uma óbvia ponderação das próprias palavras. Ela se mexeu um pouco na cadeira.

— Foi por isso que você voltou? — perguntou ela com tranquilidade. — Para perguntar sobre isso?

Eu não tinha mais nada a perder. Assenti.

— Sinto muito. Eu só... eu faria qualquer coisa para salvar Gracie.

— Entendo. — Ela puxou o cardigã em volta de si, cruzando os braços sobre o peito. Era uma postura fechada que ela raramente adotava. Costumava ser calorosa, aberta. — Não acho que isso seria apropriado, Branwen. Não sei se de fato estaríamos cruzando alguma linha ética, eu estaria... validando as suas ansiedades. Não que sejam *inválidas*. Não é isso que quero dizer. É totalmente compreensível o que está sentindo. Mas não quero reafirmar essa crença de que você está prestes a morrer em um incidente bizarro. Isso faz sentido? — Ela olhou pela janela ao lado esquerdo da sala. O céu estava escurecendo em tons azul-violeta. Um sorriso irônico;

NOSSOS DESTINOS ETERNOS

uma tentativa de suavizar o golpe. — Além disso, minha esposa está tão ocupada que eu mesma mal a vejo.

O resto da sessão passou despercebido em uma confusão mental por causa da decepção que me atingiu.

Não tinha funcionado, e eu mal conseguia acreditar. Esse era o grande perigo de viver em esperança perpétua, de se deixar levar pelo otimismo desenfreado em cada movimento. Quando as coisas não funcionam do jeito que se espera, do jeito que acreditava que funcionariam, o choque genuíno que se segue é difícil de lidar. Uma sutil reorganização da sua visão de mundo. A evidência indesejada contra a tão prezada fé.

Não tinha *funcionado*.

Aquela vela de esperança sempre acesa no meu peito — sobre a qual Arden comentara nas trincheiras encharcadas de sangue da Primeira Guerra — vacilou, mas não se apagou.

Ainda não.

Noruega
1652

𝓟ELA PRIMEIRA VEZ, RENASCI RELATIVAMENTE perto de uma vida anterior para poder visitar os meus antigos entes queridos. Infelizmente, esses entes queridos ficaram completamente assustados quando uma garota alta e pálida, com cabelos loiros na altura da cintura, apareceu na porta deles, alegando ser a filha que morrera dezessete anos antes. Principalmente por que a dita filha era baixa e franzina, com cabelos da cor de noz torrada.

O trajeto de Kuopio para Finnmark fora árduo, sobre o dorso de uma égua teimosa. Eu a tinha roubado de uma fazenda vizinha, e ela resistira ao meu comando nos primeiros cem quilômetros.

O mapa que eu havia copiado também estava lamentavelmente desatualizado e, apesar de roubar a melhor bússola que consegui encontrar, acabei fazendo vários desvios acidentais para o oeste da Rússia. Foram meses longos e famintos, mas não havia mais nada para mim em Kuopio. Eu era filha única de pais que morreram de varíola com poucos dias de diferença, e o meu coração estava me puxando para o último lugar onde a minha alma tinha se sentido em casa.

Mal sabia eu que Vardø estaria passando por um julgamento de bruxas bem sério. A paranoia tinha se embrenhado em todos os cantos e em todas as fendas sombrias da minha antiga cidade natal, enquanto o pânico tomava conta de todo o litoral da ilha.

Apesar de estar no topo do mundo, o porto era imune ao gelo graças a uma deriva quente e constante do Atlântico Norte. Quando finalmente cheguei, o sol da meia-noite exibia um tom cor-de-rosa pálido atrás da igreja da vila, lavando a tundra sem árvores e a fortaleza extensa com uma luz suave e lilás.

Meu peito doeu com a familiaridade daquilo, mas uma coisa era nova: a fileira de piras sombrias perto do porto. Tentei não olhar para elas enquanto serpenteava pelo caminho para casa, passando por inúmeras construções com cruzes assustadoras pregadas acima da soleira.

Quando bati à porta (ah, a porta, a mesma porta de sempre, como era possível sentir falta de uma *porta*?), a cabeça de minha mãe apareceu na janela sem cortinas. Ela franziu o cenho antes de abrir apenas uma fresta, com medo de uma força maligna e vaga que, diziam, usava muitas máscaras.

Seu rosto estava mais enrugado do que antes; o cabelo adquirira a cor branco-prateada da geada de inverno. Estava usando o seu vestido de verão roxo claro com costuras brancas grossas em volta do contorno quadrado no pescoço. Não estava bem conservado, com costuras esfarrapadas e manchas escuras ao redor das axilas. Eu sempre tinha sido a melhor em remendar nossas roupas. Quem tinha assumido os consertos depois de minha morte? Sem dúvida não fora Hedda, que não tinha a paciência para essas coisas, nem Branka, que não tinha a destreza.

— Posso ajudar? — perguntou minha mãe, com a voz tão fria e cortante que roubou meu fôlego. Não conseguia me lembrar de ela falar assim quando eu estava viva, embora aquela ilha isolada recebesse poucos estranhos.

— Sinto muito pelo horário. — Apesar de não falar aquela língua por quase duas décadas, ela brotou da minha boca, fluida como água. — Mas sei que a senhora não costuma dormir bem.

Os olhos dela se estreitaram em fendas.

— E como você sabe de que forma eu durmo?

Eu não sabia como começar.

— Onde está o papai? Quero dizer, Anders. Anders Nilsson.

A suspeita distorceu a expressão no rosto dela.

— Meu marido morreu ano passado. Por que isso seria da sua conta?

Algo dentro de mim se desfez. Meu pai, sábio e gentil. A voz macia como neve em pó. Um conhecimento do mar tão íntimo que era quase arcano. Suas mãos ásperas que desossavam peixes em segundos. Sua paciência infinita com Branka quando a de minha mãe já havia se esgotado.

Morto e enterrado.

O tempo era tão cruel. Difícil para a maioria dos mortais suportar, mas singularmente devastador para mim, a implacável corrida, um navio que nunca ancorava, os destroços de todos que eu já havia amado espalhados em seu rastro.

Eu queria cair no chão e chorar, mas não ajudaria em nada.

Torcendo mãos trêmulas, murmurei:

NOSSOS DESTINOS ETERNOS

— Não sei como explicar isso, então estou pedindo para você apenas... acreditar em mim, por um momento. Eu posso provar.

— Provar o quê? — As palavras de minha mãe eram lisas e duras como pedras.

— Em minha última vida, fui sua filha. Lembro de tudo. E sinto muito a sua falta.

O olhar penetrante de minha mãe poderia ter cauterizado uma ferida. Ela não disse nada.

— O meu nome era Urszula. Você me deu esse nome porque significa "ursinho", e você sempre me chamou de "filhote". Eu tinha duas irmãs. Hedda e Branka. — Minha garganta se fechou com lágrimas não derramadas. — Hedda é obstinada e teimosa e odeia o cheiro de peixe. Branka tinha quinze anos quando a vi pela última vez, e ela nunca tinha falado uma única palavra na vida. O papai... ele sempre ficava muito calado quando nós, irmãs, brigávamos. Como se estivesse nos estudando. No verão, colhíamos flores brancas para...

Um véu caiu sobre os olhos da minha mãe.

— Diga mais uma palavra, bruxa, e farei você queimar.

— Não, mãe! Não sou...

— Não sou sua mãe — disparou ela, em um tom baixo e monstruoso. — E não tenho medo de você.

E então ela começou a berrar:

— *Heks! Heks! Heks!*

Bruxa.

Bruxa.

Bruxa.

O desespero me agarrou.

— Por favor, me deixe entrar. Vim de tão longe. Como posso provar a você quem realmente sou? Traga Hedda aqui. Ela saberá que sou eu. Por favor.

207

Estridente como um sino de igreja, ela continuou a gritar:

— *Heks! Heks! Heks!*

— Mãe, não faça isso — implorei, a garotinha que habitava meu coração estava destroçada pela rejeição. — Eu não queria te assustar.

— *Heks! Heks! Heks!*

— *Jeg elsker deg* — sussurrei. *Eu te amo.*

Um longo e baixo silvo escapou pelos dentes de minha mãe, como se eu tivesse conjurado um palavrão abominável.

— Hedda! — gritei para dentro da casa estreita atrás do corpo de minha mãe. — Hedda, você está aí? Branka, *see så snill* — implorei.

Os vizinhos, grandes e desajeitados, saíram das casas próximas. Um homem que não reconheci empunhava um par de grilhões para as pernas e partiu na minha direção com passos sedentos. Ao lado dele estava Eyjolf, o *noaidi* local, um xamã de uma longa linhagem de xamãs, mas não tão bondoso quanto os seus antecessores.

Olhei em volta freneticamente. Eu tinha deixado minha égua amarrada no continente antes de pegar emprestado um pequeno barco para navegar até a ilha, o que deixava a minha situação precária. Uma fuga rápida com pernas cansadas pela viagem seria impossível. Por que eu não havia previsto aquela hostilidade? Os sussurros distantes dos julgamentos das bruxas haviam se tornado mais altos quanto mais ao norte eu viajava. Eu os tinha ignorado por conta e risco próprios.

Quanto tempo levaria para uma alma imortal queimar na pira? Quanto tempo as chamas infligiriam dor na minha pele antes que ela derretesse?

Eu estava condenada.

Mas então uma figura encapuzada apareceu no final da rua, correndo em minha direção com passadas destemidas, e eu soube antes de saber.

NOSSOS DESTINOS ETERNOS

Arden.

No corpo de um deus nórdico, alto, esculpido e loiro.

O homem empunhando os grilhões foi nocauteado com um único golpe na parte de trás da cabeça. Arden berrou para os outros recuarem, sua voz ressonando como um estrondo grave de trovão, e, apesar do sotaque finlandês carregado, eles recuaram.

Seus braços fortes me pegaram e, com um grunhido de esforço, Arden me lançou sobre o ombro largo. A última coisa que ouvi antes de dobrarmos a esquina foram os berros histéricos de minha mãe, a palavra *heks* indelevelmente gravada nos meus tímpanos.

Com pressa, Arden me colocou de pé e corremos para o porto, subindo de volta no barco vermelho descascado que eu havia pegado para fazer a travessia. Outra pequena embarcação balançava ao lado da minha, que não estivera lá na minha chegada.

Sem fôlego, nos afastamos da costa, enquanto Arden movia o barco com remos longos e apodrecidos. O porto fedia a fumaça, sal e gordura de baleia queimada.

— Como você me encontrou? — arquejei, sem fôlego pelo confronto, sem fôlego por ter sido jogada sobre um ombro, sem fôlego por correr, sem fôlego por Arden estar ali, bem *ali*.

— Você roubou o meu cavalo — bufou ele, afastando uma longa mecha de cabelo loiro dos penetrantes olhos azuis. — Eu te sigo desde então. Você... não é boa em ler mapas. Achei que iríamos acabar em Novgorod.

Enterrei o rosto nas mãos, com a respiração irregular contra elas.

— Você não poderia ter acabado logo com tudo um pouco mais cedo? — Nem eu sabia se estava falando de ele me mostrar a direção certa, ou de me matar de vez. Não era uma distinção que a maioria das pessoas tinha que considerar.

Com a voz rouca sobre o suave bater da água do mar, ele disse:

209

— Essa viagem parecia importante para você.

Ri com amargura.

— Foi um erro.

— Talvez. — Ele não me direcionou o olhar, que estava fixo no horizonte gelado ao norte, onde um grupo de baleias dançava como se a histeria humana não tivesse consequências para elas. — Mas entendo por que fez isso.

A recepção dura de minha mãe me machucou em lugares que eu não sabia que era possível doer. Eu estava cansada de navegar pela história como um pedaço de madeira que nunca seria capaz de criar raízes.

Assim que a minha respiração voltou a um ritmo estável, levantei a cabeça e estudei cada linha e curva do corpo de Arden. A covinha no queixo, a protuberância dos músculos nos braços, o pano do casaco de pele de foca esticado sobre os ombros largos. Tentei não pensar nos nossos corpos nus pressionados um contra o outro em um hamame no Império Otomano, quentes, ofegantes e desesperados.

Não importava quantas vidas eu perdesse, não importava quantas famílias seguissem em frente sem mim, Arden sempre me conheceria. Talvez ele fosse a minha verdadeira pátria; a nossa existência era traduzida em uma língua que só nós conseguíamos falar.

— Você está aqui — falei, em um meio sussurro fraco, então me joguei para frente, com o barco balançando perigosamente sob o meu peso instável, e o abracei com força. Pressionei meu rosto na pele quente e macia da curva de seu pescoço, e o pulso dele acelerou, vibrando contra a minha bochecha.

Ele se mexeu para que eu me posicionasse mais confortavelmente nos seus braços, meu corpo aninhado entre as suas pernas largas, e ficamos sentados assim por algum tempo, ambos apreciando a sensação de não estarmos sozinhos.

NOSSOS DESTINOS ETERNOS

Rocei os lábios logo abaixo da sua orelha, saboreando o som da sua respiração na garganta.

Uma das suas mãos veio para a parte de trás da minha cabeça, o polegar acariciando o meu cabelo emaranhado.

— Senti sua falta — sussurrou ele, tão baixo que quase não ouvi.

Minha voz embargou.

— Senti a sua também.

Sempre havia Arden.

Sempre haveria Arden.

Mesmo que as nossas famílias lamentassem nossa perda e seguissem em frente, mesmo que os nossos ancestrais jazessem na terra, mesmo que deslizássemos pelas rachaduras do tempo como fantasmas, sempre haveria *nós*. Não importava que fôssemos problemáticos, éramos a única constante verdadeira, o nosso amor como um rio serpenteando pela terra ano após ano, século após século, ficando mais fundo e mais largo a cada curva. Uma certa paz acompanhava essa ideia de que a água sempre fluiria de alguma maneira.

— Às vezes parece que o meu coração se parte quando o seu se parte — murmurou ele no meu ouvido. — Eu *soube* assim que a sua mãe te rejeitou, antes de dobrar a esquina e ver por mim mesmo. — Um suspiro enquanto a mão dele ia da minha cabeça para a parte inferior das minhas costas, o calor se espalhando por mim. — Você merecia mais. Sempre mereceu mais.

Antes que eu pudesse me convencer de que era um erro, afastei a cabeça do pescoço dele, segurei o seu rosto áspero com a barba por fazer e o beijei como se tivesse passado seis meses batalhando em meio ao gelo só para ter aquele momento.

E talvez tivesse mesmo.

Arden retribuiu, com suavidade e incerteza no início, depois com mais intensidade conforme ele cedia ao desejo que eu sabia que ele também sentia. Seu gosto era de sal marinho, de pele exposta ao frio, de esperança, de salvação e de perda.

Meu coração se fechou como um punho quando afastei os nossos lábios, pressionando a testa contra a dele, olhando para aqueles olhos intensos. Sempre havia tanta coisa por trás deles; a emoção se contorcendo e raramente encontrando saída. Muitas vezes senti que poderia passar outras mil vidas tentando libertá-la, e não seria o suficiente.

Depois de um momento estranho e carregado, ele se inclinou um pouco para trás, passando a mão pelos cabelos dourados, o peito largo subindo e descendo de forma irregular.

Sua mão era bronzeada e cheia de veias saltadas, e aquela visão libertou uma memória: nossas mãos presas com uma fita vermelha, nós dois falando um idioma não muito diferente do que usávamos ali. O mar batendo e formando picos, os aromas de pinho e óleo de sálvia, uma voz tão marcada e cortante que me arrepiou até os ossos.

Mas então a imagem se foi, levando o momento de paixão bruta com ela.

Abracei os joelhos, aproximando-os do peito, encolhida no banco estreito, aquecendo minhas mãos contra as grossas meias de lã que cobriam minhas canelas.

— Sabia que Aristóteles disse uma vez que "a alma é algo que o ser humano arrisca em batalha e perde na morte"? Mas nós dois não perdemos a nossa na morte. Então o que isso faz de nós? Mais do que humanos? Ou menos do que humanos?

Arden não respondeu, em vez disso ficou fixado na pequena poça de água suja no fundo do barco. Um cardume de peixes vermelhos se movimentava abaixo de nós.

— Talvez eu seja mesmo uma bruxa — murmurei, para ver a reação mais do que qualquer coisa. — Talvez nós dois sejamos.

NOSSOS DESTINOS ETERNOS

A força com que agarrava os remos aumentou, e os nós dos dedos ficaram brancos.

— Por que diz isso?

— Isso daria algum tipo de explicação, pelo menos. O folclore diz que bruxas são apenas mulheres que fizeram um pacto com o diabo. Elas ofereceram algo valioso em troca de poderes. Para curar a infertilidade, para atingir um antigo amante, para salvar a própria pele. — Me inclinei para frente no banco mais uma vez, apoiando as mãos nos joelhos dele. Ele estremeceu com o toque, e um fogo delicioso beijou as palmas das minhas mãos. — Foi isso que aconteceu com a gente, Arden? Fizemos um acordo com o diabo? E a coisa valiosa que sacrificamos é... a vida adulta? O nosso futuro?

Por fim, ele levantou o queixo áspero e encontrou o meu olhar intenso.

— Algo assim.

Mas pelo jeito que os seus olhos fugiram dos meus um segundo depois, eu sabia que ele estava mentindo.

LAURA STEVEN

a vida nos dá tristeza como montes de argila úmida,
pronta e pesada sob nossas mãos relutantes,
e com ela podemos fazer uma de três coisas.

podemos carregá-la conosco para onde quer que formos,
curvados sob o seu peso terrível,
podemos enfiá-la no fundo de um guarda-roupa,
enterrada sob um velho casaco antigo,
ou podemos fazer algo bonito,
e deixar que viva para além de nós.

— autor desconhecido

País de Gales
2022

NA MANHÃ SEGUINTE, DEPOIS DE outra noite de pesadelos, Arden e eu tomamos café da manhã na casa principal com minha mãe. Eu não tinha contado a ela sobre a sessão de terapia com a dra. Chiang, e a omissão me deixou desconfortável, apreensiva. Era como uma volumosa raiz retorcida no chão macio entre nós, na qual eu tinha que ter cuidado para não tropeçar.

Com um suspiro ruidoso, me afundei na minha cadeira de sempre na nossa velha mesa de jantar de carvalho. Arden deslizou para a cadeira ao meu lado. A cozinha cheirava a mingau cremoso e geleia de morango, o mesmo café da manhã que minha mãe tomava desde que eu era pequena.

— Bom dia para vocês dois. — Ela parecia alegre, animada ao nos ver entrando na cozinha lado a lado. — Café?

— Por favor — dissemos os dois ao mesmo tempo. Puxei a manga para baixo para disfarçar a área avermelhada ao redor do meu pulso, onde eu tinha forçado o punho contra a algema durante a noite.

— Ótimo. Vou ferver a água. — Ela começou a mexer em uma chaleira de aço no fogão. — Vocês dormiram bem?

— Não — resmunguei, esfregando os olhos furiosamente, tonta pela privação de sono. — Dylan ronca.

Ele ficou na defensiva ao meu lado.

— E Bran fala dormindo.

Minha mãe riu.

— Vocês estão péssimos mesmo. As coisas que aturamos por um jovem amor. Torrada para todos? Ou devo fazer uns croissants?

— Não seria a pior ideia — disse Arden, ao mesmo tempo que respondi:

— Quanto mais comida, melhor.

Minha mãe ligou o forno com a ponta da sua bota. Assim que a chaleira estava no fogão, ela se ocupou em arrumar os croissants em uma assadeira.

— O que vocês vão fazer hoje? Vai trabalhar, Bran? Ou vai sair pela fazenda de novo?

— Trabalhar.

E então, Arden falou, enquanto servia os nossos cafés. O meu primeiro, sempre.

— Na verdade, estava pensando será que eu podia tirar o dia de folga? Vou sair e pulverizar as plantações logo depois do café da manhã, mas depois disso...

NOSSOS DESTINOS ETERNOS

— Óbvio. — Minha mãe gesticulou com a mão. — Sabe, acho que nunca ouvi você pedir um dia de folga em todo o tempo que esteve aqui. — Os olhos brilharam, e ela os direcionou para mim com um sorriso de quem tinha entendido tudo. — Você queria ficar sempre por perto por causa de alguém, não é?

Arden deu um sorriso tenso.

— Algo assim.

Se minha mãe notou a mudança sutil no comportamento de seu amado ajudante, como o fato de ele de repente não ter mais a personalidade de um golden retriever, ela não mencionou. Talvez tenha encarado como simples exaustão.

Comemos os nossos croissants, cobertos de geleia doce e manteiga, e conversamos um pouco sobre Gracie, que me mandou mensagens o tempo todo. No turno da noite, ela havia sido designada a uma nova enfermeira, e havia se apaixonado rápida e irrevogavelmente por ela, como lésbicas de catorze anos costumam fazer.

ela é nota 10 Bran, mesmo sendo muito velha. tipo vinte e dois NO MÍNIMO. velha coroca

mas me apaixonei de verdade, juro por deus

e não sei dizer se é porque eu gosto de ser cuidada???

é a parte dos mommy issues que me pega

brincadeira, nossa mãe é de boa na real

desde que ela não esteja tentando fazer piadas, sabe como é

Embora tenha sido uma conversa leve, me fez sofrer.

O terceiro item da minha lista de desejos: ver a minha irmã crescer.

217

Eu podia vislumbrar tão nitidamente como o nosso relacionamento se desenvolveria e amadureceria sem nunca realmente *mudar*. Visitaríamos a casa uma da outra e conversaríamos sobre os nossos empregos, tomando uma garrafa de vinho (ou hidromel, no caso excêntrico dela), passearíamos com os nossos cachorros no parque em uma manhã de domingo (o dela seria um Dogue Alemão chamado Pequeno) e, quando ela se apaixonasse de verdade, eu mesma faria o vestido de noiva ou smoking de casamento, costurando o meu orgulho em cada ponto (embora ela fosse me punir severamente se não fosse feio o suficiente).

Eu imaginava que, mesmo se eu não sobrevivesse a este encontro com Arden, ela ainda poderia encontrar outro doador, e eu poderia ficar de olho nela a distância na minha próxima vida. A tecnologia tornou muito mais fácil acompanhar com carinho alguém de longe. Sem mais jornadas tensas pela neve da Escandinávia apenas para ser colocada em uma pira ou outras provações do tipo — eu poderia simplesmente segui-la nas redes sociais.

O pensamento era ao mesmo tempo ridiculamente mundano e profundamente reconfortante. O completo absurdo das conexões modernas; uma teia de aranha com tantos fios que já não é possível distinguir o mundo real através deles. A internet é uma boneca russa, presentes escondidos dentro de maldições escondidas e vice-versa, sem ter como saber qual encontraremos no centro.

Engolindo em seco, me levantei de forma abrupta e peguei um dos croissants deixados no prato.

— Um para a viagem se não tiver problema.

Minha mãe sorriu.

— Óbvio. Tenho que resolver algumas coisas na cidade. — Havia um tom rosado nas suas bochechas enquanto ela observava Arden e eu, e mal pude aguentar aquilo. — Amo você, Bran. E você sabe onde estou se precisar de mim, OK?

NOSSOS DESTINOS ETERNOS

Arden sentiu a minha melancolia quando saímos de casa naquela manhã fria de março. O sol da semana anterior tinha sucumbido mais uma vez a um vento frio, e uma névoa baixa tinha subido do vale. Uma geada brilhante salpicava as roseiras e os canteiros de flores ao redor da casa. Ele puxou o casaco xadrez de lenhador mais apertado em volta de si, chutando uma pedra irregular no caminho.

Enquanto passávamos pelos estábulos, ele lançou um olhar furtivo para o prédio baixo.

— Me pergunto como Ceri está.

Minha respiração saiu como uma chaminé diante de mim.

— O médico parecia confiante de que ele se recuperaria completamente. Deus, me sinto péssima com essa história. Sei que estava só tentando salvar a minha irmã, mas...

— O amor pode transformar qualquer um em vilão — murmurou ele, olhando para as montanhas, em um tom baixo como um feitiço, grave como uma oração.

Com o seu perfil delineado na névoa etérea, ele era bonito de uma maneira quase irritante. Por outro lado, eu ainda não tinha conhecido uma versão de Arden pela qual não me sentisse atraída.

— Então você vai me ajudar a segurar a barra na livraria?

Ele assentiu.

— Lembra quando você literalmente segurou a barra durante o cerco de Tenochtitlán? Levou dias para os espanhóis invadirem.

— Para ser honesta, não. Não me lembro. — O meu estômago se contraiu com força. Sempre me sentia terrivelmente exposta quando Arden conseguia se lembrar de alguma coisa da qual eu não me lembrava. Como se o meu passado estivesse sendo analisado por outros detrás de um espelho de uma sala de interrogatório, e tudo o que eu pudesse ver fosse o meu reflexo desolado.

219

Chegamos à Beacon Books. O sr. Oyinlola estava em uma conferência de livreiros independentes em Londres, então seríamos apenas Nia e eu na loja.

— Você não se importa se o meu namorado ficar por aqui, não é? — perguntei a ela, gesticulando para Arden, que estava desajeitadamente perto da seção de não ficção. — Quase não passamos tempo juntos.

Ela deu de ombros e ajustou o cardigã cor de ferrugem que ela havia colocado sobre um vestido de veludo cotelê. O seu nariz estava sumido atrás de um livro sobre aberturas de xadrez moderno, e aquilo me fez pensar na minha breve suspeita de que ela seria Arden. Poderia ter encaixado: quieta, estudiosa e um pouco estranha, de uma forma cativante.

— Aliás, por que você não vai ler o seu livro lá atrás? — sugeri, calorosa e casual. — Fico mais feliz aqui na frente, conversando com clientes, e você é mais feliz lá atrás, ignorando o mundo. Se alguém perguntar, falo que está fazendo verificação de estoque.

Por uma fração de segundo, pensei que poderia ter sido um erro, afinal, era a loja do pai dela, e eu a estava encorajando a largar o trabalho. No entanto, um sorriso surgiu no seu rosto, revelando uma fileira de dentes brancos perolados que eu raramente via.

— Incrível. Obrigada, Bran. Você arrasa.

Ela pulou do banco atrás do balcão e foi até os fundos, com o rosto ainda tão enterrado no livro que chegou dar uma topada com o dedão do pé no batente da porta (e não pareceu notar).

Arden e eu continuamos a conversa sobre cercos e guerras pelo resto do dia. Ele passou a maior parte do tempo vagando pela seção de ficção histórica, checando o quão precisas eram as informações de cada sinopse que lia.

— Qual foi a pior batalha em que você já esteve? — perguntei a ele, em um intervalo entre clientes. Eu tinha tomado o lugar de Nia

NOSSOS DESTINOS ETERNOS

no balcão e folheava um catálogo que nos fora enviado por uma editora detalhando os próximos lançamentos.

Com os olhos examinando a contracapa de um livro sobre as Guerras Napoleônicas, ele expirou.

— Cerco de Jerusalém. — Uma coisa sombria e em forma de tristeza passou pelo rosto dele. — Eu era tão jovem, mas me lembro de tanta coisa. Envenenamos os poços e cortamos as árvores ao redor da cidade, mas nada que fizemos conseguiu conter a maré das Cruzadas. Ver meu povo sendo massacrado, tantas crianças com quem brinquei...

Dada a expressão assombrada no seu rosto, me senti grata, pela primeira vez, por não ter qualquer lembrança da época. Ele havia vivido com imagens mentais extenuantes por quase um milênio. Pensar por esse lado me fez querer abraçá-lo forte, mas eu não queria ser a primeira a instigar qualquer intimidade naquela vida. Outra questão de orgulho. Ele não podia me amarrar a uma cama como um animal e esperar que eu quisesse abraçá-lo, beijá-lo, segurar o seu queixo e olhar nos seus olhos, pressionar o meu corpo macio contra seus músculos firmes e...

— Você já matou alguém? — perguntei a ele, ansiosa para acalmar o calor que se acumulava dentro de mim. — Tirando eu, é óbvio.

— Várias vezes. — Ele cerrou o maxilar. — Para salvar entes queridos, principalmente, mas em batalhas também. Quando precisei. A história mundial tem sido um tanto quanto brutal de se viver. E você?

Balancei a cabeça, pensando no que ele dissera no campo alguns dias antes: *Se um herói é alguém que desiste do amor para salvar o mundo, então um vilão é o inverso. Alguém que desiste do mundo para salvar o amor.*

— Nunca? — Ele me olhou boquiaberto, com a aba de uma sobrecapa entre o polegar e o indicador. — Nem mesmo na Frente Ocidental?

— Não que eu consiga lembrar, de qualquer forma.

Houve um silêncio reverente, como sempre havia quando um de nós falava das trincheiras. Olhei em volta para a livraria silenciosa e organizada e senti uma pontada particular de gratidão pela minha vida como Branwen Blythe. Croissants cobertos de geleia e banhos quentes. Folhear páginas macias e novas. Lençóis limpos e um cachorro preguiçoso. Um céu grande e brilhante sobre colinas imaculadas. Se eu fosse uma artista, consideraria isso um exercício de contraste; a maneira como as sombras fazem a luz parecer muito mais brilhante.

Bem quando eu estava ponderando sobre o significado da existência, a porta soou pela primeira vez em quase uma hora. Ao ver o rosto lívido do cliente, a breve paz evaporou.

Ceri.

Com o rosto cheio de fúria.

País de Gales
2022

O SANGUE INCRUSTADO FOI LIMPO DO cabelo de Ceri, e a palidez acinzentada da pele recuperou uma cor saudável. Os olhos não estavam mais atordoados; em vez disso, estavam completamente incandescentes. A exaustão da concussão tinha dado lugar a uma raiva intensa.

A princípio, ele não viu Arden escondido atrás de uma estante.

— Que porra é essa, Bran? Sabe o quanto dói levar uma pancada na cabeça com uma pá?

— Não é pior do que um mosquete — murmurou Arden, fazendo um barulho rabugento de reprovação.

Ao som da segunda voz, Ceri girou e então estreitou os olhos ao ver o meu cúmplice.

— Você — disparou ele.

Arden fez uma pequena saudação zombeteira.

— Sinto muito mesmo, Ceri. — Havia um tom de súplica na minha voz, e lancei um olhar afiado para Arden. — Nós dois sentimos. Não sei o que dizer além disso.

Parando como se estivesse debatendo internamente se deveria ir para cima de Arden, Ceri se virou devagar.

— Podemos conversar a sós?

— Acho que você já entendeu que não posso deixá-la sair da minha vista. — O tom de Arden era entediado, o dedo correndo pelas lombadas estreitas na seção de poesia. Aquela ambivalência não me enganava. Vi a maneira como ele se levantou um pouco ereto demais, ombros retos e sentidos aguçados, os ângulos muito tensos, como se esperasse um ataque.

Ceri balançou a cabeça com intensidade.

— Muito do que aconteceu depois foi nebuloso, mas eu me lembro distintamente desse cara ameaçando te matar se você me libertasse. E então, quando você me libertou, ele não te matou, mas disse que mataria se eu fosse à polícia?

Meu estômago se revirou.

— E ele vai. Você tem que saber disso.

— Eu não vou à polícia. Desde que você me diga que merda está acontecendo.

Uma espécie de exaustão se espalhou por mim, e de repente eu não conseguia raciocinar por que não deveria simplesmente confessar tudo.

— Você quer a verdade? Tudo bem. Aqui está.

Arden se virou para mim, com um aviso severo no rosto.

— Não.

E eu *odiava* o fato de ele estar me dando um aviso. De ele sentir que tinha o direito de me dar ordens depois de tudo que tinha feito comigo.

— Ou o quê? — Minha frustração estava rapidamente se transformando em raiva. — Já saquei o seu blefe antes. Ou você vai lançar um monte de novas ameaças contra mim? Vai encontrar maneiras novas e mais agonizantes de tirar a minha vida?

A fúria cresceu quente e corrosiva no meu peito, como se o meu corpo tivesse se lembrado de repente de todos os fins brutais e humilhantes aos quais eu fora submetida. Como eu podia ter me contentado com ficar ali em uma livraria, conversando preguiçosamente sobre batalhas antigas, com o ser cujo único propósito era me destruir?

O peito de Arden subia e descia em picos irregulares, sua raiva indo de encontro à minha raiva, mas ele a moderou. Os olhos azuis queimavam como o coração de uma chama.

— Ele saber a verdade não vai desfazer o que você fez.

Eu o ignorei.

— Ceri, você tem o direito de saber.

Uma ideia me ocorreu, repentina e ofegante. Um plano muito mais concreto do que o desejo abstrato de fazer Arden querer me salvar.

Um plano de ação real e concreto que poderia realmente levar à minha sobrevivência.

O meu telefone estava no balcão ao lado da caixa registradora. Teria sido óbvio demais passar pela cerimônia de abrir o aplicativo de notas de voz, então apertei de maneira discreta o botão da câmera na tela inicial e deslizei para o vídeo.

Pressionei o botão de gravar, certificando-me de que a minha voz estava alta e clara.

LAURA STEVEN

— Consigo me lembrar de todas as minhas vidas passadas, ou da última meia dúzia, pelo menos, embora eu saiba que foram muitas mais. Em todas e cada uma delas, fui assassinada antes do meu aniversário de dezoito anos pelo mesmo assassino que me persegue em todas as vidas. Ainda não sei por que, ou como. Mas nunca cheguei aos dezoito anos.

O pouco de cor tímida no rosto de Ceri desapareceu mais uma vez.

— Er... então tá.

— Não precisa acreditar em mim. — Cruzei os braços, na defensiva, lembrando dos médicos me examinando com curiosidade em Vermont. O diagnóstico de *maníaca* colocado no meu peito como uma letra escarlate. Uma mancha de baba em uma gola de camisa branca deprimente. — O resultado será o mesmo, de qualquer forma.

— Acho que você deve saber o quanto isso soa insano. — No entanto, o olhar de Ceri disparou entre Arden e eu, como se lembrasse das negociações tensas nos estábulos.

Respirei fundo para me acalmar.

— A razão pela qual te empurrei para fora da floricultura, e a razão pela qual tentei te conter nos estábulos, é porque pensei que você fosse esse assassino. Que você finalmente tinha chegado em Abergavenny para acabar com tudo de novo. E eu precisava ficar viva como Branwen Blythe por mais um tempo para salvar a minha irmã caçula.

— Mas não sou um assassino. — A compreensão surgiu devagar no rosto de Ceri, transformando a expressão de fúria em descrença. — Você acha que ele é? — Ele não precisou apontar para Arden para que eu soubesse a quem se referia.

— Sim. — A traição doeu de novo. Eu ainda não conseguia processar o fato de que Dylan, o meu quase irmão, era a pessoa destinada a me matar. — Nós nos conhecemos há muito tempo,

NOSSOS DESTINOS ETERNOS

então eu deveria ter previsto, mas não previ. — Respirei fundo e disse rapidamente: — Você acredita em mim?

Tensionando o maxilar, Ceri respondeu:

— Não. Mas acredito que *você* acredita. Que vocês dois acreditam. E é isso que me assusta. — Ele se virou para encarar Arden, com uma apreensão nos movimentos. A bravata furiosa da sua entrada havia sumido. — Então você realmente está planejando matá-la?

Por favor, diga que sim. Por favor, diga que sim, para que eu tenha provas.

Depois do que pareceu uma eternidade, Arden disse categoricamente:

— Tem que ser feito.

Bingo.

— Mas por quê? — perguntou Ceri, boquiaberto. Ele deu um passo sutil, mas decidido, para trás, como se Arden pudesse atacar a qualquer momento.

— Boa sorte com essa linha de investigação — bufei. — Isso nunca me levou muito longe. Como vai me matar dessa vez, Dylan? — Fiz questão de usar o nome pelo qual ele era conhecido localmente. — Já se decidiu? O veneno serviu bem da última vez. Embora ser enforcada, arrastada e esquartejada pareça uma aventura.

— Não me provoque, Bran. — Sua voz estava baixa e rouca.

— Ou o quê? — provoquei. — O que você poderia ameaçar que seja pior do que a morte?

— Com certeza posso adiantar essa morte — retrucou ele, com a cadência de uma piada, porém, dada a situação, não soou muito engraçada.

Ceri balançou a cabeça veementemente, como se tentasse acordar de um sonho estranho.

— Isso é loucura. É uma loucura total.

227

— Eu sei. Então vai — insisti. — Vai embora. Esquece que você se envolveu. Por favor.

Ele fixou os olhos em mim como quem implora.

— Você não pode simplesmente... deixar isso acontecer.

— Não tenho muita escolha.

— Nós podemos contê-lo. — A voz dele ficou mais alta com o desespero, e fiquei um pouco tocada pelo fato de ele querer me salvar, apesar do que eu tinha feito com ele nos estábulos. — Aqui e agora. Tenho que ajudar você, de alguma forma. — Ele olhou para Arden, nervoso, como se o meu assassino fosse se voltar contra ele a qualquer momento.

— Por quê? — perguntei, completamente horrorizada. — Depois do que fiz...

Ele deu de ombros, mas foi de forma tensa, urgente.

— Nada disso faz sentido, mas acho que você está sendo vítima de uma coisa horrível. Manipulação psicológica, abuso emocional, seja lá o que for. E, apesar de todos os defeitos, minha mãe me criou direito. Se você vê alguém em apuros, você tem que ajudar. Não importa o que eles fizeram com você no passado.

— Obrigada, Ceri — falei, e foi sincero. A humanidade pode ser cheia de bondade, desde que a gente se permita enxergá-la. — Mas não tem nada que você possa fazer.

O silêncio se instalou na loja, mas não havia nada de pacífico. Estava tenso, carregado, como um cabo elétrico aos poucos se aproximando da água parada.

— Não posso simplesmente ir embora — retomou Ceri, esfregando o rosto com força. — Você acabou de me dizer que está prestes a ser assassinada por... por esse canalha doentio.

Uma ridícula atitude defensiva saltou no meu peito. Eu sabia com absoluta certeza que Arden nunca sentira qualquer prazer ou satisfação em me machucar. Ele tinha um código moral, não importava o quanto fosse diferente do meu. Ele não era um simples psicopata, um assassino frio.

Ele fazia aquilo porque tinha que fazer.

Pensei na visão que eu tinha tido depois de escapar do hospital: um mundo branco com cinzas caindo como neve. Uma dor maior do que qualquer coisa. Arden implorando aos meus pés. E aquela mulher das trincheiras, com os cabelos claros e as suas unhas pretas e retorcidas.

Isso já durou tempo demais.

Arden estava apenas tentando me proteger, mesmo que eu não entendesse completamente do quê.

No entanto, eu reconhecia, mesmo, o quanto essa lógica era deturpada. Qualquer psicólogo teria dito que eu estava presa em um ciclo de abuso, sofrendo de síndrome de Estocolmo, romantizando a violência... nada disso particularmente lisonjeiro, nem particularmente preciso.

— Por favor, Ceri. — O desejo de lutar estava me deixando mais uma vez, aquela raiva justificada abrindo caminho para a exaustão existencial. Uma sensação de total inutilidade. —Vai embora.

Outra pausa longa e tensa.

— Tudo bem. — Ele se virou para Arden, que estava virado para a janela, perdido em pensamentos. — Mas você não vai escapar impune do que está fazendo com ela. Vou à polícia agora mesmo.

— Da próxima vez que você *ou* a polícia se aproximarem — retrucou Arden, de forma fria, lenta e baixa —, eu a matarei antes que você possa dizer "oi". Entendeu? Você tentar me impedir vai causar a morte dela.

Ceri olhou com ódio para as costas de Arden por mais alguns momentos antes de sair furioso da livraria. O alegre tilintar do sino da porta foi quase um insulto.

Parei a gravação do vídeo no meu telefone, o coração martelando contra as minhas costelas frágeis.

— Então você entrou mesmo no papel de vilão? — perguntei, tentando trazer um pouco de leveza ao ar, mas ela caiu morta aos meus pés.

Arden se ajoelhou, afundou a cabeça nas palmas das mãos e soltou um rugido de dor. Eu não conseguia dizer quais emoções estavam transbordando... frustração, ódio, terror... apenas soube que não cabiam mais em seu peito.

— Arden... — sussurrei, ao mesmo tempo apaziguadora e assustada.

— Não! — disparou ele, mas a raiva não parecia ser direcionada a mim. — Só me deixa, está bem?

Permanecemos em um silêncio tenso pelo resto do turno. A certa altura, ele se sentou apoiado à parede, folheando uma cópia de *Mil anos de você*, embora tivesse uma em casa. Sua expressão era impenetrável enquanto lia. Será que as declarações de amor rebuscadas das décadas anteriores eram difíceis de aguentar? Ele se lembrava daquelas emoções, ou eram como as reflexões de um estranho? E por que ele as estava lendo ali? Para se lembrar do que fomos um dia? Do que ainda podíamos ser?

Alguns clientes entravam e saíam, e, quando pediam recomendações (um thriller de espionagem para um tio, algo engraçado para um amigo em situação de luto, uma obra-prima literária para uma filha exigente), Arden visivelmente mordia a língua. Era como se a criança no seu coração quisesse desesperadamente falar sobre livros, mas ele sentisse que não podia, por causa da situação. Quanto de nós mesmos havíamos perdido para este destino cruel, interesses e paixões gradualmente ficando em segundo plano com a força motriz da nossa existência: a morte iminente. Éramos governados pelos pilares gêmeos da perseguição e da fuga, nossas almas reduzidas a Tom e Jerry, ou Papa-Léguas e Coiote, conceitos toscos de herói e vilão, caça e caçador.

A gravação telefônica queimava no meu bolso como uma brasa e, enquanto eu pensava no que faria com ela, meu sangue queimava como fogo.

Fogo furioso, esperançoso e com anseio de justiça.

Quando terminei de fechar a loja no fim do dia, o meu telefone piscou com uma chamada perdida e uma mensagem de voz de um número local.

Algo semelhante a pavor faiscou no meu peito. Será que Ceri tinha ignorado as ameaças de Arden e ido à polícia mesmo assim? Estavam ligando para saber como eu estava? O que Arden faria? Ele havia recuado das ameaças nos estábulos, porém eu duvidava que fizesse isso de novo.

Com as mãos trêmulas, apertei play, segurando o telefone no ouvido.

Uma voz calma e familiar soou: "Branwen, oi, é a dra. Chiang. Escute, não consegui parar de pensar no que você me pediu. Fiquei repassando na cabeça várias vezes, sem saber se eu tinha feito a coisa certa. Você parecia estar em um lugar tão sombrio e, sinceramente, nunca me perdoaria se alguma coisa ruim acontecesse. Então expliquei a situação para a minha esposa, e ela está disposta a realizar o procedimento *pro bono*. Você pode ir a Newport nesta sexta-feira à tarde? Me ligue de volta quando puder."

Todo o ar foi sugado dos meus pulmões.

Sexta-feira era o dia antes de eu completar dezoito anos.

Tinha *funcionado*. O meu otimismo desenfreado não era infundado no fim das contas. A validação surgiu em mim, intensa, potente e promissora.

Se eu ficasse viva por mais dois dias, Gracie teria a minha medula.

E depois disso, eu viveria.

Império Otomano
1472

Depois de várias horas na biblioteca do sultão, fui para o hamame.

Eu estava meticulosamente traduzindo Ptolomeu para o turco a mando do próprio Maomé II, que havia me convocado de Atenas ao ouvir a respeito de minhas habilidades linguísticas, avançadas para um garoto de dezessete anos. Minha mente era um pano de prato torcido depois de um dia de escrita lenta, e eu ansiava por dissipar o rigor intelectual da tarefa.

Era fim de tarde, e o *külliye* vibrava com as atividades cotidianas. Passei pelo salão de orações central, com seu teto abobadado

NOSSOS DESTINOS ETERNOS

e arcos decorados com faixas de pedras coloridas e mosaicos, e pelos belos pátios com arcadas e fontes gorgolejantes, depois pelo aglomerado de madraças, onde o meu novo amigo Raziye estava dando aula sobre ciências islâmicas.

Para além do campus, se estendia toda Constantinopla.

A mesquita do sultão fora construída sobre a espinha dorsal da cidade, e tudo dentro das muralhas se desdobrava abaixo: jardins limpos e pequenas fazendas, cúpulas, colunatas e grandes monumentos, imponentes colunas de mármore com estátuas de bronze e cruzes douradas no topo, e a joia da coroa do sultão: a própria catedral de Santa Sofia.

Quando cheguei pela primeira vez por mar, Constantinopla era um conto de fadas. Um glorioso palácio de mármore fora construído no muro de contenção, pontilhado com inúmeras sacadas e grandes estátuas de animais marinhos, e parecia que eu tinha entrado em um livro de histórias. Passei, porém, a entender as profundezas da miséria de lá: a maneira como os pobres viviam nas estreitas fendas entre os ricos, como formigas na argamassa entre azulejos, a maneira como as doenças se espalhavam como uma enchente repentina e a fome que roía os ossos das crianças.

Todos os grandes impérios eram iguais, no fundo.

Ainda assim, enquanto caminhava naquele dia, inalei lufadas de ar com cheiro de cipreste, misturado com limão e jasmim, e do baklava de mel e pistache, o favorito do sultão, e sorri por dentro. Eu estava ali havia apenas alguns meses, mas a cidade de sete colinas estava começando a parecer um lar.

O vestiário no hamame era fresco e silencioso. No centro havia uma fonte de mármore, cercada por galerias de madeira nas quais vários membros da Porta Alta do sultão relaxavam tomando chá, café e sherbet sob o teto alto de mosaico. O ar era uma mistura de perfumes inebriantes: bergamota e patchouli, cedro e citronela, lavanda e néroli. Nos ganchos estavam penduradas algumas das melhores roupas que eu já vira: cafetãs coloridos de brocado, veludo, tafetá e casimira, bordados com fios metálicos em formatos de flores, galhos e nós infinitos, sóis, luas e estrelas. Eu estava dolorosamente ciente da minha sorte e profundamente grato por não ter passado outra vida implorando por restos nas ruas de Erevan.

O local do hamame masculino estava embaçado com vapor, e a casa de banho principal estava vazia, exceto por um grupo de conselheiros do sultão falando em voz baixa, então segui para uma das câmaras abobadadas menores entre os cantos do ivã. Faíscas de dor disparavam pelo meu pulso e para o meu polegar (os perigos de escrever por muito tempo), e tentei afastá-las com uma careta relutante.

Depois de mergulhar no calor sensual da água por alguns momentos, outro jovem mais ou menos da minha idade entrou no banho particular comigo.

Imediatamente me sentei mais ereto, desviando o olhar para a pequena cesta de vime que ele trazia consigo. Continha uma bolsa de chaves, perfumes e um pente cravejado de madrepérola. Havia uma toalha primorosamente bordada e um par de óculos embaçados, de lentes muito grossas, por cima.

— *Merhaba* — disse ele, me cumprimentando e passando as mãos pelos ladrilhos enquanto submergia o tronco na água. — Peço desculpas se esbarrar em você. Sou quase completamente cego.

Assenti em sutil concordância, antes de perceber que isso era inútil para ele.

— *Merhaba*.

NOSSOS DESTINOS ETERNOS

— Espero que não se importe com a companhia — continuou ele. — Só que não falei com outra alma viva o dia todo.

— De jeito nenhum — respondi, em meu turco suave e natural. Eu sempre preferia uma boa companhia à solidão.

Havia algo familiar naquele jovem: os olhos castanhos profundos, o cabelo curto, o nariz aquilino e as maçãs do rosto salientes salpicadas de sardas. Talvez eu o tivesse visto em uma reunião de ulamã? Ele parecia novo demais.

O rapaz apoiou a cabeça na borda da banheira e suspirou no calor.

— Já pensou em quantas árvores são derrubadas só para alimentar a fornalha do hamame? Vai chegar o momento em que consumiremos madeira mais rápido do que a terra pode fazer crescer. Embora recentemente tenhamos começado a usar caroços de azeitona e serragem como combustível, e eles parecem funcionar de maneira adequada.

Inclinei a cabeça para trás até que ela estivesse submersa na água, passei os dedos pelos cabelos e me sentei de novo.

— Você trabalha no hamame?

— Não, mas tenho uma profunda compaixão pelo mundo ao meu redor. — Ele apoiou os braços na borda da banheira, sem fazer qualquer esforço para se lavar com os sabonetes e esfoliantes que trouxera consigo. — O ciclo da natureza, da flora e da fauna, do crescimento e da morte. A nossa terra é a coisa mais preciosa que temos. Não pensamos o suficiente em protegê-la.

Talvez devido ao calor na casa de banho, à suavidade do seu tom ou à própria nudez dos nossos corpos, o momento pareceu estranhamente íntimo, como se ele estivesse confessando algo vulnerável.

Os meus olhos foram mais uma vez para a cesta de artigos de higiene; algo nela chamou a minha atenção: um caderno de couro marrom amarrado com uma fita vermelha fina, não muito maior do que um lenço de bolso. Ao lado havia uma caneta fina, feita de junco com padrões intrincados.

Foi quando soube.

Em todas as vidas em que fosse possível, Arden carregava um caderno. Em todos os séculos, é provável que tenha escrito mais palavras do que falara em voz alta. Em um canal em Veneza, certa vez me dissera que um pensamento não se tornava real para ele até que fosse escrito a tinta.

— Arden — sussurrei.

Os ombros dele ficaram tensos quase imperceptivelmente, ondulações de músculos se contraindo ao redor dos ossos.

— Certo. Embora aqui eu seja Emir. — Uma leve bufada. — Está começando a me conhecer bem até demais, embora a maioria dos nossos encontros tenha sido tão curto quanto tenso.

O nervosismo invadiu o meu corpo, e as nossas brincadeiras familiares deslizaram pela minha língua espontaneamente.

— Admito que estou feliz em ver o fim da Guerra das Rosas.

Ele inclinou a cabeça na minha direção.

— Hm. Sim, embora me pergunte como tudo terminou.

Arden, aqui, nu, ao meu lado.

Os nossos corpos, a poucos metros de distância, desnudados para os olhos passearem, mais vulneráveis e expostos do que jamais estivemos diante do outro. Eu me perguntava o quanto de mim ele era capaz de ver. A amarra o conduzira assim tão facilmente até mim, apesar da visão turva?

Colocando os pés na borda do assento, com as pernas cobrindo o meu peito e os calcanhares cobrindo as outras partes, perguntei:

— Você realmente serve ao sultão? Ou está aqui apenas para me matar?

NOSSOS DESTINOS ETERNOS

Ele me deu um sorriso irônico.

— O sultão me encarregou de decorar uma muraqqa de histórias do demônio Iblīs.

Minha testa franziu em confusão ao pensar em quão detalhadas eram as pinturas em miniatura, quão intrincada e precisa era a caligrafia.

— Mas você tem baixa visão.

— De fato. Foi um choque para mim quando fui convocado. Acho que o sultão na verdade me quer para o seu serralho.

O harém real.

A expressão de Arden não demonstrou qualquer emoção; ele estava ficando melhor em esconder os sentimentos.

Ainda assim, senti o lampejo de pavor quando ele acrescentou:

— A Porta Alta tem me aliciado de forma bastante pesada.

Uma pontada de ciúmes atingiu o meu coração. Maomé II era conhecido por gostar de jovens nobres. Tentando disfarçar o instinto de protege-lo, perguntei casualmente:

— Você vai?

Sua mandíbula estava tensa quando ele respondeu:

— Não devo ter muita escolha.

A revelação pairou entre nós por alguns momentos, tão potente e tangível quanto o vapor perfumado. Muitas perguntas passavam pela minha mente, caóticas e confusas. Ele estava optando por permanecer ali apenas por minha causa? Ele me mataria antes, para se livrar da situação? E, o mais ridículo de tudo...

— Você já... — comecei, mas parei, com a garganta seca.

Arden ergueu uma sobrancelha para mim, como se soubesse exatamente o que eu estava tentando arrancar dele.

— Já o quê?

— Fez amor. — As palavras soaram, ao mesmo tempo, grosseiras e infantis, e minhas bochechas ficaram coradas. — Com qualquer pessoa, em qualquer vida.

— Por dinheiro, sim — respondeu ele, sem cerimônia. — E você?

Balancei a cabeça, me sentindo idiota. Óbvio que Arden não era virgem. Ainda assim, ao pensar nele com tanta intimidade com outra pessoa... Não deveria ter parecido uma traição, mas pareceu.

Tirei uma barra de sabão lilás da cesta dele, comecei a esfregar o meu peito em uma tentativa de dissipar o constrangimento que havia surgido.

— Como você convenceu o sultão a me chamar de Atenas? Como sabia que eu estava lá, e, ainda por cima, sabia das minhas habilidades?

— Eu não sabia.

Pisquei, com o sabão suspenso acima do meu ombro.

— Você está dizendo que...?

— O destino nos uniu, desta vez. Não eu.

O pensamento era estranhamente comovente. Olhei para a pintura atrás da cabeça de Arden: uma representação de um grupo de mulheres nuas tomando banho em um hamame não muito diferente do que estávamos.

— Você acredita? — perguntei, vagamente ciente de que o estava interrogando. — Não apenas no destino, mas... em Deus, suponho. Qualquer um deles.

Enquanto ele se ajeitava no assento, lutei contra a vontade de olhar para as linhas esguias do seu corpo. Os pelos escuros no peito. Os entalhes dos quadris.

— Não tenho certeza — respondeu Arden. — Se eu tivesse nascido aqui e somente aqui, acho que seria devoto de Alá. Os ensinamentos são lindos, e muitas vezes me vejo levado pela corrente. Mas não nasci somente aqui. E o que acontece conosco... desafia os ensinamentos do Alcorão.

NOSSOS DESTINOS ETERNOS

Esfreguei meu pescoço com o sabão.

— Em que sentido?

— Bem, o fato de reencarnarmos, para começar. Não ficamos nos nossos túmulos aguardando o Dia do Juízo. E tem a questão mecânica de tudo isso. Para os muçulmanos, e para os cristãos também, a alma é soprada no corpo por Deus em algum momento logo após a concepção.

— Ao passo que parece que nós dois morremos em uma vida e nascemos em outra quase instantaneamente? — ponderei. — As nossas almas nunca parecem existir em um útero.

— Exato. — Ele olhou mais uma vez para as abóbadas e domos de mosaico do teto, com os olhos turvos e desfocados. — Tenho rastreado os nossos nascimentos e as nossas mortes ao longo dos últimos séculos, e geralmente acontecem a poucos momentos um do outro. O que sugere, então, que a alma nasce na primeira respiração.

— E nas outras religiões principais? Nos encaixamos em alguma delas?

Um sutil balançar de cabeça.

— Elementos da nossa história, sim. Mas não a totalidade. No judaísmo, como no islamismo e no cristianismo, a alma transcende para uma espécie de vida após a morte, o que obviamente não fazemos. Para os hindus, as almas são infinitas. A energia existe desde o início dos tempos, e ela reencarna de uma vida para outra. Assim, todas as almas estão vinculadas ao saṃsāra, o ciclo infinito de nascimento, morte e renascimento.

— Como nós — falei, triunfante.

— Como nós, mas não como nós. — Havia algo melancólico na sua expressão. — Os hindus também acreditam que as almas são continuamente reencarnadas em diferentes formas físicas de

239

acordo com a lei do carma. No momento da morte, a soma total do carma determina o nosso estado na próxima vida. Humano ou animal.

— Somos sempre humanos. — Alcancei a sua cesta e peguei o pente de madrepérola, deslizando-o pelo meu cabelo ondulado.

— Somos. E a nossa posição na próxima vida parece totalmente aleatória, não importa quais atrocidades cometemos um contra o outro. — A mão dele se fechou em um punho ao pensar nisso. — Se o carma tivesse alguma influência, com certeza seríamos gafanhotos a esta altura. Os budistas acreditam na reencarnação, mas não na existência de uma *alma* eterna e imutável que transmigra de uma vida para outra. É mais como uma chama de consciência, fortemente influenciada pela moralidade e pela energia cármica.

Baixando o pente na água, deixei os pensamentos se assentarem.

— Então, teologicamente falando, não deveríamos existir.

A ideia era profundamente solitária; que a nossa existência estava fora das crenças da maioria da população mundial. Isso me fazia sentir como se eu fosse um erro, de algum modo. Uma coisa rejeitada pelos deuses, quebrada de um jeito que não poderia ser consertada por adoração ou oração.

Só, mas não só. Porque sempre havia Arden.

E juntos éramos um sacrilégio.

Como se para escapar do peso do momento, Arden submergiu na água, passando as mãos sobre a cabeça e o rosto, então emergindo mais uma vez.

De repente, eu queria que ele me abraçasse. Queria pressionar os nossos corpos quentes, limpos e perfumados juntos. Queria lamentar juntos e ter esperança juntos. Queria estar *junto*, de todas as maneiras possíveis. Um choque de bocas, um emaranhado de membros, as mãos dele no meu corpo e as minhas no dele. Eu

NOSSOS DESTINOS ETERNOS

queria... ah, como *queria*... sentir a nossa dor existencial derreter sob o seu toque.

Verdade seja dita, queria isso havia séculos. Eu *ardia* por isso.

E séculos eram tempo demais para se passar queimando.

Este ser massacrou você mais vezes do que pode contar, me forcei a lembrar com intensidade. *Vocês massacraram um ao outro, e, ainda assim, você não sabe o porquê.*

Mas o meu corpo traidor não ouvia a lógica.

Neste universo estranho, só havia eu e Arden.

Pela milésima vez, eu ansiava por perguntar por que ele fazia isso conosco repetidas vezes, mas sabia que ele se fecharia. Não haveria respostas. Nem ali, nem em momento algum. Era, porém, um tanto reconfortante saber que Arden também agonizava sobre o *como*.

A mão dele começou a vasculhar a cesta em busca de alguma coisa, e, com um estalo, percebi que ele precisava do pente, que ainda estava na minha mão.

— Aqui — falei, com a voz rouca. — Deixa que eu faço.

Sem me permitir o luxo da ponderação, deslizei ao longo da borda do assento e comecei a pentear o seu cabelo preto curto. Enquanto os dentes deslizavam sobre o seu couro cabeludo, ele tremeu quase imperceptivelmente, então engoliu em seco com tanta força que a garganta ondulou. Ele se moveu na minha direção, apenas alguns centímetros, a água ondulando ao redor do seu corpo. O calor dele me pressionava, embora não nos tocássemos.

Enquanto eu penteava, um estranho tipo de urgência tomou conta de mim, algo entre pânico e possessividade.

Logo, ele pertenceria ao sultão. Cada centímetro do seu corpo, da sua mente e da sua alma.

Mas eu queria que ele fosse meu.

O sangue correu e pulsou pelo meu corpo, e eu sentia uma tontura por causa disso. Posicionei o pente sobre os ladrilhos, me inclinei e coloquei uma das mãos em volta do pescoço dele, que fechou os olhos e pendeu a cabeça sob o meu aperto leve.

— Evelyn, eu... eu não posso...

— Por que não? — insisti, inesperadamente ardente.

Sem fôlego, sua mão descansou na lateral do meu corpo, a pele de alguma forma ao mesmo tempo mais quente e mais fria do que a água do banho. Parte de mim esperava uma lâmina nas costelas, mas senti apenas a dureza macia da palma de sua mão.

— Você sabe o que tenho que fazer.

Eu me inclinei até que os nossos lábios estivessem a alguns suspiros de distância.

— Então não faça.

O aperto nas minhas costelas aumentou, desesperado e forte, e soltei uma arfada mínima, e me chocou como soou grave e masculina. Sob minha mão, sua garganta emitia uma pulsação frenética.

Quando os nossos lábios enfim se tocaram, ao mesmo tempo suaves e desesperados, cada centímetro de mim estremeceu antes de se inflamar. Sua língua se moveu sobre a minha e eu gemi.

Movi a mão até o seu quadril, com a ponta do meu polegar aninhada no vinco entre a coxa e a virilha, e, quando a respiração rouca escapou da sua garganta, houve um aperto na parte inferior do meu abdômen. Um pulsar de desejo, profundo, puro e singular. Seus lábios foram até o meu maxilar, a minha garganta, e eu estava quase alucinando com a necessidade de senti-lo dentro de mim.

Havia apenas um pensamento na minha mente, brilhante e afiado como uma esmeralda:

NOSSOS DESTINOS ETERNOS

Eu nunca quis nada mais do que quero isto.

Então, atrás de nós, alguém pigarreou.

Braços cruzados. Uma expressão lívida. Em volta de uma cintura grossa, uma toalha bordada mais requintada do que qualquer outra.

O sultão.

País de Gales
2022

O DIA SEGUINTE FOI AGONIZANTE, EM mais de um sentido.
Quando contei a Arden a notícia sobre a consulta de emergência, ele se permitiu um pequeno lampejo de alívio e esperança antes de voltar imediatamente ao modo desapegado.

A raiva sentida na livraria esfriou e endureceu. Tive a sensação de que a sua introversão hostil era motivada por vergonha, por causa da maneira como ele teve que me ameaçar de novo, a insensibilidade não combinava com quem ele realmente era. Penas e tinteiros, pergaminhos macios e suéteres quentes, frascos de água

NOSSOS DESTINOS ETERNOS

com açúcar e música folk vibrante, pétalas de flores cuidadosamente prensadas entre papel de seda.

De qualquer forma, ele mal olhou para mim enquanto consertávamos cercas e caminhávamos pelos campos. Algumas vezes tentei iniciar uma conversa, fazendo perguntas sobre as plantações, expressando alguns medos sobre a iminente coleta de medula, mas fui recebida com grunhidos e respostas monossilábicas.

Até então, ele me algemava na cama toda noite com uma careta e um pedido de desculpas, mas este já havia desaparecido por completo.

Naquela noite, quando ele estava prestes a me algemar outra vez, tive o desejo desesperado de segurar o seu queixo, para forçá-lo a olhar para mim. Olhar mesmo, de verdade, para mim. Verdade seja dita, eu estava furiosa.

Havia tantas pequenas humilhações que eu estava acumulando. Ameaças de morte na frente de outras pessoas, dormir algemada, mentir para as pessoas que eu mais amava no mundo. Isso me lembrava tão intensamente daquelas semanas, daqueles meses passados em uma jaula enferrujada no corredor do hospital, tremendo sem parar, com os braços amarrados na minha cintura e dezenas de olhos compassivos me observando como uma criatura rara em um zoológico esquálido.

E havia o fato de eu não lembrar onde tudo tinha começado.

Era irritante saber que a nossa história de origem estava enterrada além do alcance, mas não importava o quanto eu cavasse a terra, com a sujeira incrustada sob as unhas dos dedos desesperados, eu nunca conseguiria entender. Era injusto de maneira inata o poder que Arden tinha sobre mim, um conhecimento que ele escolheu repetidas vezes não compartilhar. Só para me lembrar de quem estava no controle. De quem estava vencendo.

Essa era uma acusação justa? Talvez não.

LAURA STEVEN

Arden alguma vez se perguntou se eu tinha esquecido porque simplesmente não me importava o suficiente? Deve ter pensado que sim, nos momentos mais sombrios.

Uma ferida casual: *eu me lembro, e ela não.*

Eu sentia o mesmo toda vez que minha irmã dava de ombros quando eu contava uma história de infância que significava muito para mim, e ela não se lembrava. Sentia isso toda vez que pensava nos meus ancestrais, que provavelmente também tinham reencarnado, mas não se lembravam de mim. Eu me lembrava deles: pais, irmãos e parentes. Não de cada detalhe, de cada história, mas da textura, da sensação.

Apesar da exaustão total queimando as minhas pálpebras, fiquei acordada no quarto do chalé por horas, refletindo em silêncio. Pela falta de gritos, imaginei que Arden estava fazendo o mesmo, só que de costas e olhando fixamente para a parede.

A frustração lançou uma sombra sobre mim. Eu sabia que o Arden que havia mudado de ideia sobre me matar na Sibéria tinha que estar ali em algum lugar, mas eu não tinha ideia de como alcançá-lo. Afinal, ele teve trinta e seis anos para reconstruir os seus muros desde então. A execução cruel em El Salvador provava que ele tinha obtido sucesso nisso. Sua fortaleza estava mais difícil de transpor do que nunca.

No entanto, talvez eu não precisasse transpor nada para sobreviver.

Após a altercação na livraria, enviei um vídeo secreto a Ceri. A câmera mostrava apenas a madeira escura e com veios espiralados do balcão, mas o áudio era nítido o suficiente e dava para entender o que estava sendo dito: uma óbvia ameaça de morte. Encolhida no banheiro do chalé de Arden sob o disfarce de um longo banho, com vapor ao meu redor, digitei a mensagem que acompanhou o vídeo:

246

> Se você realmente quer me ajudar, por favor, leve este vídeo para a polícia, mas não ainda. A coleta de medula óssea está marcada para sexta-feira às 16h45 em uma clínica particular chamada Verdant Park, e deve acabar até as 18h. Se quiserem prender Dylan, deve ser depois disso. Dessa forma, se der errado e ele me matar antes que possam algemá-lo, pelo menos vou ter salvado a minha irmã. Mais uma vez, sinto muito por tudo. Bjs. Bran

Acordei no meio da noite com o som de choro. Não os gritos confusos e desesperados de um pesadelo, mas algo mais vazio e devastador. Era suave, abafado com tentativas de silenciá-lo, só que não havia como confundir a dificuldade na respiração de Arden, o fungar do nariz, a subida e descida irregular dos ombros.

Tudo em mim se desarmou. A alma que eu amava ainda estava lá. Ele não era tão insensível quanto fingia ser. Os muros que havia construído ao redor de si apenas mantinham as emoções guardadas lá dentro; não as impedia de existir completamente.

— Arden — sussurrei, e mesmo assim soou alto demais no silêncio da noite.

Ele se acalmou o melhor que pôde, mas ainda havia um tremor no seu contorno, como se prendesse a respiração.

— Arden, vem aqui. Por favor.

Ainda sem resposta. O ar no pequeno quarto estava frio, carregado, quase ondulando de tensão.

A frustração cresceu no meu peito. Tentei controlá-la em prol de algo mais produtivo. Eu não queria adicionar raiva ou pressão àquela conversa. Eu queria escalar os muros das emoções de Arden, e não torná-los mais altos com a minha assertividade.

Eu me virei de lado para encará-lo, ignorando o puxão no ombro de onde o meu pulso estava algemado.

LAURA STEVEN

— Você se lembra da Frente Ocidental, quando...

— Vou me lembrar da Frente Ocidental até o fim dos tempos — murmurou ele, com um sutil estremecimento nas palavras. — Às vezes acho que daria qualquer coisa para esquecer.

Fechei os olhos brevemente, imaginando os ratos molhados, as esculturas tortas feitas com bombas e os campos ondulantes de papoulas.

— Naquela época você disse: "Eu te amo, e eu te amei, e eu te amarei". O que aconteceu com o tempo futuro dessa frase? O que mudou? Por que você se fechou para mim?

Um instante pesado. Então, ele disse:

— Você estava certa. O fim na Sibéria doeu demais.

Finalmente. Algo real. Os meus braços ansiavam por abraçá-lo. Por compartilhar a dor mútua.

— Por favor, vem aqui. — Uma rajada de vento sacudiu a janela. — Sinto que vou implodir se não puder te abraçar.

— Não posso — disse ele, mas as palavras tinham mais abertura do que o normal.

Uma lágrima escorreu pela minha bochecha sem ser convidada. Não conseguia me lembrar de tê-la formado, não conseguia me lembrar do ponto em que o meu corpo havia decidido chorar.

— Sinto tanto a sua falta.

Ele rolou e se deitou de costas, fungando e olhando para o teto.

— Estou bem aqui.

— Mas não está. Não de verdade. — Um dos seus poemas passou pela minha cabeça, em meio à névoa e às sombras. — "Meu coração é uma casa mal-assombrada, cercada por um fosso que eu mesmo cavei, mantida vazia, sem calor, para que dele eu não sinta falta quando o inverno chegar." É lindo, Arden. O poema inteiro. Mas essa parte acabou comigo. Você não precisa fazer isso consigo mesmo. Tem direito a sentir calor.

NOSSOS DESTINOS ETERNOS

— Não posso — sussurrou ele de novo.

— Arden, se você não vier até mim agora mesmo, juro que vou puxar essa algema até o meu pulso sangrar. Vou roer a minha mão até ela sair, de verdade. Quer mesmo me assistir virando um castorzão?

Apesar da carga emocional da situação, Arden soltou uma risada chocada.

— *Castorzão?*

— É isso mesmo.

A piada tosca foi o que finalmente quebrou o impasse. Ele subiu na cama, tremendo, com a parte de cima do corpo despida e toda arrepiada. Com o coração apertado no peito, descansei o rosto no braço algemado e deixei a minha outra mão ir até sua bochecha. Estava áspera com a barba por fazer e molhada de lágrimas.

— Fale comigo. Por que tudo isso? — Limpei uma lágrima da sua bochecha, mas ela foi imediatamente substituída por outra. Vê-lo tão triste era como ter as minhas costelas quebradas uma por uma.

Os centímetros entre os nossos corpos pareciam quilômetros, e eu ansiava por diminuir a distância, mas sabia que tinha que fazer isso devagar. Não podia assustá-lo quando ele finalmente estava abaixando a ponte levadiça entre nós.

Ele fechou os olhos com força.

— Nós nos casamos uma vez. Você se lembra?

Eu quase disse *não*, mas então a lembrança voltou para mim, fina como uma teia de aranha.

— Havia ondas em algum lugar — lembrei. — E... e os aromas de pinho e sálvia. Fumaça de fogueira.

Ele contorceu os lábios, os cabelos soltos caindo no rosto.

— Algo deu errado, e tive que te matar na frente de todos os nossos entes queridos. Nunca me senti tão monstruoso em todos os meus dias. Ainda vejo a sua garganta se abrindo como uma boca sangrando sempre que tento dormir. Sou atormentado, Evelyn. *Atormentado*.

— Então por que você faz isso? — perguntei, mais por hábito do que qualquer coisa.

A ponte levadiça subiu um pouco em resposta.

— Por favor, não pergunte. Por favor. Por favor, vamos apenas... conversar.

Assenti.

A respiração carregada dele se soltou.

— Para você, estou sempre mudando, mudando de rosto, corpo e estratégia. Mas sempre sou apenas *eu*. E me quebra ver a mudança no seu rosto quando você percebe a verdade... mesmo quando parte de você já sabe. Tem sempre o ponto de virada. O momento do qual não podemos voltar mais. Quando você *descobre*, e sei que isso tem que acontecer. Mas me destrói. O segundo em que o seu rosto alegre muda me destrói.

A dor me atingiu como uma faca quente. Eu nunca tinha realmente pensado do ponto de vista dele.

Envolvi a nuca dele com a mão livre. A sensação da pele contra a minha enviou um arrepio pelas minhas costas e pernas.

— Acho que nunca vi você chorar antes, a não ser na Sibéria.

Ele soltou uma bufada, fungou e enxugou outra lágrima errante.

— Isso parece improvável.

— Não, sério. Não nas trincheiras, não no hospital. Você é muito bom em proteger o seu coração. El Salvador me aterrorizou por completo. Como conseguiu simplesmente desligar séculos de amor e sentimento e manter distância. Eu nunca conseguiria fazer isso.

— Escrevi algumas poesias particularmente cheias de angústia naqueles anos. Mas manter distância não é só para me proteger. É para proteger você também. Naquela noite nas trincheiras, quando eu disse que colocaria o meu corpo sobre o seu, guerra após guerra,

NOSSOS DESTINOS ETERNOS

vida após vida, era isso que eu queria dizer. Você merece viver os dezoito anos mais completos que puder em cada encarnação, sem a complicação de me amar. Merece uma morte rápida e indolor, não um veneno devastador em uma cova congelada. — Sua respiração estava irregular. — Se isso significa engolir os meus sentimentos, que assim seja.

— Eu estou pedindo que não faça isso. Volte para mim, Arden. Por favor. Volte para mim.

Por fim, diminui ainda mais a distância entre os nossos corpos, deitando-me rente ao seu peito nu, aninhando o rosto em seu pescoço. Embora a pele estivesse fria, o corpo estava quente, e tê-lo pressionado contra mim depois de quase quatro décadas separados era como voltar para casa. Eu queria ficar ali para sempre nos seus braços. Queria esquecer que já havíamos nos esfaqueado, estrangulado ou empalado em corais pontiagudos.

Queria fazer panquecas com ele em uma manhã de domingo, com a sua música folk tocando ao fundo, a janela entreaberta para deixar entrar o aroma fresco das montanhas.

Eu queria que fôssemos comuns.

Era pedir muito?

— Eu te amo — gemeu ele, como se fosse a coisa mais dolorosa que já tivesse dito, e era. Arden pressionou a testa na minha, e uma emoção pura e crua surgiu em mim. A respiração dele estava nos meus lábios, os seus olhos avermelhados procurando os meus como uma súplica, ou uma prece, ou alguma coisa ainda mais devastadora. — E eu sempre serei seu. Mas abri mão do direito de chamá-la de minha há muito tempo.

Ele roçou os lábios na minha bochecha salgada de lágrimas, demorando-se por alguns belos e dolorosos segundos. Meu coração batia contra as costelas, o pulso vibrando descontroladamente, esperança e desejo se contorcendo em mim.

LAURA STEVEN

Mas então ele se foi; saiu da cama, saiu do cerco do próprio coração.

— Arden — implorei, mal conseguindo enxergar em meio aos meus soluços. Eu o tinha alcançado. Eu o *tinha*. Ele estava nas minhas mãos, nas reentrâncias entre as minhas costelas. — Volta. *Volta.*

Mas ele não voltou. Ele deitou mais uma vez no chão duro e implacável, de costas nuas para mim, com os ombros aflitos finalmente aquietados.

Império Mali
1290

O SAARA TREMELUZIA POR CAUSA DO calor, enquanto o nosso camelo mais forte tirava água do poço. Resmungando com o esforço, ele andava firmemente na direção oposta enquanto um engenhoso sistema de cordas de pelo de camelo e baldes de couro coletava aquele líquido vital.

Olhei ao redor, com o estômago embrulhado de preocupação. Minha melhor amiga, Lalla, era quem geralmente persuadia e confortava os animais enquanto trabalhavam, mas ela não estava em lugar nenhum na vastidão árida.

Na verdade, eu não a tinha visto a manhã toda.

Depois de partir com o amanhecer ao som de trombetas e tímpanos, paramos para montar um agrupamento de barracas, nas quais poderíamos buscar abrigo do sol feroz do meio-dia. A nossa caravana de mil pessoas viajava para o norte de Tombuctu, transportando o máximo de ouro e marfim que podíamos carregar. De volta ao oeste, traríamos sal e tecido, metal e incenso, pérolas e granadas, além de papel para escrever.

Fazia apenas dois dias que estávamos naquela jornada de dois meses, e já havia muitos problemas, apesar de termos dobrado os nossos números para nos proteger de bandidos. Primeiro houve uma tempestade de areia, depois um ninho de escorpiões cruéis. E então os nossos mensageiros retornaram do oásis onde deveríamos reabastecer, relatando que a tribo local estava exigindo uma taxa de passagem muito mais alta do que na nossa última viagem. Não podíamos arcar com a perda de parte dos lucros, então, enquanto o khabir ia negociar, o restante de nós estava fazendo o melhor que podia com um pequeno poço, pensando com anseio nas tamareiras e figueiras do oásis próximo. Depois de uma onda tão prolífica de azar, o avô de Lalla, Yufayyur, estava convencido de que a caravana estava sendo atormentada por um dos demônios sobrenaturais que diziam assombrar o deserto.

Enquanto eu trabalhava nas cordas penduradas no poço, Aderfi, um dos amigos de Yufayyur, me cutucou com uma cotovelada provocante. Em nossa caravana, a criança de um era a criança de todos, e Aderfi me tratava como sua neta, de forma calorosa, sempre, mas com ar de autoridade mais velha.

— Thiyya, você é muito mais útil quando não está sendo distraída pela nossa Lalla. — O tom era de brincadeira, não de aborrecimento. A rigorosidade do deserto ainda não havia corroído o seu bom humor.

NOSSOS DESTINOS ETERNOS

Lalla e eu sempre éramos repreendidas por brincar em vez de trabalhar. Uma escriba talentosa com apenas dez anos de idade, ela deveria aprender os costumes do pai, mapeando as nossas rotas e registrando transações. Mas eu era o papagaio onipresente gritando no seu ombro, zombando de tudo e de todos. Éramos inseparáveis quase desde o nascimento; nossas famílias acreditavam que a nossa amizade era predestinada pelos deuses, pois tínhamos nascido com pouco tempo de diferença uma da outra.

— Sabe onde ela está? — perguntei a Aderfi, regulando a corda áspera com as minhas palmas calejadas. Uma gota de suor salgado escorreu para o canto do meu olho, que ardeu.

— A última vez que a vi, estava na barraca dela com Ridha — disse Aderfi, inclinando-se sobre a lateral do poço para ajustar um balde.

Ridha era o pai de Lalla, um homem estudioso que havia se tornado ainda mais sério devido à morte recente do irmão de Lalla, vítima do verme-da-guiné. Uma parte sombria de mim estava grata pelo fato de que Lalla também estivesse devastada pela tristeza. Eu tinha passado anos em luto pela minha mãe. Era como uma gota de chuva caindo pelas rachaduras nas palmas das minhas mãos em concha, retornando irrevogavelmente à terra queimada. O ciclo necessário, a fonte da vida, tão insuportavelmente doloroso. Eu ansiava pelo abraço dela com uma sede que nunca conseguiria saciar.

Ergui os olhos do poço e, depois de examinar o grupo, vi Ridha conversando concentrado com outro escriba. Abandonando a minha tarefa como se a água fosse de pouca importância, parti na direção da barraca de Lalla, ignorando os gritos de protesto de Aderfi.

As dunas distantes estavam distorcidas pelo calor, a brisa quente carregava o perfume das flores de capim e de tomilho do deserto. Ao entrar na barraca de pele de cabra de Lalla, o frescor da sombra foi um bálsamo instantâneo. Minha pele estava esticada e ressecada, como se a camada mais externa tivesse sido arrancada e esfregada com sal.

Lalla estava sentada de pernas cruzadas em um tapete de tecido, com folhas soltas de papel e pergaminho espalhadas ao seu redor. Ridha a ensinava a navegar e registrar rotas com métodos tradicionais: sombras de dunas e ventos do deserto, montanhas, pedras e seixos, o sol e as estrelas, antigas ravinas erodidas e a presença de miragens. Mas Lalla tinha um senso de direção quase sobrenatural, uma bússola interna com a qual o restante da caravana sempre havia se maravilhado, como se estivesse conectada ao solo de alguma forma fundamental.

— Você quer arrumar confusão? — perguntei, brincando e imaginando como poderíamos enganar Yufayyur mais uma vez.

Ela estremeceu como se eu a tivesse acordado de um devaneio estranho, e um livro de transações caiu do seu colo. Suas bochechas lisas estavam molhadas de lágrimas.

Me sentei ao lado dela e empurrei o meu ombro contra o dela. A pele estava muito mais fria que a minha.

— Você está bem?

— Sim. — O tom era seco e irritado. Ela sempre ficava espinhosa como um cacto quando ficava chateada.

Revirando os olhos, respondi:

— Não, não está.

— Estou, Thiyya.

— Você é a pessoa mais teimosa que já conheci — comentei, com uma meia risada. — Como uma mula. Lembra daquele rebanho de cabras difíceis que bloquearam o nosso caminho por dias no ano passado? Você tem que andar com elas. Vá em frente, me dê o seu melhor balido. — Ela nem sequer me lançou um sorriso superficial, e o ânimo em mim congelou. Aquilo era sério. — O que foi? É o seu irmão?

NOSSOS DESTINOS ETERNOS

— Não do jeito que você pensa.

Ela dobrou os joelhos e os aproximou do peito. Seu corpo tinha curvas, era arredondado, enquanto o meu era musculoso e ágil; ela vestia a jelaba de um jeito que eu jamais conseguiria.

— Estou de luto pelo meu irmão, sim, mas... — Lalla olhou para o teto da barraca. — E se eu nunca estiver à altura dele, aos olhos do meu pai?

Fiz um *tsc* sonoro.

— Não é querendo falar mal dos mortos, mas você tem dez vezes o talento de Maqrin.

— Mas não tenho pênis.

Uma gargalhada escapou dos meus lábios antes que eu pudesse contê-la.

— É verdade.

— Muitas vezes eu queria ter — sussurrou ela, como se confessasse algo profundamente pecaminoso. — Tudo seria mais simples.

Assentindo com ar de sabedoria, falei:

— Farei um para você se quiser. Talvez com carne de cabra, enrolada em uma folha de videira. Ou pode pegar um emprestado do próximo camelo que morrer.

Então ela finalmente riu, um estrondo glorioso que espalhou calor pela barraca, e me empurrou, de brincadeira, para que eu caísse.

— Você é nojenta.

— Mas você me ama por isso.

Sentei-me de novo e percebi que tinha amassado alguns papéis preciosos ao cair. Alisei os mapas, passando um dedo suave sobre a caligrafia distinta e rebuscada de Lalla. Eu tinha dificuldades para ler, na verdade. Era como se as letras dançassem e se reorganizassem enquanto eu tentava analisá-las.

— Qual é o seu segredo, afinal? — perguntei. — Como consegue ler a terra de uma forma que nenhum dos seus ancestrais conseguiu?

LAURA STEVEN

Enxugando as últimas lágrimas, ela suspirou.

— Quer mesmo saber?

— Quero.

Um longo momento se passou, então Lalla disse:

— Esterco de camelo.

— Como? — Pisquei, sem ter certeza se tinha ouvido direito. Ela estava me xingando um jeito novo e criativo?

Os lábios dela se contraíram.

— O esterco sempre aponta na direção da próxima fonte de água.

— Isso não pode ser verdade.

Ela deu de ombros, com um sorriso repuxando os lábios.

— Até agora não errei.

Esterco de camelo.

Ela não era um gênio. Ou talvez fosse, à sua maneira.

De repente, nada nunca tinha sido tão hilário. Gargalhei tanto que as minhas costelas doeram, e logo Lalla começou a rir também. Rolamos no tapete de tecido, erguendo uma à outra no momento em que recuperamos o fôlego.

— O seu pai sabe disso? — perguntei, ofegante com a hilaridade.

— Não — ela riu mais, sentando-se e tirando a poeira da jelaba. — Deixe-o pensar que sou mágica. É o único valor que tenho aos olhos dele.

Seu semblante desabou mais uma vez com tristeza. Ela esfregou a clavícula, e lutei contra a pontada de medo de que Lalla tivesse sido mordida por alguma coisa de novo. Da última vez, havia infeccionado, e ela quase sucumbira à febre. Nunca fiquei tão assustada em toda a minha vida.

Quem eu seria sem ela?

— Quer jogar uma partida de senterej? — sugeri, gesticulando para a bolsa de veludo fechada com um cordão contendo o nosso jogo favorito. — Pode ser que te anime.

258

NOSSOS DESTINOS ETERNOS

— Tem certeza? Sempre acabo com você.

Era verdade. O intelecto dela era diferente do meu. Eu contribuía para a caravana com força bruta, entusiasmo puro e paixão selvagem, embora imprecisa, enquanto ela agonizava sobre os mínimos detalhes, cada grão de areia tão importante quanto o outro.

Acariciando o meu queixo como um velho sábio barbudo, falei:

— Vou vendar você. Isso pode me dar uma chance.

— Como quiser. — Lalla preferiria rolar em um ninho de escorpiões do que perder no senterej, então eu sabia que vencer mesmo com os olhos fechados lhe daria imensa satisfação.

Montamos o jogo, com peças verdes e douradas em um tabuleiro azul e vermelho, e amarrei um longo lenço de seda em volta dos olhos dela de um jeito que apenas a ponta do nariz se projetava abaixo. Então, colocamos as nossas peças ao redor do tabuleiro na fase de ordenação, e li em voz alta os quadrados onde tinham sido colocadas, para que Lalla pudesse visualizar na sua mente. Depois de pouco tempo, Lalla havia capturado os meus cavalos, e nós começamos a nos revezar.

— Ouvi por aí que Badis anda farejando as suas saias — comentei, observando com consternação enquanto Lalla capturava o meu elefante.

— Farejando as minhas saias? — Lalla bufou. — Thiyya! Ele não é um cachorro selvagem!

— Bem, sabe o que quero dizer. Ele gosta de você. — Engoli o ciúme preso em minha garganta. Eu não queria dividi-la com o melhor amigo do irmão dela. — Você gosta dele?

— Ele parece ser legal. — Ela deu de ombros, como se não se importasse. — Mas ele está muito triste sem Maqrin. Como uma coroa sem sua pedraria.

— Consigo pensar em uma maneira de você deixá-lo feliz.

Como sempre infantil, comecei a fazer barulhos vulgares de beijo. Lalla soltou gargalhadas, puxando a venda para baixo.

— Pelos deuses, Evelyn, quer parar...?

Tudo em mim silenciou, como se uma grande rajada de vento revirando as dunas tivesse morrido de repente, cada grão de areia caindo na terra de uma só vez.

— Do que você me chamou? — sussurrei, com um pavor frio subindo pelo peito.

Os nossos olhos estavam fixos uma na outra com uma intensidade que eu não conseguia analisar.

Por que o meu coração batia tão forte?

— Nada, eu...

Os meus pulmões se contraíram quando eu disse:

— Nós já nos conhecemos antes.

Eu não sabia de onde vinha essa percepção, apenas que ela respondia a uma pergunta incômoda que estava na ponta da minha língua havia anos. Não conseguia nem dizer com certeza qual era a pergunta, apenas que havia algo crítico que eu não sabia, algo além do horizonte que ameaçava a minha existência.

Lalla piscou, seus olhos se enchendo mais uma vez.

— O que você quer dizer com "antes"?

Mas eu sabia que ela sabia. Estava apenas testando o quanto eu lembrava.

Portões de dragão pintados de vermelho e dourado. Folhas de lótus em rios ondulantes. Velas tremeluzindo em igrejas de pedra. Florestas tão densas que bloqueavam o céu. Tragédias gregas em anfiteatros exalando cheiro de vinho.

— Em outras vidas — disparei. — E você me machucou. Você já me *matou* antes.

Ela deixou a cabeça cair nas mãos, os ombros tremiam.

NOSSOS DESTINOS ETERNOS

— Não é como você pensa. Não mato você porque quero. Depois de Kaifeng... a lembrança do que você fez por mim ainda me atormenta.

Kaifeng. Destacava-se como uma espécie de ponto alto no eixo; o lugar onde as posições entre caça e caçador se inverteram. Song do Norte era um borrão cinza, mas havia uma sensação geral de nitidez, de intensidade, nas minhas horas finais. Tentei puxar pedaços da memória, os portões de dragão, as folhas de lótus, mas as raízes estavam enterradas demais para serem desenterradas.

Imagens dos nossos vários fins invadiram os olhos da minha mente como miragens. Uma pedra no templo em Samarcanda, uma corda em volta do meu pescoço em Al-Andalus, um travesseiro sobre o meu rosto no interior da Islândia.

Como eu poderia conciliar aquelas mortes bruscas e brutais com Lalla?

A minha Lalla.

A dor da traição me quebrou.

— No passado... — comecei, com a voz trêmula — você não permitiu que nos tornássemos próximas. Você me matou de forma limpa. — Minhas palavras continham um calor raivoso. — Você é uma caçadora.

Lalla balançou a cabeça de forma frenética.

— Não é por esporte. Tenho que fazer isso, Thiyya. Evelyn. Tenho que matar você, em todas as vidas. Esse é o nosso verdadeiro destino. A verdadeira razão pela qual nascemos com pouca diferença de tempo uma da outra. Predestinadas pelos deuses. — O seu rosto redondo como a lua estava contorcido de tristeza. — Não posso dizer o porquê, mas tem que acreditar em mim. Não tenho escolha.

Comecei a tremer involuntariamente, com um medo tão visceral que fez minha cabeça ficar leve e meu sangue gelar.

— Então pretende me matar de novo?

— Não agora — respondeu ela, com rouquidão. — Mas antes de completarmos dezoito anos.

— Como pôde fazer isso? — A histeria cresceu em mim como uma tempestade. — Como pôde deixar eu me aproximar tanto de você sabendo o que mais cedo ou mais tarde faria comigo?

— Como eu poderia não me aproximar? — Lalla chorou ainda mais, e meu espírito berbere protestou, embora timidamente, contra toda a água que nós duas estávamos desperdiçando com aquela choradeira. — Nossos pais só falavam de como fomos destinadas a ser melhores amigas. Como o nosso vínculo era mais forte que sangue e água, pois estava escrito nas estrelas. E nos primeiros anos... eu não lembrava que a morte mútua era o nosso verdadeiro destino até termos sete ou oito anos. O que eu deveria fazer então? Assassinar uma criança quando eu também era criança? Parar de falar com você completamente, deixando-a se torturar por anos sobre o motivo de eu de repente ter passado a odiá-la? — Um soluço violento quase fez o peito dela afundar. — Deuses, Thiyya, eu te amo. Amo tudo em você. Não consigo imaginar como vou colocar uma lâmina no seu pescoço depois de tudo o vivemos.

Toda a inocência infantil em mim murchou e morreu em um instante.

As coisas que Lalla havia feito, sabendo que um dia me faria sangrar até secar.

Todos os jogos de tabuleiro que jogou comigo, as vezes que gritou quando larguei peles de cobra vazias na sua cama. Tinha trançado o meu cabelo e passado bálsamos nos meus ombros queimados de sol. Sentiu o luto pela minha mãe e ouviu as minhas preocupações sobre como seria me tornar mulher sem a presença dela. Tinha compartilhado comigo os seus poemas e provérbios favoritos, que era algo como desnudar a própria alma. Correu atrás

NOSSOS DESTINOS ETERNOS

de mim pelo deserto, extraindo energia de uma fonte sem limites da qual apenas crianças pequenas conseguem tirar proveito.

Juntas, nós tínhamos roubado noz-de-cola das reservas do seu avô, e encenado pequenas peças bobas para entreter os nossos colegas comerciantes, e tínhamos rido, corrido, dançado, chorado e vivido, a cada momento de cada dia, uma com a outra.

O destino mais cruel jamais escrito pelos deuses e as estrelas: a pessoa que eu mais amava no mundo era a pessoa que acabaria me destruindo.

LAURA STEVEN

se as pessoas são canções
escritas em tom maior ou menor
então você, minha querida, é maior.

uma escalada, um crescendo, mil trompetes,
um choque de címbalos, alegria e espanto,
estimulante, elevada, sempre em direção às estrelas.

e eu sou apenas um canto fúnebre, um réquiem, uma lamen-
tação,
uma harpa melancólica em ré menor,
para sempre me perguntando por que você me escolheu.

— autor desconhecido

País de Gales
2022

Chegamos ao dia da coleta da medula óssea sem grandes incidentes, sem resposta de Ceri, sem visita da polícia, assim como sem qualquer resquício de emoção da parte de Arden. Era como se aquela noite em sua cama, entre choros e algemas, nunca tivesse acontecido, como se eu nunca tivesse limpado as manchas salgadas das bochechas dele, como se ele nunca tivesse dito aquelas palavras que me desmanchavam todas as vezes: *eu te amo*.

Tentei romper a fortaleza recém-construída, tentei fazer a ponte levadiça baixar, mas o que quer que tenha causado aquela efusão descontrolada foi mais uma vez perdido.

Eu sempre serei seu. Mas abri mão do direito de chamá-la de minha há muito tempo.

Por mais que isso me deixasse louca, por mais que parecesse areia arranhando a minha pele por dentro, eu entendia. Porque, até onde ele sabia, com o dia da coleta da medula óssea também vinha o dia de minha morte.

O dia em que ele iria me *matar*.

E então, realmente, como ele seria carinhoso, como ele se permitiria amar, se estava prestes a me executar?

Acordei naquela manhã com uma sensação incômoda na parte inferior da barriga. O dia poderia se desenrolar de tantos jeitos, e eu não tinha controle sobre nenhum deles. Eu iria morrer? Ou o meu plano elaborado às pressas com Ceri, que apenas lera minha mensagem, de alguma forma salvaria a minha vida?

E então, outro medo subjacente a tudo isso. Um medo que parecia primitivo, animal, carnal.

O que aconteceria se eu *sobrevivesse*?

Uma tempestade de imagens borradas surgiu em minha mente. Mechas de cabelo branco e unhas pretas se enrolando em espirais grotescas. Um mundo de ossos chovendo cinzas. Uma dor maior do que eu, maior do que qualquer coisa. Arden, implorando, suplicando.

Na época das trincheiras, quando ele me pediu para confiar nele, eu tinha acreditado que seus atos representavam proteção, ou pensei ter acreditado, o que já era suficiente.

Eu era uma tola por querer viver, mesmo tendo consciência disso?

Ou eu deveria continuar confiando em Arden?

Depois de muito debate interno, decidi não contar à minha mãe ou Gracie sobre a consulta particular. Isso as poupava da preocupação. Eu preferia visitar o hospital mais tarde naquela noite e contar à minha irmã as boas notícias: que a minha parte estava feita. Que

NOSSOS DESTINOS ETERNOS

eu tinha feito tudo ao meu alcance para garantir que Gracie ficasse bem. Que se todo o resto corresse conforme o planejado, ela teria uma longa vida pela frente para perseguir quantas enfermeiras atraentes desejasse.

Tentei não pensar no que mais eu poderia ter que dizer: *adeus*.

O meu aniversário de dezoito anos era no dia seguinte. Eu tinha nascido um pouco antes das sete da manhã, o que significava que Arden tinha menos de um dia para acabar com a minha vida após o procedimento. Com toda certeza, ele não agiria imediatamente. Uma crueldade desnecessária. Lembrei, porém, do cantil envenenado que ele usou na sombria Rússia. Suas palavras foram: *eu sabia que a minha determinação vacilaria no último minuto.*

Eu não sabia o que seria pior: ter que me despedir da minha irmã ou não conseguir me despedir.

Arden e eu passamos a manhã trabalhando na fazenda molhada pela chuva, em silêncio, com o céu escuro como uma mancha de carvão e o ar entre nós tenso. Quando entramos no carro para dirigir até Newport, a tensão estava mais forte do que nunca.

Por alguns momentos, observei as colinas dramáticas passando, o topo delas obscurecido pela névoa cinza. O meu estômago embrulhou ao pensar que poderia ser a última vez que as veria.

Número quatro na minha lista de desejos: completar o desafio dos Três Picos.

Não havia razão, na verdade, apenas parecia o tipo de coisa que pessoas de trinta e poucos anos faziam para se convencer de que não estavam na meia-idade, de que os seus corpos ainda funcionavam plenamente. Então esse item na lista simbolizava mais chegar a tal idade para começo de conversa; as pernas doloridas e as vistas de tirar o fôlego seriam um bônus feliz.

Se essa jogada final não funcionasse, e Arden me vencesse... será que eu nasceria em algum lugar totalmente plano em seguida? Nos desertos de sal da Bolívia? Nos Everglades da Flórida? No Outback da Austrália?

Quanto tempo eu teria que esperar para ver Arden de novo?

E por que a ideia de mais dezessete anos sem ele doía tanto?

Incapaz de reprimir as perguntas, murmurei:

— Nós realmente vamos passar o nosso último dia juntos assim? Se você conseguir o que quer, não teremos outra chance de conversar como *nós* mesmos por quase duas décadas. Não tem absolutamente nada que você queira me dizer antes disso?

Em vez de responder, ele apertou o botão de ligar do rádio. Uma voz masculina desagradável começou a tagarelar pelos alto-falantes sobre como a crise do custo de vida era uma falácia e, sem tomar fôlego, abordou as greves crescentes que assolavam a nação.

— Mesma merda, século diferente — comentei, tentando aliviar o clima. — Talvez devêssemos nos revoltar, como fizemos em Lyon.

Ele soltou o ar pelo nariz, quase como se fosse uma risada.

— É.

A irritação formigava sob a minha pele.

— Arden, por favor. Fale comigo. Não vou implorar, porque vai ser desconfortável para todos os envolvidos. Mas sem dúvida existe alguma coisa entre "não me permito amar você" e *isso*. Eu mereço uma conversa, pelo menos.

Um trovão distante retumbou no céu.

— A questão não é o que você merece ou não.

Cruzei os braços sobre a blusa de seda cor de creme que eu tinha encontrado em uma loja vintage. Eu tinha restaurado os botões manchados com um tecido com estampa de rosas cor-de-rosa.

— Ah, sim, é sobre você e a sua turbulência interior, que é tão complexa que um ser inferior como eu jamais entenderia.

Arden cerrou o maxilar.

— Não comece.

NOSSOS DESTINOS ETERNOS

Os olhos dele estavam fustigados de cansaço. Ele não tinha gritado na noite anterior durante o sono, também não o tinha ouvido soluçar sob as estrelas, e tive a nítida sensação de que ele se manteve acordado para que eu pudesse dormir um pouco. Ou para que eu não o pegasse com a guarda baixa outra vez.

Mantendo o tom de voz nivelado, eu disse:

— Depois de tudo que passamos, você não tem uma palavra de conforto enquanto vou para uma clínica para enfiar uma agulha gigante no meu osso?

Ele apertou o volante mais forte.

— Estarei lá com você o tempo todo.

— Que alívio — soltei. — Quase compensa o fato de que você vai me assassinar algumas horas depois.

Continuamos o resto do caminho em silêncio. O tempo todo tentei adivinhar o que ele poderia estar pensando. Estava se preparando? Ou estava tão exausto pela falta de sono que não conseguia pensar em nada?

O hospital particular de Verdant Park era um prédio baixo de tijolos vermelhos que se separava da rua residencial onde ficava por uma fileira de cercas bem aparadas. Paramos em um pequeno estacionamento com vagas estreitas demais para o jipe, e caminhamos em direção às portas giratórias em silêncio; eu um pouco à frente de Arden. Pelo canto do olho, percebi que ele estava apertando o dorso do nariz, dando uma pausa para se acalmar.

Depois de fazer o check-in na recepção, uma enfermeira baixa e de cabelos castanhos nos levou até um quarto privativo com uma TV na parede e uma pintura de cachoeira pendurada acima da cama hospitalar. Me sentei incerta na cama enquanto Arden se acomodou em uma poltrona azul de encosto alto. A enfermeira fez a consulta pré-operatória e tive que responder algumas perguntas sobre o meu histórico médico e a minha alergia à anestesia. Então

LAURA STEVEN

ela me entregou um avental cirúrgico aberto nas costas, e eu fui até o banheiro do quarto para me trocar.

Levei um momento para me acalmar diante do espelho. Olhando para o meu reflexo (tão jovem, como eu ainda parecia tão jovem?), pensei em Gracie e em como seria bom poder lhe contar que tudo tinha corrido bem. Pensei na vida plena que a esperava e lutei contra a ideia inevitável de que eu poderia não estar por perto para viver ao lado dela.

A dra. Schneider, esposa da minha terapeuta, entrou no quarto assim que a enfermeira saiu. Ela era uma mulher de ombros largos, com cabelos loiros naturais e uma mandíbula forte. O seu uniforme cirúrgico azul-claro estava imaculadamente passado, e a sua postura era rigidamente ereta. Tinha o ar de um sargento militar, mas, quando sorria, expondo uma fileira de dentes levemente tortos, todo o seu jeito relaxava e remetia a algo alegre e solar.

— Branwen, oi! — disse ela, o seu sotaque alemão tornando o nome mais parecido com *Bran-ven*. — Bem-vinda. Como se sente?

— Bem. — Sorri, um tanto travada. — Nervosa. Muito obrigada por concordar em fazer isso.

— Sem problemas. — Ela pegou o meu prontuário do pé da cama. — Minha esposa tem muita consideração por você. Qualquer coisa que eu possa fazer para ajudar um paciente é um prazer.

Ela folheou as páginas. Suas unhas eram curtinhas e ela não usava joias. Com um pequeno aceno de cabeça, ela explicou:

— Olha, vamos te dar uns analgésicos bem fortes... codeína, ibuprofeno e morfina oral... mas não vão tirar todo o incômodo do procedimento em si. Há uma razão pela qual normalmente usamos anestesia geral, OK?

O medo passou pelo meu estômago, mas eu não deixaria Arden me ver nervosa. Ele não era o único com um lado orgulhoso.

— OK.

NOSSOS DESTINOS ETERNOS

Então, ele se mexeu na cadeira e perguntou:

— Tem certeza de que não quer tentar a anestesia local? — A pergunta foi direcionada a mim, mas o olhar estava fixo na médica. — Você pode não ser alérgica a ela. E mesmo que tenha uma reação...

Arden parou de falar, mas eu sabia o que ele ia dizer.

Mesmo que eu tivesse uma reação, estava condenada a morrer logo, de qualquer maneira. Contanto que Gracie recebesse a medula, não importava.

Só que eu ainda tinha que conseguir correr se fosse preciso.

Porque a polícia poderia vir.

Eles talvez prendessem e acusassem Arden, dadas as suas ameaças sombrias direcionadas a mim, e mesmo que fosse solto sob fiança, aquelas poucas horas preciosas deveriam ser o suficiente para eu me afastar bastante de Abergavenny. Se eu estivesse em choque anafilático, isso seria um pouco mais complicado.

— Tenho certeza — respondi de forma direta, e algo ilegível passou rapidamente pelo seu rosto.

Meia hora depois, eu estava deitada de bruços em uma mesa de operação esterilizada. Um lençol limpo havia sido colocado sobre ela para o meu conforto, mas eu ainda sentia o frio do metal na barriga e nas coxas.

Arden estava ao lado, vestido com trajes cirúrgicos amassados, o cabelo escuro preso para trás com um elástico. A presença dele tinha sido um ponto de discordância: era incomum que acompanhantes de um paciente estivessem presentes na cirurgia, mas, como eu não tomaria anestesia, ele tinha argumentado que o seu apoio seria necessário. No fim das contas, a equipe o deixou entrar, desde que trocasse de roupa e lavasse as mãos até não poder mais.

Eu não entendia por que ele havia argumentado tanto para estar ali comigo. Afinal, eu não pretendia sair correndo da mesa de operação.

Depois de esterilizar a parte de trás do meu quadril, a dra. Schneider disse:

— Agora estamos prestes a inserir uma agulha especial na cavidade medular do osso do quadril, onde células-tronco e sangue são aspirados. Para obter essa ótima e rica medula, muitas pequenas aspirações devem ser feitas, e também coletaremos muitas hemácias. Nós as devolveremos a você por via intravenosa quando estiver na sala de recuperação. O processo levará cerca de uma hora, OK? Está pronta?

Não. A biópsia já tinha sido bastante ruim, naqueles vários meses anteriores.

— Sim — respondi, entrelaçando os dedos sob o queixo e segurando com força.

A perfuração na pele não foi tão ruim, mas não consegui lutar contra um arquejo quando a agulha penetrou o osso. A dor era ao mesmo tempo aguda e maçante, como um pedaço de gelo pressionado contra uma terminação nervosa, a sensação excruciante de uma dor de dente aumentada dez vezes.

Quando a agulha começou a se mover, pensei que fosse vomitar. Precisei de todo o meu esforço para permanecer imóvel, enquanto cada centímetro do meu corpo desejava se afastar da fonte da dor. Soltei um gemido involuntário, pressionando a testa nas costas da minha mão.

Ouvi o rangido de passos no chão imaculado, e então duas mãos nos meus antebraços.

— Ei — disse Arden, suavemente. Houve um leve estalar de juntas quando ele se agachou, e então os nossos rostos ficaram a centímetros de distância. — Ei. Estou aqui. Tá? Estou aqui.

A agulha foi retirada e então reinserida, e gemi outra vez.

— Porra! — soltei, lágrimas escorriam pelo meu rosto.

NOSSOS DESTINOS ETERNOS

Arden as enxugou com um polegar carinhoso, o toque tão terno que quase me desmontou.

— Está tudo bem, amor. Está tudo bem. Vai acabar logo, tá? Olhe para mim.

Levantei a cabeça, com a visão toda estrelada.

— Está doendo.

Ele pegou as minhas mãos e pressionou a testa contra a minha.

— Eu sei. Eu sei. Faria isso por você se pudesse.

Suguei ar entre os dentes.

— Talvez você possa.

— Já verifiquei — sussurrou ele. — Não sou compatível.

— Já verificou?

— Sim — respondeu ele, com a voz rouca. — Meses e meses atrás, antes de você passar por tudo isso. Tem que saber que eu suportaria toda a dor por você se eu tivesse a chance.

Eu queria dar um tapa na cabeça dele, ao mesmo tempo que queria enterrar o rosto no seu peito.

— Você é irritante.

— Eu sei. — O rosto dele estava contorcido de preocupação, arrependimento, amor, e vê-lo assim doía tanto quanto a cirurgia.

Outro recuo da agulha, outra reinserção feroz.

— Argh.

— Me conte as suas pequenas alegrias.

— O quê?

Ele engoliu em seco, colocando o meu cabelo solto atrás da orelha.

— Lá nas trincheiras — ele lançou um olhar de pânico para os profissionais de saúde, mas nenhum deles reagiu à estranha declaração —, você me disse que as grandes e as pequenas alegrias são iguais. Quais são as suas pequenas alegrias, nesta vida?

Uma tentativa de me distrair, e era muito bem-vinda.

273

LAURA STEVEN

Porque quase parecia que ele estava me deixando convencê-lo a mudar de ideia.

— Analisar com Gracie as letras de Taylor Swift. Decorar a árvore de Natal, todos juntos, tomando chocolate quente com menta, passar mal de tanto comer bengalas doces. — A dor no meu quadril era tão forte que a minha visão ficou turva, e o quarto se desfocou ao redor. — A primeira geada nos Beacons a cada outono. Uma nova temporada da minha série de TV favorita. Encontrar a peça vintage perfeita em um brechó. Ouvir amigos discutindo em cafés porque ambos querem pagar, ambos querem presentear o outro.

Os olhos de Arden brilharam.

— Estou começando a ver isso cada vez mais — admitiu ele, como se confessasse um pecado mortal. — As pequenas alegrias. Algumas semanas atrás, vi duas adolescentes sentadas em um banco no ponto de ônibus. As pernas delas estavam entrelaçadas, e uma pintava bandeiras do Orgulho nas pálpebras da outra, e as duas riam tanto que a que estava pintando não conseguia manter as mãos paradas. Ambas acabaram cobertas de glitter e sombra. E pensei: *Evelyn ia amar isso.* — Um sorriso melancólico. — Você acabou me contagiando, nesses últimos mil anos.

— Continue falando. — Arquejei através de novas pontadas de dor.

— Uma das minhas palavras favoritas é *confelicitiy.*

— Significa "compartilhar a felicidade"?

Ele fingiu que estava prestes a me dar um peteleco na testa.

— Estou surpreso que você tenha um vocabulário tão bom.

— Vá se foder. Ou: *vete a la mierda. Gracias.*

Ele acariciou a minha têmpora suada com o polegar.

— *Confelicity* significa um tipo de felicidade vicária. Você sempre foi tão boa nisso. Ver outras pessoas felizes deixa *você* feliz. Não importa quem são essas pessoas, sejam elas queridas ou completos estranhos. Você apenas deixa a alegria delas irradiar através de você, e é algo bonito como um milagre. Nunca dominei isso, de fato. Exceto com você. Quando você está feliz, eu estou feliz. E quando você sente dor, eu sinto dor.

As lágrimas caíam cada vez mais rápido. Eu estava tão tonta que mal conseguia vê-lo.

— Dói tanto. — Eu não sabia se estava falando do meu quadril ou da outra coisa, a coisa grande, a coisa terrível.

— Eu sei. — Enquanto o seu polegar enxugava mais das minhas lágrimas, os seus lábios roçaram a minha testa. — Estou aqui. Tudo vai ficar bem.

Uma bela, bela mentira.

País de Gales
2022

Após o procedimento, fui levada em uma maca para uma sala de recuperação, onde os analgésicos fizeram efeito relativamente rápido. Então, me colocaram um acesso intravenoso no meu antebraço, e os meus glóbulos vermelhos foram injetados de volta em mim. Havia um rádio pequeno no parapeito da janela que tocava indie folk. Eu estava tonta e um pouco desorientada, e o violino acelerado me fez sentir como se as minhas veias estivessem sendo puxadas como cordas. Uma enfermeira me trouxe água em um copo de plástico e me disse para tocar a campainha se precisasse de alguma coisa. Fui acon-

NOSSOS DESTINOS ETERNOS

selhada a descansar lá por uma hora antes que a enfermeira viesse me ver e dar alta.

Uma curiosa mistura de emoções percorria o meu corpo. Alívio por ter acabado. Medo do que viria a seguir. Um tipo estranho de euforia, provável subproduto das endorfinas pós-dor que o meu corpo estava produzindo alegremente. Como se eu tivesse lutado contra um grande inimigo e vencido.

E a mais potente de todas as emoções: antecipação.

Será que a polícia estava prestes a invadir o prédio? Ou Ceri havia deletado a mensagem em um instante de rancor?

E se eles não viessem... como eu morreria?

Quando?

Arden estava sentado em uma cadeira ao meu lado, olhando pela janela que dava para a rua arborizada da região abastada.

— O que foi tudo aquilo? — perguntei quando ficamos sozinhos. — Em um minuto você está me tratando como se eu não fosse nada, e no outro você está enxugando as minhas lágrimas e beijando a minha testa?

Eu sabia, enquanto falava, que essas palavras desencadeariam uma reação. Ele nunca havia me tratado como se eu fosse nada, nunca, em todas as nossas vidas. Mas eu tinha que sacudir emoções dele de alguma forma, tinha que provocar uma reação forte o suficiente para que ele mudasse de ideia.

— Como se você fosse nada? — Uma bufada de frustração quando ele abaixou a cabeça entre as mãos, e senti uma pequena satisfação. — Porra, você não tem ideia, não é?

Os meus dentes cerraram com tanta força que fez o meu maxilar doer.

— Me explique, então.

As palavras saíram abafadas enquanto ele falava nas palmas das mãos.

277

— Tudo o que faço, tudo o que já fiz, é para proteger você. Preservar você dos meus sentimentos é proteger você, porque são tão avassaladores que mal consigo lidar com eles sozinho, porra!

— É por isso que a maioria das pessoas *compartilha* os sentimentos. Porque são impossíveis de se lidar sozinho. Era de se imaginar que, depois de todos esses séculos, você já tivesse descoberto isso por...

— Eu faria qualquer coisa para proteger você — continuou ele, como se eu não tivesse falado. — E vai me torturar para sempre saber que não posso proteger você de *mim*. Tenho que te algemar a uma cama, tenho que te ameaçar em uma livraria como um psicopata de merda. Tenho que te matar em... cacete, daqui algumas horas. Porque se eu não fizer isso... — Ele fechou a mão em um punho, mas não terminou a frase. — Meu Deus, se eu tivesse simplesmente dito não lá em Lundenburg. Se eu tivesse... mas então a gente não existiria. E o que é pior, de verdade?

Meu coração começou a bater forte. Lundenburg, a Londres de mil anos atrás. Foi lá que tudo começou?

Quando ele não deu mais detalhes, tentei persuadi-lo gentilmente.

— Arden...

— Preciso ir ao banheiro.

Ele saiu furioso da sala de recuperação em busca de um banheiro. Deve ter ficado muito abalado pela explosão de sentimentos, porque nem tentou me dizer para ficar no lugar e não ousar fugir. Por outro lado, as chances de eu correr para qualquer lugar eram bem pequenas: o meu quadril, embora não estivesse mais sujeito à dor aguda e cortante, estava enrijecido e fraco.

Ainda assim, a vela da esperança queimava em mim. Talvez dessa vez fosse diferente.

Eu tinha feito o que havia me proposto a fazer: salvar Gracie. Mas eu queria mais do que isso.

NOSSOS DESTINOS ETERNOS

Queria *me* salvar.

Queria tanto ficar naquela vida que chegava a doer.

Queria ver minha irmã se curar e crescer, ver quem ela se tornaria sem as algemas da doença. Queria fazer compras na cidade com ela e minha mãe, onde brindaríamos à boa saúde com mimosas, e elas se desesperariam com as minhas roupas bizarras de brechó. Queria levar para casa os meus achados raros e absurdos e passá-los pela minha amada máquina de costura vermelha, sentir o tremor e o movimento sob as minhas mãos, sentir aquele raio de alegria pura e descomplicada quando eu segurasse as peças contra a luz e visse o que tinha criado. Queria a loja na rua principal, os almoços com Nia, os croissants com geleia e manteiga na grande mesa de carvalho em nossa cozinha. Queria permanecer em meio à natureza de Gales, queria uma casa própria, queria conhecer o meu eu de vinte anos e meu eu de trinta anos; queria ver o meu corpo enrugar e esmorecer. Queria me casar, ter filhos, netos, a família ao meu redor tão grande e agitada que eu não conseguiria envolvê-la nas palmas das minhas mãos mesmo que tentasse.

Eu queria, eu queria, eu *queria*.

Queria, mais do que tudo, o impossível: Arden ali comigo.

Se ao menos querer fosse o suficiente.

Inclinei a cabeça para trás contra o encosto, enjoada e tonta. Os meus olhos se fecharam por um momento e, quando isso aconteceu, ouvi o barulho de uma sirene distante.

Uma sirene distante se aproximando.

Conforme o som ficava cada vez mais alto, luzes azuis e vermelhas apareceram sobre a cerca que separava o hospital da rua. Dois carros de polícia entraram no estacionamento, indo direto para a frente do prédio, e os policiais surgiram rapidamente.

Tudo em mim se agitou.

Ceri tinha feito aquilo. Realmente tinha feito aquilo.

Talvez todo aquele *querer* finalmente fosse valer alguma coisa.

No entanto, um pressentimento tomou conta de mim quando ouvi a comoção de vozes no corredor e várias botas marchando em direção à sala de recuperação. Eu estava tonta, cheia de adrenalina, metade de mim esperando que Arden corresse de volta para lá para cortar a minha garganta pálida.

Eu não tinha nada com que me defender.

Mas, embora o meu sangue rugisse e as minhas entranhas se revirassem, ele não voltou.

Quatro policiais apareceram na porta.

— Srta. Blythe, você está bem? — perguntou o primeiro, um homem magro com uma testa alta e um queixo com espinhas.

Assenti, entorpecida. Eu estava segura. Eu estava segura, e agora quatro policiais estavam ali.

Como ele poderia me matar?

Uma policial disse:

— E onde está o sr. Green?

— Ele disse que ia ao banheiro. — Minha voz soava muito distante.

— Verifique todos eles — murmurou a policial para dois policiais mais jovens. — E se certifiquem de que ninguém entre ou saia do hospital.

Dois pares de botas saíram do quarto com passos pesados, e a policial deu um passo na minha direção. Ela era alta, magra e de pele marrom clara, com olhos próximos e bochechas encovadas. O cabelo preto estava preso em um coque firme, com alguns fios grisalhos nas têmporas.

— O sr. Hughes nos contou tudo — disse a policial. — Sobre o ataque nos estábulos e sobre o que a levou a isso. Devo confessar que é uma história exagerada. Mas as ameaças do sr. Green pareciam muito reais.

Um monitor à minha direita emitiu vários bipes baixos.

NOSSOS DESTINOS ETERNOS

— Vou ser presa?

— O sr. Hughes não tem interesse em apresentar queixa contra você — continuou a policial. — Gostaríamos apenas de fazer algumas perguntas.

— Na delegacia? — perguntei.

A policial gesticulou para a intravenosa ainda injetando glóbulos vermelhos e a miríade de monitores e pacotes de comprimidos ao meu redor.

— Dadas as circunstâncias, aqui está bom.

Minha mente estava confusa.

Onde estava Arden?

Os dois policiais que foram enviados para encontrá-lo ainda não tinham retornado.

— Obrigada por cooperar, srta. Blythe — disse a policial. — Sou a inspetora Dehghani, e só quero que você descreva o que aconteceu, com as suas palavras.

Engoli em seco, encontrando o seu olhar duro.

E então contei tudo a ela.

A verdade, toda a verdade e nada além da verdade. Não importava o quão ridículo soasse.

— É por isso que lutei tanto para fazer esse procedimento cedo — concluí, mordendo o lábio. — Eu estava com medo de que Dylan me matasse e Gracie ficasse sem a minha medula.

Onde ele está, onde ele está, onde ele está?

A inspetora Dehghani parecia completamente perplexa, e completamente perdida. Ela olhou por cima do ombro quando uma enfermeira entrou na sala com uma prancheta, que logo saiu apressadamente do quarto.

— Certo, bem, precisamos que você venha até a delegacia para uma conversa mais oficial, mas não vejo necessidade imediata de fazer isso, dadas as circunstâncias médicas. Venha amanhã, depois que tiver a chance de buscar representação legal.

— Representação legal? Mas você mesma disse que Ceri não tem interesse em me acusar pelo incidente nos estábulos.

— Acredite ou não — respondeu o policial bigodudo ao lado dela —, a polícia pode prestar queixa sem o consentimento da vítima. E não importa quais sejam as circunstâncias, você ainda nocauteou e amarrou alguém em um estábulo com as próprias mãos. Isso você já confessou.

— Pensando bem — refletiu Dehghani —, me pergunto se seria melhor ter essa dra. Chiang presente também. Tudo isso parece ter sido bastante angustiante, e você parece muito confusa sobre o que está acontecendo. Pode ser necessária ajuda psiquiátrica. — Ela murmurou a última parte para o outro policial como se eu não pudesse ouvi-la.

Algum animal adormecido em mim resistiu à ideia de psiquiatria institucionalizada, com os banhos de gelo, camisas de força brancas engomadas, dor, medo e humilhação. Ainda assim concordei, quase, mas não totalmente, entorpecida.

Eu estava fraca e exausta, mas minha mente estava agitada, processando todos os tipos de planos de fuga. Se não precisavam falar comigo na delegacia até o dia seguinte, eu teria uma janela de escape suficiente.

E ainda assim...

Houve um barulho de botas no corredor, e então os dois policiais que estavam à procura de Arden voltaram. Um deles, um homem gordo, de pele negra e expressão solene, fez contato visual com a inspetora e mexeu de forma sutil a cabeça.

Entendi o breve aceno como a única coisa que podia significar.

Arden havia escapado.

País de Gales
2022

Quando os policiais saíram do hospital para procurar Arden com mais afinco, deram instruções diretas para chamá-los se ele tentasse fazer contato. Concordei em ir até a delegacia na manhã seguinte para ter uma conversa mais formal, e eles perguntaram se eu gostaria que um policial me acompanhasse enquanto isso. Era para a minha proteção, uma vez que o suspeito estava foragido, mas recusei. Seria difícil fugir do sul de Gales com um policial ao meu lado.

E fugir dificilmente era o comportamento de uma adolescente inocente.

Por volta das oito da noite, Dehghani deixou mamãe e eu de volta na casa da fazenda, que já havia sido revistada em busca de qualquer vestígio de Arden. O meu sangue fervia com a forte sensação de que pularia sobre nós a qualquer momento, e me arrependi brevemente da minha decisão de recusar proteção policial, mas eu sabia que a minha única chance de sobrevivência era ir o mais longe possível dali antes de completar dezoito anos, o que seria em pouco menos de onze horas.

Não sei se eu realmente acreditava que fugir daria certo. Nunca tinha acontecido antes; a amarra sempre havia levado Arden até mim, de alguma forma. No entanto, sendo a única alternativa ficar esperando Arden me encontrar... Eu tinha que tentar. Não havia mais nada a perder.

Eu não queria ter que correr para salvar a minha vida, mas queria ter a minha vida o suficiente para correr.

Quando chegamos em casa, minha mãe acendeu a iluminação sob o armário da cozinha, lançando um brilho quase misterioso no cômodo. Os meus olhos procuraram Arden em cada sombra, mas ele não estava à espreita em nenhuma delas. Cada centímetro de mim fervilhava de medo, antecipação e uma miríade de outras emoções que não faziam sentido. Era como se o meu dedo estivesse preso em uma tomada, com a eletricidade correndo nas minhas veias.

Estava escuro lá fora, a noite estava limpa e o céu dançava com estrelas prateadas. O tipo de noite que fazia eu querer me deitar em uma toalha de piquenique na grama e apenas olhar para cima. Pensar na passagem implacável do tempo, quão vasta a minha existência parecia e, ainda assim, quão pequena comparada ao universo.

— Quer uma xícara de chá, amor? — perguntou a mamãe.

Ela finalmente tinha parado de soluçar, e também parado de me repreender por organizar o procedimento sem o conhecimento dela, sem que estivesse lá para me confortar. Eu havia lhe contado uma versão muito simplificada dos eventos, omitindo todo o papo de reencarnação, apenas mantendo as ameaças de morte. Primeiro ela havia ficado quase catatônica de choque (*Dylan? O nosso Dylan?*) e depois em silêncio por quase dez minutos inteiros antes de dizer qualquer palavra. Então veio o ato de se culpar. Ela ficou horrorizada consigo mesma por não perceber os sinais de alerta, apesar de não haver nenhum, e se puniu prolificamente por permitir que um quase estranho entrasse tão voluntariamente nas nossas vidas.

Mordi o lábio inferior, não querendo aborrecê-la ainda mais.

— Tudo bem se eu for descansar um pouco? Estou tão cansada.

— Óbvio. — Ela mal conseguia se levantar, tendo apoiado o corpo para frente na ilha da cozinha, os cotovelos no mármore e cada mão em um lado do rosto. — Não acredito. Simplesmente não consigo acreditar. Dylan? Ele era tão... *Dylan*. E... meu deus, sinto muito, Bran. Eu deveria ter verificado os antecedentes dele. Nunca deveria ter deixado que ele chegasse tão perto de você e Gracie. — Ela passou as mãos pelos cabelos, com os ombros tremendo de choque. — Sempre penso o melhor das pessoas... não consigo evitar... e eu... Se eu tivesse perdido vocês duas...

Meu coração se encolheu no peito como um animal ferido.

Sempre penso o melhor das pessoas.

Tal mãe, tal filha.

— Mãe, está tudo bem. — Fui até o balcão e passei um braço em volta dos ombros dela. Era uma sensação estranha, ser tecnicamente filha dela, e na verdade ser muito mais velha do que ela poderia compreender. — Você não nos perdeu. Ainda estamos aqui, certo? — Me permiti um momento, para deixar a realidade impossível da declaração ser absorvida. — E estou bem. Sério. A coisa toda foi como um sonho estranho.

— Mas ele ainda está por aí. Não tem a chave da casa, mas como vamos dormir esta noite? E se ele vier terminar o serviço? E se ele derrubar a porta da frente? — Os seus dedos agarraram com mais força o próprio cabelo, puxando o couro cabeludo. — Deus, não acredito que estamos falando de Dylan. *Terminar o serviço*, como se ele fosse algum tipo de... psicopata. Não faz *sentido*. Ele nunca demonstrou um único sinal agressivo na vida. Ele resgata abelhas com asas quebradas. Carrega um frasco de água com açúcar, caramba.

— Pois é. Hitler era vegetariano.

Minha mãe soltou uma risada chocada.

— Nunca conheci ninguém com um senso de humor mais duvidoso do que você. Exceto talvez Gracie.

Um sorriso retorceu os meus lábios, mas eu não estava realmente brincando. Se havia uma coisa que viver ao longo da história havia me ensinado, era que todos tinham um código moral próprio, um que fazia todo o sentido para eles, não importava o quão monstruoso fosse.

Não que eu acreditasse que Arden fosse um monstro.

— E pensar que você tinha acabado de me dizer que estava apaixonada. — Ela balançou a cabeça com intensidade. — Quando o abuso começou, Bran? Antes ou depois daquela conversa?

Ela visivelmente queria que a resposta fosse *depois*. Não queria se arrepender de não ter percebido os sinais quando estive na cozinha e lhe disse, do nada, que estava namorando o seu ajudante da fazenda.

— Depois — respondi com firmeza. — Só nos últimos dias.

— Mas isso também não faz sentido. Eu só... Não consigo entender. Como alguém muda tão de repente, de maneira tão severa. Não estou dizendo que não acredito em você, Bran. Nem por um minuto. Só estou dizendo que estou chocada além da conta. — Um balanço de cabeça tenso. — O que você acha que desencadeou isso?

NOSSOS DESTINOS ETERNOS

— Lembra aquele cão pastor que tínhamos quando éramos crianças, e que havia um tumor pressionando o cérebro dele? E isso o fez desenvolver repentinamente a síndrome da raiva?

— Meu deus, sim. Percy. Ele era um animal adorável, até não ser mais.

Dei de ombros.

— Humanos também não passam de animais, não é?

Ela me encarou com os olhos opacos, vermelhos.

— Está falando sério ao sugerir que Dylan se tornou um assassino por causa de um tumor cerebral?

— Não sei, mãe. — Toda a força para lutar estava me deixando, toda a propensão para piadas sinistras e teorias malucas. Esfreguei o rosto com exaustão, ainda cheia de analgésicos, com a coluna dura e dolorida. — Mas estou cansada. Posso ir para a cama?

Em algum lugar do lado de fora, um galho quebrou, e nós duas pulamos. Ela foi espiar pela janela, sem encontrar nada muito preocupante. Ainda assim, o meu pulso tamborilava forte como chuva em um telhado.

Ela se endireitou, de repente decidida.

— É isso. Vou dormir no seu quarto com você.

— Mãe, não — respondi instantânea e insistentemente. — Por favor. A polícia vai ficar de olho na casa, de todo modo. — Um problema que a minha mente tentava solucionar enquanto eu planejava a fuga. — Fique acordada a noite toda se achar que deve, mas preciso de paz e privacidade. E confio na polícia para encontrá-lo. De verdade.

Ela suspirou, deixando escapar o peso de um dia horrível, um mês horrível, um ano horrível.

— Ah, tudo bem. Só sinto que estou fazendo um péssimo trabalho, sabe? Como mãe.

— Isso é ridículo. Por que você diz isso?

Mexendo na aliança de casamento simples de ouro branco que ainda usava, ela murmurou:

— Não perceber os sinais com Dylan. Não perceber a doença de Gracie antes. Deixar o seu pai sair para beber na véspera de Natal, quando ele deveria ter ficado em casa com as meninas. Já deixei muitos pratos importantes caírem.

— Mãe, descobrimos a doença da Gracie cedo. Você sabe disso. Ninguém poderia ter previsto o acidente do papai. E Dylan... Eu também não tinha ideia. Quando ele me ameaçou pela primeira vez, fiquei tão chocada quanto você.

— Imagino, mas...

— Você é uma mãe incrível. — As palavras ficaram engasgadas na minha garganta enquanto eu tentava me convencer de que não eram um adeus. — Sempre foi, mesmo quando estava sofrendo por causa do papai. Sei o quanto perdê-lo também matou uma parte sua, mas você nunca deixou que Gracie e eu víssemos o quanto isso doía. — Eu não pude evitar; as lágrimas transbordaram, quentes e pesadas, e parecia que eu nunca conseguiria parar. Funguei com força. — Eu te amo muito.

Minha mãe jogou os braços em volta de mim, e no reflexo da luz fraca vi a umidade nas suas bochechas também.

— Ah, eu também te amo, Bran. — Ela enxugou uma lágrima na minha bochecha com o polegar e fixou os olhos azuis molhados em mim, me encarando como se os segredos do universo estivessem enterrados nas profundezas das minhas pupilas.

— O meu coração bate por vocês duas. Vocês são a luz da minha vida. Espero que saibam disso.

Engolindo o nó irregular na minha garganta, respondi:

— Eu sei.

Ela me deu um aperto final.

NOSSOS DESTINOS ETERNOS

— Agora durma um pouco. Vou ver como você está daqui a pouco. E não pense por um segundo que esqueci que amanhã é o seu aniversário. — Os olhos dela se enrugaram com calor e afeição. — Vamos torná-lo especial. Prometo.

— Bolo de café da Padaria da Francine? — sugeri, tentando imbuir a minha voz com esperança genuína por um bolo que eu nunca comeria.

Mamãe sorriu.

— Bolo de café da Padaria da Francine.

Enquanto subia as escadas, me perguntei se essa seria a última coisa que ela me diria.

Tanta devastação, de novo e de novo. Não importava quantas pessoas eu amasse e perdesse, parecia um anzol de pesca atravessando o meu coração todas as vezes.

Sozinha no meu quarto, a adrenalina ameaçou me deixar de uma só vez. A vontade de cair de joelhos e soluçar me consumiu, como se a gravidade tivesse se tornado uma força muito avassaladora de repente. Acendi a luz e tentei não me encolher em posição fetal com as lembranças de uma vida que tinha amado tanto.

Três bichinhos de pelúcia: um pinguim, um porco e um hipopótamo. De minha mãe, meu pai e minha irmã, cada um deles desbotado e manchado pelo tempo e pelas lágrimas que derramei no tecido. Um boá de penas cor-de-rosa pendurado sobre o espelho da penteadeira; uma relíquia de Gracie e eu nos vestindo como cantoras de música country. Óculos de sol com purpurina em formato de estrela e uma caixa de joias cheia de pulseiras e pingentes da amizade. Livros escolares enfiados na estante, Polaroids presas nas paredes, quebra-cabeças e jogos de tabuleiro empilhados uns sobre os outros.

Eu ainda era criança, e, ao mesmo tempo, não era.

As paredes estavam cobertas de pôsteres e capas de vinil: Taylor Swift, The Jam e ABBA, colecionados porque me lembravam das pessoas mais próximas de mim. Taylor Swift para Gracie, The Jam para o meu pai, ABBA para a minha mãe. Pequenas conexões com eles que, se eu tivesse sorte, transcenderiam o tempo, a morte e o destino. Talvez eu ouvisse uma das músicas em uma vida futura e, por um breve momento, regressaria a este momento com eles.

Olhando ao redor, vi meu pai representado em todos os cantos do quarto. Fotografias, brinquedos antigos que eu não conseguia me obrigar a jogar fora, os livros de Terry Pratchett que líamos juntos. Um presente embrulhado dentro da minha maldição: mesmo quando eu morresse, as minhas memórias dele perdurariam. Ele perduraria. A minha imortalidade mantinha os meus entes queridos imortais também. A minha dor construía monumentos em homenagem a todos eles, e eu os visitava de vida em vida. Até que, inevitavelmente, desapareciam. Quantos outros eu tinha amado, perdido e, por fim, esquecido?

a vida nos dá tristeza como montes de argila úmida,
pronta e pesada sob nossas mãos relutantes,
e com ela podemos fazer uma de três coisas.

Ao pensar no poema de Arden, a tristeza ameaçou me devorar por inteiro.

Porque, ainda que eu sobrevivesse à noite, ao aniversário, ao destino, seria o fim de alguma coisa. Arden não estaria mais na minha vida. Ele não seria mais o sol ao redor do qual eu orbitava. Ele seria pego, mais cedo ou mais tarde, e provavelmente acusado. O Dylan que se tornou parte da minha família não estaria mais lá. Não haveria mais desenhos animados matinais com ele e Gracie, não haveria mais croissants com geleia e manteiga com ele e minha mãe. Não haveria mais Fórmula 1 e rosbife. Não haveria mais

NOSSOS DESTINOS ETERNOS

passeios pela vasta e maravilhosa terra com ele, com os meus pés apoiados no painel de um trator. Não haveria mais nada.

A verdade ridícula, extremamente ridícula: eu queria pegar Arden pela mão e correr com ele, esquecendo que era dele que eu estava fugindo.

Eu me deixei cair na cama, as molas enferrujadas do colchão rangendo sob o peso. Passei os dedos sobre a colcha, bordada com pequenas margaridas e violetas, e me perguntei se seria a última vez que eu a tocaria.

Não seja cafona, pensei, sem consegui evitar. Sempre tive um apego pouco saudável a objetos. Pareciam relíquias das vidas que eu amava, e que eu nunca podia levar comigo.

As minhas mãos foram, por fim, para a velha máquina de costura no fundo do guarda-roupa. A representação física do que aquela vida poderia ter sido. A loja de roupas vintage ao lado da Beacon Books, as viagens de compras ao redor deste mundo glorioso, ou uma linha de moda própria: excêntrica, inesperada, apreciada por certas celebridades. Talvez eu fosse apenas uma costureira, consertando e remendando roupas amadas, encontrando paz no zumbido da máquina e no fluxo constante de tecido sob as minhas mãos.

Deixei o guarda-roupa entreaberto, como se isso também mantivesse abertas as portas dos meus sonhos.

Tremendo, abri a grade de horários dos ônibus e vi que um deles partiria de Cardiff saindo de Abergavenny às 22h30.

E eu embarcaria nele.

O meu plano de fuga foi formado às pressas e dependia totalmente da falta de presença policial nos fundos da fazenda. Suspeitava que eles estariam vigiando a entrada da estrada rural que serpenteava até a casa da fazenda, mas talvez não estivessem vigilantes o suficiente, ou não tivessem mão de obra, para ficar de olho na trilha da fazenda coberta de mato depois dos estábulos.

Os estábulos. Me perguntei vagamente como Ceri estava, esperando que não o tivéssemos traumatizado muito. Eu devia a ele mil desculpas, e mil agradecimentos pelo que ele tinha feito.

Apaguei a luz, me enrolei debaixo das cobertas e esperei até que minha mãe subisse para me ver, como prometido. A porta se abriu com um clique, e apertei os olhos, fingindo dormir. Não conseguiria encarar outra conversa emocional, ou não teria forças para o que viria a seguir.

Depois que ela voltou ao andar de baixo para ficar de vigília, peguei a minha mochila e um par de sapatos e fui pé ante pé até a janela.

Havia uma borda do lado de fora, do tamanho certo para projetar o meu corpo inteiro. Assim que saí, fechei silenciosamente a janela. O luar brilhava nos rostos dos meus três bichinhos de pelúcia, com a minha cama ainda amarrotada e desfeita.

Da borda, bastava um pequeno pulo até o telhado do jardim de inverno. Eu só tinha que torcer para que a minha mãe estivesse na cozinha, não na sala de estar, ou ela me veria aterrissar.

Sentada na beira do telhado, respirei fundo e então me deixei cair. Eu era veterana nessas coisas, depois de vários séculos de roubos de joias e desvios gerais de conduta, e me lembrei de dobrar os joelhos para minimizar o impacto. Houve um leve ruído quando bati no cascalho e uma dor aguda no quadril enfaixado. Fiquei agachada e encolhida por alguns momentos, rezando para que a minha mãe não tivesse ouvido e não acendesse a luz externa.

Depois um tempinho, nada.

Então, corri.

Song do Norte
1042

O MEU AMOR SECRETO E EU passeávamos pelo Boulevard Imperial, nossas mãos se resvalavam, mas nunca se tocavam. Éramos dois garotos de dezessete anos, algo doce e inebriante florescia entre nós como as pereiras que se enfileiravam às margens do rio Bian. Eu era filho da concubina favorita do imperador, e Sun Tao era um engolidor de espadas famoso muito além do mundo do entretenimento, e nós éramos tão deliciosos, tão escandalosos, e tão *certos*.

— Você quer ser imperador algum dia? — perguntou Sun Tao, ao dar uma mordida molhada em um pêssego maduro que ele havia colhido de uma árvore.

— Não. Não tenho estômago para isso. — Deixei a palma da minha mão flutuar preguiçosamente sobre a cerca preta que corria ao longo da margem do rio, lutando contra a vontade de entrelaçar meus dedos nos de Sun Tao. — Prefiro soltar uma cobra no meu chaofu do que distribuir punições.

À nossa frente estava o Portão Xuande, pintado de vermelho sangue e adornado com detalhes dourados. As paredes eram decoradas com fênix e nuvens flutuantes; dois dragões vitrificados mordiam cada extremidade do topo do telhado, com as caudas arqueadas para o céu escuro. Os Corredores Imperiais se alinhavam em ambos os lados do rio, com mercadores vendendo seus produtos em lojas improvisadas. Rolos de seda se espalhavam pela rua, e eu ansiava por examinar cada um de perto, para imaginar as luxuosas vestimentas que poderiam se tornar.

Sun Tao terminou o pêssego e jogou no rio o caroço, que caiu em uma flor de lótus e a virou.

— O que você tem contra as punições?

— São grotescas. Se você nunca viu um conjunto de sobrancelhas serem cortadas com uma espada, não desejo que veja. Ainda mais quando a vítima não merece. Na semana passada, um garoto foi executado por assassinar o pai, o que é justo, talvez, mas o seu professor foi submetido aos mesmos mil cortes simplesmente por não transmitir a sabedoria correta ao aluno. Diga-me: isso é justo?

Sun Tao deu de ombros, como se fosse de pouca importância para ele.

— As coisas são feitas assim, e é preciso confiar que são feitas por um motivo.

A minha atração por ele diminuiu um pouco. Eu achava que Sun Tao era mais visionário, porém parecia que os repetidos golpes do aço quente em sua goela tinham eliminado qualquer traço de bom senso.

NOSSOS DESTINOS ETERNOS

— Não consigo explicar — falei, desviando o olhar. Um burro trotava ao longo do caminho, puxando uma carroça de madeira carregada de painço. Um dos olhos do animal estava com sarna, e moscas o importunavam. — Quando testemunho sofrimento, é como se o sentisse no meu corpo.

— Empatia. — Sun Tao estalou a língua com um *tsc*. — A maldição humana.

Uma que não parece te afligir, murmurei internamente.

Com o fogo da justiça enchendo o meu peito, insisti:

— A China é maior do que isso. Podemos iluminar o céu com fogos de artifício e imprimir livros aos milhares. Podemos enviar um navio ao mar com bússolas magnéticas e confiar que ele encontrará o caminho de casa. E, ainda assim, massacramos o nosso povo como animais. Não oferecemos a eles nenhuma maneira de provar a sua inocência, nenhum julgamento, nenhum conselho. É bárbaro e errado.

Atravessamos uma ponte de pedra com balaustrada e um pavilhão dourado coroando o seu centro. Barcos de pesca balançavam alegremente na água.

— Há uma garota na fortaleza do palácio neste exato momento — continuei. — Ela foi pega ontem à noite escalando os muros, tentando entrar para ter uma audiência com o imperador. Uma coisa insignificante, de acordo com todos os relatos, e os guardas confessam que ela representa pouca ameaça real, mas, mesmo assim, a sujeitariam ao suicídio forçado. Talvez eu devesse me jogar diante da corte e insistir em receber a punição no seu lugar. Minha mãe logo exigiria que o imperador tivesse misericórdia. Talvez dessa forma eles possam enxergar a crueldade.

Sun Tao riu e balançou a cabeça.

295

— Ou podem executar você sem pensar duas vezes. Você sempre foi um mártir. E ingênuo, por sinal.

Senti meus pulmões inflamarem ainda mais.

— Melhor acender uma vela do que amaldiçoar a escuridão.

Então, sem olhar para trás, para o corpo musculoso do meu amor, corri em direção ao palácio, com determinação endurecendo as fibras do meu peito.

Após a minha chegada tempestuosa à torre do palácio, o oficial de guarda, Wu Baihu, um eunuco de barriga redonda, vestido em um manto roxo de seda, franziu a testa.

— Zhao Sheng. — Ele me recebeu com uma leve reverência de cabeça. — Achei que você estava na reunião da Sociedade de Música Refinada com a sua mãe.

— Exijo ver a prisioneira — ordenei, estufando o peito, levantando o queixo e me erguendo em toda a minha altura. — O imperador autorizou.

Wu Baihu ficou imóvel.

— Por qual razão?

— Isso importa?

— Acho que não — respondeu ele com cautela, como se sentisse que aquela era uma armadilha além de seu alcance. — Mas vou acompanhá-lo mesmo assim. — A mão dele foi até o aro de chaves de bronze na cintura.

Engoli em seco, com o coração batendo forte. Não esperava ser acatado tão prontamente, e a magnitude do que eu estava prestes a fazer me deixou sem fôlego.

— Quem é ela? — perguntei, em uma tentativa de me orientar no momento. Para me lembrar do *porquê*.

— Uma *nong*. — Uma camponesa. Uma ninguém. — Ela não disse uma palavra, nem pronunciou um nome, mesmo quando foi

NOSSOS DESTINOS ETERNOS

ameaçada com o bambu, mas Jiang Wen a reconheceu. Filha de um criador de porcos. Tece esteiras e as vende no mercado.

— A família dela já pagou a remessa?

— Eles não têm os cobres.

Outro motivo pelo qual eu detestava as Cinco Punições. Os ricos compravam a liberdade, enquanto os pobres apenas assistiam em desespero aos seus entes queridos serem atormentados e executados. A vida em si não deveria ser uma mercadoria.

Entramos na fortaleza, e lutei contra a vontade de vomitar com o odor de corpos sujos e baldes de excremento não recolhidos. O mau cheiro era pungente, não havia luz natural e uma única lanterna relutante queimava na parede de pedra mais distante. Muito diferente do esplendor dourado do resto do palácio.

Havia uma fileira de celas separadas por barras de ferro, sendo que apenas duas tinham ocupantes. Na primeira, um homem mais velho estava curvado, vestia apenas roupas de baixo. A pele dos braços e do rosto estava coberta de marcas, e a das costas, listrada com vergões raivosos. Ele balançava o corpo para frente e para trás, balbuciando em um idioma estrangeiro. Um prisioneiro da Mongólia.

Depois, havia a garota.

Ela não estava encolhida no canto da cela, como muitos prisioneiros faziam. Nem pressionava o rosto desesperadamente contra as barras, como se pudesse retorcê-las por pura força de vontade. Em vez disso, estava deitada de costas, um calcanhar apoiado no outro, as palmas das mãos sobre o estômago e os dedos entrelaçados. Poderia estar dormindo se os seus olhos não estivessem fixos resolutamente no teto, de onde pendia uma corda marrom grossa, enrolada em um nó corrediço.

Um banco de madeira estava bem abaixo da corda.

LAURA STEVEN

Um convite.

Nós nos aproximamos, mas ela não nos lançou um único olhar. A menina vestia roupas esfarrapadas feitas de tecido grosso, e os seus pés descalços estavam sujos. O cabelo preto e liso na altura dos ombros estava desgrenhado.

Limpei a garganta, e o som ecoou na fortaleza escura.

— Com licença. Qual é o seu nome?

Nada. Nem mesmo a menor contração de um músculo.

Aquilo não era nem um pouco parecido com o que eu havia planejado para o meu ato de autossacrifício.

— O meu nome é Zhao Sheng, e sou filho do imperador. — Ao ouvir isso, ela se ergueu de um salto, como se veneno tivesse sido liberado de repente na sua corrente sanguínea. Ainda assim, não disse nada, apenas olhou para mim como se eu fosse um fantasma, ou um monstro. — Se me disser o seu nome, vou assumir a sua punição por você.

Havia algo no seu olhar tempestuoso que fez o meu estômago revirar. Uma quase familiaridade, uma atração primitiva, uma força inominável que eu nunca sentira antes na vida. Havia aversão também, o que eu não conseguia entender direito, afinal éramos estranhos.

Perguntei-me como ela devia me enxergar, em todo o meu traje meretrício. As vestes vermelhas da corte, as fitas de cetim brocado, os ornamentos e as pulseiras de jade, os sapatos de couro preto macios como manteiga e as meias de seda adamascada. O ódio irrompeu dela como cinza vulcânica, nauseante e mortal.

— Por quê? — A primeira coisa que disse saiu rouca; o jarro de água no canto da cela estava intocado. A garota era teimosa como um touro.

Firme, encontrei o seu olhar inflexível.

— Porque é errado.

Wu Baihu deu um passo à frente, com as vestes roxas oficiais se arrastando no chão frio de pedra.

— Qual é o significado disto, Zhao Sheng?

Minha garganta estava seca, e eu ansiava por pegar o jarro de água da cela da menina-mula.

— Quero protestar contra a crueldade das Cinco Punições.

— Protestar? — A expressão de Wu Baihu estava entre incrédula e indignada. — Você estará morto, menino.

— Minha mãe com certeza pagará os 42 guàn e reduzirá a pena de morte. — Engoli o medo no meu peito. E se ela não fizesse isso? — Os golpes de bambu receberei de bom grado. — O suporte de varas na parede causou um tremor involuntário em mim.

A boca de Wu Baihu se alargou, soltando uma risada mal-humorada.

— Perdeu o juízo?

— Talvez — admiti. — Vocês... a corte... permitirá isso?

— Não permitirei — disse a garota bruscamente, levantando-se de repente e jogando o banco de madeira para o lado.

A minha atenção se desviou de Wu Baihu de volta para ela.

— Como?

— Vou fazer isso. — Ela pegou o banco com as mãos decididas, colocando-o cuidadosamente sob o nó mais uma vez. — Vou me matar. Não quero viver em dívida com ele. — A menina subiu no banco, um pé sujo após o outro, e olhou para o comprimento da corda desfiada com uma expressão sombria no rosto.

O pânico cresceu dentro de mim.

— Você não me deverá nada.

Ela abaixou o queixo, olhando para mim mais uma vez.

— Por que você faria isso? Culpa? Vergonha?

— Simplesmente porque é certo.

Ela balançou a cabeça, de forma demorada, lenta e incrédula.

— Você não se lembra.

— Lembrar do quê? — Um arrepio percorreu a minha espinha.

— De tudo.

A voz dela era quase um sussurro, mas havia um pulsar de ódio entre nós que eu não entendia. Ela era uma estranha para mim. Então por que os meus ossos rangiam em reconhecimento? Por que as câmaras do meu coração palpitavam diante daquele olhar furioso?

Às margens da minha mente, da minha consciência, havia uma espécie de quase compreensão, um véu que não se erguia totalmente, apenas esvoaçava, e eu sabia que tinha alguma coisa significativa por trás dele. O que poderia ser? Eu já tinha conhecido a garota antes? Achava que não, e ainda assim...

Dei um passo na sua direção, agarrando as barras com tanta força que os nós dos meus dedos ficaram brancos.

— Prefere morrer a receber a minha ajuda.

Os dentes dela rangeram como pilão e almofariz.

— Sim.

Pensei em chamá-la de idiota, mas eu seria tão diferente assim de Sun Tao se fizesse isso? Todos nós fazíamos as nossas escolhas. Eu não conseguia nem começar a compreender as complexidades da vida daquela garota, as dificuldades que a levaram a escalar o muro do palácio para início de conversa. Ela queria uma audiência com o imperador, a qualquer custo. O que a tinha deixado tão desesperada? Eu provavelmente nunca saberia ou entenderia. O pensamento parecia escorregadio e viscoso como uma enguia.

NOSSOS DESTINOS ETERNOS

A menina lançou um último olhar desafiador na minha direção e começou a pôr o nó em volta do pescoço. Wu Baihu não se moveu para impedi-la.

— Não! — Meu pulso martelava contra meu crânio.

Inadvertidamente, tinha levado a prisioneira àquilo a que ela tão corajosamente resistira até aquele momento.

A porta da fortaleza abriu-se de repente com um estrondo, e outro guarda arrastou pelo chão um homem amarrado pelos punhos. A cabeça do novo prisioneiro pendia perigosamente, como se ele tivesse sofrido um golpe recente na têmpora.

Ao vê-lo, a garota tirou o nó pela cabeça e pulou do banco em frenesi.

— *Bàba*!

Meu sangue gelou. O pai que não podia pagar suas dívidas.

O som da voz estridente da filha sacudiu o homem de volta à consciência plena, e ele puxou o guarda para a frente, esforçando-se em direção à filha, com o medo estampado no rosto.

— Minha menina, minha menina, não vou deixar que façam isso com você, vou... Argh! Não!

O guarda havia pegado uma vara de bambu do suporte e descido com ela nas costas do homem.

— Não! — implorou a menina, o rosto de repente se transformando nas feições de uma criança aterrorizada. Ela envolveu as barras com as mãos, os nossos dedos se esbarraram e uma sensação curiosa reverberou por mim. — Por favor! Deixe-o em paz!

Ainda assim, o açoitamento continuou.

Olhei para ela, e ela olhou para mim, com os olhos tensos e lacrimejantes, e assentiu sem assentir, implorou sem implorar, algo intenso e complexo se atando entre nós, e me joguei no chão sob o bambu, e, conforme a dor caiu nas minhas costas, eu soube, de alguma forma, em algum lugar, que já havia sentido tais agonias antes; tinha sentido a pele e a carne das minhas costas gritarem, as pontadas furiosas de dor até o osso.

E também soube que de alguma forma, em algum lugar, a garota era a culpada disso.

País de Gales
2022

Corri na direção dos estábulos e para os campos além, disparando entre as dependências e as suas sombras, deslizando em meio às rachaduras do que seria considerado uma vida normal, como eu tinha feito por um milênio. Lágrimas turvaram a minha visão, o meu coração batendo tão dolorosamente no peito que eu lutava para respirar.

Corri pela trilha da fazenda, o caminho iluminado apenas pela lua e pelas estrelas, o ar da noite frio e vivo, com o cheiro de esterco, de grama molhada e de terra da primavera, e pensei que poderia estar em qualquer lugar, em qualquer lugar da história.

LAURA STEVEN

Corri, esperando que Arden saltasse diante de mim a qualquer momento, mas tive a curiosa sensação de que ele não seria capaz de me pegar.

Corri mais rápido do que nunca naquela vida, mais longe e mais furiosamente do que pensei ser capaz. A fraqueza no quadril tornava a minha passada estranha, embora houvesse pouca dor envolvida, graças à adrenalina e à variedade de medicamentos que me injetaram. Havia apenas eu, os meus pés e a terra abaixo deles.

Corri e corri, até chegar à estrada rural que serpenteava para Abergavenny. Corri paralela à estrada, pelo campo detrás da cerca-viva, para evitar o clarão dos faróis e a curiosidade que a corrida provocaria. Corri até que os excrementos de vaca e os fardos de feno se tornassem prédios baixos em tons pasteis e blocos indistinguíveis. Corri até a estação de ônibus, ofegante, arfando e quase desmoronando, e quando finalmente parei, as minhas lágrimas também pararam.

Pressionei as costas contra a estrutura de vidro, com os pulmões gritando, o quadril enfim percebendo o que eu o estava forçando a fazer e o meu estômago ameaçando esvaziar-se no pavimento, quase caí no chão. Lentamente, porém, a respiração voltou. Lentamente, as estrelas atrás dos meus olhos se apagaram. Lentamente, compreendi o que tinha feito.

Quase tinha conseguido. Quase tinha escapado.

Olhei ao redor, mas não havia figuras suspeitas espreitando nas sombras. Havia apenas algumas outras pessoas nas várias paradas: um estudante com uma mochila enorme, um casal de idosos compartilhando um cantil de algo fumegante, um pai apressado com três filhos que definitivamente não queriam estar no ponto de ônibus às...

Nove e meia da noite.

NOSSOS DESTINOS ETERNOS

Eram apenas nove e meia.

Como isso era possível?

Ainda faltava uma hora para o ônibus aparecer. Uma hora em que eu tinha que permanecer viva.

E não era óbvio que eu estaria aqui? Não estaria ele observando aquele ponto de saída como um falcão, esperando que eu fugisse, como fiz nos Açores?

Tentei pensar em algum lugar para me esconder, algum lugar em que ele não pensaria em procurar, mas a minha cabeça estava vazia por conta da corrida vigorosa, e nada me veio à mente. Todos os cafés estavam fechados. A livraria. A floricultura. Havia apenas o pub no fim da rua, o pub onde o meu pai havia morrido do lado de fora, que era um lugar tão óbvio quanto o terminal de ônibus.

Para onde mais eu poderia ir?

O meu coração cantou uma única nota óbvia, à qual tive medo de dar ouvidos a princípio.

Seria excruciante, disse a mim mesma. Agonizante.

Seria, porém, menos doloroso me lembrar dela, uma vez que eu tivesse me assentado na minha próxima vida? Seria realmente menos doloroso por não ter dito adeus?

Toquei o osso da sorte balançando contra a minha clavícula.

Depois de todo o tempo, todas as vidas, eu poderia mesmo deixar a tristeza me derrotar?

A Evelyn que conheço... ela ama de novo e de novo, mesmo que o amor esteja fadado a terminar em tragédia. Mesmo que ela tenha perdido todos a quem já amou, e sinta falta deles na próxima vida, e na próxima, e na próxima. Ela nunca criou limites rígidos, como eu. Nunca tentou se proteger dessa dor. Ela ama suave e ferozmente ao mesmo tempo, de modo aberto, e é a coisa mais corajosa que já testemunhei. A coisa mais humana que já testemunhei.

305

Eu tinha uma hora para torrar. O hospital ficava do outro lado da cidade, então eu não conseguiria ir andando. E, além disso, o meu quadril estava mesmo começando a reclamar.

Havia um ponto de táxi em uma rua próxima. Eu poderia pegar um. Estaria lá em alguns minutos e passaria meia hora com ela antes de ter que sair outra vez.

E então, como se os seus sentidos aracnídeos de irmã estivessem formigando, como se a minha dor tivesse sido transmitida pelo fio brilhante da conexão entre irmãos que a ciência nunca poderia explicar, o meu telefone piscou na minha mão com uma nova mensagem.

> reviravolta INSANA de acontecimentos??
>
> Dylan????? Dylan que fez a grotesca "arte" de flores prensadas???????
>
> não há pontos de interrogação suficientes no universo
>
> de verdade você tá bem?????

Tudo em mim se contorceu de tristeza.

Meu coração tomou a decisão muito antes do meu cérebro processar.

Minha irmã careca e perfeita estava na cama. As luzes principais já haviam sido apagadas para a noite, e o seu rosto estava iluminado pela série de vampiras lésbicas a que ela assistia.

— Ei — falei, com a voz mais rouca do que eu esperava. Estava quente no quarto, mesmo com uma janela entreaberta. Cheirava a torta de carneiro e ervilhas com hortelã, e ao polimento que ela havia acabado de aplicar no corpo do violino.

Ela olhou para cima e franziu a testa, quase imperceptivelmente, devido à falta de sobrancelhas.

— O que está fazendo aqui? Mamãe disse que você estava descansando. — Ela apertou o botão de pausa na Netflix para não perder um único momento de luxúria paranormal. — Você tinha que roubar minha cena, não é?

Ri do jeito que só Gracie conseguia me fazer rir.

— Nunca vão roubar a sua cena. Estou bem, a propósito. Muito obrigada por perguntar.

Ela revirou os olhos, colocando o tablet na mesa de cabeceira ao lado do violino e de uma partitura.

— Repito: o que está fazendo aqui? — Ela me observou. — Você está estranha.

Olhei para mim mesma, meio que esperando ver sujeira da trilha da fazenda ou até mesmo sangue das bandagens do meu quadril, mas não havia nada.

— Só queria ver você.

— Então táaaa. — Ela estalou os lábios, visivelmente desconfortável, então colocou o polegar no tablet. — Bem, estou assistindo à minha série, então...

— O procedimento correu bem — respondi com pressa, por falta de algo melhor para dizer. Qualquer coisa melhor do que adeus. — O da medula óssea. *Muito obrigada por perguntar.*

Outro revirar de olhos exagerado. Gracie tomou um gole de café gelado de caixinha, com caramelo, que eu tinha quase certeza de que ela não deveria estar bebendo.

— Tudo bem, você é uma ótima irmã. Quer uma medalha? Talvez um banquete com todo o povo da cidade em sua homenagem? Vou me vestir de palhaço e assustar as crianças.

Fui até a cabeceira dela e peguei o tablet.

— Posso assistir um pouco com você?

Ela reagiu como se eu tivesse perguntado se podia cagar no penico dela.

— Olha, não tem espaço na cama.

Eu tinha esquecido o quanto era desagradável falar com ela, às vezes. Gracie era espinhosa, difícil, hilária e maravilhosa. Nunca tinha conhecido ninguém como ela.

Arrastando uma cadeira para que ficasse bem ao lado da cama, falei:

— Vou me sentar aqui. Só vire a tela um pouco para mim.

Ela cedeu e apertou play. Havia um confronto dramático entre uma caçadora de vampiros e o seu alvo, e não dava para entender se elas estavam prestes a se matar ou transar apaixonadamente contra a parede da biblioteca.

Totalmente compreensível.

Lágrimas silenciosas deslizavam pelo meu rosto enquanto assistíamos. Uma coisa pequena e milagrosa que muitas pessoas considerariam banal: assistir a televisão com a irmã. Provocar uma à outra com comentários inconvenientes e amorosos. Em um impulso, peguei a mão dela e apertei; ela estava congelando de frio, e fiquei apavorada. Quando alguém que amamos está doente, nos fixamos em cada pequeno detalhe, cada flutuação de temperatura, atribuindo um significado sinistro a qualquer mudança. Rezando, mesmo que não seja alguém de rezar, para que aquilo não queira dizer nada.

Gracie puxou a mão.

NOSSOS DESTINOS ETERNOS

— O que você está fazendo? Que nojo.

— Eu te amo — sussurrei.

Ela suspirou, pausou a série e disse:

— Olha, estou realmente só tentando assistir às vampiras gostosas, e agora você está me fazendo sentir como se estivesse à beira da morte. Tem alguma coisa que não está me contando? Tenho peste bubônica e você simplesmente não tem coragem de me dizer?

— Não, eu só...

— *Me ama*. Eu sei. Mas não precisa ser tão sentimental. Tipo, por que você está chorando? Chorando assim, descaradamente.

Dei de ombros, enxugando o fluxo constante de lágrimas com as costas da mão.

— Não sei. Dylan ameaçando me matar... Achei que fosse morrer. E percebi que não dizemos isso o suficiente. Que a gente se ama.

Algo sério passou pelo rosto pálido de Gracie, mesmo que por um momento.

— Tem coisas que simplesmente sabemos. E, por favor, tente não morrer antes de mim. Como já disse antes, não quero que a minha cena seja roubada. Você pegou emprestada por um momento, e vou deixar passar, mas se pudesse parar de ser dramática por, tipo, quinze segundos...

Joguei os braços ao redor dela, apertando o seu corpo frágil, e um pouco da tensão teimosa diminuiu por um momento. Gracie afundou em mim com um suspiro quase imperceptível, e eu entendia o que ela queria dizer.

Tem coisas que simplesmente sabemos.

— Sai — sussurrou ela, me dando um pequeno empurrão.

Assistimos à série por mais alguns minutos antes que ela falasse outra vez.

— Algumas semanas atrás, quando você me perguntou o que eu queria fazer quando saísse daqui.

— Sim...

— Depois de depredar o túmulo, estava pensando... podemos ir a Londres para ver um musical? — Ela parecia quase envergonhada pelo raro momento de sinceridade, de esperança real. — Acho que eu gostaria de estar no palco. Talvez pudéssemos ir na época da Semana de Moda, para você aproveitar também.

Assenti, as lágrimas rolando com muita força, e só consegui murmurar:

— Tenho que ir. — E então me afastei, de repente tomada pela emoção, sabendo que não poderia ficar lá por mais tempo sem colapsar, o que não conseguiria explicar. — Não quero que a mamãe entre no quarto e não me encontre lá.

Eu tinha deixado um bilhete, mas sabia que ela perderia a cabeça de preocupação. Pensaria que Dylan me tinha feito escrever sob coerção. Que eu estava morta em uma vala em algum lugar. A culpa me atormentava, mas não havia alternativa.

Uma vez que estivesse em Cardiff, esperaria um tempo e voltaria para vê-las quando fosse seguro, raciocinei.

Não era um adeus.

Então por que parecia tanto que era?

Nunca. Uma palavra tão agonizante. Um ponto final tão insuportável.

— Eu te amo tanto — repeti, cada sílaba costurada com dor.

— Ninguém escuta uma palavra que digo, não é? — murmurou ela, com um último revirar de olhos exagerado. — Também te amo, esquisita.

Me agasalhei novamente e saí do quarto dela sem olhar para trás.

NOSSOS DESTINOS ETERNOS

Andei atordoada pelo corredor da enfermaria, as luzes muito brilhantes, as emoções muito intensas, a minha respiração muito barulhenta dentro da cabeça, e pensei que os hospitais deviam ouvir mais orações do que as igrejas.

Na rua extremamente fria do lado de fora, a respiração saía como uma coluna de fumaça diante do meu rosto.

Uma figura estava do outro lado da rua, envolta em sombras.

Arden.

País de Gales
2022

O AMOR TINHA SIDO A MINHA ruína, como sempre. Se eu tivesse ido embora sem me despedir de Gracie, se eu tivesse ficado escondida, longe daquele local óbvio, eu poderia ter saído de Abergavenny antes que Arden me pegasse.

Eu tinha o coração de uma tola, e nunca aprendia.

Quantas vezes o destino me ensinaria a mesma lição antes que eu ouvisse?

Arden cruzou a rua vazia na minha direção. De repente, a vontade de fugir me abandonou, como se o fogo que alimentava um

NOSSOS DESTINOS ETERNOS

balão de ar quente tivesse sido extinto de repente. Precisei de cada gota de energia que me restava para não cair no asfalto.

Eu nunca chegaria a Cardiff.

Eu deveria ter tido vontade de matá-lo. Deveria ter me lançado contra ele, chutando e gritando, e quebrado a porra do seu pescoço.

Mas não fiz isso. Comecei a chorar de novo.

Ao me ver, o rosto de Arden se suavizou.

— Ah, meu amor.

Apesar do fato de que tudo, absolutamente tudo, era culpa dele, caí nos seus braços.

— Eu te odeio — sussurrei, o rosto pressionado contra o seu peito pulsante, a voz embargada e desesperada.

Ele beijou a minha testa, suave como uma pena.

— Eu sei.

— Por favor, não me mate. — Os meus soluços silenciosos se transformaram em histeria, o meu corpo inteiro tremia e convulsionava com o peso da tristeza. — Nunca mais vou ver a Gracie. — O suéter de tricô dele ficou encharcado em segundos. — Não vou conseguir. Não vou conseguir. Não sou forte o suficiente.

Ele segurou o meu queixo com a mão e puxou o meu rosto gentilmente para cima. Seus olhos queimavam, parecendo safiras.

— Você é a pessoa mais forte que já conheci.

Fungando, balancei a cabeça intensamente.

— Não sou.

Arden pressionou a testa na minha.

— Às vezes, penso que a força do seu amor poderia consertar o mundo.

— Não preciso que conserte o mundo. Só preciso que conserte *isto*. — Fechei a mão em um punho fraco e bati contra o ombro dele, sem peso real por trás do gesto.

313

— Eu daria qualquer coisa para que isso acontecesse. — Sua voz estava quase uniforme demais, como se custasse muito a ele manter as emoções sob controle, mas havia algo, áspero, oculto, um peso nas palavras, que o denunciava.

— É insuportável amar assim — falei com fraqueza, com o peito doendo e doendo. — O meu coração parece uma ferida aberta. Não entendo como todo mundo simplesmente... anda por aí sabendo que todos que amam logo estarão mortos. Olho para a minha irmã, minha mãe, e é tudo que consigo ver. A perda inevitável. Olho para elas e penso: *eu te amo tanto, e um dia perderemos uma à outra para sempre, e talvez eu morra por causa dessa dor*. Então tento me recompor, me desligar, manter uma distância saudável, como você faz, mas não consigo. Não consigo.

Reprimi as lágrimas que ameaçavam surgir outra vez.

— E parte de mim acredita que estou desafiando o destino só de dizer isso: se eu mostrar ao universo o quanto amo a minha família, ela vai ser tirada de mim. Talvez seja só o que o amor é, no final. Uma tentação infinita do destino.

Eu parecia estar fora de mim, sabia disso, mas os sentimentos estavam transbordando, um milênio de amor e perda. Os jogos constantes que fazemos para tentar manter seguros aqueles que amamos. Os mil pequenos acordos que fazemos com o universo todos os dias.

E, ainda assim, o que Arden e eu compartilhávamos... desafiava tudo isso. Tempo, tristeza, morte, separação e renovação. A lógica fundamental da experiência humana ignorada. Eu nunca tinha perdido Arden; corríamos pela vida um do outro como pontos em uma costura.

Diante do meu desabafo, Arden parecia genuinamente perplexo.

— Estou sozinha? — perguntei, sem fôlego. — Todo mundo se sente assim e só não fala sobre isso? Ou sou comprovadamente insana?

NOSSOS DESTINOS ETERNOS

— Para ser sincero, não sei — admitiu ele.

— Gostaria de ser como você.

Arden balançou a cabeça.

— Estou tão feliz que você não é como eu.

Bufei com sarcasmo, me afastando e limpando o rosto encharcado na minha manga.

— Fácil para você dizer.

Ele desviou o olhar, com os dentes cerrados.

— Acha que é fácil para mim ver você passar por isso?

— Não sei. Porra, não sei, Arden. — Coloquei as palmas das mãos no seu peito e empurrei para trás, e dessa vez ele precisou de algum esforço para firmar o pé. — Eu te amo há mais tempo do que a maioria das pessoas consegue imaginar, mas ainda assim não tenho ideia do que passa na sua cabeça.

Como sempre, ele ficou em silêncio. Inabalável. Uma ostra que eu tentava abrir havia um milênio.

Então fez uma pergunta que pareceu uma flecha no meu coração:

— Como você quer que eu faça dessa vez?

Como você quer morrer?

Foi como um golpe físico.

Eu tinha implorado e implorado, e não deu em nada. A Sibéria fora um caso isolado.

Virei de costas para ele, olhando para cima em direção à silhueta da montanha Sugar Loaf. Uma lua cheia pairava sobre o pico; um mármore perolado. Uma constante, não importava quem eu fosse ou onde estivesse.

— Só faça parecer um acidente — murmurei. — Minha mãe não pode pensar que fui morta, ou ela nunca se perdoaria por deixar você entrar nas nossas vidas.

— Tem uma beirada de penhasco com vista para o vale — comentou Arden, tão insensível que me deixou feliz por ele estar

315

prestes a morrer também. — Podemos pular juntos. Todo mundo vai pensar que caímos.

Ou que você me empurrou.

Não me incomodei em expressar tal preocupação. Considerando os eventos daqueles últimos dias, não havia como alguém acreditar que as nossas mortes simultâneas fossem acidente.

Um arrepio percorreu o meu corpo. Cair era uma morte melhor do que a maioria, mas mamãe teria que viver com a imagem de corpos mutilados e ossos quebrados pelo resto da vida.

Quanto tempo levaria para o resgate nos encontrar?

Eu ainda poderia fugir, pensei por um segundo, em desespero. Mas não seria rápida o suficiente. Ele tinha quase trinta centímetros a mais do que eu e uma boa forma física depois de anos trabalhando ao ar livre.

E, além disso, para onde eu iria? Valeria a pena viver se eu nunca mais voltasse para as pessoas que amava? Para a minha mãe? Para Gracie?

Para Arden?

Por outro lado, eu sempre havia encontrado uma maneira de viver com a tristeza dos amores que perdi, carregá-los dentro de mim como velas que nunca se apagavam, até que a maré lenta do tempo finalmente extinguisse as memórias.

— Vamos — disse Arden, estendendo a mão.

Não a segurei.

Devagar, um plano se formou. Não um plano para sobreviver, mas um plano para encontrar paz, por fim.

Endireitando os ombros, respondi:

— Posso tornar isso fácil, ou posso tornar isso difícil. Posso ir de boa vontade. Ou posso fazer você me atacar e correr o risco de chamar atenção.

Um instante de confusão se instaurou.

NOSSOS DESTINOS ETERNOS

— Não tem ninguém por perto.

Dei de ombros.

— Talvez não aqui. Mas tenho certeza de que posso te ultrapassar nos quase cem metros que preciso para voltar ao hospital.

Um blefe, ele sabia. E também sabia que eu corria com esperança cega, e não se pode subestimar o quão longe isso leva alguém.

Ele apertou o dorso do nariz.

— Por que você é assim?

— Acho que é justo dizer, a esta altura, que você teve uma boa participação em formar a pessoa que sou hoje.

Ele olhou para mim, através de mim, cada milímetro de mim. Ou ele tinha cansado de lutar, assim como eu, ou o seu amor por mim estava sobrepujando completamente o seu bom senso.

— Tudo bem. Quais são os seus termos?

— Quero saber o motivo — exigi, com a cabeça erguida, encontrando o seu olhar impenetrável. — Não aqui. Não agora. Mas quando chegarmos naquele penhasco, e estivermos olhando para o vale, e estivermos contemplando as nossas vidas e mortes, quero saber o motivo.

Ele passou a mão no rosto. O seu rosto perfeito e irritante.

— Vai te machucar.

— A esta altura, vai doer mais não saber. — Um espelho do que ele havia me dito na Sibéria.

Ele soltou um riso amargo.

— Não acho que isso seja possível.

— Não me importo, Arden. Se vamos fazer isso repetidas vezes, se vamos desafiar o tempo, o destino e a morte juntos... se vamos continuar nos apaixonando um pelo outro... então preciso que as forças estejam equilibradas. E, neste momento, você tem todo o poder.

O medo estava estampado nele. O tipo de medo que eu raramente via em Arden.

— Isso não é poder, Evelyn.

— Vai ser muito mais fácil para você se não tivermos que lutar todas as vezes. — Minha voz estava cheia de calor, desejo, aversão e, inacreditavelmente, amor. — É exaustivo existir assim. Sei que você também sente isso. E se eu entender por que você faz isso... e se for por uma razão tão boa quanto você alega...

— É — respondeu ele, agressivo. — É uma força imparável, e o nosso amor é um objeto que não pode ser movido.

Confiei nele mais plenamente do que nunca.

Cabelos brancos, unhas pretas espiraladas. Mundo de ossos, cinzas caindo. Dor, súplica.

Isso já durou tempo demais.

O quadro completo havia fugido de mim por séculos. Era hora de levantar o véu. Eu sabia, e Arden também.

— OK. — Assenti. — Aí vou trabalhar com você. Podemos pular de penhascos juntos em todas as vidas quando chegar a hora. E ainda vai doer, mas não desse jeito.

Um silêncio longo e pulsante. Havia quase uma senciência no ar silencioso entre nós.

— Eu realmente odeio ter forçado você a tal sequacidade.

— Vá em frente, explique. O que isso significa?

Ele suspirou com exagero.

— Sinceramente, por que as línguas passam pelo seu cérebro como farinha em uma peneira? Você retém apenas as palavras de que realmente precisa, e todo o resto...

— Arden! — cortei.

Então, por fim, derrotado, seus ombros caíram.

— Tudo bem.

NOSSOS DESTINOS ETERNOS

— Tudo bem? — perguntei, incrédula, com o sangue trovejando nos ouvidos.

Eu estava prestes a ter mil anos de perguntas respondidas.

— Vou te contar — sussurrou ele, parecendo mais jovem do que eu jamais tinha visto. Inocente, com medo e tão inseguro, um milênio de convicção caindo por terra. — Vou te contar tudo.

País de Gales
2022

O LUAR PÁLIDO E PRATEADO BANHAVA o vale. As colinas escarpadas, salpicadas de tojo e ovelhas. O rio escuro e sombreado, cercado por árvores floridas, a água jorrando como estática baixa em um rádio distante.

As estrelas, indiferentes.

O meu amor, ao meu lado.

As nossas mortes, iminentes.

Nós nos sentamos na beira do penhasco, com as pernas balançando, os ombros encostados, tendo subido a colina íngreme à luz de lanterna. Os meus olhos ardiam de cansaço e tristeza, e inalei profundamente o ar puro do campo, saboreando o frio no meu peito.

Nenhum de nós falava. Depois que falássemos, não haveria como voltar atrás.

Mesmo tendo perseguido as respostas por mil anos, de repente fiquei com medo de ouvi-las. Sabia que nada seria igual dali em diante, e tal pensamento era tanto uma bênção quanto uma maldição. Estava no limite dos meus limites, com Gracie sendo uma fronteira difícil que eu teria feito de tudo para não cruzar, mas tinha um medo imortal de perder Arden no processo de busca pela verdade.

Arden sempre havia reiterado que aquilo doeria, e eu estava tão cansada de dor.

Mas que outra escolha tinha?

Aquele momento era um ponto crucial, uma costura, um eixo.

Escolhi adiar mais um pouco. Apenas para estar ali com Arden, os nossos corações batendo, vivos, mesmo que não por muito mais tempo. Para levantar o véu o mais devagar que pudesse.

— Quando você se apaixonou por mim pela primeira vez? — Havia um tremor sob as minhas palavras, pelo frio e por algo ainda mais visceral.

Ele olhou para a lua crescente.

— Às vezes acho que foi semeado desde o início. Decidido pela própria mão que escreveu o universo. Sobre quando o pensamento realmente me atingiu pela primeira vez... foi em Song do Norte. Você deu a sua vida por mim, pelo meu pai, embora não me conhecesse na época. Eu já tinha vivido algumas vidas até ali, e nunca tinha visto tanto altruísmo. Tanta *bondade*.

Havia uma cadência antiga nas suas palavras, como se ele estivesse se conectando a eras que haviam terminado muito tempo antes.

Descansei a cabeça no seu ombro; uma intimidade irrefletida.

— Nos seus momentos menos caridosos, você chama isso de martírio.

— É difícil para mim lembrar de coisas que você não lembra. — Ele passou um braço ao meu redor, depois o comprimento do seu cachecol, até estarmos envoltos. — Os próprios alicerces de nós dois, os momentos em que o nosso amor foi forjado, simplesmente não existem para você.

Algo que vinha me fazendo refletir. Quão profundamente triste devia ser carregar a nossa origem sozinho.

— Tenho vislumbres muito nítidos, mas quase sempre desaparecem assim que chegam.

— Até onde você consegue voltar? — perguntou ele, e tive a sensação de que Arden já queria me fazer aquela pergunta havia muito tempo, mas não achava que tinha o direito; não quando ele não respondia a tantos dos meus questionamentos. — Nesses vislumbres.

— Song do Norte, acho, mas não tudo. Pedaços. Os vergões quentes do bambu. — Estremeci. — E outras coisas me vêm ao acaso. Como na outra manhã, quando mencionei o café no Império Otomano e você se calou. Imediatamente percebi por que você estava envergonhado...

— Eu não estava envergonhado, Evelyn. Estava inapropriadamente com tesão.

Nós dois rimos, curtindo o pequeno momento de uma adolescência normal.

— As memórias mais nítidas, quando consigo lembrar de cenas completas, são apenas fragmentos... — Procurei nos cantos mais sombrios da minha mente. — O hospital. Ficou comigo. Às vezes acho que os lapsos de memória são uma resposta traumática a todos aqueles experimentos horríveis. Outras vezes, acho que é

NOSSOS DESTINOS ETERNOS

apenas humano esquecer grandes partes de sua vida. Quantas pessoas podem dizer honestamente que se lembram dos seus primeiros anos de existência?

— Você tem alguma noção de quando começou a me amar de volta?

A voz dele soava tão jovem, tão insegura, como se uma porta tivesse se aberto de repente nos muros altíssimos que cercavam seu coração. Aquela também parecia uma pergunta que ele nunca havia ousado fazer, mas que o tinha incomodado por séculos. Arden havia perguntado *por que*, lá nas trincheiras. Mas não *quando*. Não *como*.

Pensei por um momento, sem saber como colocar algo tão complexo em palavras. Então fechei os olhos mais uma vez e procurei a imagem certa. Ela veio.

— Sempre que tento puxar esse fio, ele me leva de volta ao deserto. Tinha camelos e tendas, ouro e sal, lagos, areia e tamareiras, e eu sentia uma coisa muito profunda por você. Uma coisa que me destruiu, no final.

Arden engoliu em seco, apoiando a cabeça na minha.

— Éramos melhores amigas. O mais próximo que já fomos gerados, e fomos criadas quase como irmãs, tão unidas eram as nossas famílias. Essa foi uma das piores. — Ele estremeceu com a lembrança. — Lembrar gradualmente, conforme os anos passavam, de que eu teria que matar a pessoa com quem mais me importava no mundo. Não consigo explicar como... Eu era apenas uma garotinha. Éramos apenas crianças. Jogávamos jogos de tabuleiro e fazíamos pegadinhas com os mais velhos. O nosso destino nunca me pareceu tão cruel como naquela época.

Outra coisa que eu nunca tinha considerado da perspectiva dele. Como devia ser perceber gradualmente o que precisava ser feito, e como acontecia cedo. O quanto ele era jovem quando começava a me procurar. Como isso roubava a sua infância de novo e de novo.

Arden passou a mão pelo cabelo emaranhado.

— Tem certeza de que quer saber a verdade?

— Tenho certeza — falei rapidamente, embora, tão perto da verdade, o medo fosse quase o suficiente para me fazer desistir. Para me fazer me atirar daquela grande altura antes que eu tivesse que enfrentar algo mais terrível do que já tinha enfrentado.

Várias batidas silenciosas, os nossos corações pulsando violentamente como um só. Ele entrelaçou os dedos nos meus, frios contra a minha mão perpetuamente quente, e apertou com tanta força que quase a recolhi.

Por fim, ele falou. Calmo, comedido e assustado.

— Toda vez que pensei em te contar, fiquei atordoado sobre como fazer isso. Quais palavras escolher. Quais frases tornariam isso menos difícil. E ainda não sei.

— Acho que imaginei todas as explicações possíveis — admiti. — Não tenho certeza se você pode me surpreender. Me machucar, sim. Mas me surpreender? Não.

Ele passou o polegar sobre as veias nas costas da minha mão.

— O que você imaginou?

— Bem, existem as opções mais humanas, como vingança. Fiz alguma coisa horrível com você, e a única maneira de você viver com isso é me punindo.

Ele balançou a cabeça, mas havia certa tensão que me fez pensar que eu não estava totalmente errada.

— Ou o fato de que você pode ter uma atração por matar — comentei. — Tipo, isso te excita.

Ele bufou.

— Não poderia estar mais longe da verdade.

Uma coruja piou acima de nós, melancólica.

— E tem as explicações mais sobrenaturais — continuei. — Tudo parece absurdo, mas o que acontece com a gente é absurdo, então não descartei nada. Maldições antigas. Deuses menores. Bruxas malévolas. — Cabelo branco, unhas pretas. — O que mais? Ah, magia de sangue. Você precisa do meu sangue para alguma coisa. Mas a minha teoria mais convincente é de que fizemos um acordo com o demônio.

Com essa última sugestão, Arden ficou quieto, e o meu corpo soube de alguma coisa antes da minha mente.

Meu coração ficou preso na garganta, toda a minha existência à beira da queda livre.

— Nós não fizemos um acordo com o demônio, Evelyn. Você *é* o demônio.

Lundenburg
1006

𝒮ᴇ ᴇᴜ ɴãᴏ ᴄᴇɪꜰᴀꜱꜱᴇ ᴀ minha primeira alma até o fim da noite, a Mãe me destruiria. Ela me pregaria em uma cama de brasas ferventes. Gargalharia alegremente enquanto minha pele derretia e expunha meus ossos, estalaria os nós dos dedos de suas mãos desgraçadas enquanto eu implorava pela misericórdia que não viria. E eu nunca morreria, pois não era mortal. O sofrimento seria agonizante e eterno.

E faltava apenas uma hora para o amanhecer.

Procure os momentos de vida e morte, dissera a Mãe. *Ouça os apelos desesperados, as orações desesperadas. Procure o amor, e a sua perda iminente. Lá você encontrará uma alma para reivindicar.*

NOSSOS DESTINOS ETERNOS

No entanto, a noite em Lundenburg estava em paz, não importava que fosse temporária. Os ataques selvagens dos vikings nos meses anteriores haviam sido vencidos, por ora, e o calor da primavera havia dissipado quaisquer ondas persistentes de doenças de inverno. As fileiras organizadas de casas de colmo estavam silenciosas como arganazes adormecidos, iluminadas pelo redemoinho de uma supernova no céu noturno. As ruas estavam impregnadas do cheiro de tomateiros e frésias, feno e esterco fresco espalhado, do cheiro acre de corpos quentes, do fedor distante de um celeiro de dízimos infestado de ratos.

Não havia prece desesperada a ser ouvida.

Para o olhar externo, eu parecia uma garota humana normal. Usava um vestido azul simples e botas de couro macio, cabelos escuros caiam até a cintura presos em tranças. O tom de pele acinzentado típico de um demônio imortal havia desaparecido quando entrei no reino dos mortais, rosada como um bebê recém-nascido.

Por mais que desejasse ser, eu não era uma garota humana normal. Nunca seria.

O pânico martelava minhas têmporas enquanto eu andava pelas ruas sujas nas sombras do palácio de Etelredo. Eu tinha atingido a maioridade havia quase uma lua, e ainda assim o novo poder que vibrava em mim permanecia guardado. Fosse por uma relutância enraizada ou por incapacidade genuína, eu havia vagado pelas ruas noite após noite e retornado ao Submundo de mãos vazias.

Era como se eu fosse fundamentalmente diferente dos outros demônios. Eles eram famintos, tinham uma sede profunda que apenas almas humanas podiam saciar. Não demonstravam sinal de misericórdia ou arrependimento enquanto as vítimas queimavam nas brasas para salvar os seus entes queridos. Eu, por outro lado, possuía a pior característica possível para um demônio: empatia. Sentia a dor humana na própria carne e em meus ossos. Sentia o meu coração bater como o deles em um lugar onde não deveria haver coração algum.

Quase como se eu tivesse uma alma própria.

No fundo eu sabia que não era destinada a levar aquela vida. Tudo o que queria era cuidar de um jardim, do jeito que os humanos faziam. Tirar belas cenouras da terra e podar lindas rosas cor-de--rosa. Talvez pudesse consertar roupas, porque sempre tive um tato para tecidos, ou evitar as expectativas sobre jovens mulheres e me tornar uma aprendiz na forja. Poderia entrar para uma guilda de fabricantes, ou enfardar feno, ou assar pão, ou semear trigo, ou qualquer coisa; qualquer coisa, menos o meu destino demoníaco.

Um tom índigo surgiu no horizonte além do palácio, e eu sabia que o meu tempo estava prestes a acabar.

Enquanto eu caminhava derrotada, passando por uma igreja baixa de pedra, um soluço ecoante, mais alto do que deveria ter sido, escapou de uma pequena janela. O som mexeu comigo. Havia um timbre desesperado no choro, algo visceral e ressonante que me atraiu, e de repente o conselho da Mãe fez sentido.

Procure o amor, e a sua perda iminente.

Todos os meus instintos desonestos me disseram que ali estava o momento.

Eu tinha que agir, antes que me convencesse do contrário.

A igreja estava mais fria que o ar da noite, e estremeci conforme os meus olhos se ajustaram à luz fraca. O espaço carregava o cheiro de cordeiro cozido e repolho com manteiga. Talvez resquício de um banquete de primavera. No canto, peguei uma foice solitária apoiada na parede de pedra.

Um jovem, de vinte anos no máximo, estava curvado em um banco com a cabeça entre as mãos. Ao lado dele, a chama de uma vela crepitava no pavio, lançando sombras estranhas sobre ele. Seus cabelos loiros iam até os ombros, ele usava uma túnica mar-

NOSSOS DESTINOS ETERNOS

rom mal remendada e exibia todos os contornos curvados de um homem sobrecarregado pela tristeza.

Caminhei devagar pelo corredor e deslizei para o banco atrás dele. A vela rescendia a gordura derretida. Ele soluçava desesperadamente, murmurando sem parar *por favor, por favor, por favor*. Não tinha ouvido eu me aproximar.

— Você está bem? — perguntei, por falta de apresentação melhor.

O jovem deu um giro brusco no banco para me encarar, e senti uma pontada de vergonha por perturbar um momento tão vulnerável.

Recuperando-se o mais rápido que pôde, ele fungou e pressionou uma das mãos na órbita do olho.

— Minha irmã está gravemente doente. Não lhe resta muito tempo.

Não pareceu perturbado pelo aparecimento repentino de uma estranha.

Na palma da mão havia um bezoar escuro, que ele rolava ritmicamente entre os dedos. As lágrimas escorriam pelas bochechas como riachos brilhantes, encharcando a fina barba dourada no maxilar.

Tolice, pensei, tomando o distanciamento de um demônio, *é tudo uma tolice, amar e ser amado, sabendo que sempre terminará desse jeito*, e, ainda assim, eu ansiava por isso mais do que ansiava por respirar.

— Sinto muito — falei, e sentia mesmo.

— Beorma é apenas uma criança. — A voz era baixa, rouca, como se falar doesse. — Nossa mãe morreu durante o parto dela. Agora o seu sacrifício terá sido em vão.

— Todos os sacrifícios são, no final — respondi. — Mas os humanos os fazem de qualquer maneira.

— Ela nasceu sem romper a bolsa — sussurrou o homem. — Supostamente deveria trazer boa sorte. Um talismã da sorte. E agora... isso não é justo, nem certo.

O silêncio pairou entre nós, e havia apenas o arranhar distante dos galhos de uma macieira contra a parede da igreja. A pintura emoldurada perto do altar retratava uma figura reptiliana alada com feições distorcidas e dedos longos e cruéis. Abaixo da imagem havia uma passagem de advertência: "Disciplinem-se, mantenham-se alertas. Como um leão que ruge, o seu adversário, o diabo, ronda, procurando alguém para devorar."

De repente, o jovem soltou um urro potente, um estrondo de trovão que vibrou através dos ossos, e então arremessou o bezoar na cruz de madeira, que mal se abalou. Os ecos do grito reverberaram muito depois de o pequeno objeto ter rolado até parar no chão de pedra.

— Posso salvar a sua irmã — soltei, com uma voz que não tinha o frio cortante dos outros demônios, mas sim um tatear dolorosamente humano. Muita aspereza na garganta, muita emoção nas palavras.

Com a respiração irregular, as sobrancelhas pálidas do rapaz se uniram com angústia e confusão.

— Você é uma curandeira? Sequer perguntou o que a aflige.

— Tenho o poder de curar doenças, entre outras coisas, desde que algo suficiente seja sacrificado em troca.

Uma declaração absurda, dado o que eu tinha acabado de dizer sobre a futilidade do martírio. Enfim.

Ele balançou a cabeça e desviou o olhar.

— Se é ouro que você procura, não tenho nenhum. Os dízimos já estão altos demais.

— Não é ouro. Algo muito mais valioso.

O ar na igreja ficou imóvel.

— O que poderia ser?

— A sua alma.

NOSSOS DESTINOS ETERNOS

Ele se virou de novo para mim e observou o meu contorno como se me visse de fato pela primeira vez, com o brilho sutil do vinho enevoando seu olhar e os dentes manchados de um roxo cor de sangue.

— Como?

Algo afiado atravessou minha garganta.

— Posso salvar a sua irmã, mas você deve sofrer imensamente em troca.

Os seus olhos se estreitaram.

— Já estou sofrendo.

— Emocionalmente, talvez. Estou falando de algo totalmente diferente.

— Não sei o que você quer dizer. — As suas costas estavam eretas, a expressão sóbria como a de um padre.

Agora ou nunca.

— Se concordar em me deixar salvar a sua irmã, você será levado para o Submundo. Será pregado em brasas por sete dias e sete noites. A sua dor alimentará a Mãe e a fortalecerá. Você não morrerá, nem tirará proveito da doce libertação de desmaiar. Sentirá cada segundo de tudo. E então, pelo resto dos seus dias mortais, você servirá à Mãe como eu. Você ceifará almas.

Era impossível analisar a sua expressão.

— Espera que eu acredite nisso?

Deixei um instante longo passar.

— Acho que tem pouca escolha.

Por favor, diga que sim. Sinto muito, sinto muito, mas, por favor, diga que sim.

— Quem é você? — perguntou ele, com o rosto pálido e uma esperança terrível queimando nos olhos, e quis morrer de tanta vergonha.

331

Como responder? *O demônio* seria a coisa mais próxima da verdade, e ainda assim os meus lábios não formariam a palavra. Nasci da Mãe; não havia sido uma escolha. O meu terrível destino tinha sido atribuído a mim aparentemente ao acaso.

Era tudo um erro cruel. Eu era apenas uma garota. Uma garota que queria agradar a Mãe. Uma garota que queria se deixar amar e ser amada em troca. Uma garota que queria viver.

As coisas mais humanas de todas.

Briguei internamente com o ato maligno que estava prestes a cometer. Estava ciente de que aquela pessoa inocente sofreria muito para que eu sobrevivesse, mas seria temporário. Se eu não colhesse sua alma, a minha dor seria eterna.

Ainda assim, uma resposta para a pergunta que ele fizera não apareceu prontamente, então decidi me atribuir um nome. Um nome real e humano. Um que parecesse certo na minha língua, nos cantos doloridos do meu peito. Um que fosse simples, tão simples e despretensioso que eu pudesse argumentar com a Mãe que tinha me apresentado de tal forma na intenção de ganhar a confiança do humano.

Engoli em seco, sufocando a emoção do momento.

— Evelyn.

Ele assentiu uma vez; um acordo tácito, um destino selado, uma promessa que nunca poderia ser desfeita. Um aceno que definiria um milênio.

— Sou Arden.

NOSSOS DESTINOS ETERNOS

nos últimos mil anos:
impérios surgiram e caíram
e eu te amei,
pestes passaram de rato para crianças
e eu te amei,
a humanidade conquistou o mar e o céu
e eu te amei,
reis foram mortos e florestas arrasadas e bruxas queimadas
e ouro encontrado e mapas redesenhados e fortunas negociadas e
vulcões transbordados e luas visitadas e catedrais esculpidas e
rios poluídos e obras-primas pintadas e campos de batalha en-
sanguentados
e eu te amo,
e eu te amei,
e eu te amarei.

— autor desconhecido

País de Gales
2022

— Eu sou o demônio — repeti, engasgando nas palavras. Tudo que eu achava que sabia sobre a minha existência caindo e se estilhaçando no chão.

Não era a vítima de uma maldição cruel; era a *criadora* da maldição.

— Sinto muito — sussurrou Arden, e eu não conseguia olhar para ele, a alma que destruí, a alma cujo amor pela irmã transformei em algo monstruoso, a alma que passei décadas repreendendo por *não* se importar o suficiente com a família. — Eu sinto muito. Eu ceifei a sua alma? — Cada palavra era uma praga, um tumor, um pecado, um açoite de autoaversão no meu coração.

Apoiando os cotovelos nos joelhos, ele apertou as têmporas e olhou para baixo.

— Em troca da sobrevivência da minha irmã. Mas, no fim das contas, parece que não fui específico o suficiente no meu acordo. A febre dela melhorou, só para ela morrer asfixiada no dia seguinte. *Não.*

— Por minha causa? — Tudo estava girando, os meus pensamentos e sentimentos eram fragmentos de um caleidoscópio que eu não conseguia entender. — Não é possível que a deixei morrer de propósito.

— Também não acho que você fez isso. Nós dois erramos no acordo. Mesmo assim, te odiei.

Saber disso causava um buraco no meu coração, escancarado e cheio de horror.

Eu era o *demônio*.

Era tudo o que havia de mau neste mundo.

E eu tinha *esquecido*. Como se esquecesse o leite de uma lista de compras.

No entanto, enquanto ele descrevia aquilo, tudo voltou até mim, cada detalhe assustador. Como se sempre tivesse estado lá. Será que a minha mente havia enterrado tudo voluntariamente? Foi por uma autopreservação grotesca? Uma recusa de olhar a mim mesma nos olhos?

Me deitei de costas, a tontura tornando impossível ficar sentada por muito mais tempo. O meu quadril doía, mas era distante, irrelevante. Um problema mortal, e eu não era mortal.

— Por que você não me contou?

— Contei, nas primeiras vezes, quando ainda odiava você. Mas nos últimos setecentos ou oitocentos anos... Eu não conseguia

LAURA STEVEN

suportar a ideia de te dizer o que você realmente era. — Arden fungou. — Você é a coisa mais distante de um demônio que posso imaginar. Não queria que tivesse que carregar o fardo de tudo o que fez. O destino ao qual você nos amaldiçoou.

Mereço carregar o fardo, queria gritar para ele. Arden só estivera tentando me proteger.

— Existiram outros? — perguntei, com a garganta rouca e seca. — Antes de você? Ceifei outras almas?

— Acho que fui o seu primeiro.

Um pequeno consolo, pelo menos. Eu tinha sido um demônio tão ruim que o meu primeiro alvo ainda estava me caçando mil anos depois. Se havia uma coisa na vida em que era bom ser inepta, provavelmente era isso.

Não sou um monstro. Não sou um monstro. Não sou um monstro. Entoei isso na minha cabeça na esperança de que parecesse verdade.

Uma coisa era saber que a própria vida, ou vidas, desafiava alguma lei fundamental da natureza; outra bem diferente era confirmar a existência de algo tão arcano quanto *demônios*. Eu supunha que havia uma *razão* para a mitologia sobre espíritos malignos e acordos faustianos transcenderem culturas, eras e crenças, uma razão pela qual a ideia tinha sido espalhada pelos últimos mil anos como um confete maligno.

Era, entretanto, devastador ter que se debater com a ideia de *ser* um demônio.

Puxei o cachecol de Arden até o rosto, para o seu cheiro cobrir a minha boca e o meu nariz, e inspirei como se o tecido fosse uma naninha. Ar fresco e linho limpo, com leve odor de feno e fumaça de fogueira.

Com as palavras abafadas, perguntei:

— O que aconteceu depois de Lundenburg?

336

Ele desviou o olhar, voltando-o para onde o rio gorgolejava, indiferente a nós.

— Passei sete dias e sete noites em brasas. — Uma risada amarga. — Por isso os pesadelos.

O horror no meu peito aumentou. Os berros carnais de todas as noites, a maneira como ele arranhava as costas em desespero selvagem, o terror profundo nos gritos de contralto. Aquele trauma inimaginável era por minha causa.

Eu o havia submetido a isso, apenas para me salvar.

Não é de se admirar que eu tenha passado mil anos expiando meus erros de maneira subconsciente. Jogando-me na linha de fogo repetidas vezes, uma necessidade profunda de consertar uma injustiça histórica. Uma mártir, um cordeiro para o sacrifício. Um demônio buscando redenção.

— E então você teve que trabalhar para mim — consegui dizer, enfim. — Para a Mãe.

Ele assentiu, encarando as constelações espalhadas pelo céu noturno.

— Deveria, mas no momento em que voltei para Lundenburg, descobri que a minha irmã tinha morrido apesar do meu sacrifício para salvá-la. Então te cacei e te matei. Em parte por ódio, e também porque pensei que isso me libertaria do acordo inútil. Só que assim que você deu o seu último suspiro, eu morri também.

Uma brisa mais forte soprou, farfalhando pelo aglomerado de árvores atrás de nós.

— E as vidas seguintes? Por que você continuou me matando se sabia que isso não te libertaria?

— No começo, achei que tinha funcionado. Eu era um guerreiro na Bavária, segurando a maré constante de húngaros furiosos. Era bastante conhecido no campo de batalha como alguém que poderia sustentar muitos ferimentos sem morrer. Conforme o tempo passou e o nosso aniversário de dezoito anos se aproximou, passei a me lembrar do que tinha acontecido na nossa vida anterior, mas parecia um filme. Achei que não podia estar realmente me lembrando de uma existência passada. Parecia mais um sonho recorrente. Mesmo que fosse real, não poderia imaginar que o acordo me seguiria para outra vida.

— Mas seguiu.

— No segundo em que completei dezoito anos, fui sugado de volta para o Submundo e colocado diante da Mãe. Você também estava lá, mas não era... — Ele procurou as palavras certas. — Nós não éramos corpóreos. Acho que os nossos corpos foram deixados para trás no mundo mortal, e as nossas almas desceram para o lugar ao qual estavam para sempre amarradas.

"De qualquer forma, você não tinha lembrança de nada. Nenhuma ideia do porquê estava lá. Foi horrível de assistir, você, completamente apavorada com o que estava acontecendo."

Ele balançou a cabeça com veemência, e uma mecha de cabelo escuro se soltou.

— Nunca entendi essa parte. O fato de todo o conhecimento sobre quem e o que éramos simplesmente sumir para você de uma vida para a outra.

A magnitude daquilo era impossível de processar. Era muito maior e muito pior do que eu havia imaginado. Não era uma briga trivial com uma bruxa da floresta, nem um rancor mesquinho de muito tempo atrás, mas algo mais profundo e sombrio, algo que nos ligava à parte baixa do universo.

E eu tinha *esquecido*.

Era isso que me agoniava. O absurdo da minha péssima memória.

— O que aconteceu quando fomos convocados de volta ao Submundo? — perguntei, determinada a extrair cada último detalhe horrível da loucura compartilhada entre nós.

NOSSOS DESTINOS ETERNOS

— A Mãe nos disse que as nossas almas foram marcadas como pertencentes a ela. E que no momento em que nos tornamos maiores de idade e passamos a ter todo o nosso poder, passamos a ter a responsabilidade de ceifar almas. Aqueles com quem fizéssemos acordos estariam então sob o nosso comando, e também seriam obrigados a repetir o mesmo, depois que a semana nas brasas acabasse. O propósito de tudo era alimentá-la. O sofrimento... é a força vital dela. E ela estava ficando cada vez mais forte a cada acordo feito.

— É uma porra de um esquema de pirâmide. — Lancei um olhar fraco para o céu. — Como a minha alma foi marcada para começo de conversa? Simplesmente nasci um demônio?

— Isso eu nunca consegui descobrir.

Pensei na viagem de volta ao Submundo nas nossas segundas vidas.

— Por que só não nos recusamos a pegar almas?

— Nós recusamos, no começo, mas fomos colocados nas brasas até que obedecêssemos. — Um arrepio percorreu o seu corpo, e ele pareceu instantaneamente constrangido, limpando a garganta e desviando o olhar. — Você durou muito mais do que eu. Já era mártir, mesmo naquela época.

Os meus dedos dos pés se curvaram dentro das botas.

— Mas cedi, no fim.

— Não se odeie por isso. A dor é impossível de descrever.

Em algum lugar nas árvores atrás de nós, um galho se partiu sob o peso de uma raposa ou texugo.

— O que aconteceu depois que finalmente concordamos em fazer o trabalho sujo para a Mãe?

— Voltamos ao mundo; eu para o campo de batalha e você para o monastério onde viveu por anos. — A voz dele assumiu uma cadência suave e ritmada, como um contador de histórias perto de uma

339

fogueira. — Teria sido fácil para mim encontrar uma alma desesperada para negociar, considerando onde eu estava. Tanta morte, sofrimento e perda. Mas, em vez disso, fugi da batalha e fui te procurar. Desde que havíamos completado dezoito anos, a amarra entre nós era cem vezes mais poderosa. Antes, era um puxão vago, mas naquele momento era um tranco magnético. Te encontrei em poucos dias. Você estava completamente perturbada, arranhando as costas como se ainda sentisse as chamas lambendo-as. Estava à beira de ceifar a alma do esmoler.

A culpa se retorceu dentro de mim. Arden não tinha sido o único como eu esperava. Eu estava preparada para fazer aquilo de novo.

— Por que você foi me procurar? Não continuava me odiando pelo que eu tinha feito?

— Porque eu queria te contar o que descobri na primeira vez que te matei. Que se eu te matasse, nós dois morríamos, e o relógio zerava. Nós nasceríamos em novas vidas, e teríamos mais dezoito anos antes de sermos arrancados de volta para o Submundo. E poderíamos continuar fazendo isso para sempre. Não teríamos que pegar a alma de ninguém, nem voltaríamos para as brasas, contanto que continuássemos morrendo na hora certa. Não importava o tamanho do meu ressentimento, isso parecia uma solução mutuamente benéfica.

Cravando as unhas nas palmas das minhas mãos, sussurrei:

— E eu concordei?

— Você concordou. Mas, aí, quando fui te encontrar em Song do Norte...

— Eu não lembrava.

— Você não lembrava. — Ele balançou a cabeça, como se a memória ainda o confundisse e o incomodasse. — Você não se lembrava de *nada* naquelas primeiras vidas. A sua memória parecia ser apagada a cada nova encarnação. Mas, mesmo sem a culpa, sem

NOSSOS DESTINOS ETERNOS

aquela necessidade de redenção, você se ofereceu para receber o meu castigo por mim, o castigo do meu *pai*. Mesmo não tendo ideia de quem eu era. Deus... odiei você por isso. Porque eu já te odiava tanto pela existência triste à qual você tinha sentenciado a gente... Eu estava começando a entender, àquela altura, que eu nunca mais seria capaz de viver ou amar como os outros... e você simplesmente *não se lembrava*. E, naquele momento, nada poderia ter sido pior do que estar em dívida com você. O meu orgulho não permitiria.

Imagens vagas passaram pela minha mente: um banquinho de madeira e uma corda pendurada.

— Você ameaçou se matar. Eu me lembro disso.

Quando Arden exalou, a respiração embaçou o ar gelado da noite.

— Porque estava ficando nítido para mim que eu não seria capaz de matar nós dois. Como eu poderia sair daquela cela e colocar as mãos em você? Eu era pequena e estava desarmada, e havia guardas. Minhas estrelas ninja foram tiradas de mim quando fui presa. E, por causa do seu ato infundado de generosidade e martírio, também estava óbvio que você provavelmente não me mataria. Mesmo se eu tivesse explicado a situação para você, bem ali, na frente do guarda, duvido muito que você teria colocado uma lâmina no meu pescoço. O seu coração era bom demais, puro demais. E eu não entendia isso nem um pouco, dada a maneira como começamos.

— Então você pensou que se você se matasse — falei devagar — pelo menos seria salvo de ter que roubar almas.

Ele assentiu.

— Eu não tinha certeza se a minha morte acabaria com a sua vida também... suicídio não era o plano... mas era a única jogada que me restava. E agora, com mil anos de retrospectiva, sei que a tentativa não teria sido bem-sucedida, de qualquer forma. A única maneira de morrermos é pelas mãos um do outro.

Que bagunça poderosa e devastadora. Uma tragédia grega sem fim.

A menos que...

Abrindo a boca para romper o silêncio da noite, falei, com muito mais convicção do que sentia:

— Acho que deveríamos deixar que nos chamem de volta ao Submundo.

O vale praticamente tremeu com as palavras. O jorro distante do rio refletia o rugido do meu sangue. Bem acima de nós, uma estrela cadente navegava pela tela escura do céu.

Arden se virou para mim como se mil cabeças tivessem saído do meu pescoço de repente.

— Por quê?!

Respirei fundo para me acalmar.

— Porque se a sua alma está marcada pela minha, e você é capaz de me matar, então...

A compreensão surgiu nos olhos dele.

— Você deveria ser capaz de matar a Mãe. Porque a sua alma está marcada pela dela.

— Exatamente. — Uma onda de alguma coisa brilhante e esperançosa surgiu no meu peito, como um globo de neve sacudido e despertado. — É a falha no sistema, certo? Talvez o próprio ato de unir almas as torne mais vulneráveis umas às outras. Talvez qualquer que seja a magia sombria que nos amarra, e nos protege de todos os outros tipos de morte, também crie uma espécie de porta dos fundos assassina, pela qual o outro pode entrar.

A percepção era potente. E, em algum lugar nas minhas entranhas, eu sabia que a minha teoria estava correta. Não importava em qual vida eu estivesse, sempre observei o empurrão e puxão que move o universo; sem luz não havia escuridão. Era yin e yang.

NOSSOS DESTINOS ETERNOS

O equilíbrio cármico e cósmico de tudo isso. A Mãe não poderia ser toda-poderosa. A natureza não funcionava dessa forma.

Pela primeira vez, Arden exibiu no rosto todas as emoções que o invadiam ao processar a ideia. Ao encará-lo, percebi que ele estava escolhendo o caminho em meio a cada sentimento conflitante, tentando encontrar um terreno sólido.

Ele se virou para mim, agachado, como um animal pronto para o ataque.

— E se destruir a Mãe nos destruir também?

Da maneira mais suave que pude, respondi:

— Você conhece o meu hábito de me martirizar há um milênio. Sem dúvida deve saber que eu me sacrificaria mil vezes para livrar o mundo desse mal.

— Mas não está apenas se sacrificando. Está me sacrificando. Sacrificando a gente.

Os meus olhos vasculharam os dele. A luz das estrelas lançava um brilho prateado sobre o seu rosto e cada um de seus belos traços: os lábios carnudos, as sobrancelhas grossas, os olhos gentis, a mandíbula marcada e as maçãs do rosto altas, e a sua Arden-idade, ardente e abrasadora. Flores e tinta.

— Que outra opção temos? — perguntei, desesperada, porque se houvesse outra maneira, eu toparia em um piscar de olhos.

— Isto — argumentou ele com urgência, e agarrou as minhas mãos. Estremeci com o toque, tão quente e imediato, e alguma coisa no meu peito dançou sob o calor. — Agora que você entende tudo, podemos simplesmente viver os nossos dezoito anos em várias vidas e morrer sem disputa quando chegar a hora. Não tem razão para não continuarmos fazendo isso para sempre.

O pensamento era ao mesmo tempo sombrio e atraente. Era como o desejo de mentir, roubar ou trapacear: cintilante e excitante, uma joia imperial brilhante pronta para ser tomada. Carregava uma adrenalina, mas também o peso da vergonha.

— Não acho que seja certo — sussurrei.

A sua postura era quase frenética naquele momento, enrolada como uma mola.

— Por quê?

Engolindo em seco, respondi:

— Acho que se tivermos a chance de destruir a Mãe para sempre, temos que tentar. Pense em todas as outras almas inocentes que libertaremos deste inferno. Chega de brasas, chega de condenar outras vítimas ao mesmo destino. Chega de demônios.

Houve uma longa pausa e então:

— Por que você tem que ser tão boa? — perguntou ele, aflito. — Por que não pode ser egoísta, só desta vez?

Sorri com ironia.

— Você me amaria por tanto tempo se eu não fosse assim?

O silêncio foi resposta suficiente.

— E agora? — perguntei.

— Acho que esperamos nossos dezoito anos.

País de Gales
2022

Eram por volta das duas da manhã quando nuvens começaram a envolver a lua prateada. A princípio, aquele era o nosso aniversário. Éramos legalmente adultos. Entretanto, era óbvio que a Mãe tinha gosto pelo pedantismo: não assumiríamos os nossos poderes por mais cinco horas.

— E se a polícia mandar uma busca antes do amanhecer? — Me mexi desconfortável na toalha de piquenique. O efeito dos remédios estava passando, e eu estava ficando muito ciente da dor no meu quadril, estável e maçante ao mesmo tempo. Correr para a cidade tinha sido um erro. — Se a minha mãe perceber que estou desaparecida antes do amanhecer, haverá helicópteros sobrevoando essas colinas em pouco tempo.

Arden suspirou e deitou-se na toalha, apoiando os antebraços acima da cabeça.

— Acho que não importa. Se formos pegos e presos... bem, se *eu* for preso... seremos chamados de volta para o Submundo de onde quer que estejamos. O plano não muda.

Por mais que eu tentasse processar o que poderia acontecer nas horas seguintes, o meu cérebro não conseguia mensurar a dimensão daquilo tudo; como o Submundo seria, qual seria a sensação, o que *faria* conosco. Então, me concentrei em detalhes logísticos.

— Você tem uma arma que possamos usar contra a Mãe?

Um aceno conciso e um tapinha no bolso do casaco de lenhador.

— A faca.

— Ela vai com a gente? — contemplei. — Você disse que da última vez os nossos corpos ficaram aqui, e apenas as almas desceram. As chances de pertences pessoais também chegarem ao Submundo parecem pequenas.

Ele suspirou.

— Acho que você está certa. Mas nós já matamos com as próprias mãos antes. Podemos fazer isso de novo.

Estremeci com uma lembrança repentina dos vastos pampas argentinos. A garganta de Arden, estreita e feminina, sendo pressionada e inchando com o aperto das minhas mãos calejadas. A autoaversão pulsou nas minhas têmporas como um tambor.

Demônio, demônio, você é um demônio.

Naquela época, Arden era uma garota magrela de dezessete anos. Matar a Mãe, forte, sustentada há milênios pelo poder do sofrimento eterno, era uma questão totalmente diferente.

— O que você lembra sobre a Mãe? — perguntei. — Quer dizer, sei como ela é. Ela estava lá nas trincheiras, não estava? Mas ela tem muita proteção? Guardas demoníacos ou algo assim?

NOSSOS DESTINOS ETERNOS

— Realmente não sei. — Os olhos de Arden se fecharam, e eu entendia o sentimento. Embora a tensão estivesse alta e estivéssemos oscilando à beira de um destino incerto, eu também estava *cansada*. Pela falta de sono. Por tudo. — Não vou ao Submundo há quase mil anos. — Uma risada abafada. — Na vez do navio em Batávia foi por pouco, viu? Imagino que ela tenha ganhado muita força naquele tempo. E muitos seguidores, voluntariamente ou não.

Voluntariamente ou não.

Poderia ser a nossa salvação. Mesmo que a Mãe tivesse protetores, eles seriam de fato leais? Ou estariam presos ali contra a própria vontade, protestando contra os laços dos seus acordos, como Arden e eu? Será que poderiam ficar do nosso lado, se rebelar, se revoltar, dominar?

Me deitei novamente ao lado de Arden, só que dessa vez na curva do seu peito. Ele ficou imóvel por um instante, tenso, e então relaxou o suficiente para me envolver com o braço. Foi deliciosamente, insuportavelmente bom. O primeiro momento de paz em semanas, não importava o quão fugaz.

— Quantas outras almas marcadas você acha que existem por aí? — murmurei. Uma estrela bem acima de nós piscou, branca, depois escura, depois branca outra vez. — Devem ser tantas a esta altura. Essa é a natureza dos esquemas de pirâmide. Eles crescem e crescem até que as únicas pessoas para quem vender são as do próprio grupo.

— Também não sei. Nunca mais fui abordado para outro acordo, mas, por outro lado, talvez os outros ceifadores saibam que já fui marcado.

Um pensamento me ocorreu, curioso e brilhante.

— Já passou pela sua cabeça oferecer um acordo à minha mãe? Pela vida de Gracie.

— Não. — A resposta foi rápida e dura. — Esses acordos... são coisas escorregadias. Se não acertássemos a forma de dizer, ela poderia acabar do mesmo jeito que eu: sem a pessoa amada e sem liberdade. Além disso, você consegue imaginar a sua mãe passando uma semana em brasas?

O horror da imagem me percorreu, rapidamente seguido por uma onda de afeição por aquela mulher que daria a vida pelas filhas.

— Ela é mais forte do que você pensa.

— Eu sei — disse Arden suavemente, as palavras flutuando e desaparecendo na noite imponente.

Enquanto estávamos ali em silêncio por um tempo, jamais havia me sentido tão pequena ou tão infinita. Nós vivemos por tanto tempo. Fomos fazendeiros, padeiros, soldados, joalheiros e ladrões, membros da realeza e bandidos, filhos e filhas, a nossa forma mudando a cada vida, mas não o nosso coração. Tocamos mil pessoas, a maioria das quais jazendo como ossos na terra. E ainda assim, sob a grande tela de estrelas, nós não éramos nada. Um pontinho, um estalar de dedos, uma única nota na sinfonia do universo. Perceber isso me fazia sentir ao mesmo tempo melhor e pior.

Não éramos nada, mas sentíamos que éramos tudo.

O quinto item na minha lista de desejos: envelhecer com o amor da minha vida.

Um casamento, um lar, um filho nosso, todos os rituais silenciosos, todas as histórias compartilhadas de um amor comum e duradouro.

Coloquei o braço sobre Arden, sobre o tecido macio do casaco forrado de lã, e enquanto ele me apertava com força, desejei poder me fundir com ele.

Eu te amo, e eu te amei, e eu te amarei.

NOSSOS DESTINOS ETERNOS

O meu coração batia, repetindo as palavras agonizantes. Arden era a minha família. Minha pátria, meu lar, que eu defenderia com cada fibra do meu ser.

Eu sempre tinha acreditado que ele era o vilão, mas não era.

Eu era.

E ele ainda me amava.

Inclinei a cabeça para cima e observei o rosto dele, cada traço lindo me enchendo de *desejo*. Levantei a mão até o maxilar e passei o polegar ao longo da curva bem demarcada. O corpo de Arden ficou atento ao meu lado, uma sutil tensão de músculos e tendões.

Deslizei a mão para a nuca, passando os dedos pelo cabelo escuro e macio e me puxando levemente para cima ao mesmo tempo, com o rosto a centímetros do pescoço dele. Suavemente, tão suavemente que precisei de todo o controle do meu corpo, rocei os lábios em seu pescoço.

O pomo de adão se moveu irregularmente enquanto ele engolia o desejo.

— Evelyn, não podemos...

Mas Arden não se afastou. Não tirou minha mão da sua nuca. Não soltou o aperto firme na minha cintura.

— Por que não? — sussurrei, as palavras roçando a sua pele, e ele estremeceu.

— Matei você tantas vezes. — A voz estava rouca, carregada.

— Matei você também. — Eu o beijei mais uma vez no pescoço, demorando um pouco mais dessa vez, sentindo o seu pulso acelerar sob os meus lábios. — Nós tínhamos as nossas razões.

Abaixei a mão do pescoço para o quadril, deslizando os dedos sob o casaco grosso até a pele nua abaixo. O abdômen dele era firme, musculoso, quente sob o toque. Quando enganchei o polegar no cós da sua cueca e puxei, ele soltou um gemido leve e pressionou a testa contra a minha. O ar entre nós estava carregado de desejo, fortalecido por uma delicadeza devastadora.

349

Nossa respiração era quente e irregular enquanto ele diminuía o espaço entre os nossos lábios, e nos beijamos pela primeira vez desde a vida na Sibéria.

Foi ao mesmo tempo um toque hesitante e uma carícia desesperada, o meu coração batendo no peito, o sangue rugindo nos meus ouvidos. Cada pedaço de mim acendeu com familiaridade, desejo e amor, o amor mais profundo que havia, e mesmo que os nossos corpos já estivessem pressionados, fui tomada pela necessidade de estar mais perto dele, de sermos apenas um.

O beijo cresceu de um sussurro para um rugido, com os dentes se chocando. A língua dele se moveu timidamente sobre a minha, primeiro incerta e depois urgente, as mãos encontrando a parte inferior das minhas costas, a curva da minha cintura, com um toque faminto, porém ainda contido. Me pressionei tão rente ao seu corpo que senti cada milímetro dele. Uma das minhas pernas se acomodou entre as dele, e um pico se ergueu contra a minha coxa.

Senti o aperto abaixo do estômago, um puxão, uma dor, mas que era prazerosa, nada semelhante à que sentia no quadril.

Eu poderia beijá-lo para sempre, mas talvez tivéssemos apenas algumas horas.

Minutos.

Séculos de desejo viraram uma onda imensa, ameaçando me afogar. Passei a mão sobre o cinto dele, o polegar roçando o abdômen tensionado, e ouvi sua respiração prendendo quando parei na fivela.

— Você quer? — sussurrei, me afastando um pouco.

Ele estava rouco quando murmurou:

— Nunca desejei tanto algo.

Mil anos era muito tempo para se passar desejando.

Uma de suas mãos segurou o meu queixo, e eu o senti tremer. Cada tremor encontrava eco no fundo do meu peito.

NOSSOS DESTINOS ETERNOS

Mexi no cinto até que cedesse, então abri o botão de cima da calça jeans e descansei a mão na parte plana do seu abdômen.

— Posso? — sussurrei.

— Sim. — Uma única sílaba irregular, intensa, suplicante e implorante.

Havia um aperto na minha barriga enquanto eu o explorava, pensando no hamame fumegante, no barco inclinado no Círculo Polar Ártico, em todos os momentos que passei presa dentro do meu desejo. Ele estremeceu; se era por causa do toque, tão íntimo, tão próximo, ou da noite fria de março, eu não sabia.

De qualquer forma, alguma coisa nele se soltou.

Ele me virou e se colocou sobre mim, pressionando o peito contra o meu, traçando uma trilha de beijos pelo meu pescoço.

Os sulcos dos seus quadris resvalaram na parte interna das minhas coxas, e eu o senti enrijecido contra o lugar onde o meu calor se acumulava.

Enquanto ele puxava para baixo o decote do meu suéter e beijava minha clavícula, eu corri as mãos por suas costas e o apertei com mais força, sentindo o latejar entre minhas pernas.

Arden se afastou, e por um momento a minha pele protestou contra a ausência da sua quentura, até que ele levantou a bainha do meu suéter e beijou as minhas costelas até chegar na linha da minha cintura, espalhando os dedos pela minha pele nua, a sua respiração quente contra a parte baixa da minha barriga, e eu achei que poderia desfalecer de desejo.

Quando ele puxou o meu jeans com suavidade para baixo, senti minha calcinha roçar na pele e estremeci, suspirei, *ansiei*. Ele se abaixou, com uma das mãos espalmada no chão e a outra segurando o meu queixo, e os seus olhos infinitos procuraram os meus.

— Tem certeza? — perguntou Arden, com a voz tremendo, como se ele estivesse prestes a desabar em cima de mim.

— Tenho certeza — exalei.

Ele pressionou um único beijo doce contra a minha testa, e então, finalmente, nós nos tornamos um.

Arquejamos ao mesmo tempo, envoltos pelo prazer agudo, delineado por um breve segundo de dor. Eu não sentia mais o frio do ar noturno nem ouvia o barulho da vida selvagem na floresta nem temia o que estava prestes a acontecer conosco.

Havia apenas Arden, em todos os lugares, preenchendo tudo, a dor amena, os nossos corações batendo juntos, uma sensação flutuante no peito, o meu pulso vibrando em cada centímetro do corpo, o sangue subindo à superfície da pele. Um gemido surgiu na minha garganta, e eu segurei o seu cabelo.

Os anos voltaram, depois os séculos, e nós éramos duas garotas em um barco de pesca em Nauru, dois garotos nas trincheiras devastadoras e nas ruas cinzentas de Pompeia. Éramos tudo, éramos todos. Éramos amor e desejo, puro, intenso e perfeito.

Como a alma destinada a me matar poderia ser a mesma que me fazia sentir tão viva?

Enquanto ele beijava o meu pescoço e a curva dos meus ombros, o seu dedo traçava o formato da minha boca, a maçã do meu rosto, com um toque ao mesmo tempo frio e escaldante, como se ele estivesse tentando memorizar cada centímetro de mim, como se tivesse estado com sede por mil anos e pudesse finalmente tomar algo para saciá-la.

A outra mão segurou a parte inferior das minhas costas e gentilmente me arqueou para cima. Apesar da dor insistente no quadril, não consegui conter o gemido. Era árduo e suave, doloroso e prazeroso, toda a nossa existência condensada e cristalizada em um único diamante de um momento.

Eu amava tanto Arden, e finalmente estávamos *juntos*. Finalmente completos.

NOSSOS DESTINOS ETERNOS

Eu amava tanto Arden que poderia gritar para as estrelas, as montanhas e os deuses adormecidos.

O puxão, a dor... cresceu até que se tornou um delírio.

A respiração dele ficou mais pesada, mais rápida, e então, com um estremecimento final, afundamos um no outro, uma rendição feliz, um clímax que estávamos esperando desde o início dos tempos.

Arden abaixou a cabeça, cada centímetro dele tremendo, e então olhou para mim através dos cílios. Estavam salpicados de lágrimas, de tristeza, de *esperança*.

— Independentemente do que acontecer depois — sussurrou ele, com o tremor enfim diminuindo até deixá-lo sem fôlego —, eu te amo, e eu te amei, e eu te amarei.

— Eu também te amo — sussurrei, abraçando-o como se ele fosse a última pessoa no mundo. — Sempre.

Depois, ficamos lá até o céu clarear, exibindo um tom de índigo desbotado, enquanto conversávamos e nos beijávamos, apenas existindo. Ele tirou um caderno do bolso do casaco, aquele que tinha escondido na escrivaninha, e leu para mim poemas sobre as nossas vidas.

Cinquenta minutos, depois quarenta, depois trinta.

Fizemos amor mais uma vez, desesperados, cheios de pesar. A última, talvez.

Vinte, dez, cinco.

A dois minutos do fim, quando o amanhecer se aproximava lentamente no horizonte, o céu começou a retumbar.

Baixo e distante, a princípio.

E então os helicópteros atingiram o topo das montanhas, lançando holofotes intensos, o *ta-ta-ta-ta* das hélices chicoteando a brisa.

Eles não chegaram até nós.

LAURA STEVEN

Todo o ar foi sugado dos meus pulmões. Um laço invisível apertou a minha cintura, a sensação aguda de ser arrastada para trás,
para baixo, para longe de mim de um modo fundamental.

Arden agarrou a minha mão.

Com um toque final da sua pele contra a minha, fomos arrancados do tecido do mundo mortal.

O Submundo

A PRIMEIRA COISA QUE PERCEBI FOI O frio.
Não era o inferno como eu sempre tinha imaginado. Não era um calor insuportável e chamas alaranjadas ao redor. Não havia gritos de agonia ou gargalhadas maníacas, nenhum caos, motim nem a gritaria de uma violência sem lei.

Em vez disso, havia uma queda lenta de cinzas de um céu imperceptível, fileiras de árvores brancas de formatos estranhos e um solo escuro e desolado que se espalhava como uma tundra sem fim. Tudo era muito duro, muito liso; o solo como vidro preto e as árvores como mármore branco. Uma névoa prateada girava acima de nós, mas tive a sensação de que, mesmo que pudesse ver através dela, o céu não seria realmente o céu. Seria uma camada do mais puro preto, ou talvez branco, sem sol, lua ou estrelas; uma tela sem características, algo não natural, algo terrível, algo que machucava a visão a olho nu.

O meu peito subia e descia com a respiração irregular. Eu já tinha visto aquele lugar antes. Aquela visão espreitava logo além das margens da minha compreensão, como se o meu corpo sempre soubesse que voltaria para cá. Tive vislumbres dali ao tentar fugir do hospital psiquiátrico, como se os experimentos de tortura tivessem desbloqueado, varrido a poeira da cripta para revelar o que sempre esteve por baixo.

O que quer que fosse uma alma, o Submundo estava impresso na minha como uma marca.

Levantei-me devagar, avaliei a minha nova forma. No mais vago dos sentidos, o meu contorno era fantasmagórico. Ainda lembrava a forma de Branwen Blythe, mas sem dúvida mais etérea, borrada nos limites, insubstancial de uma maneira desconcertante. Havia uma leveza que eu nunca sentira antes, como se a gravidade tivesse diminuído a sua força.

Tudo ao redor era branco puro, preto absoluto e silêncio mortal.

E o mais preocupante: senti que estar ali era como voltar para casa.

Há muito tempo, eu tinha vivido ali, atingido a maioridade ali.

Alguma coisa em mim se afundou com o reconhecimento, mas não por medo ou aversão. Era nostalgia. Quase... *paz*. Conforto. Pertencimento. Sacudi os sentimentos para longe, como se pudesse me livrar das emoções complicadas tal qual um casaco velho.

Ao meu lado, Arden se mexeu.

A forma dele também era uma aproximação de Dylan Green, mas quanto mais eu olhava, mais percebia outras características de várias vidas. O nariz acentuado da Argélia, a perna com deficiência de Viena, a pele lisa e negra do deserto. Esses elementos apareciam e desapareciam, uma oscilação constante de metamorfoses, uma centena de identidades subindo à superfície. Mas me ocorreu que nenhuma delas realmente definia Arden. Alguma coisa emanava do fundo da alma, como uma luz, um farol, a única referência verdadeira que eu já conhecera. Flora e fauna, páginas manchadas de sépia, inteligência afiada e teimosia firme, belas palavras e melancolia profundamente enraizada, tão velho e tão jovem ao mesmo tempo.

Arden não era nem menina nem menino, nem sólido nem imaterial.

— Você está bem?

— Sim. — O sussurro soou como uma mentira na minha língua.

Não estávamos vestidos, mas também não estávamos nus. Nossas formas não tinham definição para destacar quaisquer características íntimas. Éramos de um curioso cinza-prateado, borrados como esboços de giz, e, mesmo assim, possivelmente as versões mais verdadeiras de nós.

Arden deu um tapinha no lugar onde o bolso do casaco estaria.

— Nada de faca.

Então usaria minhas próprias mãos.

A menos que...

Olhei em volta para as árvores brancas horríveis. Estavam nuas como esqueletos, sem qualquer folha ou flor à vista. Eu poderia quebrar um galho para usar como uma espécie de espada? Me aproximei da árvore mais próxima, escolhendo um galho bem pontiagudo, mas quando o agarrei entre mãos fantasmas e tentei quebrá-lo, não cedeu.

A minha forma espectral era incapaz de feitos físicos? Eu era incapaz de interagir com a paisagem terrível ao redor?

Uma lembrança veio até mim, com detalhes e texturas: o meu eu criança escalando a árvore mais alta que eu conseguia encontrar, tentando ver o quão vasto era meu mundo. A superfície lisa e fria sob as minhas palmas, meu pé deslizando em um tronco estreito. E então, quando cheguei ao topo, veio uma sensação crescente de liberdade, de alegria, tão potente que eu *gritei*. Gritei, e o grito ecoou pelo reino destruído por um momento longo demais.

A náusea subiu em mim como mercúrio em um termômetro.

— Você está bem? — perguntou Arden de novo.

Assenti.

— Só me lembrando de um momento "tudo isso que o sol toca é o meu reino" que tive aqui quando era criança. Totalmente normal.

— Você se lembra de muita coisa?

Não, mas também *sim*.

Longos períodos sem falar com outra alma, as canções, peças e jogos solitários que eu inventava para me entreter. Os não corpos presos a brasas ferventes, olhos esbugalhados, mas nada de gritos, me perguntando sem propósito se eu poderia salvá-los. Correr, correr, correr, até que os meus quase pulmões estivessem prestes a explodir, até que eu estivesse ofegante e de quatro. Só para me sentir viva.

Uma solidão tão sombria e absoluta que parecia o fundo de um poço, como um buraco negro que engolia todo o resto.

Afastei as memórias. Nós podíamos tocar a paisagem. Era tudo que eu precisava saber.

Tentei outra vez quebrar um galho; ainda nada. Arden veio até mim e fez a mesma tentativa, mas não houve nem o menor rangido de casca rachando.

Na verdade...

Dei um passo para trás e franzi a testa. Não havia casca nenhuma. Os galhos eram perfeitamente lisos, com um brilho perolado quase reluzente.

NOSSOS DESTINOS ETERNOS

Como...

— Ossos — murmurou Arden, horrorizado.

Lutei contra a vontade de vomitar. Cinzas continuavam a cair, uma presença suave e abafada. Flocos brancos grudavam em mim, no dorso do nariz e na ponta dos cílios.

Como poderíamos quebrar *ossos*?

No entanto, não era impossível. Pensei em como era fácil partir um dedo humano e concluí que só precisávamos encontrar um galho fino o suficiente.

Peguei um galho bem mais estreito com uma ponta igualmente afiada; mais uma rapieira do que um sabre de abordagem, mas daria conta do recado. Talvez, por causa da matéria-prima, fizesse o trabalho melhor do que uma lâmina de aço. Haveria algo imensamente satisfatório em enfiar um osso na garganta da Mãe.

Você não pode matar a própria mãe, sussurrou uma voz baixa e rouca no fundo da minha cabeça, que com certeza não era minha. *Ela criou você.*

Ela não é minha mãe, respondeu a minha consciência rapidamente. *A minha mãe está em Gales do Sul, à procura de mim em cada canto e fenda das colinas. Aquilo é amor. Não isto.*

Ainda acredita no amor? perguntou a voz. *Depois de todo esse tempo, o seu destino não secou cada gota disso em você? Ainda não aprendeu que o amor* não pode *conquistar tudo?*

O amor é a única coisa em que vale a pena acreditar, respondi.

A voz disse outra coisa, mas a ignorei, puxando com força o osso. O galho se soltou com um estalo rápido. Eu não tinha bolsos para esconder a arma, porém podia ser escondida com facilidade em um punho cerrado.

Seria o suficiente? Ela sangraria? Ou a Mãe tinha poderes além do nosso alcance? Poderia ela empunhar a vida e a morte como um arco e flecha? Seria sua forma material o suficiente para destruir?

359

Lá nas trincheiras, ela parecia sólida, tridimensional, se não completamente humana. Só que, ali embaixo, Arden e eu éramos algo *diferente*. A Mãe provavelmente também seria.

E se o fragmento de osso não encontrasse nada além de ar?

E então?

Arden engoliu em seco e olhou ao redor.

— Qual é a força da amarra agora?

Procurei dentro de mim e quase instantaneamente agarrei a terrível amarra que me prendia à Mãe. Ela me puxava como um ímã, me guiava como uma bússola. Não havia norte, sul, leste ou oeste no Submundo; aquilo me puxava para algum lugar além das árvores.

— Por ali.

Enquanto caminhávamos, a inquietação crescia no meu peito. Tudo era muito... gritante. A luz era muito clara e a escuridão era muito escura, como se fosse a mais terrível pintura em chiaroscuro que eu já tinha visto. As árvores de ossos brilhavam, brancas como se iluminadas por dentro, e as sombras se moviam ao redor delas com um tipo de senciência misteriosa apavorante.

O Submundo parecia a morte de tudo.

E, ainda assim, ali eu tinha *vivido*.

Eu não conseguia conciliar essas duas coisas.

Havia um murmúrio de conversa baixo e distante, embora eu não conseguisse determinar exatamente de onde vinha, porque estava em todo lugar: ao longo do trecho impassível de galhos de ossos afiados, na neve de cinzas que caía, na luz e nas sombras, pressionando de todos os ângulos. E, apesar de não serem os gritos agonizantes que eu tinha esperado, eram sons de alguma forma piores; descontrolados, desencarnados, quase delirantes.

Era profundamente perturbador, não apenas por ser um ruído assustador, mas também porque não conseguia me livrar da sensa-

NOSSOS DESTINOS ETERNOS

ção de que aquelas eram as vozes torturadas dos meus ancestrais. Os seus rostos doces vieram até mim: a minha mãe imperatriz em Song do Norte, o meu avô na caravana berbere, as minhas queridas irmãs em Vardø... e precisei de tudo que estava ao meu alcance para não desabar e chorar.

Estavam tão assustados e com tanta dor, e eu não conseguia chegar até eles.

Se era verdade ou se era um efeito sonoro cruel projetado para me enfraquecer, eu não sabia. Ainda assim, o impacto era terrível e implacável, como ficar embaixo de uma cachoeira e absorver toda a sua força.

Ao passarmos por vários pequenos lagos brancos, Arden estremeceu visceralmente. À primeira vista, pensei que estavam congelados, porém, quando olhei mais de perto, percebi que tinham um brilho não natural, uma intensidade abrasadora.

A compreensão, ou talvez a memória, me atingiu como um golpe físico.

Os leitos de carvão, queimando em brasa branca.

Mesmo assim, o ar ao redor deles parecia gélido. Tudo ali estava errado, desafiando a lógica, era perturbador e me fazia querer me virar e correr na direção oposta.

Mas tínhamos tomado a decisão, e ela não poderia ser desfeita.

Todo o contorno de Arden ficou tenso, enquanto passávamos pelos leitos de carvão, e estremeci ao imaginar o seu corpo indefeso preso ao calor branco por uma semana inteira. Havia sido tão agonizante que os pesadelos se seguiram por um milênio.

E eu era a responsável. Eu havia causado aquela dor.

Quanto mais nos embrenhávamos na floresta de árvores ósseas, mais forte a amarra me puxava, de uma forma que temi não conseguir parar de andar, mesmo se quisesse. Na verdade, parecia que toda a energia do Submundo estava sendo sugada em direção à mesma estrela polar em uma órbita baixa e terrível. Pensei nas almas ceifadas e na Mãe, sustentada por aquele sofrimento, e me perguntei se eu estava trilhando o exato caminho da dor. Se eu era apenas mais um pedaço do qual ela estava prestes a se alimentar, ou se, depois de tanto tempo, ficaria feliz em me ver.

Bem quando pensei que estava prestes a ceder sob à força que me puxava, chegamos a uma clareira em meio às árvores esqueléticas. Cinzas subiam e caíam ao redor do espaço vazio, se empilhando sem forma definida, e as sombras se contorciam e gemiam com a escuridão.

No centro de tudo, lá estava ela.

A Mãe.

O Submundo

O MEDO ME ATRAVESSOU COMO FACA quente.
A Mãe parecia exatamente igual à sua aparição nas trincheiras sangrentas. Mechas de cabelo branco se derramavam até o chão. Ela era alta e muito magra, com as bochechas afundadas e ocas, a pele pálida da cor das pilhas de cinzas ao redor. Usava vestes pretas que chegavam até o queixo, e a única pele visível além do rosto era a de suas mãos de aranha. As unhas pontudas eram tão longas que se enrolavam para trás em espirais grotescas, como fósseis ou cobras, ou algo muito pior.

LAURA STEVEN

Em cima de uma elevação natural do solo, o seu trono também era feito de ossos. As lascas eram forçosamente retorcidas umas nas outras na forma de rosas, com caules entrelaçados como tranças. Uma substância curiosa girava em torno dos pés dela, uma névoa sombria e metálica, como se o mal vazasse dela em espirais nocivas.

Uma dúzia de figuras encapuzadas pairavam no entorno dela, espectrais quase flutuantes enquanto se abaixavam aos seus pés em oração.

Demônios.

Interpretei a cena com um aperto no peito e uma certeza inabalável, porque eu tinha sido um.

Do lado esquerdo da elevação, havia um leito de brasas incandescentes, queimando silenciosa e mortalmente. A clareira ecoava com aquele terrível ritornelo de sofrimento, e tive que lutar contra a vontade infantil de tapar os ouvidos. Sabia que não daria certo, de qualquer forma; as vozes dos meus entes queridos há muito perdidos emanavam das cavernas mais profundas da minha mente.

Ao nos ver, a Mãe deu um grande sorriso, revelando uma fileira de dentes tão brancos que eram quase prateados.

— Enfim nos encontramos de novo. — A voz era fria, nítida, com a pureza límpida de um coral, que me arrepiou a espinha. — Que jogo de gato e rato vocês têm jogado.

Emoções giravam dentro de mim: medo, perda, tristeza, desejo e... adoração, simples, infantil e terrível.

Ela não era apenas a Mãe. Era a *minha* Mãe.

Ela olhou para mim e somente para mim.

— Evelyn.

Talvez eu tenha imaginado, talvez estivesse apenas projetando, mas havia um traço de ternura por baixo do nome, as sílabas quebradas por alguma emoção dolorosamente humana. O nome

NOSSOS DESTINOS ETERNOS

que eu tinha escolhido para mim, e ainda assim, nos lábios dela, soava como aquele com o qual eu tinha nascido. Quase conseguia imaginá-la chamando por entre as árvores enquanto tentava me encontrar em uma brincadeira de pique-esconde. Quase conseguia imaginá-la sussurrando-o enquanto eu adormecia.

Demônios dormiam?

Eu não conseguia lembrar.

Arden olhou de mim para ela, confuso, *furioso*.

— Evelyn não é mais sua.

Ela soltou um som mordaz.

— Ela também não é sua. Você mesmo disse. — Seu tom de voz saiu grave para se aproximar do de Arden. — "Eu sempre serei seu. Mas abri mão do direito de chamá-la de minha há muito tempo."

O meu devaneio melancólico se despedaçou.

— Você estava ouvindo?

A Mãe balançou a cabeça, mechas de cabelo reluzentes cintilando no brilho não natural da clareira.

— Não. Eu estava *sentindo*. Senti tudo o que você sentiu por mil anos.

Arden deu um passo em direção ao elevado, o seu não corpo se contorcendo de ódio.

— Por que nos faz esperar completar dezoito anos antes de começarmos o trabalho sujo? Tem algum resquício de consciência? Uma aversão ao trabalho infantil?

Era de se esperar que Arden ignorasse a emoção e partisse direto para as questões lógicas. E eu compreendia o lado dele, depois de tantas vidas tentando entender o *como*, o *porquê*. Não dava para saber quanto tempo teríamos para achar respostas.

Com um poderoso bater de palmas, a Mãe riu de forma arrebatadora, como se ninguém nunca tivesse dito algo tão engraçado.

LAURA STEVEN

— Minha nossa, não. Crianças são muito complicadas. Emocionais, crédulas, desleixadas nas execuções. Criam muitas brechas involuntárias nos acordos. A pura e simples incompetência delas. Não vale o estresse.

— Mas *este* acordo tem uma brecha — argumentou Arden. — Isso sempre me incomodou, a lógica interna. Com certeza você tinha que saber que alguém descobriria isso, mais cedo ou mais tarde. Que se morrermos antes de completar dezoito anos, nunca temos que ceifar outra alma.

Um lampejo curioso passou pelo rosto esquelético dela.

— Almas não são a única coisa que me sustenta. O sofrimento também serve. Ele flui para mim pela nossa amarra, como sangue através de uma artéria. E, nossa, como vocês dois sofreram tão *deliciosamente*. Jantei isso por séculos.

— Então por que vir atrás da gente nas trincheiras? — perguntei, a voz nem um pouco firme ou contundente como a de Arden, e ainda assim não senti que estava com *medo*. Não de verdade. — Por que decidiu *naquele momento* que isso já tinha durado tempo suficiente?

Ela deu de ombros.

— Fiquei gananciosa e impaciente. Vocês existiam em um dos momentos mais sombrios que o mundo mortal já tinha conhecido, e estavam cercados por almas para serem ceifadas. Mais do que em qualquer outro ponto da história. O suficiente para recrutar um exército inteiro meu. Quantos de seus companheiros soldados teriam vendido a alma para acabar com aquela guerra? Quantos teriam vendido a alma para reviver os companheiros? Quantos teriam vendido a alma para aliviar o sofrimento dos seus entes queridos? Era um solo fértil, e eu queria que vocês tirassem proveito.

Eu me lembrei da sensação estranha que tive quando ela apareceu em meio à guerra; o desejo estranho de correr ao seu encontro.

NOSSOS DESTINOS ETERNOS

Fazia sentido, embora muito distorcido. Ela fora minha mãe, um dia, e eu era apenas uma criança em uma guerra vã, cercada por uma dor tão intensa que mal conseguia respirar. Não é de se admirar que eu ansiasse por conforto materno.

— E no nosso casamento? — disparou Arden. — Não tinha sofrimento naquele dia. Nenhuma alma à beira da ruína. Só a gente, e alegria.

— Exatamente. — A Mãe olhou para ele com total indiferença; o que quer que sentisse por mim, não se estendia a ele. — Eu não podia permitir isso. Não quando havia uma oportunidade tão gloriosa de transformar o melhor dia das suas vidas no pior. Aquele sofrimento foi delicioso. Como um monte de sobremesa.

Balancei a cabeça, mais uma vez tentando banir a corrente oculta de amor infantil que sentia por ela.

— Sem dúvida ainda teria sido melhor para você nos fazer ceifar mais almas do que simplesmente nos deixar sofrer. Tem um esquema de pirâmide para sustentar — falei.

Ponderei se ela entenderia o conceito moderno, mas ela mostrou os dentes com aquele sorriso afiado mais uma vez.

— O sofrimento em si é um esquema de pirâmide. Pessoas machucadas machucam pessoas. Uma alma sente dor, então inflige dor em mais três, em uma tentativa de se livrar da sua. Essas três passam adiante para mais almas ainda, e isso se espalha além de todo controle. É a condição humana, ao que parece.

— Como você veio a existir? — perguntou Arden, assim que ela terminou de falar. — Você é o topo da pirâmide, então não pode ter feito um acordo.

Os olhos da Mãe, pretos como carvão, estreitaram-se, avaliando-o.

— Nossa, você é uma almazinha bem curiosa, não é?

Os dentes de Arden rangeram como pilão e almofariz.

— Tenho anos de questionamentos nas costas.

LAURA STEVEN

A Mãe apontou um dedo para um dos demônios, que correu e começou a polir as unhas mais longas e sombrias da sua mestra.

— Nunca entendi as minhas origens bem o suficiente para explicá-las. Apenas uma sensação de que estou sofrendo se manifesta. Sou o produto da dor humana, de milênios de ódio e derramamento de sangue, perda e tristeza. Não pedi para existir, mas existo. E o que quer que eu seja, eu não suportaria ficar sozinha. Então logo aprendi a encontrar companhia, voluntária ou não.

Arden examinou a paisagem árida.

— Ainda parece bastante desolada para mim.

Os ombros da Mãe se ergueram quase imperceptivelmente; uma minúscula demonstração de tensão que passaria despercebida para qualquer outra pessoa, exceto para a sua prole.

— Os outros estão vagando pelo reino mortal, trazendo mais almas, mais sofrimento.

Os demônios trocaram olhares curiosos.

— Você está mentindo — disse Arden, devagar, observando-os, juntando tudo; mil anos de teorização finalmente dando frutos. — Os seus números estão diminuindo. É *por isso* que você veio atrás da gente nas trincheiras.

Arden olhou para o demônio polindo a unha dela, e o meu olhar o seguiu. O demônio estava desaparecendo nas bordas; ainda menos corpóreo do que nós dois. Sua figura falhava, como se saída de uma impressora ficando sem tinta. Havia algo *errado* com eles. Não pareciam ou passavam sensação semelhante ao que eu guardava na memória. Arden pareceu chegar à mesma conclusão, olhando de volta para a Mãe.

— Algo acontece com os demônios que ceifam. Eles estão... se desintegrando. — Houve um cálculo frenético atrás dos olhos de Arden. — Porque quanto mais almas destruídas recrutam, mais sofrimento flui em direção a eles. E as almas só podem absorver

368

NOSSOS DESTINOS ETERNOS

tanto sofrimento até certo ponto, antes que isso as destrua. — Arden disse isso com o peso profundo de uma alma que já havia suportado muita dor, que também havia começado a ruir sob o peso dela. — Eles não são feitos como você. São humanos em pele de demônio. E, por isso, o sofrimento é demais para suportar.

A Mãe ajeitou a postura no trono, e àquela altura a tensão havia assumido o peso da repugnância completa.

Arden havia tocado em um ponto sensível.

— Acredito que vocês estejam prontos para começar a ceifar para mim — disse ela, calma. Calma demais.

— Não. — Eu a encarei com a fúria do próprio sol, e recebi um olhar que não conseguia analisar.

As emoções se sobrepunham no meu peito: vergonha e rejeição, medo e desespero, e amor, amor, amor. Eu ansiava por expressar tudo o que sentia por ela.

Aquela mulher, aquele ser, havia me criado como se fosse dela. Será que nós tínhamos desenhado amarelinha no chão fazendo caminhos de cinzas? Fizemos dados com fêmures esculpidos? Ela havia me dado conselhos sobre ceifar, ou isso estava entrelaçado no tecido da minha composição?

— De onde eu vim? — sussurrei. — Você me deu à luz, como as mulheres mortais fazem? Eu tenho um pai?

Ela deu um sorriso distorcido e satisfeito consigo mesma.

— Ora, por que eu te diria isso, quando a dor de não saber tem um gosto tão *bom*?

— Você é o mal. — Praticamente cuspi as palavras aos pés dela, mas eu nem sabia se realmente queria dizer aquilo.

A Mãe piscou surpresa.

— Sou? Ou estou simplesmente fazendo o que preciso para sobreviver? Como sou tão diferente de todas as outras almas que entram voluntariamente em um acordo comigo? Somos todos criaturas primitivas. Pensamos na nossa continuidade acima de tudo, independente do custo.

O seu tom era de vaidade, e eu queria arrancá-lo de sua boca.

O ódio tremia no meu âmago como uma avalanche descendo uma ladeira.

— Por que você está aqui, Evelyn? — murmurou a Mãe. O ar entre nós tremeu como uma caixa torácica. Outro sorriso presunçoso surgiu no canto de seus lábios. — Acho que uma pequena parte de você *queria* me ver de novo.

Havia algo investigativo no seu olhar, um último resquício de parentesco, uma única gota de humanidade no vasto oceano da sua maldade. Como se ela quisesse ouvir algo terno — que eu sentia falta dela, ou a amava, ou, no mínimo, a respeitava.

O brilho disso quase me atraiu, como se eu fosse uma criança que se estica para examinar uma velha moeda em um lago.

Só que eu sabia o que era a verdadeira maternidade: geleia, croissants e xícaras de chá, abraços calorosos próximos a uma lareira acesa. *Vocês são a luz da minha vida.*

A determinação me fez apertar mais o osso na minha mão.

— Porque quero destruir você — sussurrei, em meio ao mais tênue traço de uma respiração.

O arquear de uma sobrancelha.

— Como é?

— PORQUE QUERO DESTRUIR VOCÊ! — gritei.

E então me lancei em direção ao estrado.

Em vez de saltar em defesa da mestra, os demônios se separaram como um mar retraído, fosse por algum vago senso de autopreservação, fosse porque, no fundo, eles queriam ver a Mãe derrotada.

Eu me lancei no ar e, por alguns momentos, senti como se estivesse flutuando. Abaixo de mim, a expressão da Mãe era de choque e ódio.

NOSSOS DESTINOS ETERNOS

Ela se contorceu para sair do caminho, mas não foi o suficiente. O fragmento de osso mergulhou em sua nuca.

Não houve jato de sangue, apenas uma nuvem de névoa cinza--claro emanando da ferida, a mesma névoa imaterial que escorregava pelos tornozelos.

Braços selvagens lutaram contra mim, então ela enfraqueceu como uma boneca de pano.

Arranquei a lâmina improvisada do pescoço e então arremeti de novo, dessa vez na parte de trás do ombro dela.

Arranquei, ergui, e ataquei novamente, só que no coração dela.

Ao terceiro golpe, ela caiu ao lado das brasas.

Respirava com dificuldade, e recuei, dessa vez deixando a lâmina dentro dela. Esperei que eu morresse também, do jeito que era toda vez comigo e Arden, mas nada aconteceu.

Ela estava curvada em volta de si mesma no chão, pequena, triste e sem vida.

Os criados encararam a Mãe deles caída. Arden ficou em silêncio atrás de mim, sem ousar se mover para o meu lado.

Eu consegui.

Destruí a Mãe.

A *minha* Mãe.

Só que havia algo errado.

Eu não sabia o que estava esperando que acontecesse, mas não poderia ser só aquilo. Com certeza, com a derrota da Mãe, o Submundo se desintegraria e viraria pó, os outros demônios cairiam no chão, com todas as suas amarras finalmente cortadas. Toda a tensão cruel deixaria o mundo. Estaríamos livres, e seríamos capazes de sentir.

Em vez disso, tudo oscilava em um precipício.

Após vários momentos tensos, a Mãe se contraiu, então respirou fundo, rouca. O horror me consumiu como uma chama branca.

LAURA STEVEN

Os demônios entraram em ação.

Três se agacharam ao lado dela e viraram o corpo; olhos quase vazios encararam as cinzas caindo. Eles taparam os ferimentos no pescoço e ombro com as mãos, então a névoa cinza peculiar parou de fluir. Eles murmuraram cânticos baixos, como uma ladainha.

Outros quatro caminharam em direção a Arden, que deu um passo para trás, o rosto contorcido de horror enquanto as figuras encapuzadas se aproximavam e agarravam um membro cada.

Apesar da resistência de Arden, os criados pareciam incomensuravelmente fortes.

Eles arrastaram o meu amor em direção à cama de brasas.

— Não! — gritei, porém mais quatro criados também agarraram meus braços e pernas, e eu não conseguia me mexer. Eles me prenderam no lugar e fiquei impotente.

Eram tão fortes. Fortes demais. Um poder ímpio na ponta dos dedos.

As costas de Arden foram colocadas com força contra as brasas, e então os grilhões surgiram nos cantos da cama amaldiçoada. Os criados o prenderam pelos pulsos e tornozelos. As brasas irradiaram mil vezes mais do que antes, e uma explosão de calor queimou a superfície do meu rosto, como o vento mais quente do Saara que eu já havia suportado.

E Arden foi pressionado nu contra a fonte.

A agonia devia ser similar ao fim do mundo.

E ainda assim... Arden não lutou, nem gritou, nem implorou.

De alguma forma, isso foi pior.

Algo preto e vaporoso começou a vazar do corpo de Arden, indo em direção à Mãe.

— O que você está fazendo? — gritei, me retorcendo inutilmente nas mãos com garras me segurando.

Nenhuma resposta.

372

NOSSOS DESTINOS ETERNOS

A névoa preta rodou em volta da Mãe. Os demônios removeram as mãos dos ferimentos da sua mestra, arrancando o fragmento de osso do peito dela.

E a escuridão pressionou os ferimentos.

— O que você está fazendo? — repeti, com um grito de soprano.

O pânico cresceu no meu peito, as vozes torturadas nas sombras uivavam comigo, e eu não entendia o que estava acontecendo, mas sabia que era ruim, que a Mãe estava tirando algo fundamental de Arden.

E aquilo a curava.

Retida pelo punho de ferro dos demônios, eu não podia fazer nada além de assistir.

Lágrimas escorriam pelo meu rosto, o ódio queimava nas minhas veias.

Eu não estava mais com frio. Queimava com uma fúria intensa construída ao longo de mil anos.

No entanto, eu não conseguia libertá-la.

Depois de vários momentos terríveis sugando o vapor preto, a Mãe se mexeu.

Piscou.

Virou o rosto cruel para mim.

— Realmente achou que seria tão fácil? — disparou ela, a voz não mais o canto meloso de antes, e sim um som baixo e rouco.

— O que você está fazendo com Arden? — Eu odiava o tom de súplica na minha voz, mas não conseguia evitar. — Por que não tem gritos?

A Mãe recuperava forças a cada segundo. Ela se sentou, apoiando a palma da mão no chão da floresta de ossos, embora houvesse uma tensão, um desconforto nas ações. Não se movia mais tão fluidamente quanto antes. Estalava e se sacudia como uma aranha se contorcendo.

373

Quando ela respondeu, os olhos estavam iluminados com crueldade.

— Acho que o sofrimento é mais intenso sem uma válvula de escape. E quanto mais intenso o sofrimento... maior o poder.

O puro horror era quase impossível de compreender. A névoa preta era isso: o sofrimento de Arden. Não só podia dar forças à Mãe, mas também *curá-la*.

Por que eu não tinha previsto aquilo?

Eu tinha perdido a minha chance. Falhei.

A Mãe continuava viva.

E agora estávamos presos no Submundo.

O Submundo

A MÃE PASSOU AS UNHAS ESPIRALADAS pelos longos cabelos brancos. As mechas estavam manchadas de cinza escuro em vários lugares, e as cavidades das bochechas pareciam mais pronunciadas do que antes. As feridas que infligi se fecharam, deixando para trás cicatrizes escurecidas pelo sofrimento que as tinha curado.

— Nunca tentei punir você quando era criança. — As palavras eram frias, descontentes, mas os olhos estavam acesos de mágoa. — Você era tudo que eu tinha. Deixar você ir *para cima* para ceifar almas para mim foi um erro meu, porque logo me tornei viciada no seu sofrimento. Era tão cru, tão potente, e me alimentava como nada nem ninguém. Talvez precisamente porque você era *minha*. Uma extensão de mim. De forma que, quando você sofre, é mais poderoso do que eu jamais poderia ter imaginado. — Seus lábios se retorceram de leve. — Desde que descobri essa *peculiaridade*, não sei o que fazer: deixar que continue fluindo até mim? Saborear o seu poder? Ou ir atrás de você? Forçá-la a fazer o verdadeiro trabalho de ceifar numerosas almas?

— Ou você poderia ter me deixado ir — rebati. — Me libertado da amarra, se realmente me amava quando eu era criança.

Sua boca se retorceu com mais amargura.

— Mas então eu ficaria sozinha de novo. E isso eu não poderia suportar.

Enquanto eu tentava libertar as mãos e os pés sem sucesso, deveria ter me sentido mortalmente assustada. Na realidade, estava acuada diante da perspectiva das brasas.

Mas eu não estava assustada.

Meu cérebro tinha entrado em ação, pensando em todas as possibilidades. E percebi que a Mãe não tinha tantas opções assim.

Se me colocasse nas brasas ao lado de Arden, por horas, dias, semanas, meses ou anos, ainda não seria suficiente. Ela aproveitaria algo do nosso sofrimento, mas Arden havia descoberto uma verdade: os demônios estavam se desfazendo com aquela corrente de dor, e ela precisava de *mais*.

Ela *sempre* havia precisado de mais do que simples sofrimento. Caso contrário, bastaria amarrar alguns dos seus criados nas brasas e prosperar pela eternidade. Ela precisava de almas novas, que ainda não tinham definhado sob o peso do sofrimento.

Pensei em como aquela estrutura funcionava, tanto uma pirâmide quanto um círculo em constante movimento.

E comecei a me questionar.

NOSSOS DESTINOS ETERNOS

Poderia ser que, quanto mais forte ela ficava, de mais sofrimento precisava para sobreviver? Mais almas eram necessárias para mantê-la viva? Será que o poder precisava de mais poder?

— Me coloque nas brasas se for preciso. — Uma jogada final e desesperada. — Mas não é isso que você quer de verdade, certo?

Os olhos dela se estreitaram.

— Você acha que sabe o que eu quero, criança?

— Isso é um impasse. — Eu estava tremendo de medo, frustração e ódio, de agonia vicária por ver Arden torturado, de esperança murchando e morrendo, e então reacendendo no meu peito. — Não tem caminho adiante possível para você. Se nos enviar para o mundo para ceifar almas, simplesmente nos mataremos e o ciclo se repetirá. Estaremos de volta aqui na próxima vez que atingirmos a maioridade, e estaremos mais preparados, e, mais cedo ou mais tarde, conseguiremos destruí-la.

A Mãe deu de ombros, mas era forçado; sentia dor, não a indiferença casual de antes. Pensei até que talvez estivesse com medo.

— Eu poderia simplesmente deixá-los nas brasas por mais mil anos.

— Mas não acho que seja o suficiente para você, não é? — retruquei. — Acho... acho que depois de tanto tempo, o sofrimento arrecadado nas brasas perdeu a potência. Pode curar feridas, sim, mas não é o *bastante*, no sentido mais profundo da palavra. É como um vício e você sempre precisa de *mais*. Precisa que a pirâmide continue crescendo exponencialmente abaixo de você, ou morrerá. Por isso veio atrás da gente nas trincheiras. Viu uma oportunidade rara.

A mão dela estava pressionada contra o peito manchado pela ferida que infligi. Um lembrete de sua vulnerabilidade, e motivação para eu continuar a pressioná-la.

Ela não negou, mas disse:

377

— Ainda assim, você mesma disse que se recusará a ceifar almas.

— Exatamente — falei, controlando a respiração. — Impasse.

— Você parece advogar a favor da própria morte, criança.

— Não — respondi, desejando andar, liberar um pouco da energia reprimida. — Peço apenas que você faça outro acordo conosco.

— Outro acordo? — disparou a Mãe, minha Mãe, com um traço de divertimento no rosto.

Endireitei os ombros o melhor que pude em meio ao aperto severo dos demônios.

— Um que beneficie a nós dois, com parâmetros transparentes. Um que nos conceda liberdade dessa amarra de uma vez por todas. Porque estamos causando mais problemas do que trazendo algum benefício.

A Mãe considerou por um momento. Olhei para o corpo paralisado de Arden, com seus olhos saltados gritando quando a boca não conseguia, e estremeci da cabeça aos pés.

Essa dor é toda por sua causa, sibilou o coro de vozes sombrias em uníssono, mas bloqueei o pensamento. Me penalizar não nos ajudaria em nada ali.

— Tem outra coisa que me alimenta. — A Mãe estava reverente, contemplativa. — Uma coisa bem mais difícil de tomar à força. Algo que nunca dominei por completo. — Ela bateu no lábio inferior fino com o indicador de ponta preta. — Mas se vocês fossem doadores voluntários... poderia funcionar.

Algo sobre a palavra *doadores* me fez tremer.

— O que é?

Os olhos dela brilharam com ganância.

— Amor.

O medo se enrolou dentro de mim, como um animal ferido tentando proteger a barriga exposta.

NOSSOS DESTINOS ETERNOS

— O amor que você e o seu alvo sentem um pelo outro... tem sido o suficiente para sustentar vocês dois por um milênio. Transcendeu o tempo, a morte e o destino. Tenho boas razões para acreditar que também me alimentará. É rico, puro e potente... muito mais do que o sofrimento. Uma força vital. — A essa altura, ela estava radiante com a perspectiva. — Então, a minha oferta é esta: vou sugar o amor de vocês dois, gota a gota, até que eu esteja nadando nele. Vou sugar vocês até secar. E então os dois morrerão.

Eu a encarei.

— Por que eu concordaria com isso?

Uma pausa significativa.

— Porque na próxima vida você será livre.

— Livre — repeti, sem compreender totalmente.

— Não terá a obrigação de ceifar almas quando atingir a maioridade. Fará dezoito anos sem incidentes, depois dezenove, depois vinte, e nunca mais será chamada para o Submundo.

Ah.

Ah.

Era uma oferta terrível, terrível.

No entanto...

Seríamos *livres*. Nunca teríamos que ceifar nada de ninguém. Poderíamos viver até a idade adulta. Nada mais de assassino e assassinado, nada mais de caçador e caça. Vida pura e simples, com todas as suas falhas humanas.

Mas o custo era perder o outro.

Meu coração doeu quando perguntei:

— Nós nos lembraríamos de alguma coisa?

A Mãe deu um sorriso, largo e cruel.

— Não.

— E o amor... acabaria também. Para sempre.

— Acabaria.

Senti vontade de desabar no chão. Uma escolha impossível. Não havia bons caminhos, não havia maneira de escapar desses destinos hediondos. Porém essa era a natureza de um acordo com um demônio: se for para ser feito, deve ser na ausência de todas as outras opções. Não restando nada a esperar além de milagre, não importava o quanto esse milagre pudesse ser falho.

— Não posso tomar essa decisão sozinha — falei, enfim. — Liberte Arden.

— Muito bem. — Com um aceno de sua mão longa e cheia de garras, a Mãe gesticulou para que um dos criados soltasse Arden dos grilhões. Um alívio surgiu em mim pela pequena vitória.

Uma vez que o poder maligno que mantinha Arden imóvel e em silêncio foi removido, gritos de angústia encheram o mundo ali embaixo. Eram brutais, irregulares, primitivos, e rasgaram o meu coração. O meu amor cambaleou até mim, com o corpo fraco e torturado, e tudo em mim se agitou com aversão ao demônio diante de nós.

O demônio que estava, mais uma vez, prestes a vencer.

— Você está bem? — sussurrei. Uma pergunta absurda. Os criados que seguravam os meus pulsos e tornozelos soltaram o aperto, e joguei os braços em volta de Arden.

Tremendo de forma incontrolável, ele só foi capaz de dar um aceno rígido.

Tentei afastar o tremor da voz, recuei e disse:

— Temos outro acordo a fazer.

Quando expliquei tudo o que a Mãe havia proposto, Arden caiu no chão. Por fim, me permiti fazer o mesmo.

Um horror puro e sombrio engoliu as íris de Arden.

— Não podemos fazer isso.

O medo era palpável nas palavras. Tudo o que eu podia fazer era tentar não desmoronar.

NOSSOS DESTINOS ETERNOS

— Que escolha temos?

Com um balançar intenso de cabeça, Arden insistiu:

— Evelyn... seria o nosso *fim*, de todas as formas significativas. Tudo o que temos. Tudo o que significamos um para o outro. O que sequer somos sem nós?

Era uma facada no coração, porque era verdade.

Era a pior coisa que eu poderia imaginar.

— Eu sei. — Colocando as mãos em volta do rosto paciente de Arden, sussurrei: — Você é a minha família. A minha terra natal. A minha alma gêmea.

Um sorriso torto.

— As pessoas usam essa expressão por aí com muita facilidade. *Alma gêmea* — refletiu ele.

Pressionei o rosto contra o peito de Arden, com a respiração saindo áspera e desesperada. Cinzas caíam ao nosso redor, e era quase lindo, se um olhar externo não soubesse o que estava acontecendo.

Um dedo gentil levantou o meu queixo.

— Não podemos fazer isso — disse Arden, suavemente. — Farei qualquer coisa, menos isso.

— Esta é a minha única oferta — cortou a Mãe, fria como a vastidão da Sibéria, todo traço de instinto maternal tendo desaparecido, arrancado dela pela minha lâmina de osso. — É isso ou as brasas eternas. A menos, óbvio, que tenham mudado de ideia sobre ceifar almas para mim...

— Não mudamos — rebati, com mais veneno do que eu me sentia capaz de produzir. Na realidade, toda a conversa estava me destruindo, cada pedaço milenar meu, e ela sabia, e todos nós entendíamos que havia apenas uma maneira de aquilo terminar.

Devagar, Arden disse:

— E se...

381

— Não. — Eu sabia qual seria a proposta: que fizéssemos o que ela queria. *Ceifaremos almas, e pelo menos estaremos juntos.* — Não podemos sujeitar mais ninguém a esse destino cruel. Não podemos. Você me conhece. Sabe que eu vou colocar o meu corpo e a minha vida em risco antes de machucar outra alma viva do jeito que machuquei você. — Engoli em seco. — Lembra o que você me disse sobre heróis e vilões? "Se um herói é alguém que desiste do amor para salvar o mundo, então um vilão é o inverso. Alguém que desiste do mundo para salvar o amor." Sinto muito, mas não posso ser a vilã. Não posso escolher o amor em vez do mundo.

Ele soltou outro pequeno riso amargo, mas cheio de afeição.

— Você nunca foi um demônio particularmente bom.

— Fui uma merda de demônio.

Depois de alguns momentos terríveis, a resignação começou a surgir no rosto de Arden.

— Então temos que fazer o que ela quer.

Por algum motivo, ouvir isso dos lábios de Arden tornou tudo ainda mais terrível. Em uma sugestão de última hora, pouco a sério, falei em desespero:

— Bom, sempre haverá as brasas.

Arden suspirou.

— Qual seria o sentido? Sofrimento eterno, e ainda assim não estaríamos juntos. Estaríamos presos nas jaulas das nossas mentes, com nada além de dor como companhia. — Um arrepio percorreu o quase corpo de Arden, um puxão visceral. — É ainda pior do que eu me lembrava. Você acha que vai morrer disso, mas nunca morre.

— Sinto muito. — As palavras saíram sufocadas enquanto eu me encolhia nos braços de Arden.

A mão carinhosa dele acariciou o meu cabelo. Seus lábios roçaram a minha testa.

— Por quê?

NOSSOS DESTINOS ETERNOS

— Cometemos um erro vindo aqui. Eu deveria ter deixado a gente pular daquele penhasco enquanto tínhamos a chance.

— Você fez o que parecia certo.

— E te arrastei comigo — falei, em zombaria.

— Os meus assassinatos injustificados têm perseguido você por séculos. Já era hora do jogo virar.

A Mãe deu um passo à frente, e eu olhei para o seu contorno odioso. O meu ódio por ela era quase, quase tão potente quanto o meu amor por Arden. Quase.

— Isso é uma decisão?

Não precisávamos responder. Ela sabia que tinha vencido.

— Segure as minhas mãos — disse Arden, com força. — Fique comigo o máximo que puder.

Mantive os olhos fixos no amor de todas as minhas vidas enquanto a Mãe se aproximava de nós, levantando as mãos e invocando quaisquer que fossem os poderes abomináveis que lhe permitissem ceifar o amor imortal de nossas essências.

Por um momento, houve um silêncio carregado em que nada aconteceu, e o meu coração pulou com a esperança de que talvez não funcionasse. Mas então algo se soltou no meu peito, um puxão estranho de uma corda invisível, seguido por um fluxo suave e quente em direção ao éter.

A substância que jorrava do meu peito era brilhante, efêmera, da cor de pérolas e cevada dourada e de todos os amanheceres que eu já tinha visto. Não doeu, mas *doeu*. Ao vê-la jorrar de mim, uma tristeza imensurável me pressionou de cima, de baixo, de todos os lugares.

Eu não conseguia assistir ao amor invadir a Mãe, mas podia ouvir os seus gemidos de prazer.

Naquele momento, pensei que nada no mundo podia ser mais doloroso do que o adeus iminente.

— Não posso te perder — arfei para Arden, e nunca me senti tão irrevogavelmente humana.

Arden agarrou-se a mim, e era um anseio completamente diferente do que tinha sido no topo da colina. Era dor quase selvagem.

— Eu sei. Eu sei.

A perda era maior do que qualquer coisa, um precipício de tristeza, e eu estava balançando na borda. Cada fibra de mim implorava contra o que estava acontecendo, mas a força era muito forte, e eu era humana demais. Talvez se eu fosse um demônio melhor, tivesse encontrado uma maneira de contornar. Ou nunca tivesse estado ali para começo de conversa.

Não. Eu não mudaria o meu coração humano, frágil e imperfeito. Por nada.

E eu não soubera disso desde sempre? Que ser humano era amar, amar e amar, tendo consciência de que só pode terminar em tragédia? Cada bebê de colo nasce para esse destino terrível, cada pai e filho, cada cônjuge, cada amigo e amante, cada irmão, cada tio e tia, cada tataravô, cada família encontrada, todos nós presos ao ciclo perpétuo, tudo tão desolador e maravilhoso e inescapável.

Amar era viver, e viver era morrer.

Em mil anos, eu nunca havia deixado essa verdade fundamental me derrotar, e não deixaria que me enterrasse no final. Me manteria firme diante disso, porque o que mais poderíamos fazer?

Agarrei as mãos de Arden com desespero emanando do meu âmago.

— Eu te amei tanto.

Lágrimas deslizaram pelas lindas bochechas de Arden, luminosas e brilhantes como o luar no vale.

— Quero que você saiba que onde quer que estejamos, o meu coração estará com você. — Um soluço trêmulo. — Ele pode não *saber* que está com você, mas os corações têm o seu jeito de se encontrar.

NOSSOS DESTINOS ETERNOS

Cada átrio, cada ventrículo, cada veia e artéria vai pulsar por você. Mesmo que a minha mente tenha te perdido. Porque você está no meu ser. Você é eu, e eu sou você. E o nosso amor é mais forte do que qualquer coisa.

— Todos os anos rezei por um fim para isso — sussurrei. — E agora que esse fim chegou, faria qualquer coisa para viver só mais uma vida com você.

Os nossos destinos eternos não eram mais eternos, e nada poderia ter doído mais.

A corrente perolada continuou a se evadir de nós, ganhando calor e velocidade, e a cada nova onda eu me sentia mais leve e mais pesada.

— Eu te amo — repeti, porque era tudo que eu conseguia dizer, a única coisa que parecia grande o suficiente, e ainda assim nunca seria o suficiente. — E eu te amei. E eu te amarei.

Os olhos de Arden eram tanto a profundidade do oceano quanto a altura das nuvens. Eram asas voando alto e safiras brilhantes, eram a minha âncora e a minha espada e o meu navio e a minha pedra de amolar, eram tudo, tudo, tudo, e logo sumiriam.

Um templo que eu tinha adorado por mil anos estava lentamente desmoronando no chão.

— Nunca me deixe ir — sussurrou Arden, o aperto nas minhas mãos firme e urgente.

Eu não conseguia falar mais.

Enquanto o amor sangrava de mim, a minha vida também sangrava.

Um vagaroso e sonolento escorregar, estranhamente pacífico.

Pensei então não apenas em Arden, mas em todos que eu já tinha amado e perdido. O pai baleado na praia da Argélia, a mãe que perdi no deserto escaldante, as irmãs naquela Vardø paranoica. Um capitão de navio, uma estimada figurinista, um oligarca teimoso, a concubina de um imperador.

Eu havia tentado segurá-los nas mãos por tanto tempo, e tinha chegado a hora de soltar.

Deixar ir, finalmente, e deixar as memórias se infiltrarem de volta na terra.

O meu pai fazendeiro, esmagado até a morte. Os pais dele, nunca capazes de se recuperar.

A minha doce mãe, com a sua colcha de retalhos de uma família formada pelo amor.

Gracie, com sua esquisitice imaculada.

Cada gota preciosa, deslizando para sempre.

Eu as deixei cair, as senti pingar em uma fonte límpida da montanha, as senti se afastar em um riacho, a água da chuva retornando à sua fonte.

Senti o riacho se tornar um rio, ganhando velocidade, uma espuma furiosa, a força do amor forte o suficiente para arrastar um mero mortal. Um jorro, uma explosão, caindo de penhascos, até formar grandes lagos.

Um ímpeto frenético e poderoso em direção ao oceano.

E então, os gritos.

Com a cabeça pendendo já a um nível de inconsciência, levantei os olhos das mãos perfeitas de Arden.

A Mãe estava agachada no chão, segurando o peito.

— Pare! Pare! — gritou ela, para qualquer força superior da qual extraía os seus poderes sombrios.

Mas a maré de amor era poderosa demais para ser contida.

Continuou fluindo para dentro dela, rica, intensa e viva, forte demais para a sua alma seca lidar. Aquele tsunami a dominou como um parasita, infiltrando-se em cada átomo dela, explodindo em gloriosa luz do sol.

A angústia no seu rosto se transformou em algo diferente.

A esperança surgiu no meu coração.

Ela estava *morrendo*.

De verdade, dessa vez. De alguma forma, eu sabia disso com certeza.

Mas eu também estava. Arden também.

Arden?

O nome era familiar. Me causou dor, desejo, e não conseguia dizer por quê.

Desesperadamente, eu o agarrei, como se estivesse tentando agarrar uma pedra enquanto era arrastada por um rio, mas os meus dedos não seguraram nada.

A Mãe soltou um último grito agonizante, então caiu no chão, lânguida e imóvel. Ao redor dela, os demônios desapareceram em uma nuvem de fumaça cinzenta. As paredes do Submundo estavam desmoronando; árvores de ossos se misturando com a neve cinza, o não céu caindo na terra preta.

Com um último suspiro trêmulo, o resto do meu amor se extinguiu. Mesmo assim, a chama da esperança no meu peito não se apagou. Ela tremeluziu, inclinou-se, abaixou e então subiu outra vez, essa coisa que havia me mantido viva por tanto tempo, essa coisa que nem a morte conseguia tocar.

E o Submundo desapareceu, tornando-se nada.

LAURA STEVEN

*mesmo quando formos apenas ossos na terra
o meu coração eterno ainda te amará,
pois mesmo quando uma estrela perece
a sua luz brilha por milênios*

— autor desconhecido

Grécia
986

$\mathcal{E}$u amaria Calíope até que o sol devorasse a terra; isso eu sabia.

O ar ao redor do anfiteatro estava borrado com poeira e névoa; os meus dedos, pegajosos de tâmaras e suco de nectarina; o meu sangue, moroso e sonolento do vinho, e a cabeça risonha de Calíope no meu ombro era a coisa mais doce e perfeita em toda a terra. Tínhamos assistido a uma nova comédia sobre um camponês da Tessália, e ela estava animada, a sensação de explorar a grande corrente da arte humana.

— Tem alguma ideia nova para a sua peça? — perguntei enquanto cambaleávamos para casa pelas ruas de Atenas, pois Calíope vinha escrevendo uma tragédia desde que nos conhecemos. Ela escrevia a história em qualquer superfície que encontrasse: pergaminho e papiro, cacos de cerâmica e trapos de tecido, até mesmo esculpindo-a em segmentos de casca de árvore, a sua mente iridescente como o éter brilhante do céu.

Mas ela não revelava o enredo.

— Sim. — Ela sorriu, os olhos como mel, o desejo derramado sobre o seu rosto adorável. Passeando por uma rua com arcadas entrelaçadas com videiras, passamos pela nossa fonte de mármore favorita, admirando a curva dos quadris suntuosos de Afrodite e o convite da palma da mão estendida, antes de entrar no átrio de pedra fria de nossa habitação comunitária. — Eu estava pensando que talvez o meu herói pudesse, em vez de se apaixonar por...

Os seus olhos se arregalaram e ficaram assustados, apertando a minha mão até o osso, e uma espécie de pavor primitivo se acumulou nos meus pulmões.

— Daphne, eu...

Assim que cruzamos o limiar da nossa pequena morada, Calíope, o meu amor, a minha luz, desmoronou de repente e completamente, como um corcel morto, uma espuma cruel saindo da sua boca vermelha de vinho, os membros estremecendo e batendo contra o chão como uma marionete enlouquecida, os olhos devorados pelas próprias escleras ensanguentadas.

— *Calíope!* — gritei, feroz, aterrorizada.

Mesmo assim, ela teve uma convulsão.

Eu era conhecida na minha família por ter a cabeça no lugar em circunstâncias graves, mas o pânico visceral pulsando no meu peito era impossível de controlar. Caí de joelhos ao lado dela, apoiando o ouvido no peito macio, o seu corpo inteiro se contor-

NOSSOS DESTINOS ETERNOS

cendo, cabelos pretos espalhados atrás dela como uma coroa de luto, e tudo em mim rugiu em agonia quando senti a batida final do seu coração contra a minha bochecha.

Uma bochecha que ela havia beijado momentos antes.

Por fim, silêncio.

Um silêncio péssimo, terrível e impossível.

Uma dor tão forte nas costelas que me partiu em dois.

Não. Tínhamos apenas dezenove anos. Tínhamos uma vida inteira pela frente.

Como? Por quê?

Não.

Incrédula, enterrei o rosto na sua barriga macia, implorando a quaisquer deuses que me ouvissem para salvá-la, salvá-la, por favor, eu faria qualquer coisa, eu daria qualquer coisa.

Mas o ícone dourado brilhante pendurado sobre o fogo estava em silêncio.

Sem respirar, enterrei as unhas no meu rosto. Havia acontecido tão rápido. Como acontecera tão rápido? Isso não podia ser real. Era um pesadelo do qual eu acordaria com toda certeza.

A cacofonia da ágora próxima ecoou na noite crescente. Os sons de risos e trocas, brindes levantados e negócios selados, o encontro de velhos amigos e a aquisição de novos, e tudo parecia tão impossivelmente distante, como se tal jovialidade e alegria só pudessem existir em outro plano da realidade. Pois como tal felicidade poderia crescer a meros metros de distância quando o meu amor estava morto?

Eles não sabiam? Não podiam sentir isso, essa mudança sísmica, essa perda devastadora, esse grande antes e depois da minha vida?

Vupt.

Uma mudança repentina, quase imperceptível, na atmosfera; algo sombrio e estranho entrando na minha órbita imediata.

Um som subumano na porta que não havíamos fechado.

O medo intenso nos meus pulmões me congelou.

— Isso levou mais tempo do que o esperado — falou uma voz fria e vazia, de forma arrastada, com as vogais ecoantes e cavernosas. — O frasco foi despejado no anfiteatro. Tenho os seguido desde então.

O meu olhar lacrimoso se ergueu.

Ali estava uma mulher alta e esquelética, com uma pele tão rosada e nova que era como se tivesse nascido havia pouco tempo. Mechas de cabelo loiro-branco roçavam o chão, e brasas pretas como carvão queimavam nas suas íris.

Respirando de forma irregular, encarei a estranha, profundamente furiosa e profundamente assustada.

— Você a envenenou. Calíope. — Cada palavra era uma ferida perfurante. — Por quê?!

Ela deu de ombros, com o tecido escuro do vestido se mexendo.

— Vi o amor entre vocês e sabia que ele poderia ser explorado.

Demorou um momento para compreender a crueldade casual daquela declaração.

Aquela mulher matou o amor da minha vida por esporte.

Tudo em mim gritava para que eu me atirasse sobre ela, para levá-la ao chão e esmagar a sua cabeça nas lajes de mármore até que os olhos quebrados explodissem nas órbitas como damascos maduros demais. Mas havia alguma coisa muito inquietante nela, um corpo de água parada, uma serpente marinha sinistra enrolada abaixo da sua superfície vítrea. Não me movi.

— Saia — disparei, em tom baixo, animalesco. — Saia. Antes que eu enfie uma faca no seu peito.

— Isso não resolveria muita coisa. — Ela passou pelo lugar onde Calíope estava deitada, as saias deslizando de uma maneira inumana pelo chão, e sentou-se na nossa melhor cadeira. A herança do meu avô, feita de castanha portuguesa entalhada com frisos de

NOSSOS DESTINOS ETERNOS

folhas e flores. — E, além disso, acredito que você vá preferir fazer um acordo comigo.

A compreensão me atingiu como um trovão.

Não podia ser. Ela não podia ser.

Eu tinha ouvido as histórias, mas...

— Você é o demônio — sussurrei.

O silêncio dela era carregado como o céu antes da chuva.

Uma esperança hedionda se plantou no meu peito, criando raízes no pavor acumulado; toda a situação era errada.

— Então tem o poder de salvá-la — rouquejei, tremendo até os ossos. — Pode trazê-la de volta à vida, por um preço. E eu pagarei. Qualquer coisa.

Ela acenou com uma mão desdenhosa, e seus dedos elegantes não eram os cascos fendidos que se esperaria, embora as unhas se enrolassem como espirais pretas pavorosas.

— A necromancia está além do meu alcance, menina. Posso curar os doentes, curar corações partidos e transformar pobres coitados em reis. Posso ferir, ofender e arruinar, assim como posso fortalecer, enriquecer e encantar. Posso empunhar o arco do Cupido e mirar com as suas flechas. Posso acabar com guerras e separar marés, assim como posso produzir colheitas generosas e chuvas abundantes. Seca, fome e peste se encolhem aos meus pés. Mas não, não posso ressuscitar os mortos, pois as suas almas já foram ceifadas.

A esperança grotesca murchou em mim.

— Então não há nada que possa fazer por mim.

— Não há? — As sobrancelhas dela se arquearam em diversão. — Talvez te falte imaginação.

— Não sei o que quer dizer. — Afastei o olhar dela e me voltei para Calíope, cujo coração perfeito já estava esfriando. Cuja alma já tinha sido ceifada, se aquele demônio por acaso estivesse falando a verdade. Ela estava perdida para mim a partir dali, para sempre, e a dor dessa conclusão me deixou sem fôlego.

Como uma mente tão iridescente poderia morrer?

Como olhos tão doces poderiam deixar de brilhar?

A voz sedosa do demônio encheu o cômodo mais uma vez.

— Você acredita em reencarnação, menina?

Algo em mim ficou imóvel; um cervo sentindo a aproximação de um arqueiro.

— Não.

— Talvez seja sensato começar a acreditar. — Ela fez uma pausa, o momento carregado de sentido.

Lentamente entendi o que estava sendo dito.

— Podemos ficar juntas na nossa próxima vida.

O demônio sorriu, um sorriso largo e desconcertante, com a boca escancarada.

— Vocês podem ficar juntas em infinitas vidas.

O meu coração bateu forte novamente.

— Tem o poder de fazer isso?

— Como estabelecido antes, os meus poderes são quase totalmente irrestritos.

Uma pedra se alojou na minha garganta. Entrelacei os dedos nos de Calíope, com lágrimas escorrendo pelas minhas bochechas já cobertas de sal. Os meus ossos doíam com a perda repentina dela, os meus pulmões se retorciam como panos, com a descrença sobre aquela cena se transformando em algo ainda mais devastador.

— O que você pede em troca? — murmurei, roucamente, as palavras áridas. — Sei que o diabo não faz acordos em troca de nada.

Ela se inclinou para frente, com uma fome lupina no olhar.

— Você passará sete dias e sete noites em brasas, me alimentando com o seu sofrimento. E então, pelo resto da eternidade, irá me servir, assim como a sua amada.

NOSSOS DESTINOS ETERNOS

— Então seremos demônios. — Parecia menos insuportável do que estar longe de Calíope, o que eu reconhecia ser uma maneira extraordinariamente sáfica de pensar.

— Exato.

Estudei o demônio bestial como um texto antigo, espiando entre as linhas em busca de significados ocultos, armadilhas e artimanhas disfarçadas de oportunidades.

— Demônios sequer podem amar?

— Uma boa pergunta. — Ela avaliou a questão, e me odiei pelo lampejo de orgulho. — Você não é alguém que se deixa enganar facilmente. Não, demônios não conseguem amar. Mas garantirei que permaneça o suficiente de seus corações humanos para que o tempo com a sua amada seja significativo.

— Então eu também morrerei. — Pensei em minha mãe, em meu irmão, na vida que tinha ali, mas tudo isso empalidecia perto da perda de Calíope. Eles sobreviveriam sem mim. Eu não sobreviveria sem a minha amada. — Agora. Esta noite.

— Sim — repetiu o demônio, cada músculo e tendão no seu corpo tensos de antecipação.

— E então nasceremos... em outro lugar? Como pessoas diferentes? Você não fará de nós árvores? Ou gafanhotos?

— Outra pergunta astuta; uma mente tão rápida, mesmo em tempos de grande tristeza. Sim, vocês serão geradas como seres humanos, em proximidade razoável. Se o amor for tão verdadeiro quanto acredita que seja, vocês se encontrarão. Haverá complicações. — Uma risada estridente. — Ah, as dificuldades que vocês enfrentarão. Porque o sofrimento me sustentará, entende? Não me alimento apenas de almas, mas de dor. Emocional, física... não importa para mim. Ou vocês completarão dezoito anos e ceifarão almas, e eu serei alimentada, ou vocês sofrerão, e eu também serei

395

alimentada. A amarra que nos unir será como uma artéria, a dor fluindo sempre na minha direção.

— Que tipo de dificuldades? — A minha voz estava rouca de ódio, os punhos cerrando e abrindo ao meu lado.

O demônio bateu no lábio inferior com uma unha grotesca.

— Isso depende de quão diabolicamente inventiva posso ser. Talvez na sua próxima encarnação... sim. Você retornará ao Submundo comigo, e eu a criarei como minha. Farei do seu amor — prosseguiu, com um gesto mordaz em direção a Calíope — um plebeu mortal humilde, e farei com que você o ceife. E ele sempre se lembrará disso como o começo de vocês dois, sempre carregará a cicatriz do ressentimento. Uma base terrível para um relacionamento. — Ela estremeceu de prazer, como se o pensamento a acariciasse em algum lugar íntimo.

— *Eu* me lembrarei desse acordo?

Ela considerou.

— Não. Há muito conforto no *porquê*. Nada tortura a mente humana tanto quanto o desconhecido.

— Mas promete que ficaremos juntas — falei com ferocidade, me entregando àquela esperança monstruosa. — Na próxima vida.

— E na próxima. E na próxima. E na próxima. Assim como também serão demônios.

Então ali estavam minhas opções. Viver sem Calíope, ou viver com ela para sempre como um demônio.

Mesmo com a promessa de passar uma semana em brasas, mal era uma questão.

Respirei fundo o ar empoeirado de Atenas.

— Então temos um acordo.

Escócia
2054

ERA O PRIMEIRO DIA DE León Cazares como barista em treinamento, servindo uma quantidade profana de cafés com leite de pistache para os clientes da Waterstones, em Edimburgo.

Infelizmente, ele não era muito bom nisso.

Ele era bom *mesmo* com roupas.

Havia passado a casa dos vinte anos estudando moda no Istituto Europeo di Design em Barcelona, viajando pelo mundo com uma mochila e uma mala vazia, acumulando as peças vintage pitorescas e incomuns de terras distantes e estagiando com muitos dos grandes nomes da moda (além das várias fraudes superestimadas), antes de enfim lançar a própria marca de luxo. A Casa Cazares tinha demorado a decolar e inicialmente havia confundido os críticos, com a sua excêntrica coleção de cortes históricos e bordados intrincados, tecidos estranhos e estilos misturados, mas León não se importava muito. Aclamação nunca foi o seu propósito; apenas alegria.

Tudo havia mudado, no entanto, quando uma atriz vencedora do BAFTA usara Casa Cazares no Met Gala.

Gracie Blythe era precisamente tão excêntrica quanto a sua escolha de traje. O tema da gala havia sido "mar agitado" e, em vez de optar pelos etéreos cetins oceânicos usados por seus pares, ela escolhera um vestido de seda escarlate adornado com uma surpreendente variedade de botões, com um colete de damasco curto e um robusto colar dourado de cruz, um visual intimamente inspirado por um pirata da Era de Ouro chamado Le Joli Rouge.

Quando entrou nas listas de mais bem-vestidas ao redor do mundo, Gracie enviou um bilhete pessoal de agradecimento a León, o que o fez chorar profundamente, embora ele não soubesse dizer com certeza o porquê.

Não sabia *por que* vê-la atuar na tela era um conforto para ele, ou *por que* a sua voz espalhava calor pelo seu peito toda vez que a ouvia, ou *por que* frequentemente perdia dias inteiros assistindo às suas coletivas de imprensa. Gracie tinha legiões de fãs igualmente devotos, óbvio: era brincalhona e hilária, tinha a língua impiedosa e afiada, e conseguia fazer qualquer coisa parecer interessante. Ela jorrava carisma.

Mas não era apenas o carisma que o prendia. A conexão deles parecia estranhamente íntima, e não da maneira parassocial desequilibrada dos outros fãs obcecados. Era como se ele sentisse falta dela, em algum nível, embora nunca tivessem se conhecido. O bilhete pessoal tinha parecido curiosamente um momento de ciclo completo.

NOSSOS DESTINOS ETERNOS

Não era estranho a León sentir esses *puxões* existenciais peculiares. Às vezes, visitava uma nova cidade em uma viagem de compras e se via dominado pela sensação de que já tinha estado lá antes, e não apenas como turista... não, tinha vivido nas costuras íntimas do lugar, as conhecia como ao próprio batimento cardíaco.

Havia também a vaga sensação de que estava procurando algo: alguma coisa efêmera e evasiva, tão poderosa quanto intangível. Talvez essa fosse a verdadeira razão pela qual se sentia atraído por terras estrangeiras. Talvez fosse por isso que tivera tanta determinação para estabelecer a Casa Cazares em todas as principais capitais do mundo.

Como poderia encontrar *a coisa* se ficasse no mesmo lugar por muito tempo?

Ao chegar em Edimburgo vários meses antes, supostamente para abrir uma nova boutique na Princes Street, sentira um *clique* profundo do mundo se encaixando, como o polo norte de um ímã finalmente encontrando o sul.

— Não é assim que se faz — disse a barista de cabelos azuis ao lado dele. Ela era baixa e redonda, com tantos piercings no rosto quanto sardas. O seu avental estava coberto de migalhas de bolo.

— Ah — disse León alegremente, afastando os cachos escuros do rosto, não muito incomodado com o fracasso.

Na verdade, para início de conversa ele não entendia por que havia aceitado o emprego, para além do instinto vago e inexplicável. Os turnos de trabalho o distrairiam de sua casa de moda mundialmente conhecida, sem dúvida, e as pessoas com quem trabalhava achavam que o seu pequeno ano sabático era quase sem dúvida um sinal de colapso psicológico. Madge, sua assistente pessoal e confidente mais próxima, não havia poupado palavras sobre isso.

No entanto, pouco mais de um mês antes, ele tinha ido ao Waterstones Café para pegar um livro de fotografia e um café com leite sabor abóbora (o seu gosto por café nunca havia sido especialmente sofisticado), e, logo após passar pelas portas, havia sido tomado por uma sensação de *certeza*. Teve a sensação completamente ilógica e inteiramente absurda de que aquele era importante estar naquele lugar, em sua busca grandiosa e sem sentido.

E então León havia seguido o seu instinto, assim como seguira o desejo peculiar de abrir uma loja em Edimburgo em vez de Lima. Havia uma chance bastante alta de Madge assassiná-lo a qualquer momento, mas ele não ligava muito.

Estar ali importava. De alguma forma, importava.

A esperança cintilou no seu peito, brilhante e forte, no interior de suas costelas.

Eu ainda acredito.

Ele não sabia a que as palavras internas se referiam exatamente, mas as sentia com tanta frequência, tão visceralmente, que eram um conforto familiar, um farol perpétuo iluminando o caminho de casa, um mantra, uma fé e um propósito.

Do lado de fora, o dia estava nublado e outonal. O castelo na colina estava cercado por folhagens douradas e cor de bronze, e compradores se movimentavam para cima e para baixo nas calçadas com casacos afofados e cachecóis xadrez. Um bonde passou, levantando uma rajada repentina de vento e folhas marrom-avermelhadas. Ouvia-se o som distante de gaitas de fole balindo para os turistas, assim como o barulho de xícaras e pires, o suave virar de páginas. Bem quando os olhos de León estavam voltando para o leite de pistache, queimado na jarra de aço escovado, o seu olhar se fixou em algo.

Ou melhor, *alguém*.

Um homem alto de ombros largos, mais ou menos da idade de León, com cabelo ruivo curto e macio o suficiente para os dedos escorregarem. Ele usava óculos com armação tartaruga e um suéter de tricô creme, pontilhado com vários broches de instituições de mobilização pelo clima, e carregava consigo uma bolsa bordô, que havia pendurado nas costas de uma cadeira perto da janela.

León deixou cair a jarra de leite no chão com um estrondo metálico, com o coração batendo forte no peito.

O ruivo sentou-se na cadeira e arrumou o bule de chá na mesa. O vapor subia do bico, iluminado pela luz cinza-claro filtrada através da janela. Então ele afundou uma das mãos sem anéis na bolsa de couro e tirou uma caneta-tinteiro e um caderno.

Um caderno.

E então, da sacola de compras no colo, ele retirou outro livro. Capa preta, letras douradas. *Mil anos de você*. Autor desconhecido.

Tudo em León disparou.

Ele não conseguia explicar por que a visão do livro o acertara como um trovão, por que aquela pessoa totalmente desconhecida o fez sentir como se fosse derreter em uma poça no chão, o fez sentir como se fosse correr para a rua e gritar de alegria, o fez sentir como canhões de confete e faixas esvoaçantes, como uma orquestra atingindo um crescendo.

Por que o fez sentir como se uma busca de uma vida inteira finalmente tivesse dado frutos.

O coração dele sempre havia parecido um solo sem cultivo; estéril, assombrado por alguma coisa que havia florescido ali, mas que havia murchado. E, no entanto, ao ver aquele perfeito estranho, o solo sem cultivo começou a se mover e amadurecer, como se uma nova vida brotasse de raízes antigas.

Ignorando a blasfêmia que fluía da boca da sua supervisora, León saiu de trás do balcão e caminhou, atordoado, em direção ao estranho com o caderno.

Quando se aproximou, o estranho olhou para cima, e os olhos deles se encontraram com um solavanco potente, e o mundo inteiro ficou parado e silencioso, o próprio eixo da Terra se inclinando de modo essencial.

Uma eternidade se espalhou entre eles, hectares e hectares de emoção, esperança e pesar, uma força tão poderosa que roubou o fôlego dos pulmões de León, quase o fez se dobrar ou explodir em uma vida inteira de lágrimas não derramadas, ou alguma outra coisa, *alguma coisa*...

— Com licença — disse ele, sem fôlego. — Já nos conhecemos?

Agradecimentos

Vamos ver se consigo chegar ao fim disto sem chorar, certo?

Primeiro, à minha incrível agente, Chloe Seager, que mudou a minha vida imensamente. Você ouviu todos os meus sonhos mais loucos e, em vez de tentar torná-los realistas, em vez de tentar torná-los menores, simplesmente os fez se tornarem realidade. Devo tudo a você.

À Maddy Belton, pelas excelentes notas. Preciso que você leia e corrija tudo o que eu escrever, para sempre, OK? A Hannah Ladds e Casey Dexter, por todo o seu trabalho na tela. E Kelly Chin e Valentina Paulmichl, por tudo o que vocês fazem para me apoiar.

Às minhas equipes de publicação em ambos os lados do Atlântico. Os meus editores, Eileen Rothschild na Wednesday Books e

Carmen McCullough na Penguin, responderam a este manuscrito com tanta energia e crença imediatas que eu não poderia imaginar um lar melhor para Evelyn e Arden. Os meus agradecimentos também à equipe na Wednesday: Sam Dauer, Hannah Dragone, Char Dreyer, Olga Grlic, Meghan Harrington, Brant Janeway, Eric Meyer, Devan Norman, Alexis Neuville, Soleil Paz, Melanie Sanders e todos os outros cujas mãos tocaram este livro. E à equipe da Penguin como um todo: Josh Benn, Toni Budden, Beth Fennell, Alice Grigg, Andrea Kearney, Michelle Nathan, Harriet Venn, Becki Wells, Amy Wilkerson e todos que me receberam com champanhe algumas semanas depois de fecharmos o acordo; um dos melhores dias da minha vida. E obrigada aos meus incríveis editores estrangeiros: obrigada por levarem este livro ao mundo todo. A paixão e o comprometimento coletivos de vocês me deixam impressionada.

Aos meus primeiros leitores, Kate Potter e Imi McDonnell. O seu amor pelo meu trabalho me faz continuar. Obrigada pela torcida, pelas críticas e por ajudarem a melhorar a minha confiança (e pelo café).

A todos os leitores desde então — blogueiros, livreiros, críticos e fãs — que amam este livro tanto quanto eu. Ele pertence a vocês agora.

Existem simplesmente muitos amigos autores para mencionar — estou neste trabalho há uma década, afinal —, mas uma menção especial a V. E. Schwab e Sarah Maria Griffin. Pelos retiros, pela ótima comida, pelas conversas profundas, pelas celebrações e pela comiseração. E a Heather Askwith, minha amiga escritora mais antiga: estou muito feliz por ter você na minha vida.

E um enorme agradecimento a todos que (no momento da escrita!) foram generosos o suficiente para fazer um blurb deste livro: Bea Fitzgerald, Ayana Gray, Rachel Greenlaw, Lindsey Kelk,

Kara A. Kennedy, M. K. Lobb, Rebecca Mix, V. E. Schwab, Emma Theriault, Diana Urban e Amélie Wen Zhao.

Agora é o momento em que realmente meus olhos se enchem de emoção.

Assim como Evelyn, eu amo profundamente e passo a maior parte das minhas horas acordada me preocupando com perder as pessoas da minha vida. Também sou neurótica, e uma parte de mim acredita que colocar os seus nomes aqui, por escrito, de alguma forma tentará o destino a tirá-las de mim.

Talvez seja só o que o amor é, no final. Uma tentação infinita do destino.

Aos meus melhores amigos no mundo: Toria, Lucy, Nic, Lauren e Hilary. Ao meu cachorro, Obi, que não sabe ler, mas que merece um agradecimento de qualquer maneira. Ao meu irmão, Jack, e à minha cunhada, Lauren. À minha mãe e ao meu pai. Não tenho palavras para o que todos vocês significam para mim. Ou talvez eu tenha, só estão todas ao longo desta história.

À minha avó, que perdi pouco antes do lançamento deste livro. Sinto a sua falta.

Ao Louis, que amo o suficiente para encontrar em qualquer vida. E Blair, a luz da minha vida.

Este livro foi composto na tipografia Latienne Pro,
em corpo 11,5/16,5, e impresso em
papel off-white no Sistema Cameron da
Divisão Gráfica da Distribuidora Record.